CHENGREN GAODENG JIAOYU XINBIAN XILIE JIAOCAI

成 人 高 等 教 育 新 编 系 列 教 材

外国文学教程

主　编　张春蕾
副主编　张正欣
编　者　（以姓氏笔画为序）
王敏霞　刘　蓓　梁丽英

凤凰出版传媒集团
江苏科学技术出版社

《成人高等教育新编系列教材》编委会

序　言

从20世纪60年代后期开始，在世界新科技革命的推动下，伴随着社会经济的新发展，终身教育理论得以迅速传播，并形成了世界性的教育实践运动，大大促进了社会、教育和人类的发展。当人类社会步入21世纪以后，构建终身教育体系与建设学习型社会已经成为当代国际社会实行教育改革和发展的主流。

在当今信息化、知识经济型、学习型社会发展的新形势下，一次性的学校教育已经不能满足人们不断更新知识的需要，终身学习不仅成为应对社会经济客观要求的必然趋势，而且成为人类个体生存和发展的内在要求。终身教育既包括职前的学校教育，又包括职后的各种继续教育。我国的成人高等教育事业则是终身教育的一个重要组成部分，并且伴随着终身教育理论发展而发展。

中小学教师继续教育，作为成人高等继续教育——也是终身教育的一个组成部分，贯穿于教师的整个职业生涯，是教师教育中一项将连续性和阶段性相结合的系统工程。任何一名中小学教师，如果仅靠自己在学校所学的知识，已经远远无法满足中小学教育教学实践的需要，特别是越来越难以适应我国基础教育课程改革对广大中小学教师提出的更高更新的要求。

教育者首先是学习者，同时又是一名终身学习者，还要努力成为终身学习、终身发展的模范。广大中小学教师必须树立新的教育观和学习观，勤奋学习，终身学习，善于学习，更新知识结构和提高学历层次，加强文化素质和职业素养，提高整体素质和人格修养。只有从终身学习、全面发展的观点出发，才能打造出适应时代需求的高素质的教师队伍。

被毛泽东誉为“伟大的人民教育家”的陶行知先生，是南京晓庄学院的创办者，他的教育思想、理论与实践，给教育这块沃土留下了丰厚的精神财富。他不仅践行于教师的职前培养，也同样指导教师的职后培训和深造。长期以来，学界十分重视陶行知先生对教师职前教育的研究，却忽视了陶先生对教师职后教育的重视。其实，陶行知早在东南大学时期就已首倡开办暑期学校，并利用暑期请胡适、杜威及其夫人等到校举办讲座，在东南大学进行教师职后培训。

基于上述认识，作为被誉为“教师摇篮”的南京晓庄学院，不仅在职前师资培养上取得了瞩目的成绩，而且在职后培训和成人教育方面也取得了突破性的进展。“教本教本，教课的根本”。南京晓庄学院从事成人教育教学与研究的老师经过多年来的潜心研究和实践探索，着力进行了相关的教材建设工作，编撰了一套能够突出成人学习特点，彰显南京晓庄学院教本特色，适应成人高等教育事业发展的相关教材。

本套教材的特点是：

● 在保证课程内容思想性、科学性与系统性的同时，尽可能完整准确地反映我国基础教育课程改革的基本理念和基本要求，并追踪它的发展趋势，以提高前瞻性。

● 突出“教学做合一”的教育思想，以做为中心，在做中教，在做中学。围绕“做”这个中心，实现教和学的统一，培养知行统一的人，以弘扬南京晓庄学院教育的传统特色。

● 结合课堂教学的具体案例，既总结成功的经验，又剖析认识的误区，使得理论有所用，实践有所本，有利于解决课程实施中出现的实际问题，以增强指导性。

● 明确教材学习要点和单元基本要求，并在章节末就一些理论研究的热点和教学实践的难点问题，提供参考阅读书目和材料，以扩大读者的眼界与知识面，引发研究与思考，在增强针对性的同时提升学术性。

● 在内容安排、编写体例、行文风格上，倡导自学、鼓励自学、帮助推动自学，有利于学习者探索适应自己的学习方法，形成自学能力，体现成人教育的能力性要求。

本套教材由南京晓庄学院学识深厚的知名专家、教授担任主编，一大批具有丰富成人教育教学经验和较高学术水平的教师集体参与编写，并经过多次的研究与讨论，从而有力地保证了教材的质量。当然，实践是检验真理的惟一标准，作为对教师进行继续教育的教材，也应当运用继续教育、终身教育的思想作为指导，在实践中修正其可能出现的疏漏，在实践中提高和优化教材的质量，这也是符合常情的一种认识和态度。

作为一名在江苏教育战线奋斗了四十多年的老教育工作者与而今还在为成人继续教育——终身教育尽一点绵薄之力的人，当南京晓庄学院的同志盛情邀请我为他们这套教材作序时，我有感而发，写了以上的一些学习心得和感想，未必切题，姑作为序，用于和从事成人继续教育的同行，也和其他热情关心和阅读这套教材的读者共勉。

原江苏省教育委员会副主任
现全国成人教育协会副会长　陈乃林
江苏省成人教育协会会长

目　录

绪　言

一

随着人类社会的进步，人和世界的关系起了根本的变化，各个民族不再闭目塞听，而是全方位地介入我们这个星球的事务。作为反映生活的文学也在不断地走向世界。正如马克思、恩格斯在《共产党宣言》中所说："资产阶级由于开拓了世界市场，使一切国家的生活和消费都成了世界性的了。……过去那种地方的和民族的自给自足和闭关自守状态，被各民族的各方面的互相往来和各方面的相互依赖所代替了。物质的生产如此，精神的生产也是如此，各民族的精神产品成了公共的财产。民族的片面性和局限性日益成为不可能，于是由许多种民族的和地方的文学形成了一种世界的文学。"世界性的金融市场、贸易往来、文化交流、政治角逐、旅游浪潮等都促进了文学的世界性。

当古希腊的萨福在唱她的情歌而中国先民在吟诵"关关雎鸠"时，当《伊利昂纪》、《奥德修纪》和《罗摩衍那》、《摩诃婆罗多》分别在地中海沿岸和恒河流域传唱的时候，它们互不相干，谁也想不到，这些不同民族的文学创作会在今天被人们放在一个更广阔的视野中，把它们作为人类共同的精神财富而联结到一起。可以说，每一个民族的文学都经历了错综复杂的，充满碰撞、对峙、交融、吸收的过程而走向世界。文学走向世界有两个条件：一是如马克思所说，人类社会发展至今，各个民族之间已有千丝万缕的广泛联系，包括政治的、经济的，而科技的昌明和生产的发展使时空观念都起了变化，各个民族之间的及时联系，包括文化的联系，成为必要而且可能。二是人们的思想也冲破了地域的狭隘和民族的闭塞，不同的文化可以相容互补，成为审美的对象。这是人类几千年来自我丰富、自我展开，人性得以丰满的结果。因此，研究世界文学的发展，不但要研究每个国家的文学的独特性，而且从一定意义上来说，也就是研究个别的民族文学走向世界的过程。20世纪起始的世界性的诺贝尔文学奖以及方兴未艾的比较文学研究，说明人们终于认识了这一点。

二

当我们追溯人类文明的发祥地时，我们发现，东西方的古老文明都发祥于大河流域：尼罗河流域的埃及文明，两河流域的巴比伦文明，恒河流域的印度文明以及黄河、长江流域的华夏文明；作为欧洲文明摇篮的地中海文明、希腊文明，和地中海、约旦河流域的希伯来文明。人类文明的产生是多元的，肇始之初是不同的源头流出的涓涓细水，它们各自流淌着，有的在漫长的岁月里干涸了，留下了供考古的古老河床，如玛雅文明，但更多的是时而湍急时而平静地向前流去，形成自己的区域，并且不断地和其他文明交融，最终归入世界文明的大海。一个生机勃发的文明就像一位母亲，她哺育了周围的许多民族就像哺育她的众多的子孙，这些民族吸吮着这位母亲的乳汁成长，于是它们开始走各自的路，在实践中逐渐形成并且展开自己的民族文化的个性。如东方的华夏文明不仅哺育了汉民族文化，而且哺育了与中国相邻的日本、朝鲜、越南等民族的文化，这其中当然也包括属于文化范畴的文学。再以欧洲而论，地中海文明最初哺育出的两颗璀璨的文学星辰是希伯来文学和希腊文学，其中《旧约》和希腊神话、荷马史诗无疑是古代文学的瑰宝。公元前 5 世纪后期伯罗奔尼撒战争后，雅典这颗文化明珠黯淡下来，直到公元前 4 世纪后期亚历山大东征，进入希腊化时代，这是希腊与地中海东部亚洲和西部地区经济文化广泛交流的时代，希腊文化又得到了发展，因此，公元前 2 世纪后，希腊的疆土虽然并入了罗马的版图，但希腊的文化却哺育了罗马文化。至于古希伯来文化显然随着基督教的传播而深入了欧洲文明的骨髓。及至蛮族入侵，西罗马帝国崩溃，法兰克帝国又瓜分为德、法、意等国，到中世纪，欧洲开始形成不同的民族国家，于是从同一个文明源头产生了既有共同特色又有各民族自己特征的文化。到了文艺复兴时代，随着资本主义生产方式的发展，民族意识开始高涨，民族文化的特点也日益明显且开始占主导地位，其表现就是民族文学的蓬勃发展，每一个民族都出现了用本民族的语言进行创作的伟大的文学先驱，如但丁、彼特拉克、薄伽丘、拉伯雷、塞万提斯、乔叟、莎士比亚等。如果细诉根苗，这些文学代表实则出于同一文明的母体，是在同一文化的子宫中孕育出来的。世界文学就是这样，从同一文明的源头中产生出不同的民族文化，包括民族文学，但不同文化之间并不是封闭的，它总是在不断地吸收、消化异质文化，增添自己的活力。也许是经过战争的渠道，如十字军东征、东印度公司的殖民地掠夺；或者通过由地理大发现带来的商业交往，友好往来；以及佛教、基督教等宗教传播和文化交流等渠道，取彼之长补己之短，以丰富自己。对一个成熟的文化来说，它总能保持自己固有的特色，而从不同的文明渊源中产生的日益丰富的民族文学又在一个更高的层次上走到一起，一步步迈向世界。

三

一部世界文学史交织着本民族的继承与创新和跨民族的影响与接受的辩证运动。这也是历史的运动，文学的历史运动，客观地看，往往通过起伏变迁的文学思潮体现出来。每一个国家的文学自有其发展的规律，有固有的民族传统。从宏观审视，每个时代既有文学主流，也有支流、潜流、洄流以及汇流，这在一个国家如此，在一个区域也如此。比如西欧的各国文学就是由自己独特的文学思潮的演变体现出历史的运动，民族的特点非常鲜明。但如果我们把西欧文学作为一个整体来考察，就会发现，由于西欧各国的历史发展中在政治、经济、宗教、文化等方面有着千丝万缕的联系，因此作为文学思潮尽管各国自有其传统的特征，却又表现出共同的起落。如英国文学在文艺复兴时期是莎士比亚的戏剧，17 世纪是弥尔顿、蒲伯的诗歌，18 世纪则是散文的世纪，有感伤主义作品和作为近代小说发端的以菲尔丁为代表的早期现实主义作品。19 世纪初是诗歌的王国，主要是浪漫主义诗歌，19 世纪 30 年代以后现实主义小说崛起，一直到 20 世纪的现代主义文学。以法国而论，文艺复兴时期是拉伯雷的小说，17 世纪是高乃依、拉辛、莫里哀的戏剧，18 世纪是启蒙文学哲理性散文，19 世纪先是戏剧后是小说。我们发现，虽然法兰西民族的文学和盎格鲁-撒克逊民族的文学迥然不同，但就思潮而论却是共同的。

我们习惯上把西欧文学分成这么几个时期：古代文学（古希腊罗马文学）—中古文学—文艺复兴时期人文主义文学—17 世纪古典主义文学—18 世纪启蒙主义文学—19 世纪初浪漫主义文学—19 世纪批判现实主义文学—20 世纪现代主义文学。

显然，这种分期是不完善的，缺乏统一的标准。文艺复兴和启蒙主义是影响人类历史进程的伟大的思想文化运动，而古典主义、浪漫主义、现实主义等又是偏重于创作方法的文学思潮，启蒙主义文学中就包含有古典主义、浪漫主义、现实主义的各种创作方法。但这种分期也确实大致勾勒了欧洲文学发展的方向。我们既要研究形成共同思潮的历史文化背景，同时也需仔细考察这股思潮在不同民族文学中的独到体现。以文艺复兴而论，文艺复兴时期欧洲各国正处在资本主义发展的前夜，反封建反教会的人文主义旗帜正是为资本主义发展鸣锣开道的，这是共同的历史背景。这股思潮最先从意大利兴起，然后波及法国、西班牙、英国等国家，而这股思潮在各国的文学中的体现是不同的，英国以莎士比亚戏剧为主，法国、西班牙则以拉伯雷和塞万提斯的小说为主。为什么英国以戏剧为主，于是我们就得研究中世纪以来英国从神话剧、伦理剧而来的传统，以及伦敦社会、英国宫廷的种种情况。同是小说，拉伯雷的《巨人传》和塞万提斯的《堂·吉诃德》虽然在模式上受流浪汉小说的影响，但又是不同民族文化结出的硕果。由于各国的历史条件不同，各国的文学成就也各有不同。意大利彼特拉克的抒情诗为西欧其他各国开了风气。法国的文艺复兴运动有和宫廷相结合的一面，因此除了拉伯雷的体现人文主义思想的小说外，还出现了七星诗社的带有贵族色彩的诗歌流派。英国资产阶级在 16 世纪获得了迅速发展，阶级矛盾尖锐，英国的特殊条件使得这时的英国文学具有深刻的思想性，再加上英国文学诞生于意大利、法国的人文主义文学之后，吸取了他们的创作经验，因此艺术成就最大，优秀作品的数量和种类也极可观，尤其是戏剧，成了文艺复兴时期欧洲文学的高峰。

当然，文学思潮的演变也是很复杂的，并不是单一的递进。西欧文学中，17 世纪被视为古典主义独领风骚的时代，法国有高乃依、拉辛、莫里哀、波瓦洛等作家，英国有蒲伯、德莱顿等。但到 18 世纪启蒙时代，法国启蒙文学中各派纷呈，同为启蒙主义文学，有卢梭崇尚的浪漫主义，有狄德罗所倾向的现实主义小说，也有伏尔泰的古典主义创作，以戏剧而论，博马舍的《费加罗的婚姻》已从古典主义戏剧向近代戏剧迈了一大步。18 世纪的英国是笛福、理查生、菲尔丁早期现实主义小说的时代，同时从中叶开始，出现了一批感伤主义的作品，浪漫主义已是时代深处汩汩流淌的潜流。到 19 世纪初，在法国大革命失败后的独特背景下，浪漫主义就上升为主流而漫及欧洲各国。在法国，雨果掀起的欧那尼之战是浪漫主义和古典主义一决雌雄之战，古典主义从 17 世纪以来，一直绵延 200 余年，由主流而成支流，终于至此衰落渗入了民族文化的传统土壤之中。但就在浪漫主义击败古典主义之际，司汤达的《红与黑》悄悄问世了，这部作品被以后的一些文学史家视作欧洲现实主义的奠基之作，虽然它有着明显的浪漫主义成分，但显然它代表着一种新的文学思潮正从潜流中涌起，而到巴尔扎克、福楼拜时这思潮终于成了主流。在英国，19 世纪初的华兹华斯、柯勒律治等湖畔派诗人和拜伦、雪莱等创作的浪漫主义诗歌成了文学史上的强音，同时司各特的历史传奇作品也富有浪漫主义特色，但就在这时，一位默默无闻的女子却在为英国的乡绅生活描绘绝妙的现实主义画卷，她就是简·奥斯丁。到 19 世纪 30 年代，狄更斯的创作问世了，从此英国文学的主流也纳入了现实主义。思潮的变迁绝不是接力赛，而是有主有次起伏交错的。一种文学思潮的酝酿和兴衰起落自有其深刻的社会、历史、文化背景，其消长起落也是有迹可寻的，往往一波未平一波又起。主流衰退可以降为支流，潜流涌起可以漫为主流，而各种不同的潮流又可以并存交融而形成汇流。欧洲各国有着类似的接近的社会历史土壤，所以能够形成共同的思潮，但各国毕竟发展有差异，因此思潮的传播和影响是错综复杂的。古典主义由法国执牛耳，路易十四时期的法国在欧洲无疑是首屈一指的泱泱大国，而浪漫主义却是在相对来说资本主义并不发达的德国最早露出苗头。

文学思潮的传播非常广泛，特别是近现代，欧洲的文学思潮往往越过大洋波及美国，美国的文学发展深受欧洲文学影响，特别是它的发端之初可以说是紧跟着欧洲的文学思潮走，虽然由于它特殊的历史、地理条件，它总是比欧洲文学的发展慢一拍，所体现的具体特点也不尽相同。在近现代，欧洲的文学思潮还越过千山万水影响到东方，尤其是日本，19世纪，日本采用拿来主义政策，使日本文学发生了急剧变化，开始奠定现代文学的基础。

东方文学的发展又有它自己的特色，它不是主要以文学思潮的交替为发展线索，而是以新的文学形式的不断出现来体现它的发展脉搏，就如中国文学中从《诗经》的四言诗，到楚辞，到汉赋和五言诗，到六朝骈文，到唐七言诗和传奇，到宋长短句和话本，到元曲，到明清文言小说，到近现代的白话小说和诗歌，很完整地体现了中国文学的变迁。日本文学也是这样，从文学的诗、散文、戏剧这三大类型说，它也经历了与世界文学相同的道路，从而丰富了人类文学的韵文、散文和戏剧，但正如各民族文学都有其内容上、形式上、技巧上特点一样，日本文学也创造了其他国家不具备的内容形式和技巧，其中形式的不断出现还能够体现文学发展的基本脉络。从大和奈良时期的古代歌谣到和歌、汉诗，从平安王朝时期和歌的复兴到物语文学的确立，到日记文学、随笔文学、说话文学，从镰仓、室町时期的连歌的确立，到由歌谣发展而来的“今样”，到由中国表演艺术“散乐”变化而来的能和狂言，从江户时期的俳谐的确立到川柳和狂歌（一种新的诗歌形式），到町人小说的确立，到净琉璃（即木偶戏，最初也称为“扇帕子”、“傀儡戏”）和吸收了能、狂言、幸若舞的技巧的歌舞伎，到近代文学与世界文学一致的形式，清楚地勾勒了文学发展的各个阶段。

四

各民族文学长期形成的传统仿佛是经线，而各民族之间文学的相互影响则犹如纬线，它们共同织就了世界文学的绚丽图案。我们似乎还找不出一个民族的文学是纯而又纯的，从没有受到异质文化的影响的。作为西方文学源头的希腊文学就受埃及文化的影响，而希伯来的《旧约》又受巴比伦文化的影响，东亚文学中以日本文学而论，古代受中国汉文化的决定性影响，而近代又受西方文化的影响。

各民族文学之间的关系是错综复杂的，在欧洲文学史上出现过不少跨国思潮和文学形象。19世纪中叶以后法国兴起的以左拉为首的自然主义几乎对欧洲各国都产生了影响，英国的哈代、高尔斯华绥、本尼特，德国的霍普曼，瑞典的斯特林堡无不表现出了自然主义的倾向，而且这股思潮还越过大西洋到了美国，斯蒂芬·克莱恩、弗兰克·诺里斯乃至杰克·伦敦、德莱塞都深受自然主义的影响。几乎与自然主义同时出现在文坛上的以波德莱尔发其端的颓废主义也是跨越国界的，而且，如果追本溯源，波德莱尔还是受了美国爱伦·坡的影响。一个国家的文学典型往往可以在别的民族文学中找到他的亲属。我们可以发现歌德的维特、夏多布里昂的勒内、拜伦的恰尔德·哈罗尔德以及俄国从奥涅金开始的一系列多余人形象，都是同一欧洲文学家族的成员。

这种相互影响在东方文学中也非常明显。中国和印度都是世界上历史最悠久、文化遗产最丰富的古国，两国文化、思想的交流也有近两千年的历史。世界上几个古老民族的文化思想的交流、融合，最初几乎都是通过宗教的传播和吸收进行的，西方由于希腊、罗马的斯多葛派哲学和希伯来的神学结合，产生了基督教和中世纪的文化思想。中印的最初交流也是通过宗教的相互影响进行的。随着印度佛教传入中国，源源而来的是印度和西域各国的文化，大大丰富了中国的文化，特别是文学艺术方面，如犍陀罗的佛教艺术，直接影响了中国的石窟壁画和雕塑；寺院舍塔丰富了中国的建筑样式和技术；梵文语法和音调促进了中国的诗文体制和音韵学的发展；因明逻辑之学以及系统剖析的议论文格式，促使中国学术界出现了有系统的规格严整的长篇论著，如刘勰的《文心雕龙》。特别是佛经的唱读和变文、室卷等的流行，引起中国新文体的大变化，产生了大量话本、弹词等俗文学，进一步引起了小说、戏剧的新发展，这是最大、最深远的影响。

除了文学的形式外，文学思想方面的影响也十分密切。最初佛教传入中国时，由道家思想做媒介，就被中国人接受了，后来的中国佛教哲理的发展大有青出于蓝之势，后期的印度佛教倒是颇受中国的影响。而中国佛教的特色在于禅的思想，中国文学思想流派中受此影响特大，从六朝以后，中国诗歌和禅的关系愈显密切，到了晋宋之间，诗禅的思潮几乎占统治地位。南朝的山水诗就是佛教的禅和老庄的返自然思想结合的表现。唐初张若虚的《春江花月夜》表达了一种宇宙意识，颇有禅的三昧境界。“诗佛”王维不仅诗中有画，画中有诗，而且诗画中有禅。宋代苏东坡和黄山谷不但诗禅一致，而且总结出了“以禅喻诗”的文学理论，苏东坡说：“暂借好诗消永夜，每逢佳处辄参禅。”而日本在中国唐朝时也派了大量的留学僧，鉴真和尚率弟子、工匠等扬帆东渡，在传播宗教的同时，传去了全部汉文化的精华，那时的日本人写的汉诗可以和中国人写的媲美。

不但同一源头的文化相互影响，不同源头的东西方文化也相互渗透。欧洲的叙事文学在很大程度上依靠了印度的寓言文学。德国的文学和哲学从 19 世纪初就已经接受了印度思想的重大影响，以施莱格尔兄弟为首的浪漫主义派就对印度文学特别着迷。德国和印度思想之间惊人的相同点经常被人指出。利奥波德·施莱德甚至说：“印度人是古代的浪漫主义民族，德国人是现代的浪漫主义民族。”英国意象派诗歌也从东方的日本俳句和中国的古典诗词中学到了很多技巧，受到很多启发。特别是埃兹拉·庞德，他翻译的中国古代诗歌集，不仅推动了意象主义诗歌运动的开展，也唤起了欧美对东方文学的兴趣。他的代表作《诗章》还论及了中国的古代文化、孔子的哲学、伦理学和社会思想等。

西方文学对东方的影响同样不能忽视。日本古典文学学习中国，近代文学学习西方，莎士比亚、拜伦、左拉、雨果、歌德、托尔斯泰都是他们学习的典范，他们一边“拿来”，一边消化，很快创立了自己的民族文学。

区域与区域之间、国与国之间的文学关系极为错综复杂，即如某一个作家所受影响也不是单一的。如泰戈尔，他所受的教育有印度传统的，有欧洲的，文学上受的影响有印度古典的，如迦梨陀娑、胜天和其他毗湿奴教派诗人的作品，有欧洲近代雪莱、拜伦、华兹华斯、济慈、歌德、叶芝等的作品。他也注意吠檀多经典《奥义书》和佛陀的崇高生活观，崇拜中国的山水画和老子的哲学，欣赏波斯查拉图斯特拉的教义和基督教的艺术。他的所谓“诗人宗教”或“人的宗教”和中国的诗禅一致说都是中印文学思想和哲学思想交流的产物。

一部世界文学史是民族性和世界性的矛盾运动。世界文学之所以绚丽多姿，正在于各民族文学的丰富多彩。而随着生产力的发展，科学技术的进步，人类交往的密切，人的本质力量得到了充分展开，人们的视野更开阔了，他们正在逐步摆脱种种褊狭，作为人类的一分子对人类（各族人民）的精神产品都能理解。因此，文学的民族性和世界性统一于客观世界的开拓以及人类自身的展开。有的民族在历史上曾经沦为殖民地，民族文学受到了摧残，但一旦他们取得了独立，民族文化就重又萌动，与外来文化交融而开出奇葩，像拉美的魔幻主义，它已是世界文学中的硕果。因此各国文学家之间的相互影响也就非常自然了。

五

一部人类的文明史，既是人类征服自然的历史，又是人类的自我发展史，显示了人类自我展开的轨迹。作为文明史中一部分的文学史体现了人类对客观世界的审美把握，是人类肯定自身价值的精神成长史。如果说宗教是人的自我空虚行为、自我丧失，那么文学就是人的自我充实、自我获得。不同民族的文学在这一点上是相通的。文学之所以能走向世界，之所以能成为各族人民相互交流的工具，就因为不同民族的文学有这么一个共同的基点，一个公分母：作为主体的人的价值。从不同民族早期神话、史诗中的神和英雄，到帝王将相、贵族资产阶级，到平民百姓、劳苦大众，文学作品的主角从云端里降落到尘寰，从殿堂、庄园、沙龙进入街头贫民窟，进入普通人的生活，这既反映了社会的变迁，也体现了人类对自身价值的认识和肯定。就西方文学而论，早期希腊神话是神的世界，体现的是神性意识，中世纪则是梦幻的上帝的世界，体现的是宗教意识，直到文艺复兴时期人性意识开始高涨，人们认识到，在生活中，人是本位，在文学中，人也应该是本位。再如东方文学中，印度文化自古以来就富于宗教意识，所有印度文学中站在前列的是宗教文学，不仅有婆罗门的吠陀，佛教徒的三藏，其他许多宗教派别也产生了大量作品，诸如颂诗、祭歌、咒语、神话传说、布道文、神学论文、辩论文、礼仪和教规指导手册等。在印度，甚至从不可能区分纯文学和教诲文学，就像他们从不在纯艺术作品和科学著作之间划出明确的界限一样。但在宗教文学出现的同时，印度也在发展世俗文学，英雄史诗《摩诃婆罗多》和《罗摩衍那》反映的英雄意识，而抒情诗和戏剧作品则体现了微妙而强烈的人的感情，反映的是人性意识。近现代的印度文学在逐渐走向世界的同时，也在不断地表现个性意识和自我意识。中国文学虽然一直受各种哲学和宗教的影响，常常出现一些谈玄说禅或谆谆教导的作品，但从中国的第一部诗集《诗经》开始，中国文学唱的就是“关关雎鸠”，表达的是人类最基本的感情，此后，这条感情线索一直贯穿在文学发展中，并且不断深化，对人自身的认识也日益清楚。

六

随着文学的不断发展，文学类型和表现手法也在不断演变和发展。尽管就个别作家如莎士比亚、歌德、托尔斯泰、曹雪芹等和个别文学类型如古希腊神话史诗等而论，他们耸立在文学史上已成了难以逾越的高峰，供后人高山仰止，并从中发掘出无尽宝藏，但从总体而论，世界文学在不断地向前发展，文学类型、文学技巧也在不断地推陈出新，显示出丰富多彩的方面。

每个民族在不同的文学时代都有占主流的文学类型，一如中国的唐诗宋词元曲明清小说，日本平安王朝时期的物语文学，都反映了不同时代文学类型的大端，这是由社会的、历史的、文化的诸多原因形成的。就欧洲文学而论，古希腊罗马时代以神话、史诗、戏剧为主，中世纪则有传奇、诗歌、英雄史诗以及故事为主的城市文学。文艺复兴时期是欧洲诗歌、戏剧、小说空前繁荣时期，但不同的国家各有不同的高峰，英国的莎剧，法国和西班牙的长篇小说，意大利的短篇小说。17 世纪古典主义文学主要是通过戏剧来表现的，18 世纪则是法国的哲理小说、市民戏剧，英国的写实主义小说和感伤主义小说及后起的戏剧。同一种文学类型也经历了不同的发展阶段。比如戏剧，从希腊戏剧到莎士比亚戏剧，到标榜三一律的古典主义戏剧，到以易卜生为代表的现实主义戏剧，到布莱希特的史诗剧，到作为现代派的荒诞剧，戏剧观念在不断地更新，这种情况很难以好与坏的标准来衡量，文学不同于科学，科学上新的发现每时每刻都在向旧的原理、学说挑战，昔日的真理成了今朝的谬误，自然，这一个个谬误也正是步入真理殿堂的一级级台阶。但文学不然，伟大的作品是永远不会被淘汰的，也许会被冷落一时，但每一个时代都在文学遗产中寻找发掘和时代精神相契合的作家作品。文学作品的退隐和复出的例子是举不胜举的。正像文艺复兴时期沉寂了千年的希腊罗马文学艺术又重放光芒，19 世纪浪漫主义时期则又出现了“回到中世纪”的潮流，对中世纪的文学起了兴趣。荒诞剧则是采用了种种哑剧的、杂耍闹剧的表现手段表现了新的思想观念。

由于题材和文学意识的变化，作家的创作也表现出多元的发展趋向，他竭力表现自己的世界，或者横向开拓，或者纵向深入，总之，日益接近人的生活，以至走进人的内心。比如现实主义文学，就是不断发展、不断深化的。作为批判现实主义发端之作的《红与黑》还保有相当的浪漫主义成分，那是在 19 世纪 30 年代，而到了 50 年代，巴尔扎克的创作达到了现实主义文学的高峰，但是，他们的创作所涉及的面还不够广。巴尔扎克的《人间喜剧》虽然写了形形色色的 2000 多个人物所构成的广阔的社会画面，但主要还是局限于描写反映贵族资产阶级的上流社会。但是随着现实主义文学的发展，以后的现实主义作家所涉及的面越来越广，狄更斯的小说从街头，到贫民窟，到学校、监狱、法庭、议院、庄园无所不及，人物从流浪儿、债务人、狱吏、讼师、法官、穷学生、心理变态者等不一而足，可说是把英国伦敦社会都包容了。直到哈代、罗曼·罗兰等作家，现实主义文学无论内容还是手法愈加多样，到了 19 世纪末的托尔斯泰的创作，标志了现实主义的深化对外体现在体裁的广泛，对内则体现在对人物内心世界的开掘，托尔斯泰的作品就素有心理现实主义之称，他非常擅长深刻细致的心理描写，尤其善于刻画人物思想感情的产生和变化，使形象跃然纸上，栩栩如生。随着达尔文进化论的诞生，人们开始怀疑上帝的存在，一种相信上帝能惩恶扬善的共同意识崩溃了，人们再也不能从上帝那里找到精神支柱，只能以人自己的内心去寻找生活的答案。于是，哈代和乔治·艾略特等都开始探求人物的内心世界。现实主义在这方面的深化使 20 世纪的一部分现实主义作品和现代主义作品极为接近。

七

文学是文化的一个重要方面，文学的发展始终与其他意识形态以至自然科学密切相关。

首先文学潮流和流派的出现都与同一时期流行的哲学思潮有着或多或少的关系，如法国笛卡尔的唯理主义之于古典主义，黑格尔的唯心辩证法和费尔巴哈的唯物主义思想之于批判现实主义，实证主义之于自然主义，反理性主义之于19世纪末的各颓废派文学流派等的关系都是非常明显的。

科学技术的发展与文学的关系也密不可分。造船航海技术的发展使得地理发现成为可能，以此增进人们的互相往来，扩大人们的视野，进行文化交流。中国印刷术的发明使书籍能够大量印刷，不再依靠手抄，也利于文学的流传影响。达尔文的进化论则动摇了人们对上帝的信仰，从此转而开始相信自己，更新了观念。弗洛伊德和荣格的心理学开掘了文学中的新领域，他们的理论不仅丰富了美学理论的宝库，而且他们的文学观点对具体的创作和批评实践有着指导作用，且不论这种作用是积极的还是消极的。弗洛伊德的泛性论、生的本能和死的本能影响了好几代作家的创作思想，他的无意识、梦幻和自由联想说则开阔了作家的视野，丰富了创作的技巧；他的精神分析法、人格说和俄狄浦斯情结则成了精神分析学派的批评武器。单从20世纪的西方文学来看，就有一大批重要作家受弗洛伊德的影响，如小说家劳伦斯、乔伊斯、伍尔夫、普鲁斯特、卡夫卡、海明威、福克纳、菲茨杰拉德、托马斯·曼、茨威格、罗曼·罗兰、索尔·贝娄等，诗人里尔克、庞德、艾略特、杰佛斯、佛罗斯特等，剧作家斯特林堡、梅特林克、奥尼尔、荒诞派戏剧诸作家，以及萨特这样的作家兼思想家。这里不仅有那些致力于实验、探索新手法的“先锋派”作家，即使如杰克·伦敦、德莱塞、罗兰、萨特这些曾接受过马克思主义的左翼作家也难以幸免受其影响。弗洛伊德主义对文学的影响还体现在作家的艺术风格和作品的艺术形式上：“……作者的选词，他对象征的运用和对描写意象的运用，他的背景和人物的描写，甚至于他的情节安排都不可避免地将作者本人心灵中的无意识呈现给了训练有素的观察者。”海明威、卡夫卡、安德森、福克纳、菲茨杰拉德等都从弗洛伊德的文学观点中获得了某种启示，力求在艺术形式上有所突破，并在创作中取得了可喜的成果。弗洛伊德精神分析学对文学批评也有不可估量的影响，且不说精神分析派的批评家，就是一些马克思主义的批评家也受其影响，自觉地、批判地吸取他的某个观点，运用于文学批评中，使得批评的视野更开阔、角度更新颖、方法更独特。

再次，宗教与文学的关系也非常复杂，佛教和基督教分别浸入了东西方文化的精髓，东西方的文学无论是题材、形式、手法都深受影响，可以说，不了解基督教的有关内容，就很难理解从中世纪兴起的文学，同样，如果对佛教没有一点认识，也不容易把握东方文学中的精神本质。

八

世界文学是丰富多彩的。长期以来我们惯于以狭隘的观点去认识和阐述世界文学。今天，在20世纪临近终了的时候，历史把我们带到了这么一个制高点，我们的视野开阔了。

我们应该以人类的一分子来审视人类共同创造的文明，我们应该具有一种人类意识，像某一个时期那样以某种狭隘的观点作为评价的惟一尺度实在是肤浅的，没有进入到文学的深层。高尔基也曾说过，伟大的作家都有超越阶级的一面。一切推进人类文明发展的，反映人类生活的，肯定人的价值的文学作品都应予以肯定。

每一种创作方法都是人们认识世界、反映世界、认识自我、展示自我所作的努力的结果，都是人们艺术地把握世界的历程。因此对不同的艺术，探索不同的创作方法应该客观地看待，作出公正的评价，不能厚此薄彼，文学只有传统没有正统，特别是不能唯现实主义为主流，否定或贬低非现实主义的作品，或者用文学反映现实这一条现实主义的原则去僵硬地套各种类型的作品。同样，把近百年来的现代派的创作方法简单斥为非现实主义、非理性主义，也是固守狭隘的不智表现。

一部文学史，首先是文学的历史，不是政治史、社会史，那种以作家的政治立场为主要依据来分析评价作家的作品的方法是不可取的。进步的作家创作的革命作品并不一定是伟大的作品，比如巴黎公社文学和英国宪章派诗歌都是由进步作家创作的，但它们在艺术上并没有很高的价值，尽管它们在当时的斗争中起了很大的鼓舞作用，我们依然不必不切实际地把它们抬到不应有的地位。相反，一些保守的作家的作品也可能是不朽的名著。如夏多布里昂的《勒内》、《阿达拉》至今仍是传世之作，虽然他本人是正统王朝的拥护者，阶级立场比较保守。即如歌德这样的大作家，也是既伟大又渺小的，因为他既有进步的一面，也有保守庸俗的一面，我们不必因为他的庸俗保守而否定他的伟大之处，他的巨著《浮士德》，他的诗歌、小说、剧作、文学理论永远在文学史上占据着光辉的席位，同样，我们不必把他有时谨小慎微、事事知足、胸襟狭隘说成优点。

一部伟大的文学作品是一个取之不竭的泉源，而这泉源则是深藏在其中的人的本位，而不是它所宣传的漂亮的口号，因此，伟大的作品可以跨过不同时代、不同地域，它们是世界性的，可以被任何民族接受，并且永远接受。

当我们就全球意识来考察世界文学时，我们自然会发现各民族的文学之间错综复杂的关系，近代比较文学的兴起正是人们扩大文学研究视野的结果。文学在不断发展，文学观念在不断更新，我们也应该以更开放的目光来看待文学，对一些曾经遭到简单否定的作家进行再评价，对有的潮流或者流派，以前的认识并不完整或者并不准确，现在也应该重新认识，总之，我们凭着客观的态度，藉以宏观的视野，尽力描绘出世界文学的本来面目，让读者有所受益。

第一章　希伯来文学

第一节　概　述

学界称为“两希”文学的希伯来文学和希腊文学是世界古代文明中极为灿烂的篇章，也是公认的西方文化的两大源头。两希文学以鲜明的宗教精神、理性精神、人文精神和民主精神等特质开启了西方文明的大门，并经由基督教和罗马两个中介桥梁，对后世西方文明产生了巨大而深远的影响。

希伯来历史概况

在美索不达米亚文明最终湮没在历史长河中时，从这里走出去的一个民族——希伯来民族却把他们创造的文明火种传递了下来，成为古代“中东文明的集大成者”。在2000年前的世纪初，希伯来文明又孕育出基督教，并借基督教的传播把这一文明带到欧洲，成为欧洲文明的一个源头，对西方社会产生了巨大而深刻的影响。

一、族长时代(前18～前13世纪)

希伯来早期历史十分朦胧，往往与神话传说混杂在一起。他们本是“闪族”(闪米特人)的一支，最早游牧于阿拉伯半岛西南部，后迁徙到两河流域一带。约公元前2000年，他们在族长亚伯兰(后得上帝赐名亚伯拉罕)的带领下前往迦南地，在那里生活了200多年，史称“族长时代”，亚伯拉罕、以撒、雅各为三代族长。“希伯来”[①]是迦南土著居民对他们的称谓。后雅各与化身为人的上帝摔跤得胜，上帝赐名“以色列”，其子孙被统称为以色列人[②]。雅各生子12人，后来发展成为以色列的12个支派[③]。

约公元前18世纪末，迦南发生严重灾荒，希伯来人西迁埃及，在尼罗河三角洲的歌珊生活了约400年。约公元前13世纪，埃及法老拉美西斯二世任意屠杀希伯来人，希伯来人在领袖摩西带领下逃出埃及，在旷野中艰难跋涉40年，重返“流着奶和蜜的地方”——迦南。他们历经千辛万苦到达西奈山下，为借助神力凝聚人心，摩西以先知身份向希伯来人展示了上帝赐予的两块石板，上刻后来被称为《摩西十诫》的十条戒律。摩西临终前选约书亚为继承人，继续向迦南进发。约书亚令祭司们抬着盛放《摩西十诫》的约柜，借用神力激励民众；并对全族男人施行割礼，作为与上帝立约的标志。他们与军事装备精良但政治上分崩离析的迦南人进行了旷

---

① 希伯来(Hebrew)意为从河那边来的人。

② 以色列(Israel)意为他与上帝角力。

③ 12支派指流便、西缅、利未、犹大、以萨迦、西布伦、约瑟、便雅悯、但、拿弗他利、迦得和亚设。

日持久的连锁战，最终进驻迦南，完成了摩西未竟的事业。

二、士师时代（前13世纪～前1025）

从约书亚率希伯来人占领迦南至公元前1025年扫罗创建希伯来王国，这一时期为“士师时代”。士师时代为希伯来历史上军事民主制时期。由于约书亚只征服了迦南部分地区，所以以色列人一直生活在迦南和四邻异族的不断进攻中。这时就需要能力超群、有胆有识同时又具有献身精神的民族英雄来保护本族人民，士师①因此应运而生。《圣经·士师记》中记载了约12位士师的事迹，其中最著名的是底波拉、耶弗他和参孙，他们被看做上帝选定的融先知、统帅与救世主于一体的角色。士师制为王国时代君主制的出现奠定了基础。

三、王国时代（前1025～前586）

这是希伯来人拥有独立自主的民族国家的400多年。以公元前933年为界将这一时期分为两个阶段：第一阶段是联合王国时期，第二阶段是南北方分裂的分国时期。

公元前11世纪前后，来自爱琴海诸岛的腓力斯人②定居地中海沿岸地区，并不断进攻希伯来人，与之争夺土地。为抵御腓力斯人的进攻，希伯来各部落联合起来，士师撒母耳挑选青年扫罗，立他为以色列领袖，使他成为统一的希伯来民族的第一代君王（前1025～前1013在位）。在与腓力斯人的一次交战中，扫罗战败自刎。大卫成为希伯来联合王国的第二代君王（前1013～前973在位），最终击退腓力斯人。大卫是出色的军事家和政治谋略家，他原本是南方犹大部落首领，后历经征战，控制了北方，把以色列各部落真正统一起来；他定都耶路撒冷（此城又称大卫城），并置约柜于此，以确立耶路撒冷的宗教中心地位；他建立了一整套行政体制，又组织了一支强悍的部队。大卫作为以色列王国真正的缔造者、出色的军事统帅和杰出的诗人而被载入史册。

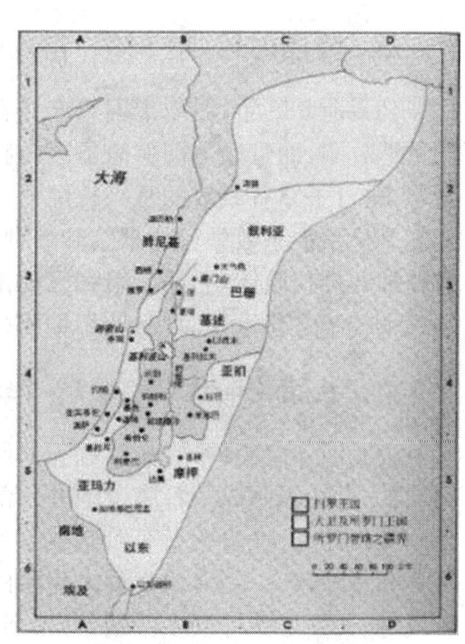

以色列王国（大卫·所罗门时代）

大卫在位40年，临终立幼子所罗门（前973～前933在位）为继承人。所罗门对内加强中央集权，对外以政治联姻修好邻国，巩固政权，同时扩大对外贸易，促进以色列经济发展。他还费时7年之久，于公元前956年前后，在耶路撒冷的锡安山上修建了一座雄伟壮观的圣殿，史称“第一圣殿”。从此耶路撒冷成为犹太教最重要的圣地和犹太民族的精神核心。所罗门是希伯来联合王国卓越的建设者。

联合王国时期为希伯来民族发展史上的“黄金时代”。希伯来人不仅成功地入主迦南，而且建立起从美索不达米亚平原至埃及边境的帝国，一度成为西亚北非地区最有政治经济实力的奴隶制王国。但所罗门晚年广纳嫔妃，引进异教风俗，放任偶像崇拜，导致国家危机

① 士师的希伯来文含义为审判者或拯救者。士师有双重责任，平时管理民众，战时率兵疆场，保护本部落。

② 巴勒斯坦是腓力斯人对迦南的称谓，意为腓力斯人之地，并一直沿用下来。

四伏。公元前 933 年，所罗门去世，各种潜伏的矛盾立即暴露出来。北方 10 个部落宣布独立，建立以色列王国，定都撒马利亚；南部犹大和便雅悯两个部落联合建立犹大王国，仍定都耶路撒冷。希伯来进入南北分裂的分国时期。虽然在公元前 8～前 4 世纪，犹大王国中一批被誉为正典先知[①]的人（有阿摩司、耶利米、哈该等）发起了一场以教诲群众、革新宗教和改良社会为主要内容的先知运动，但最终未能使希伯来民族逃脱亡国的命运。公元前 721 年，以色列王国被亚述国占领，以色列王及其臣民 27000 多人被解往亚述，后逐渐被同化，成为“失落的以色列 10 支派”；公元前 586 年，新巴比伦进攻犹大王国，都城耶路撒冷连同第一圣殿一起被毁，犹大国王连同数万名祭司、贵族等被掳至巴比伦，史称“巴比伦之囚”。此后，希伯来人开始被外族称为“犹太人”[②]。

四、俘囚时代（前 586～前 538）

犹大王国被新巴比伦攻占，国王西底家的王子们惨遭杀害，他自己也被剜去双眼，与希伯来众多民族精英们一道被囚居巴比伦，在异族统治下过着仰人鼻息的生活。但正是在这次背井离乡的民族大劫难中，犹太人对犯罪与救赎的理论有了更深的理解。为了抵制异教文化的影响，他们努力发掘本民族的宗教和文化遗产，经过具体而繁杂的搜集、考证、甄别和汇纂工作，《摩西五经》的编纂初具规模。在流亡生涯中，他们发展起完备的犹太神学体系，最终建成了为后来世世代代犹太人所遵循的，体现自己世界观、思维方式和生活习俗的犹太教，犹太教从精神上将散居各地的犹太人连为一体。俘囚时期虽只持续了半个多世纪，但对犹太民族凝聚力的增强却具有十分重要的意义。

五、复国时代（前 538～前 332）

公元前 538 年，波斯帝国兴起并吞并新巴比伦。波斯皇帝居鲁士善待犹太人，不仅允许他们重返故园，而且让他们重修圣殿。犹太囚居者在尼希米、以斯拉等人的带领下分批回到巴勒斯坦，进行了卓有成效的复兴故国活动。公元前 516 年，犹太历史上“第二圣殿”建成。犹太人恢复了早年在圣殿举行的献祭和崇拜活动，巴勒斯坦逐渐形成在波斯帝国统治下的、以大祭司为领袖的神权政体，巴勒斯坦和巴比伦犹太社团不断发展壮大。长达两个世纪的复国时代，也是犹太传统文化重建时代，他们编成《摩西五经》的定本，重修史册，写出历史文学《历代志》等。

六、希腊化时代（前 332～135）

公元前 332 年，希腊马其顿王亚历山大灭波斯帝国，建立了地跨欧亚非三洲的亚历山大帝国，犹太人的家园成为希腊帝国的一部分，犹太历史进入“希腊化时代”。马其顿和希腊移民在巴勒斯坦建起 30 多座设有希腊式祭坛、竞技场和剧院的城市，虽然犹太人为捍卫自身文化传统不断进行起义斗争，但犹太人生活的主体犹太教却发生了分裂，形成了撒都该派、法利赛派、奋锐党、艾赛尼派等众多派别，一个名叫耶稣的犹太人也开始了自己的派别活动。

公元前 63 年，罗马帝国取代希腊人成为世界霸主，犹太人又屈身于这一世界帝国的统治

---

① 先知是希伯来文 nabhi 的译名，指得到上帝启示并向世人传达上帝旨意的人，是上帝与世人之间的中介。这批先知的演说经辑录整理后被编入《圣经·旧约》正典，因而被称为“正典先知”。

② 希伯来文明主要是通过组成犹大王国的两支派——犹大和便雅悯保存和发展的，所以希伯来也被外族称为“犹太人”。

之下。罗马帝国继续推行希腊化政策，对犹太民族施行暴政并亵渎犹太教，迫使犹太人发动反抗罗马统治的起义，史称犹太战争，但起义遭到镇压。公元 70 年，犹太人的政治中心耶路撒冷被罗马军队攻破，第二圣殿被焚毁，犹太人被赶出圣城及家园。虽然在 132 年巴尔·科赫巴再度领导起义，但终因力量悬殊，135 年起义彻底失败。罗马统治者为防止犹太人再度进行反抗，禁止犹太人在圣地圣城居住，从此犹太民族失去了在自己家园生活的权利，开始向世界各地迁移。犹太民族的古代历史希伯来历史阶段终结了，犹太历史进入了长达 1800 年的“大流散”时期。直到 1948 年 5 月 14 日，犹太复国主义者根据联合国决议宣告在巴勒斯坦建立以色列国家，才使犹太人长达近 2000 年的复国梦想变成现实。这是后话。

起义领袖巴尔·科赫巴

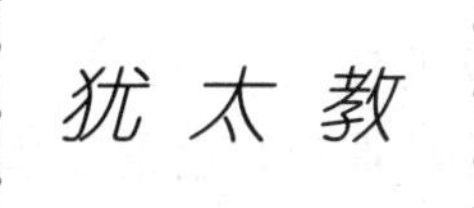

犹太教是希伯来文明的核心部分，它既是希伯来人的信仰和伦理道德规范，也是犹太社会自古以来一直遵循的生活方式。犹太教是保证犹太社会一体化、协调化、伦理化、整合化不可或缺的文化工具。犹太民族在失去构成民族历史最稳定、最持久的要素——地理疆域的情况下，仍能以民族共同体的形式顽强地生存下来，并创造出流而不散的历史文化奇迹，很大程度上应归功于犹太教。犹太社会生活的各个方面，包括政治、经济、法律、道德、伦理原则、生活方式、社会规范、组织制度、民俗礼仪及价值观念等无不受到犹太教的制约和影响。

一、犹太教形成过程

犹太教的发展大致经历了四个阶段。第一阶段，希伯来人与同时代西亚民族一样奉行多神教；第二阶段是一神教确立时期，约从公元前 13 世纪开始，在从埃及返回迦南途中，摩西为凝聚人心，规定独尊亚卫①一神，并通过认同和信奉道德戒律、宗教仪式和禁忌来赞颂亚卫；第三阶段为公元前 750～前 550 年，巴比伦俘囚期间，希伯来思想家们发动先知革命，确定犹太教基本教义；第四阶段是在犹太人从巴比伦返回家园后的波斯统治前期，是犹太教最终形成期，犹太教根本大法《摩西五经》编纂成书。

二、犹太教的基本教义

由于犹太教更注重信徒在实际生活中能否躬行律法，而不重视教义学说的建立，所以犹太教长期以来一直没有成文的、系统的教义。总结起来，其教义主要有一神论、契约观、犯罪与救赎观、末世论等。

1. 一神论

一神论是犹太教的根本属性，也是犹太教民族的独创。犹太教认为世界上只存在惟一的神——上帝亚卫。上帝是宇宙万物的创造者，是立法者和执法者，他是超验的、永恒的、全知全

---

① 以色列上帝名 Yahweh 的汉译，中文和合本《圣经》译为耶和华，现在学术界多认为不准确，而普遍采用“亚卫”这一译法。

能的，又是仁慈博爱的。

2. 契约观

犹太民族认为他们是上帝的选民，上帝做他们的保护神，犹太民族则必须只信奉上帝一神，并有责任和使命向世界传播上帝的旨意。这是上帝与其民族先祖定下的契约。上帝对亚伯拉罕说："我与你立约，你要做多国的父。……我要与你世世代代的后裔树立我的约，作永远的约，是要作你和你的后裔的神。我要将你现在的寄居的地，就是迦南全地，赐给你和你的后裔，永远为业。"(《旧约·创世记》第17章)所以，迦南(今巴勒斯坦地区)是上帝给他们的"应许之地"，上帝与亚伯拉罕立约的标志就是全民族男子须行割礼[①]。

3. 犯罪与救赎观

犹太人对人性的理解比较悲观，认为真正的义人、完人稀如凤毛麟角，而恶人、恶行举目可见。而人由于自身的局限性，难以自拔，只能依靠上帝拯救，于是就形成"人类违约犯罪—上帝降灾惩罚—罪人痛切悔改—上帝赦罪救赎"的不断循环的历史过程。

4. 末世论

犹太教末世论是与弥赛亚[②]救世论相辅相成的。犹太人认为，在世界末日到来时，由上帝派遣的弥赛亚会降临，把犹太人从流亡和苦难中拯救出来，让他们重返家园，重建自己的王国。到那时，正义得以伸张，整个人类将获得和平，各民族之间不再有纷争，世间万物将和睦相处。

三、犹太教律法

犹太教律法是犹太民族个人行为和社会活动必须遵循的道德准则。犹太教律法数量众多，其核心是《摩西十诫》。根据《圣经·旧约》记载，十诫是上帝在西奈山上授予摩西的十条戒律，是用"上帝的手指"刻在石头上传给后人的。其主要内容是：第一条，除亚卫之外，不可敬别的神；第二条，不可雕刻偶像；第三条，不可妄称上帝的名；第四条，当守安息日为圣日；第五条，当孝敬父母；第六条，不可杀人；第七条，不可奸淫；第八条，不可偷盗；第九条，不可做假见证陷害人；第十条，不可贪恋别人的妻子、房屋、田地、牛驴、仆婢及其他东西。《摩西十诫》的前四条强调对上帝信仰的惟一性，禁止希伯来人崇拜他神；后六条属于社会伦理范畴，目的在于协调人与人之间的社会关系。十诫不仅规定了犹太教的一神性，而且把宗教信仰转化为强调道德完善、社会教化及人间公义的伦理化宗教，使伦理性与一神性共同成为传统犹太教的两大基本属性。

摩西十诫

此外，犹太教的重要律法还有守安息日和饮食法。

安息日不是普通的休息日，而是圣日。《摩西十诫》第四诫规定犹太人必须守安息日："要谨守安息日为圣日。你有六日可以工作；第七日是单独归我的安息日。这一日，无论是你，你的儿女，奴婢，牲畜，或侨居的外族人，都不可工作，因为上帝在六日内造天、地、海和其中的万

① 始于族长时代的割礼是指男婴在出生8天后由指定的割礼师割开婴儿的包皮的特殊礼仪。上帝以此作为他与希伯来人立约的标志。

② 弥赛亚即救世主之意。

物，第七日便安息了。所以上帝赐福安息日，定为圣日。”犹太安息日从周五晚日落时分始至周六日落时分止。星期六的主要活动是上午全家走到犹太会堂祈祷或自己研读《托拉》(即《摩西五经》)，或去耶路撒冷西墙前祈祷，下午可以散步、游泳或带孩子上公园等。安息日饭菜必须事先准备好，因为安息日不可点火。安息日制度给全体犹太人提供了学习犹太教经典的专门时机，而且强化了犹太人的群体观念、故土观念，强化了他们的共同信仰、文化和情感，成为他们的精神支柱和犹太民族存在的一种象征。但安息日传统也给现代犹太人带来许多困惑，人们常常在固守安息日传统和适应现代工作制度之间无所适从。

犹太人认为自然万物中只有很少一部分可供人类食用，因而产生了饮食禁忌律法。犹太教将动物分成“洁净”和“不洁净”两类，只有“洁净”动物方可食用。洁净动物主要有分蹄同时会反刍的走兽，如牛、羊、鹿等；大多数鸟类，如鸡、鹅、火鸡等；有鳞有鳍的鱼类。反之则为“不洁净”动物。“洁净”动物还须无疾病、无畸形，宰杀也要按照一定的仪规。犹太人还反对吃动物血。犹太饮食法将犹太人和非犹太人隔离开来，饮食法和安息日制度一样成为犹太民族最突出的标志。

第二节 《圣经·旧约》的史学、文学和思想价值

犹太教经典主要包括被基督教称为“旧约”的犹太教《圣经》[①]，以及犹太教口传律法总集《塔木德》等。《圣经·旧约》是希伯来文明成就的高峰和代表，它最早出现于公元前 11 世纪，公元 2 世纪前后编纂完成。《旧约》主要由四部分组成，即律法书、历史书、先知书和诗文集。

《圣经》

1. 律法书

律法书又称《摩西五经》，犹太教中普遍称为《托拉》(*The Torah*)，由《创世记》、《出埃及记》、《利未记》、《民数记》和《申命记》5 卷书组成，记载着希伯来人的远古神话和传说，其中交织着犹太教的基本教义、教规、民事法律、伦理规范等。

2. 历史书

历史书包括《约书亚记》、《士师记》、《撒母耳记》(上、下)、《列王记》(上、下)、《历代志》(上、下)、《以斯拉记》、《尼希米记》10 卷书，述及希伯来人在约书亚率领下攻入迦南，经希伯来联合王国建立、兴盛、分裂、衰亡，直至以斯拉、尼希米重建圣城、复兴故国时期的历史概况。

3. 先知书

先知书习惯上包括 4 大先知书(《以赛亚书》、《耶利米书》、《以西结书》等)和 12 小先知书(《何西阿书》等)，而《但以理书》具有启示文学性质，《约拿书》具有小说特点，所以先知书实际只有 14 卷，是生活于公元前 6 年～前 4 世纪的一批先知针对当时现实问题发表的各种政论。

---

① 基督教称《希伯来圣经》为《旧约全书》是相对于后来产生的《新约全书》而言的，在犹太教中称《塔纳赫》(TNCH)。犹太教只承认《旧约》部分而不承认《新约》部分为《圣经》。

4. 诗文集

诗文集是历代文学作品的汇集，包括抒情诗集《诗篇》、《耶利米哀歌》、《雅歌》，智慧文学《箴言》、《约伯记》、《传道书》，小说《路得记》、《以斯帖记》、《约拿书》和启示文学《但以理书》10卷。《旧约》的价值是多方面的，它不仅是犹太人的宗教典籍，也是犹太人历史、社会、文学成就的集大成者，在宗教信仰、伦理思想、文化科学、文学艺术等方面对世界文化尤其是西方文化都产生了深远影响。

《圣经·旧约》的文学价值

《圣经·旧约》作为宗教经典，是犹太教和以后的基督教立教之本和信仰之纲；作为文学经典，则是一部内容宏富、意蕴深沉、形式繁多、风格独特的古代作品集，多方面展示了早期希伯来文学的辉煌成就。

一、《旧约》文学体裁丰富，种类齐全

《旧约》文学体裁十分丰富，可粗略地划分为叙事文学、抒情文学和论说文学三大类。

《旧约》中的叙事文学主要指以记事为主的神话、传说、史诗、史传和小说。

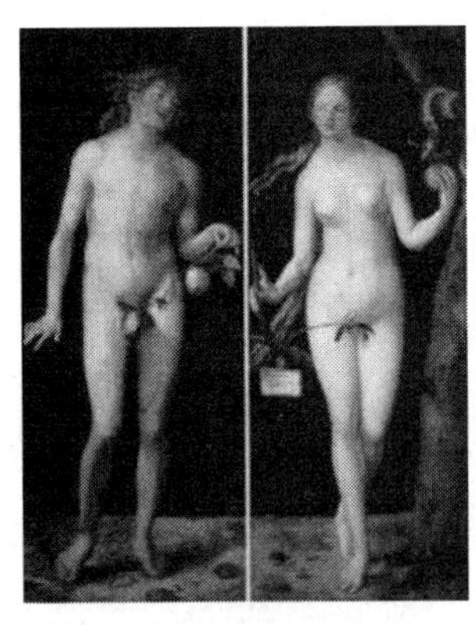

丢勒　亚当与夏娃

希伯来神话虽不如希腊神话丰富，但同样涉及宇宙、人类和文化起源三个重大主题。关于宇宙和人类起源的神话主要包括“天地创造”和“伊甸园”两则，突出了上帝作为造物主的一神地位和人类“犯罪”“堕落”的主题。关于文化起源的神话主要有亚当、夏娃之子该隐、亚伯兄弟阋墙和巴别塔神话等，前者表现了不同部落之间的争斗和有关宗教祭仪的分歧，后者则表明上古人类探究自然的精神并解释了众多民族语言不同的原因。流传久远的希伯来神话还有“挪亚方舟”等。传说是指关于希伯来人祖先亚伯拉罕、以撒、雅各的故事以及雅各之子约瑟的传奇事迹。亚伯拉罕是希伯来人的始祖，“燔祭献子”讲述的是上帝为考验亚伯拉罕的虔诚，让他把100岁方生下的独生子以撒带到摩利亚献作燔祭。亚伯拉罕当即备上驴子，带上以撒和献祭用的柴，到指定地点，拿起尖刀即欲杀子。天使及时制止了他，以一只公羊代替儿子献了祭。后世“替罪羊”一词即由此而来。“燔祭献子”突出表现了亚伯拉罕对上帝的绝对顺从和崇拜。雅各是希伯来人第三代族长，也是以色列人的始祖，他的12个儿子日后演变为以色列12支派。约瑟是雅各最宠爱的儿子，早年因妄自尊大遭哥哥们嫉恨，被卖为奴隶。在埃及因为法老圆梦得封宰相，厚待籴粮的众兄长，并将老父接往埃及。其中约瑟与兄弟相认场面写得十分感人。

史诗作品有“摩西传”、“约书亚传”、“诸士师传”等，史诗揭示的是上帝亚卫、先知或英雄和以色列民众三边关系，上帝始终处于主导地位。史传文学塑造了希伯来民族史上一批英雄人物如撒母耳、扫罗、大卫、所罗门、以利亚、以利沙等。这些英雄往往是性格多面的“复色”人物，如扫罗既是所向披靡的斗士，又是平庸无能的君王；嫉妒青年英雄大卫时显得自私狭隘，战败自杀时又表现得慷慨壮烈，体现出《旧约》史传文学从宣传教义出发，决定对人物褒贬态度的

特点。

希伯来小说作为比较成熟的文学形式产生于公元前5～前2世纪。《路得记》通过摩押女子路得[①]和犹太夫家人之间的真挚感情，赞扬了异族之间的团结互助。小说被歌德赞为古代文学遗产中最优美的田园诗。《约拿书》的主题与此相仿，借小先知约拿到尼尼微城传道的奇异经历，批驳狭隘的民族主义观念，主张不同民族之间应消除隔阂，互谅互爱。两篇小说传递出世界主义信息。《以斯帖记》则以爱国主义为主题，颂扬犹太女子以斯帖的民族气节和坚毅智慧的斗争精神，与《次经》中的《犹滴传》并称为塑造以色列巾帼英雄的双璧。

《旧约》中的抒情文学主要是指《诗篇》、《耶利米哀歌》和《雅歌》3卷抒情诗。《诗篇》是配乐吟唱的诗集，共收150首诗，是希伯来民族情感世界的充分展示。《诗篇》最重要的特征是始终弥漫着浓郁的宗教感情和爱国主义情感，如第137首《被掳者的哀歌》是著名的爱国诗："我们坐在巴比伦河畔，/一想起锡安[②]就禁不住流泪。/在河边的柳树上，/我们把竖琴挂起来。/俘虏我们的人要我们唱歌，/折磨我们的人要我们欢娱他们。/……身处外邦异国，/我们怎能唱颂赞亚卫的歌呢?"德国古典音乐大师巴赫和捷克作曲家德沃夏克都曾用此诗写过经文歌曲《在巴比伦河边》。《耶利米哀歌》是在犹大王国彻底覆亡、犹太人陷于空前绝望的背景下产生的，通过描写公元前586年京城陷落、众民遭掳的悲惨景象，抒发了诗人强烈的亡国之恨和忧民之情。《雅歌》被称为"歌中之歌"，是希伯来抒情诗发展的顶峰。这部爱情诗集描写大胆真率，抒情热烈奔放，对男女爱情作了极高的礼赞。

所罗门之歌，是诗歌中最美的诗歌。
……
我亲爱的，你多么美丽！
你的眼睛像鸽子的眼睛，
在面纱后面闪耀着爱的光辉。
你的头发像一群山羊，
从基列山跳跃着下来。
你的牙齿如新剪的毛，
像刚刚洗刷干净的绵羊一样白，
成双成对地排列着，
一颗都不缺少。
你的嘴唇像一条朱红色丝带，
你开口说话时秀美动人。
在面纱后面的双颊泛红，
像裂开两半的石榴。
你的脖子像大卫的高塔，
圆直牢固，
挂着的项链像成千勇士的盾牌。

---

① 摩押女子路得即犹太联合王国大卫王的曾祖母。

② 即锡安山，最早叫摩利亚山，是亚伯拉罕献祭以撒处，后来是所罗门王建筑第一圣殿处。现在叫圣殿山。

你的双乳像一对羚羊，
像孪生的小鹿在百合花中吃草。
……
爱情跟死亡一样坚强，
恋情跟阴间一样牢固。
它爆发的火焰，
像烈火一样燃烧。
水不能熄灭爱情，
洪流也无法淹没。
若有人想用财产换取爱情，
他必定招来鄙视。

论说文学是《旧约》中充满哲理思辨的文学，主要包括智慧文学、先知文学和启示文学。智慧文学的代表有《箴言》、《约伯记》和《传道书》等。《箴言》是希伯来人的哲理诗集，总结犹太民族的各种伦理道德准则，主题是惩恶扬善。《约伯记》通过义人约伯受苦的故事，探索人类悲剧命运的根源，表现了希伯来人在一神论信仰中的怀疑、彷徨、苦闷和执着。《传道书》是《约伯记》怀疑主义的极端延续，是一部充满虚无悲观情绪的诗集，是希伯来人屡遭磨难后悲观厌世心理的真实写照。《约伯记》讨论的是好人为什么受苦，《传道书》则讨论宇宙与人生的价值问题。这个"道"就是怀疑主义和悲观主义的哲学思想。传道者还鼓励年轻人尽情享乐，随心所欲做自己喜欢做的事，体现出受到希腊伊壁鸠鲁享乐主义思想的影响。"虚空的虚空，虚空的虚空，/人生虚空，万事都是虚空。/人在太阳底下劳碌一生，/究竟有什么益处？/一代过去，一代又来，/大地却永远是这个样子。/太阳升起，太阳沉没，/迅速又回到原来的地方。/风向南吹，又向北转，/不断地循环往复。……发生过的事，以后还会发生；/做过的事，将来还要再做。/太阳底下没有新的事。"两书都产生于公元前 300 年内，是受到希腊思想影响后的产物。先知文学是一组爱国篇章，是生活于俘囚时代前后数百年间的爱国志士，在内忧外患的年代里目睹各种社会罪恶，深感民族危机加剧，愤激地吟诗撰文，抨击时弊，劝诫民众弃恶从善，体现出强烈的批判现实精神。启示文学是《旧约》中最晚出现的文类，繁盛于公元前 2 世纪～公元 2 世纪，以奇异怪诞的异象隐晦曲折地传达作者的政治见解和社会主张，启示文学的代表作《但以理书》中的"四兽异象"是典型画面。启示文学关注的是未来世界，表达的是末世论和弥赛亚救世观念。

二、《旧约》文体特征鲜明，风格崇高悲壮

《旧约》文学不仅种类繁多，且文体特征非常突出。神话想象丰富；史诗气势磅礴；小说构思精巧，情节曲折；戏剧一波三折，扣人心弦。尤以诗歌、先知文学和启示文学风格独特。希伯来诗歌在诗体和音韵方面独创了贯顶体和气纳体。所谓贯顶体，就是将希伯来文的 22 个字母依次置于 22 节诗每节句首，《诗篇》第 119 首最为典型。这是希伯来诗歌独创的体制宏大的格律诗。所谓气纳体，是指在音韵方面每句诗的五个强音中，前三后二，中间有一短小停顿，表达人哭泣时上气不接下气的呜咽状态，《耶利米哀歌》是其代表。先知文学运用天启体和异象体

等独特体裁，前者采用“上帝独白”的第一人称论述，以示这是上帝从天上传下来的启示，对听众造成精神震慑力；后者先描写含义晦涩的梦境，再由上帝或天使进行解释，是启示文学的先声。这种文体到《新约·启示录》中已发展得十分完备。

不论采用哪种文体，《旧约》的总体风格是崇高、神圣、庄严而悲壮的。这种风格主要来自多灾多难的民族历史和不屈不挠的抗争精神，更来自对上帝的坚定信仰。《先知书》的作者们自觉肩负起拯救民族、复兴国家的使命，他们忧国忧民，为世风日下痛心疾首，为训诲国民大声疾呼，显示出高尚的人格；而摩西从西奈山上携法板归来时“脸上发光”，百姓见了无不退避，因为他见过上帝，光源来自至高的上帝。此外，源自民间文学的作品则具有清新、质朴、优美、健康的情致；出于文人手笔的，则辞章精巧，语言犀利。

三、《旧约》文学形象鲜明，生动感人

多那太罗　大卫

《旧约》虽主要为宗教典籍，但其中仍不乏鲜明、生动的人的形象。如亚伯拉罕虔诚、坚毅、和善，雅各机敏、狡黠、好胜；耶利米忧国忧民，所罗门聪慧睿智；路得善良、贤淑、忠贞，以斯帖美丽、机智、聪慧，互不雷同。不少人物还呈现出多面性格，如大卫，少年时是威震敌胆的英雄，晚年时是荒淫卑劣的昏君；面对嫉贤妒能、多次欲加害于己的扫罗，他宽宏大量，以德报怨，而为夺美色，又不惜借刀杀人，除灭忠良，阴险狡诈，残忍狠毒；他统一以色列南北各部落指挥若定，是具有雄才大略的领袖，而面对被杀的叛子押沙龙，又是伤心、绝望而无奈的父亲。但《旧约》中没有尽善尽美的人间英雄，他们能有非凡之举，也归功于亚卫的神力，上帝始终是《旧约》的中心形象，显示出鲜明的宗教化倾向。

四、《旧约》语言平直简约，修辞手法多样

《旧约》主要用希伯来文和亚兰文写成，公元前3世纪托勒密二世统治时期被翻译成希腊文(《七十子希腊文译本》)。希伯来文最初只有22个辅音字母，没有元音，总词汇量不甚丰富，连词尤其缺乏，形容词往往以名词转义表示，语词富于描绘性而缺乏思辨色彩。公元前8世纪以后臻于成熟[①]，陆续写成《旧约》各章。复国时代，亚兰文取代希伯来文而通行于巴勒斯坦地区，《旧约》中有3个段落用亚兰文写成[②]。《旧约》用词平直简约，句法结构简单，形成单纯而有力的语言风格。如《创世记》中写上帝创造天地：“起初神创造天地。……神说：‘要有光。’就有了光。神看光是好的，就把光暗分开了。神称光为昼，称暗为夜。有晚上，有早晨，这是头一日。”海明威的《老人与海》被评论家称为具有《圣经》文体风格。

《旧约》中的修辞手法十分丰富且运用纯熟，常见的有比喻、夸张、反复、对比、反衬等。如《雅歌》多处运用比喻：“我的爱人在女子中，犹如荆棘里的百合花。”“我的爱人在男子中，好像丛林中的一棵苹果树。”《诗篇》则多处采用反复以强化情感效果。《约拿书》中用夸张手法写尼

① 20世纪该语言吸收了大量西方词汇，形成现代希伯来文，成为以色列国的官方语言。

② 3个段落是《但以理书》第2章第4节～第7章第28节；《以斯帖记》第4章第8节～第6章第18节，以及第7章第12～26节。

尼微城之大，说穿行它要行三日的路程。《以斯帖记》中哈曼和末底改的前后经历处处形成对比。《出埃及记》以法老的愚顽狂傲反衬摩西的刚毅顽强，以民众的怯懦愚昧反衬摩西的坚定英明，使摩西的英雄形象被凸显出来。

《圣经·旧约》的史学价值

《圣经·旧约》既是希伯来人，也是人类早期生活和思想的文化母体。它不仅是希伯来民族的文化记录，也是古代西亚与地中海东部各民族文化生活的曲折反映。《旧约》是希伯来民族历史脉络、生活状况和思想发展的生动写照，记录了古代希伯来的社会体制、经济制度、律法原则、军事制度、宗教习俗等情况，同时也是希伯来古典文学最高成就的代表。

一、《旧约》描述了希伯来古代历史和社会概况

《旧约》历史书中，虽杂糅着不少神话、传说、故事成分，但依然勾勒出希伯来民族历史的发展轨迹。

从社会体制上看，以色列民族12支一直是一个松散的统一体，靠对共同的上帝的信仰维系在一起。族长时代过着半游牧生活，社会结构的基本单位是家族；定居迦南后，单一的游牧生活逐渐被多元化的生活方式取代，社区取代家族成为最重要的社会结构元素；王国时代，君主制得以确立，形成了以王权为中心的官僚系统；亡国以后，犹太民族在外邦的殖民统治下组成犹太社团，长老们成立长老会组织，执行犹太人内部的审判和惩罚。从王国时代到复国时代，在犹太社会结构中，王室、官僚、祭司、拉比、先知以及后来出现的撒都该人和法利赛人构成社会上层，而占据社会主体的则是从事百工百业的农人、牧人、商人、手工艺人、建筑师、乐师、娼妓等。

古代希伯来民族就经济实力而言，在相当长的时期内并不比周围许多民族强，但其经济制度和经济意识却比较成熟，所以到所罗门时代，希伯来民族已拥有名扬四海的大量财富。畜牧业是最早的经济形态，人们对放牧生活非常熟悉，耶稣讲道时常常将上帝与人类的关系比作牧人和牧群。农耕经济是定居迦南以后发展起来的，但总体说来并不发达，难以自足，于是商业经济应运而生。王国时代希伯来商人经营各类商品进出口贸易。至《新约》时代，犹太民族的商业经济远远超过了农业和畜牧业。当时耶路撒冷有7个闹市，各类商品应有尽有，俨然一个商贸大都市。

犹太律法是世界上产生较早、发展较完善的古典法律之一。但其表述零散，《出埃及记》、《利未记》、《申命记》和《民数记》中都有一些条文。它受古巴比伦《汉谟拉比法典》影响很大，但不像后者那样是依靠政权的强制力量建立的，而是借助神的权威建立起来的，从而形成了律法与宗教、道德相互融合的现象。犹太律法涉及宗教、政治、军事、伦理道德和日常生活各个方面。犹太律法与西方两大法系之一的英美法系①有紧密的渊源关系。如英美的“扣押令状”就是以“犹太人的抵押品”为样板制定的；英美法庭的陪审员制度也受到犹太法庭的影响，陪审员在审案之前必须像犹太法庭中那样宣誓；犹太律法中“上帝面前，人人平等”的原则也直接影响了英美法系，那就是“法律至上”，统治者与被统治者都必须接受其制约。

---

① 另一法系是大陆法系，全面继承了古罗马法。

二、《旧约》记录了希伯来民族的生活习俗

《旧约》对希伯来人的家庭、婚姻、生育、饮食起居等生活习俗也有生动细致的描述，真实再现了那个时代的生活风貌。犹太家庭往往规模庞大，人口众多。长子对家产拥有优先继承权，以免家产分散。在婚姻上，虽然《旧约》没有明令禁止一夫多妻，但一夫一妻还是犹太人普遍采用的婚姻形式。兄长早丧，弟弟有义务娶寡嫂为妻，以便为兄留下子嗣。犹太人提倡早婚，男子最低婚龄为13岁，女子为12岁；反对与异族通婚以纯化本民族的宗教信仰。希伯来人的饮食起居总体来说比较简朴。半游牧时期，希伯来人多以帐篷为家，定居以后居住的多是土坯房，一家人睡一张通铺。《旧约》时代希伯来人的主食是小麦饼、大麦饼或烤麦粒；另一种主食是牛奶、羊奶和骆驼奶，还有肉类、蛋类、蜂蜜和橄榄等。希伯来人的服饰通常是贴身长衣加一件外袍，用整块的布做成；缠头巾或戴黑色无檐小帽。

三、《旧约》反映了希伯来民族的神学史观

《旧约》中的历史资料都围绕服务于宗教这一目的进行了加工改造，体现出明确的神学史观。历史书记载了犹大和以色列国历代诸王，但他们并非历史舞台上的主角，主角只能是公正、仁慈、至高无上的上帝。无论是对历史人物的褒贬还是对历史事件的取舍都依据宗教需要这个尺度。作者将各种史料精心置于神学框架中，竭力想表明以色列人如何因守约而得福，因违命而遭惩罚，即使如大卫王、亚哈王犯罪也要承担责罚。

《旧约》还体现了希伯来民族线性直进的神学史观。近东地区的众多民族如苏美尔、埃及、巴比伦都持循环轮回的历史观，视人类生活为毫无意义的单调重复。犹太民族创造性地提出了线性直进的历史观，即世界的发展是有意义、有目的地朝着一个既定方向运动的过程。在世界末日到来之际，上帝会派遣弥赛亚降临，把犹太人和全人类从苦难中拯救出来，正义将得到伸张，人类将获得和平，永享友爱与公义。这种对于未来世界的美好憧憬把人们从循环论的悲观主义思想中解放出来，赋予人生和历史以新的意义。

《圣经·旧约》的思想价值

《旧约》的思想价值主要体现在其宗教思想的先进性、犹太教的契约观、犹太民族的律法观等方面。

《旧约》的思想价值首先体现在其宗教思想的先进性。犹太教的一神论思想产生于多神教盛行时代，在当时无疑是一个进步。它以一个神祇缜密有序的创世计划代替了无序、分散甚至矛盾对立的多元世界，人类在一个有序、和谐、统一的世界中，生活会更有意义，也更能寻到幸福。犹太教的契约观通过上帝和犹太民族互相选择、订立契约确定彼此的责任和义务，人对神有践约的义务，神对人也承担相应的责任，契约关系打破了长期以来人只能听命于神的宿命观，赋予神人关系以全新色彩。这种契约观思想对近代欧洲启蒙思想家们的“天赋人权”“社会契约论”等观点的产生以及现代西方社会民主体制的形成都产生了积极而深远的影响。犹太人对律法的严格遵从，依据人对律法的遵从情况判断他是否为义，对西方社会法律强调实际证据影响很大；犹太教坚持人的神圣性不可侵犯，在上帝的律法面前人人平等，对现代西方社会法律面前人人平等观念的形成也有重要影响。其他如由宗教思想派生出来的伦理思想、强调平等的人文精神、注重律法的理性精神也不同程度地成为后世西方文明的源泉。

第三节 基督教和《圣经·新约》文学价值

基督教的产生与发展

“基督教”一词，最早见于公元2世纪初安提阿[①]的圣伊格那丢《致马格尼西亚教会书》，指区别于犹太教、尊崇基督为主的新教派。

一、基督教萌芽

基督教最初产生于公元1世纪罗马人统治下的巴勒斯坦地区。犹太人在反抗外来统治中，形成了几个宗教—政治集团，主要有撒都该派、法利赛派、奋锐党、艾赛尼派，基督教很可能脱胎于艾赛尼派。

耶稣基督

根据《圣经·新约》福音书的记载，基督教的创始人耶稣(前5～30)是犹太人，出生于巴勒斯坦北部加利利地区的伯利恒，后在小镇拿撒勒长大，故称“拿撒勒的耶稣”。30岁在约旦河接受约翰洗礼并开始在加利利和犹太各地传教，追随他的信徒中有12人为大弟子。他目睹犹太教正统派法利赛派和撒都该派注重对律法书进行琐碎的、近乎诡辩的研究，讲究礼拜仪式的繁文缛节，在圣殿中出售供祭祀用的牲畜，破坏圣殿的清净，原始教义得不到弘扬，大为不满。他号召人们忏悔，建立不囿于律法、献祭、禁食、血统、民族，而仅以仁慈、宽恕的心灵为根基的全人类宗教，宣告上帝的国即将来临。耶稣的传道深得民心，遭到犹太教上层人士嫉妒，他被诬自称“犹太人的王”而被罗马统治者视为危险分子，公元30年以“反叛罗马”罪被钉死在十字架上。信徒们尊称他为“基督”[②]。但耶稣是作为犹太教改革者出现的，基督教在他遇害时尚不是独立的宗教。

二、古代基督教

耶稣被杀后，其门徒继续宣扬他的教训，并在他去世后10多年里，以耶路撒冷为中心建立起初期教会，领袖人物是大使徒彼得和耶稣的弟弟雅各。1世纪30年代末，一位犹太教正统派教徒扫罗在迫害基督徒的过程中经历奇遇后皈依基督教，开始积极宣扬基督教义，并更名为保罗(10～67)。基督教能发展为独立宗教，很大程度上应归功于他。保罗主张“因信称义”和“靠恩典得救”，竭力反对犹太教繁琐的礼仪，奠定了基督教成为世界宗教的基础。

随着基督教的广泛传播，罗马统治者对它的迫害也日益加剧，许多信徒以身殉教。但教会依然发展迅猛，其势锐不可当。1世纪末开始出现的以主教为首、辅以长老和执事的三级教职制到2世纪开始定型，崇拜仪式和圣礼逐渐固定化。到3世纪末， 基督教已成为一支具有显

① 在土耳其境内，现已成废墟。

② 本意“受膏者”，意即“救世主”，希腊文作“Christos”，对应希伯来文中的“弥赛亚”一词。

著地位的社会力量。罗马统治者也改变策略，变迫害为安抚、拉拢。313 年，帝国东部和西部皇帝联名发表“宽容敕令”(史称“米兰敕令”)，认可基督教为合法宗教。392 年，狄奥多西一世又颁布法令，禁止罗马国内其他一切宗教，基督教作为罗马国教的地位从此确立。由于罗马帝国全境一直分作东西两部分，所以基督教从 3 世纪起逐渐形成东西两派。西派传播至高卢、意大利到北非迦太基一线和以西地区，通用拉丁语，中心在罗马；东部散布在马其顿、希腊半岛至埃及一线和以东地区，通用希腊语，中心在君士坦丁堡(原拜占庭)。至 1054 年，东西教会正式分裂，西派教会自称公教(即天主教)；东派教会自称正教(又称“希腊正教”，即东正教)。

三、中世纪基督教

教会史中一般把中世纪范围定为 6～15 世纪，前期(6～10 世纪)为“黑暗时期”，后期(11～15 世纪)为“经院时期”。基督教及其教会在中世纪居统治地位是毋庸置疑的，无论是政治、社会、思想还是文化领域都由基督教思想主导，以罗马教廷为首的基督教教会作为基督教的有形机构主宰着中世纪的所有方面。在长达 1000 多年的封建时期，教权与皇权互相利用又彼此斗争，对基督教的发展产生了重大影响。8 世纪的“丕平献土”标志着“教皇国”的产生；800 年，教皇利奥三世为查理大帝加冕，则影响了日后“君权神授”思想的发展。

9 世纪，教会逐渐兴办大学，开始了高等教育，并从教会修院中发展出“经院主义”。奥古斯丁(354～430)是经院哲学的奠基人，他的神创论、原罪论、恩宠论(上帝选择自己帮助的对象完全是出于对谁恩宠)、预定论(一个人是否能得救是在他被创造出来之前就由上帝预先判定)和教会论等，对后来西方正统神学产生了深远影响。

13 世纪是经院哲学的黄金时代，代表人物有托马斯・阿奎那(1225～1274)，他著有《神学大全》《反异教大全》等巨著，系统全面地阐述了基督教信仰，被公认为现代天主教神学的基础。从 1096 年开始，教皇在保护基督教圣地的幌子下发动了 8 次旨在扩大势力、攫取财富的十字军东征；1229 年决定成立主要设在法国、意大利、西班牙等国的异端裁判所(或名“宗教裁判所”)，对不接受教廷信条的所谓“异端”进行了残酷镇压。

四、文艺复兴时期以来的基督教

15～17 世纪是基督教大分化时期，这一时期文艺复兴产生于前，宗教改革爆发于后，新教的三大主流派别也形成于这个时期。

文艺复兴对教会的直接冲击是肯定人的理性，相信人能借助理性认识自己的世界，它动摇了教皇的权威，也奠定了宗教改革的思想基础。

16 世纪初～17 世纪中叶的宗教改革导致天主教会的进一步分裂或分化。1517 年，德国基督教修士马丁・路德(1483～1546)在维滕贝格城堡大教堂门上贴出以反对教廷发售赎罪券为内容的《95 条论纲》(又名《关于赎罪券效能的辩论》)，揭开了宗教改革运动的序幕。他宣称：“罗马教会是打着神圣教会与圣彼得旗帜的人间最大的巨贼和强盗。”教皇利奥十世十分恼怒，发布教谕，开除了路德的教籍，路德也公开表示与教廷决裂。同时，在瑞士、法国、英国等地也纷纷掀起新教改革运动。宗教改革后，新教的三个宗派——马丁・路德创立的信义宗(又名路德宗)、瑞士人茨温利(1484～1531)和法国人加尔文(1509～1564)创立的归正宗(又名加尔文宗)、作为英国国教的安立甘宗(即圣公会)依次出现，基督教史上开始出现天主教、东正教和新教三分天下的局面。宗教改革不仅以其理性思考、怀疑和批判精神影响了欧洲的思想运动，而且使不同信仰的人可以享有同等的宗教和政治权利，实行宗教宽容和宗教自由成为西方信仰生活的主旋律。自基督教被定为罗马国教以来，宗教因素在西方政治生活中第一次被降到次要地位。

近现代，宗教在经历改革运动、18 世纪理性法庭的审判之后，进一步走向多元。同时，从 16 世纪即开始，到 19～20 世纪盛极一时的天主教、新教传教活动，使基督教进一步走向世界。第一次世界大战后，英美等国的新教教会首先发起提倡全世界基督教各派大联合的普世教会运动，在这一运动中，天主教和东正教也在谋求相互之间以及同新教之间的对话。

基督教与犹太教异同

犹太教是基督教脱胎而出的母亲宗教，两者之间有着千丝万缕的联系，但同时又有许多差异。

首先，经典异同。基督教的正式经典为《圣经》（又名《新旧约全书》），通常是犹太教《圣经》（在基督教中称为《旧约全书》）再加《新约全书》部分。《新约》共 27 卷，最初用希腊文写成，按其组成可分为福音书、使徒行传、使徒书信、启示录四个部分。《新约》写于公元 50～150 年之间，其内容在 330 年得到正式确认，从而完成了《新约》正典工作。

福音书分《马太福音》、《马可福音》、《路加福音》和《约翰福音》4 卷。中心内容是报告上帝派其圣子耶稣基督降世救人的好消息：耶稣道成肉身、降生于世，在世上生活、传道、行施神迹、治病祛灾、救赎罪人，为世人受过，献身，又从死里复活并升天。

《使徒行传》1 卷，记述耶稣去世后 30 年间初期基督教成长过程：使徒们如何在耶路撒冷创建教会，并以极大的热情向外邦传教，使基督教运动得以蓬勃发展。

《使徒书信》21 卷，主要有保罗书信 13 卷等，是初期使徒在传教过程中彼此往来的信件，反映了各地教会的情况，探讨并阐述基督教的信条和教义，实质是一批教义著作。

《启示录》1 卷，以幻想和象征笔法写末世的善恶之战，表达初期基督徒对新天新地必将降临、耶稣基督必定再来的信念，继承了《但以理书》的写作手法。

米开朗基罗　哀悼基督

其次，教义异同。基督教继承了犹太教一神论这一基本教义，而将其演化为“圣父、圣子、圣灵”三位一体；继承了犹太教的契约观，而将其发展为上帝以其独生子耶稣受难于十字架为人类赎罪来与人类订立新约，人类从此要信仰上帝，才能在末日审判时得到最后的拯救；继承了犹太教中的弥赛亚救世论，而且认为耶稣基督就是救世主，他虽然被钉死在十字架上，但已经复活，会再次降临人间。届时，死人都将复活，与活着的人一起接受基督的最后审判，决定灵魂在天堂与地狱之间的去向。同时，基督教又改变了犹太教的一些教义。犹太教的选民观被扩大为不论种族、不论贫富都可成为基督徒，这一思想使基督教从一个民族宗教中走出来，发展成为面对全人类的世界性宗教。基督教提出了“原罪”说，主张人类生来即有罪性，罪性乃是从人类始祖亚当、夏娃偷吃伊甸园禁果的原始罪行传承而来。人类只有忍受苦难以赎罪,死后才能得到拯救。基督教还提出了“爱人如己”的博爱思想。在《马太福音》第5～7章“登山宝训”中耶稣提出:“你们听见有话说:‘以眼还眼,以牙还牙。’只是我告诉你们:不要与恶人作对。有人打你的右脸,连左脸也转过来由他打。”“你们听见有话说:‘当爱你的邻舍,恨你的仇敌。’只是我告诉你们:要爱你们的仇敌,为那逼迫你们的祷告。”对人提出了通向至善的更高的道德规范。

第三,宗教组织不同。基督教从出现以来就是有组织的宗教,不同于犹太教将世俗事务与宗教事务混合在一起,它的组织是纯宗教组织。起初教会只是单纯团体,随后出现了有具体职能的宗教机构,以后又出现了教士阶层。奥古斯丁的教会论把基督教会当做上帝之城在人间的体现,人只有通过教会才能得救,获得永生;世俗国家只有服从教会才能成为上帝之城的一部分,从而使教士阶层逐渐成为社会的第一等级。

第四,崇拜仪式不同。犹太教最重要的宗教仪式是守安息日(星期六),而基督教最普遍的崇拜仪式是为纪念基督复活,在星期日举行“主日崇拜”(基督徒相信耶稣星期五被钉死在十字架上后,在星期日复活)。基督教废除了犹太教中的割礼和饮食禁忌,天主教和东正教承认的有七件圣事,即洗礼(以水浸体或注体的入教仪式)、坚振(儿童成年后强固其宗教信仰的礼仪)、告解(教徒在神父前求忏悔,可赦免其罪)、圣体(领受象征耶稣身体的面饼)、终傅(临终忏悔和祝祷)、神品(封立圣职)和婚配。新教一般只行洗礼和圣餐礼。

第五,从宗教节日看,基督教主要节日有圣诞节、复活节、圣灵降临节等,不同于犹太教的逾越节、除酵节、住棚节、普珥节等。

《圣经·新约》文学

《新约》是“希腊化”时期东西方文化碰撞、融合的产物,是希腊文化和希伯来文化交流的结晶。《新约》文学既是初期基督教文学,也是后期古犹太文学的重要分支,因此,它既表现出鲜明的民族内容,也贯穿着以救赎全人类为己任的世界主义主题。

一、福音书文学

关于耶稣生平和传教思想的传记性文字。按约翰所记,耶稣本是太初即存、与上帝同在也兼为上帝的“道”,后来成了肉身,被天父派往世间,履行救赎世人的使命。按马太和路加所记,耶稣的母亲是玛利亚,她许配给大卫的后人约瑟,尚未结婚便从圣灵怀了孕。为报名上册,她跟随约瑟来到祖籍伯利恒,半路上在一个客栈的马槽里生下耶稣。耶稣的降生引起了希律王的恐慌和迫害,为免遭他毒手,约瑟按照天使吩咐带妻儿赴埃及避难,直到希律王死后才返回拿撒勒。

耶稣正式传道前在约旦河接受表哥约翰的洗礼,接着到旷野40天,经受魔鬼的3次试探,战胜了权力和荣华的诱惑。随后他在犹太和加利利地区传道,宣传上帝的国近了,劝人们悔改,相信福音。他很快名声大振,吸引了很多追随者。他挑选了12人做门徒,又设立70个骨干,派他们两人一行到各地传道。他善于言谈,能行神迹,对多种顽疾手到病除,还能使死人复活。他的门徒(尤其是彼得)把他推崇为人们盼望已久的救主,他表示认可,带着彼得、约翰和雅各上山祷告,在那里改变了面容,并和摩西、先知以利亚说话。一个声音从云中传来:“这是我的爱子,我所喜悦的。”证实他确实是上帝之子。

耶稣指责犹太教的陈规陋习，不同意法利赛人关于恪守安息日的繁琐教条，反对拘泥于摩西律法的细枝末节，这类言论触犯了犹太教大祭司、犹太教上层法利赛人和撒都该人的利益，他们把耶稣视为危险人物，处心积虑想除掉他。逾越节前夕，12门徒之一的犹大以30个金币的报酬出卖耶稣，在客西马尼园以亲嘴为暗号，使他被打手捉拿。耶稣被押解到罗马巡抚彼拉多处受审，彼拉多审查不出他的罪过，但迫于犹太人的压力，最终同意把他钉上十字架。耶稣临终时很痛苦，大声喊叫："我的上帝！我的上帝！为什么离弃我？"

耶稣死后，按犹太习俗安葬在一个山洞墓穴里，洞口用大石头挡住。第3天早晨大地震动，几位妇女发现洞口的石头被挪开，耶稣的遗体不见了。天使告诉她们，耶稣已经从死里复活。此后耶稣多次向门徒和众人显现。另据《使徒行传》记载，耶稣复活后第40日升天，五旬节差遣圣灵降临。众门徒被圣灵充满，开始向外邦传教。

四福音书各有特色。《马可福音》篇幅最短，着重记载耶稣的事迹，人物每每处于紧张的行动中。全书笔法紧凑，行文快捷，场景转换迅速，由此而得名"行动的福音"。作者的记叙详略结合，疏密有致。作者未记载耶稣的家谱和降生，而是从施洗者约翰传道开始，略提一笔耶稣的受洗和受试探，便进入主体——耶稣在加利利的工作。全书前半部叙事粗略，情节进展迅捷。自彼得认耶稣为基督后，围绕耶稣三次预言受难和复活，引出故事高潮，最后浓墨重彩渲染耶稣受难的过程。因此《马可福音》又被评价为由"耶稣受难的叙述加上一个长长的引言"构成。

《马太福音》不仅记叙耶稣在世上的生活和工作，也详尽记载了他的讲道和教诲。马太认为，教诲民众是耶稣生平的核心，而非偶然举动，他的教诲能被听众理解，并为之带来实际利益。耶稣讲道分为五组：① 登山训众（第5～7章），对基督徒的品行和责任作出总体要求，被誉为基督教伦理思想的基石；② 给门徒的训勉（第10章），对门徒外出传道作出具体指示；③ 天国的比喻（第13章），阐明天国的性质和特征；④ 教会的生活和纪律（第18章），要求信徒谦卑虚己，相互宽恕；⑤ 谴责法利赛人并预告末世将临（第23～25章），论及法利赛人的伪善、危险以及末世的景象。其中，"登山训众"自始至终都是格言警句，在基督教世界有口皆碑。如"登山训众"开头的"论福"："虚心的人有福了！/因为天国是他们的。/哀恸的人有福了！/因为他们必得安慰。/温柔的人有福了！/因为他们必承受地土。/饥渴慕义的人有福了！/因为他们必得饱足。/怜恤的人有福了！/因为他们必蒙怜恤。/清心的人有福了！/因为他们必得见到上帝。/使人和睦的人有福了！/因为他们必称为上帝的儿子。/因义受逼迫的人有福了！/因为天国是他们的。"再如《马太福音》"论天上的财宝"："不要为自己积攒财宝在地上，/地上有虫子咬，能朽坏，/也有贼挖窟窿来偷；/只要积攒财宝在天上，/天上没有虫子咬，不能朽坏，/也没有贼挖窟窿来偷；/因为你的财宝在哪里，/你的心也在哪里。"耶稣常用某种形象化的比喻："你们要进窄门。因为引到灭亡的门是宽的，路是大的，进去的人多；而引到永生的门是窄的，路是小的，找着的人少。"用窄门和宽门来比喻"永生之路"和"死亡之路"。"为什么看见你弟兄眼中有刺，却不想自己眼中有梁木呢？"比喻人"待人苛刻、律己宽松"。再比如他说"骆驼穿过针的眼比富人进入上帝的国还容易"，说明财富乃是脱俗成圣的绊脚石。这些可略见耶稣训言的基本风貌。

《路加福音》的文学色彩在四福音书中居于首位。作者路加是一位才华横溢的基督教文学家，他善于对前代材料进行筛选、重组、加工和润饰，还能写一手地道的希腊文，将情节演变流畅地衔接起来，并使文风与情境相互吻合。他以《马可福音》为著书框架，又增加了大量新的内容：首先是耶稣降生和童年故事(1～2章)，它们韵散交融，情文并茂，既紧凑洗练又从容不迫，且具有相当大的篇幅，长度仅次于受难故事；其次是一组脍炙人口的寓言故事，如"善心的撒玛利亚人"、"浪子回头"、"财主和拉撒路"等，它们结构工整精致，中心突出，文字简明，形象生动；最后是一组诗情澎湃的圣诞诗篇，如"天使预言施洗者约翰降生"、"天使预言耶稣降生"、"玛利亚的尊主颂"等，它们汇聚了初期基督教诗歌的精华，充分展现出其艺术的风姿与成就。"玛利亚的尊主颂"辞彩瑰丽，热情洋溢，行文多用对句，全篇犹如散文诗，是《新约》中最负盛名的赞美诗："他伸出手臂施展大能，/驱散那心高气傲的人；/他把权贵从宝座上推下，/却抬举卑微的穷人；/他使饥饿者饱餐美食，/却使富足者囊空如洗。"

《约翰福音》以抽象的神学思辨著称，开宗明义便使用古希腊哲学中的"逻各斯"(即"道")，宣告"太初有道，道与上帝同在，道就是上帝。……道成了肉身，住在我们中间，充充满满地有恩典，有真理"，将耶稣定为"道成肉身"的上帝，兼天父的独生子。与内容的思辨性相照应，《约翰福音》的文体带有浓郁的象征性。作者一再述及"光"、"暗"、"粮"、"水"、"生命"、"真理"、"荣耀"、"信"等术语，它们皆被赋予某种神圣喻意，以揭示基督教信仰的真谛。耶稣向众人讲道时往往说出超越常规的深奥语义，如他对打水的撒玛利亚妇女说："凡喝这水的，还要再喝；人若喝我所赐的水，就永远不渴；我所赐的水要在他里头成为泉源，直涌到永生。"象征笔法的运用使全书充满扑朔迷离的神学意味，有效地突出了耶稣作为上帝之子的神圣身份。

二、纪事文学

指《使徒行传》1卷，记述耶稣升天后30年间(30～60)初期基督教的成长过程，使徒们如何在耶路撒冷创建教会，并以极大的热情向外邦传教，使基督教得到蓬勃发展。一般认为《使徒行传》的作者也是路加，他记述了基督教的发展历程，预示它必将成为普世性宗教。路加认为，基督徒都是善良的人，于政府无害；罗马官员对基督徒的态度大体友善，没有偏见，使徒传道的主要障碍来自犹太人，其次是外邦的不法之徒。《使徒行传》塑造了一批耶稣的使徒，记叙了他们的坚定信念和艰苦卓绝的传教历程。如司提反、彼得、保罗都是出色的门徒。司提反因传播耶稣教义被犹太人用乱石砸死，成为教会史上第一个殉教者。直到临死，司提反还跪下为凶手祷告："主啊，不要将这罪归于他们！"彼得是耶稣的大弟子，原名西门，耶稣为其改名为彼得(意为磐石，基督教会建立的基础)。彼得在耶稣死后四处传道，使5000男子皈依。相传最后是在罗马被倒钉十字架而死。保罗是《使徒行传》中着墨最多的人物，也是初期教会最重要的使徒。他本名扫罗，年轻时积极参与迫害基督教徒，后来耶稣向他行神迹，他改扫罗为保罗，成为向外邦传道的使徒。他的足迹遍布巴勒斯坦、小亚细亚、地中海岛屿和希腊、罗马，还写了一系列书信，对基督教教义作出了系统阐释。初期基督教能冲破犹太教藩篱，迅速传遍希腊、罗马世界，与保罗的贡献密不可分。保罗晚年大半在狱中度过，相继被囚于该撒利亚和罗马监狱，但不论何时，他从未停止过传道活动。相传他约于公元60年代中期尼禄皇帝迫害基督徒时殉难。耶稣是基督教的奠基者，保罗则是最伟大的建设者。

三、书信文学

指以保罗书信为代表的使徒们在传教过程中彼此往来的信件，21卷。反映了各地教会的情况，表达了写信人对收信人的希望和要求，尤其探讨并阐释了基督教的信条和教义，实质上是一批“教义著作”。初期基督教书信文学的主要成就是保罗书信。保罗书信主要阐述了基督教的根本教义，“因信称义”是保罗的基本思想，即认为必须真正地信靠上帝才能得救。对于耶稣基督，他着重阐述其降世使命的理论意义，揭示其事迹超越时空的永恒价值，构成了别具特色的“基督中心论”。保罗书信中还论述了基督徒应怎样生活，必须避免哪些恶行，遵守哪些善德。他在致哥林多教会的信中详细列举犯罪的表现：“凡是淫乱的、拜偶像的、奸淫的、作娈童的、亲男色的、偷窃的、贪婪的、醉酒的、辱骂的、勒索的，都不能承受上帝的国。”基督徒必须力戒这些恶行，遵循夫妻互爱，父子互尊，主仆互敬的善行准则，要“存怜悯、恩慈、谦虚、温柔、忍耐的心，……彼此包容，彼此饶恕”，而“最妙的道”则是“爱”：“爱是恒久忍耐，又有恩慈；爱是不嫉妒，爱是不自夸，不张狂，不做害羞的事，不求自己的益处，不轻易发怒，不计算人的恶，不喜欢不义，只喜欢真理；凡事包容，凡事相信，凡事盼望，凡事忍耐。爱是永不止息。”这段名言是保罗思想的核心，精辟地论述了爱的至高无上和丰富内涵。

四、启示文学

指《新约》最后 1 卷《启示录》。其作者署名为“耶稣的仆人约翰”，一般认为写于公元 90～95 年基督徒遭受罗马皇帝图密善残酷迫害的时期。《启示录》共 22 章，先写约翰在拔摩岛上看见基督的异象，自第 4 章起进入主体部分——对天上异象的描绘。末后 4 章记述“哈利路亚”的颂赞声响彻诸天，得胜的基督在地上作王 1000 年，撒旦被扔进火湖昼夜受煎熬，上帝开始末日审判，最后新天新地来临，圣城新耶路撒冷从天而降。全书以信徒对基督再临的盼望告终。

《启示录》最突出的特点是通篇运用幻想和象征笔法。为隐晦表达基督徒对罗马帝国的仇恨，勉励备受患难的信徒持守信仰，作者以浓烈的色彩绘出即将到来的末日大灾变和大决战，说明一切罪恶势力必定失败，基督教信仰终将胜利。作者幻想了一个彻头彻尾的异象世界，其中到处是象征反对上帝、欺压信徒的邪恶势力，以大红龙象征魔鬼撒旦，以巴比伦大淫妇象征罗马帝国，以羔羊象征耶稣基督，以身披日头脚踏月亮、头戴 12 星冠冕的妇人象征教会等。作者借助这幅宏伟的象征性画卷，阐释他的基督教历史观：历史是向着终极目标运行的，全能的上帝是这一过程的终极支配者。在正义之神统治的宇宙中，邪恶势力不论何等嚣张，最后都会被制服。历史发展的最后结果，是建立一个由上帝统治、耶稣基督为王的永恒国度。《启示录》充分表达初期基督徒对新天新地必将降临、耶稣基督必定再来的信念。

《新约》以说理见长，塑造了耶稣这个集高尚、善良、正义、知识、能力等于一体的完美人格形象，记载了早期教徒们的传教活动，基督教建立的过程；宣扬了基督教的救世计划和基本教义，具有震撼人心的说服力和感召力。

五、《新约》的文学特征

《新约》文学体现了民族性和世界性的统一。《新约》文学既是初期基督教的教派文学，也是古代后期希伯来文学的重要分支，有着鲜明的民族内容、民族气质、民族形式和民族风格。《新约》作者们采用了福音书、书信、启示文学等独特样式进行创作。在《福音书》中既有纪事也有演讲词，纪事类富有的神话色彩，异象迭起，奇观纷呈，有的用写实手法，质朴无华；演讲词有宣示型、比喻型、直陈式、象征型和诗体讲道几种类型，或形象生动，或辞采锋利，或意蕴深奥，或音韵铿锵，富有强烈的感召力。《启示录》通篇为象征体，色彩斑斓，想象奇妙，场景壮阔，情节迷幻，也是世界古典文学中不可多得的精品。

《新约》文学体现了宗教性和理想性的统一。作为基督教经典，《新约》的内容主要为宣讲其宗教教义，意在说明上帝如何借圣子耶稣实现其拯救世人的计划。但在较深层次上，《新约》文学又显示出理想主义特质。从宗教层面上讲，耶稣是上帝的独生子，上帝的代言人和化身，而就文化意义而言，他可被视作一个理想主义的精神实体，他集真理、仁爱、正义、力量、无限、永恒、超越于一体，是初期基督徒社会理想和人生理想的最高体现。

《新约》文学有着崇高的风格、深邃的哲理和强烈的思辨色彩。与《旧约》文学许多篇章来自民间口耳相传不同，《新约》文学基本出自文人手笔，辞章精巧，语言犀利，论证雄辩，体现出作者不同凡响的文学素养，也表现出希伯来文学受希腊理性思潮影响的痕迹。

基督教的文化中介地位

犹太教是基督教的母体，虽然今天犹太民族信守的才是正宗犹太教，但是，希伯来(或犹太)文化成为西方文化的源头并对世界文化产生巨大辐射和影响，却主要是依靠基督教这个中介完成的。犹太文化借助基督教的传播，在中世纪成为欧洲独占统治地位的意识形态，在近现代仍继续渗透欧洲、美洲、澳洲等地区的社会意识，影响力迄今不衰。

一、基督教与西方哲学

基督教经典中包含着丰富而复杂的哲学思想，随着基督教的广泛传播，西方哲学思想的发展变迁多处打上了宗教思想观念和价值体系的烙印。

基督教对后世哲学的影响首先在于它所包含的古代宗教观念对人生和宇宙的本源、发展以及归宿等提出了具有哲学意趣的问题，在一定意义上为西方哲学中的宇宙论和人生观打下了基础。公元前后，希伯来文化与希腊文化的接触和交流，在基督教《圣经》中又体现出具有浓厚希腊色彩的虚无主义、神秘主义、禁欲主义等思想。尤其是希腊“逻各斯”[①]的观念在《新约》中出现，更奠定了西方哲学体系中的宗教理性观与未来拯救观。

基督教对原罪与堕落的展示，则形成了西方哲学中“善与恶”、“罪与罚”等道德伦理观念，对于亚当、夏娃和毒蛇命运的剖析，也触及人的意志自由和为此而要自负其责的思想。《圣经》中俯拾即是的观念、故事和比喻，为西方哲学之库提供了不同方面和不同层次的思想内容。

二、基督教与西方文学

在欧美各国浩如烟海的文学著作中，以基督教文化为契机或为主题的作品占有很大比重。基督教《圣经》除自身的文学价值外，还为中世纪以后的文学提供了重要的起点和丰富的素材。

中世纪文学以教会文学为主体。教会文学内容几乎全部来源于《圣经》，是有关《圣经》内容的演绎，包括《圣经》故事、福音故事、圣徒行传、祷告文、颂歌、圣者言行录、神秘剧、奇迹剧、行会剧等。但丁的《神曲》从主题到形式都包含浓郁的基督教色彩。一般认为，《神曲》的伦理

① “逻各斯”(logos)由希腊赫拉克利特首先提出，内涵极其丰富，大意是指蕴藏在宇宙万物中的普遍规律。

学来自亚里士多德，天文学来自托勒密，而神学则来自阿奎那。文艺复兴时期，英国诗人乔叟在作品中多次提及《圣经》人物，耶稣300多次，保罗30次，亚当23次，以赛亚5次。莎士比亚戏剧引用《圣经》更频繁，仅《威尼斯商人》一剧就引用圣经语言14次。法国悲剧家拉辛的戏剧《爱斯苔尔》取材于《旧约·以斯帖记》，《阿达莉》取材于《旧约·列王记》(下)。英国清教诗人弥尔顿的三大诗作——《失乐园》、《复乐园》和《力士参孙》分别取材于新旧约故事，另一位清教诗人班扬的《天路历程》则完全根据《圣经》写成。

莫罗　莎乐美之舞

18世纪，德国文豪歌德的《浮士德》中，《天上序幕》采用《约伯记》的形式，浮士德形象的塑造受到《约翰福音》的启发。19世纪浪漫主义诗人华兹华斯的《永生颂》，拜伦的《该隐》、《耶弗他的女儿》，雪莱的《撒旦挣脱了锁链》，维尼的《摩西》等作品都选用了《圣经》内容。19世纪末、20世纪初的欧美现实主义文学家们仍然在《圣经》中寻找题材或思想。王尔德的《莎乐美》直接选取《旧约》故事，列夫·托尔斯泰的《复活》主题构思和宗教寓意完全源于《新约》，陀思妥耶夫斯基的《罪与罚》、《卡拉马佐夫兄弟》等都从《圣经》有关顺从、忍耐、仁爱、牺牲的教义中寻找出路，福克纳的《押沙龙，押沙龙！》借用《旧约》中大卫王家族故事影射作品中的人物，《喧哗与骚动》也采用了《新约》中基督受难的神话模式构思故事，T. S. 艾略特的长诗《荒原》多处引用《圣经》故事和基督教神话，宣扬重获宗教信仰以寻求走出荒原、摆脱精神危机的道路。以《圣经》中的话语作为文学作品标题，目前已收集到的就有2595种。

三、基督教与西方艺术

黑格尔曾经说过：“艺术到了最高阶段是与宗教直接相联系的。”信仰是人对真善美的崇敬，而表达真善美的最高形式就是宗教艺术。综观西方建筑、绘画、雕塑、音乐等，基督教题材的作品层出不穷。

中世纪艺术主要是基督教艺术，而最高成就则集中在教堂建筑上。建于6世纪初的拜占庭风格的索菲亚大教堂是中世纪教堂建筑的杰出代表。比萨大教堂则是罗马式教堂建筑艺术的典型代表，法国的巴黎圣母院、意大利米兰大教堂、德国科隆大教堂则是基于基督教概念而产生的哥特式艺术的突出代表。

提香　抹大拉的玛利亚

绘画和雕塑更容易直接引用基督教题材。文艺复兴时期，意大利、德国、西班牙等国的画家大都从事宗教绘画，如果把宗教题材的绘画去掉，则文艺复兴时期流传至今的作品就所剩无几了。意大利“文艺复兴三杰”都采用过宗教题材创作。达·芬奇的名画《最后的晚餐》取材于《路加福音》；拉斐尔以画圣母像著称，《西斯廷圣母》表现圣母即将付出巨大牺牲的深沉忧郁和对人类的怜悯和博爱；米开朗基罗的艺术几乎都是基督教题材的作品：雕塑《哀悼基督》、《大卫》、《摩西》等，绘画《创世记》、《最后的审判》，建筑圣·彼得大教堂穹顶等都是基督教艺术的杰作。其他画家如意大利的乔托、提香，德国的丢勒、荷尔拜因、格吕瓦尔德等也都绘有大量基督教题材的作品。17 世纪巴洛克时代，也产生了大量以基督教故事为题材的教堂穹顶画、壁画和祭坛画。如意大利卡拉瓦佐的《圣马太传》、安尼巴列的《基督升天》等，法国普桑的《哀悼基督》，西班牙格里柯的《洁净圣殿》，比利时鲁本斯的《下十字架》，荷兰伦勃朗的《基督及其门徒》等都是宗教题材的绘画珍品。18 世纪以来，随着欧洲的世俗化进程，绘画和雕塑中的宗教题材已日渐减少，但基督教主题依然保留了一席之地。如英国罗赛蒂的绘画《受胎告知》，法国莫罗的绘画《莎乐美之舞》，法国雕塑大师罗丹创作的《地狱之门》、《夏娃》、《圣徒约翰》等都是宗教题材的艺术杰作。

基督教与西方音乐的关系同样密切。现代西方声乐中通行的美声唱法源于教堂；西方音乐的五线记谱法是本笃会修士圭多(990～1050)发明的；欧洲复调音乐的先声——对位法的首次运用是在 1170 年前后巴黎大教堂唱诗班用以唱弥撒曲。古典音乐大师们的杰作中多有宗教音乐。乐圣贝多芬的《D 大调庄严弥撒》是其合唱乐曲中的顶峰之作；勃拉姆斯的《德意志安魂曲》是第一首用德文《圣经》为词谱写的安魂曲。亨德尔的《弥赛亚》是将自己对基督教的全部信仰以音乐独唱、合唱形式表现出来。欧洲古典音乐的开山祖师巴赫更是把自己的音乐与教会的使命结合起来，他说自己“创作音乐的最终目的就是为歌颂上帝而创作一种经过整顿的教会音乐”。据统计，世界上现在至少有 60 万首赞美诗，都是以古典音乐的合唱形式出现的，而他们的曲作者则包括了很多大师级作曲家。

参考文献

[1] [美]罗伯特・勒纳，等. 西方文明史(Ⅰ，Ⅱ)[M]. 王觉非等译. 北京：中国青年出版社，2003.
[2] 徐新. 西方文化史(从文明初始至启蒙运动)[M]. 北京：北京大学出版社，2002.
[3] 张倩红. 犹太人・犹太精神[M]. 北京：中国文联出版社，1999.
[4] 张倩红. 犹太人[M]. 西安：三秦出版社，2003.
[5] 梁工. 圣经时代的犹太社会与民俗[M]. 北京：宗教文化出版社，2002.
[6] 黄心川. 世界十大宗教[M]. 北京：东方出版社，1988.
[7] 朱维之. 古希伯来文学史[M]. 北京：高等教育出版社，2001.
[8] 卓新平. 圣经欣赏[M]. 北京：宗教文化出版社，2000.
[9] 梁工. 基督教文学[M]. 北京：宗教文化出版社，2001.
[10] 梁工、赵复兴. 凤凰的再生——希腊化时期的犹太文学研究[M]. 北京：商务印书馆，2000.
[11] [美]G. F. 穆尔. 基督教简史[M]. 郭舜平等译. 北京：商务印书馆，1981.
[12] [法]欧内斯特・勒南. 耶稣的一生[M]. 梁工译. 北京：商务印书馆，1999.

第二章　古希腊文学

第一节　概　　述

黑格尔说：一提到希腊，就有一种家园之感。尽管以美索不达米亚文明和埃及文明为代表的古代中东文明为人类提供了文明的最初样式，并对西方文明的出现产生了实质性影响，但古希腊文明更能让西方人从中感觉到自我的最初源头。

希腊文明的产生与发展

古希腊并不是一个统一的国家，而是一个文化地理概念，包括所有使用希腊语的民族。古希腊文明最初发源于爱琴海一带以及邻近的希腊半岛，但希腊人并非爱琴文明最早的创造者，米诺斯文明和迈锡尼文明是更早出现的两种文明。

一、克里特文明和迈锡尼文明

诞生于爱琴海最南端的克里特岛的克里特文明或米诺斯[①]文明是爱琴文明的初始。考古发现表明，在公元前3000年就已经存在的克里特文明在公元前2000年步入繁荣，并在公元前1700年～前1500年期间达到鼎盛，生动的壁画、精美的黄金装饰品和陶瓶无一不印证着这一点。克里特文明还创造出至今尚未被释读的线形文字A。克里特文明以王权为社会的最大特征，王宫建筑是城市建筑的中心。它还是一种海洋文明，通过跨海贸易，对希腊大陆文明的发展起过明显的推动作用。

至公元前15世纪，克里特文明在维持了约两个世纪的繁荣后，由于一些至今尚无法确定的原因而衰落，来自希腊大陆的迈锡尼人趁机入侵克里特岛，成为爱琴海地区的主宰，并创造出包括公元前15～前12世纪的迈锡尼文明。迈锡尼文明是早期奴隶制城邦文明，在公元前15～前14世纪发展到巅峰。迈锡尼人被视为讲最早形式的希腊语的民族，用线形文字B书写。迈锡尼王国政体类似东方君主制，仍是以王宫为中心的城市文化，王宫同时兼具宗教、行政、军事等功能，但它比克里特文明更集中和专制。社会等级森严，完全实行军事化，其尚武风气在《伊利昂纪》中多有描绘。城邦的统治阶级占有大量土地和奴隶，在《奥德修纪》中也有记载。但以战争为乐的迈锡尼人最终也使自己的文明毁于战争，在经历10年征战，最终摧毁了特洛伊城之后，迈锡尼国力也大大下降。公元前12世纪前后，在希腊北部拥有铁制武器的野蛮民族多利安人的入侵下，迈锡尼文明遭到毁灭。

① 希腊传说中第一位统治克里特岛的国王的名字。

二、荷马时代(前11～前9世纪)

迈锡尼文明消亡后,希腊历史进入荷马时代。由于多利安人的蒙昧,爱琴文明出现倒退,退回到令人窒息的单纯的农业经济状态;虽然农业和畜牧业水平与迈锡尼文明大致相同,但城市和王宫消失了,连线形文字B也被遗忘,王宫体制崩溃且再也没有复兴;与东方的贸易往来中断;希腊历史进入闭关自守的“黑暗时代”。由于这一时期留下的文化遗产除神话外,最主要的是描写氏族英雄的荷马史诗,因而这段历史被称为荷马时代或英雄时代。但迈锡尼文明的灭亡导致君主制的崩溃,又为公民大会制度的出现铺平了道路,整个希腊都进入氏族制度解体、国家即将发生的阶段。荷马时代实行的是军事首长统率和人民大会并存的军事民主制。

三、古风时期(前8～前6世纪)

古风时期是希腊民主制城邦国家形成并繁荣的时期,传统意义上的希腊文明史从此时开始。在经济上,希腊大陆恢复了与东方的贸易联系,城市重新出现。到公元前7世纪末,海上贸易已经成为希腊各城邦的主导经济,贸易区向西一直扩展到非洲和西班牙,向东一直扩展到黑海。希腊本土经济的发展和土地资源的相对贫乏导致大规模的海外扩张,扩张的结果使商业和手工业从农业中彻底分离出来,并成为主导性行业。在政治上,一种新型的政治社会组织形态——具有民主性质的城邦制开始产生。

所谓城邦,就是指独立行使主权的城市国家,由一个城市连同周围不大的一片乡村区域构成。这些主权国家疆域很小,平均人口在万人上下,故有“小国寡民”之称。与世界其他地区出现过的城邦不同的是,希腊城邦实行的是以公民权概念为核心的政治制度,“主权在民”和“人人平等”是它的政体原则;公民大会是最重要的权力机构,一切重大问题必须由公民集体决定;公民享有广泛的民主平等权。城邦国家里实行的是在主权国家无法实行的直接民主制度。这一时期形成了两个最大的城邦:斯巴达和雅典,一般认为它们分别是实行专制和民主制度的代表。

斯巴达位于伯罗奔尼撒半岛东南部的拉哥尼亚地区,这里东、北、西三面都是高山,中间是比较肥沃的小平原,适于农业发展。斯巴达人数不多,全权公民最多时不超过1万人,到公元前5世纪就剩下不到6000人。斯巴达男人从小就生活在军营中,过着高度军事化的生活,整个国家就是一个军营,全体公民都是战士,平时都生活在按军事编制的集体里。公民不从事生产劳动,全部进行军事操练。斯巴达政治不同于迈锡尼的王权专制,实行军事共产主义,不论贫富一律实行公餐制度。公民在经过一系列军事训练后都可以拥有一份田产,从而上升到平等地位。国王并不比一般公民富裕,并有5个由公民大会选举产生的监察官监督执政。经济制度是建立在土地公有制基础上的自给自足的农业经济,生产主要由奴隶完成。王国内禁绝市场交易和文化生活,蔑视财富,崇尚不怕牺牲的勇敢精神,使人的自由、个性和创造性受到极大制约。斯巴达的严峻制度并非希腊城邦政治演进中的主流,而是一个特例,虽然它的制度博得了包括柏拉图在内的许多思想家的赞美,但这种秩序未能一直保持下去,到公元前3世纪,以军事威力建立起来的斯巴达城邦消失在历史的洪流中。

雅典一向被视为希腊民主制的典范。公元前11世纪,雅典废除了王政,代之以终身执政官,并在经过长期演变后,在公元前682年形成一种集体行使权力的政体。这种新政体有两个鲜明特征:任期限制和责任制,将权力与责任联系起来。公元前594年,梭伦执政,推行政治改革，初步建立起雅典民主制度；公元前560年，庇希特拉图在雅典建立起僭主政治，继续推行和巩固梭伦的改革措施；公元前509年，克利斯提尼进一步实行改革，雅典的民主共和制得到最终确立。国家最高权力机关大会由全体公民组成，在伯里克利时代的雅典(前443～前429)，全体公民都要出席每月举行2～4次的“公民大会”，解决城邦的一切重大事件，如宣战与媾和、审查终审法庭的讼事问题等。每个公民都有选举或被选举权，选出的由500人组成的议事会被分成10个主席团，轮流执政，几乎所有的国家机构都对全体公民开放。尽管以雅典为代表的城邦民主制还是一种很原始、粗糙的民主，曾经造成如苏格拉底之死这类的悲剧，但它无疑是希腊人的伟大创举。它提出的“主权在民”和“公民平等”等具有普遍意义的思想，开了人类历史上民主体制的先河，对西方文明的进程具有深远影响。不过，也应注意到这种民主的基石是奴隶制，由家庭奴隶承担了艰苦而卑下的劳动，才使希腊公民得以从事政治活动；同时，妇女遭到极度歧视，她们没有公民权，不能参加任何公共活动，终身困守家庭，其地位与奴隶相近。

希腊各城邦从建立之初就十分重视独立自治，没有哪一个城邦具有征服其他城邦的绝对实力。因此，希腊城邦国家一直没有像东方国家那样发展成为统一帝国。在彼此分立的同时，各城邦又通过频繁交往保持密切联系。他们拥有基本一致的风俗习惯和语言文字，共同遵守和信仰德尔菲城阿波罗神庙设有的神谕[①]，共同参加奥林匹亚竞技会。现代世界范围的奥林匹克运动会的源头就在古希腊，最初它是一个宗教仪式——奥林匹克庆节。

四、古典时期(前5～前4世纪)

古典时期[②]开始于希波战争的胜利，这是希腊民主制城邦国家发展到鼎盛和辉煌，旋即又走向衰落的时期。公元前492年，希波战争爆发，雅典司令官米太亚德对雅典士兵作战前演说：“雅典将披上奴隶的枷锁，还是永远保持自由，关键就在你们。”雅典将士群情激昂，为了城邦的独立奋勇杀敌，他们与斯巴达以及希腊本土各城邦联合起来，在公元前490年打胜了第一次战役——马拉松战役[③]。此后经过几十年的若干次战役，终于在公元前449年挫败了波斯的进攻势头，迫使波斯以签订和约的形式来结束战争。希波战争是一场以弱胜强的战争，希腊人第一次从极其分散的状态中联合起来，打败了一个强大的东方帝国，极大地增强了民族自信心。它是一个转折点，不可一世的波斯帝国从此由盛转衰，再也无力威胁西方；创造性的而不是墨守成规的希腊文明从此迅速迈进辉煌的古典时期。希波战争后，雅典一跃而为希腊经济和文化的中心，尤其是在伯里克利时代，雅典的民主制度发展到极盛，成为同盟国效法的对象。其他主要城邦的经济均进入繁荣时期，工农业迅速发展，社会财富和人口大幅度增长，公民不仅一律平等，且直接参与国家政务。除将军外，几乎所有的公职人员均通过抽签产生。

帕特农神庙

① 德尔菲是希腊北部的城邦，据说该城阿波罗神庙发布的预言非常灵验，几乎所有希腊城邦都信奉德尔菲神谕。德尔菲神庙的金顶上刻着著名的格言：“认识你自己”。

② 此处“古典”的含义为“最好”。

③ 著名的马拉松长跑就源于这次战役胜利后，一个雅典人一口气跑了40千米回到本邦报告胜利的消息。

雅典在对内实行民主的同时，对外却实行海上霸权与扩张政策，这直接导致了波及整个希腊的、长达27年的伯罗奔尼撒战争（前431～前404）。这场战争主要在雅典与斯巴达及其盟邦之间展开，战争的目的就是争夺海上霸权。战争给希腊各邦都带来了不同程度的灾难，至公元前4世纪，希腊开始转入城邦民主制的危机时期。地处希腊东北边陲的马其顿在腓力王的领导下崛起，趁希腊城邦混战之机，迅速以武力介入希腊政治。公元前337年，希腊各城邦在科林斯召开会议，承认马其顿的主宰地位，这标志着希腊古典时期结束。此后希腊各城邦名存实亡，失去了独立的意义。

五、希腊化时期（前337～前2世纪）

史称古希腊历史的最后一个发展阶段为“希腊化”时期。马其顿虽在政治上主宰希腊，但对希腊文化十分尊崇，所以希腊文明在这一时期仍得以继续存在和发展。尤其是腓力二世的儿子亚历山大（前356～前323）继位后，尊著名学者亚里士多德为师，大力发展希腊文化和教育，并随着亚历山大东征将希腊文化传播至被征服地，使这些地区都受到希腊文化的深刻影响。

亚历山大大帝

亚历山大东征始于公元前334年，在此后10年中，他不断扩张武力，建立起一个空前庞大的，地跨欧、亚、非三大洲的帝国，其势力范围西起希腊，东到印度河流域，北抵中亚，南及埃及。这个帝国几乎囊括了当时人类的主要文明，除希腊文明外，美索不达米亚文明、波斯文明、埃及文明、希伯来文明和印度河文明都汇聚在一起，交流碰撞。公元前323年，亚历山大在征服印度返回途中突然病故，马其顿帝国迅速分裂为安提柯王国、托勒密王国和塞琉古王国三部分。尽管统一的希腊王国不复存在，但希腊文化仍发挥着维系亚历山大征服地区人民的巨大作用。帝国范围内出现了共同市场，有力促进了生产和贸易，并形成以希腊语言、艺术和知识为主的共同文化圈，同时还建起200多个希腊式城市，尤其是埃及的亚历山大里亚城，是希腊化时期最著名的文化中心。大批学者云集于此，学术活动十分活跃，希腊语成为当时的世界性语言，《圣经·旧约》的希腊文译本也在这一时期出现。西方文明的两大源头——两希文明此时开始碰撞、交流，对各自文明的提升都产生了十分有益的影响。

希腊化时期政治权力三足鼎立的局面一直持续到公元前2世纪，公元前168年，罗马灭亡了马其顿，古希腊历史宣告终结。

古希腊文学的成因

古希腊文学成就突出，许多样式迄今依然是难以企及的典范。几乎在每个发展时期都有代表文学样式产生：荷马时代主要是神话和史诗；古风时代主要是抒情诗和寓言；古典时期，在城邦制走向鼎盛的同时，文学也出现繁荣局面，戏剧、散文（包括史学著作、文艺理论著作、演说辞等）等成就斐然；希腊化时期有新喜剧和田园诗。

一、外来文化影响

古希腊、罗马文学是氏族公社末期和奴隶社会的产物，它代表了世界上古文学中的最高成就，也是欧洲文学的开始。恩格斯曾说："没有希腊文化和罗马帝国所奠定的基础，也就没有现代的欧洲。"古希腊之所以能成为欧洲文明的发祥地，与其地理位置接近美索不达米亚和埃及地区有很大关系。古希腊位于地中海东北部，地处欧、亚、非三洲要冲，其地理范围大致以今希腊半岛为中心，包括爱琴海诸岛、小亚细亚西部沿海、爱奥尼亚群岛以及意大利南部和西西里岛的殖民地，像一把洒在地中海里的珍珠。希腊在与上述地区建立广泛的商业、文化联系的过程中，大量吸收其文化成果以滋养自己，如希腊雕刻受埃及雕刻的影响，希腊字母则是在腓尼基字母的影响下产生的，从而最终形成独特的、富有希腊精神的文化。

二、地理环境因素

古希腊文明昌盛的另一个原因与其自身地理因素有很大关系。希腊境内没有肥沃的大河流域和开阔平原，连绵不绝的山岭沟壑将陆地分隔成狭小的区域。耕地缺乏和土地贫瘠限制了粮食的生产，冬季多雨、夏季干热的季风气候只利于葡萄和橄榄的生长。为了维持生计，希腊人不得不通过海外贸易出口葡萄酒、橄榄油、陶器等物品以换回粮食，所以古希腊很早就有经商传统。同时，为了解决人口不断增长与土地资源相对短缺的矛盾，希腊人还进行大规模的海外扩张和殖民活动，寻找土地、粮食和矿产金属成为希腊向海外扩张的三大动力，这被某些学者看做是欧洲殖民历史的开端。虽然境内土地资源贫乏，但周边浩瀚的海域却赋予希腊先民以广阔的发展空间，众多海外殖民地也靠海洋来和母邦往来。这里海岸弯曲，绿岛相连，港湾众多，地中海式气候温和宜人，海洋资源得天独厚。优越的航海条件为这些海外活动提供了极大的便利，海洋是希腊人联系外部世界的大通道，是维系古希腊文明的生命线，在希腊人的生活中占据重要地位。希腊神话中的海洋神就是众神之主宙斯的兄弟波塞冬，荷马史诗《奥德修纪》中也有关于大海的充满瑰丽想象的描写。独特的自然地理环境在某种程度上造就了古希腊的历史和文化。广泛的海外贸易、殖民及其他经济和文化交往活动，造就了希腊人自由奔放、富于想象力、充满原始情欲、崇尚智慧和力量的民族性格，也培育了希腊人追求现世生活、注重个人地位和个人尊严的文化价值观念，更使古希腊形成宽松自由的社会环境，并较早接受了平等互利观念，这一切有助于希腊民主政治的建立。

三、社会历史条件

希腊海陆交错、山峦重叠，形成了许多各自独立的、数以百计的城邦。小块的土地不足以养活迅速增长的人口，于是移民、向海外扩张就成了希腊人生活中的一部分。海洋地理环境促进了希腊工商奴隶主阶层的形成，他们的代表人物就是"平民领袖"，这些因素带来了古希腊奴隶主民主政治的形成，富有民主意识的城邦政治对希腊文学以致后来的西方文化都产生了巨大影响。古希腊文学就是在上述历史文化背景中萌芽、发展、成熟起来的。古希腊人因其想象力极为丰富，并有着顽强的征服精神和不懈的民主追求，因而其文学最感人之处是在思想方面，尤其是不屈从于命运摆布的民主精神方面。罗马文学以古希腊文学为基础，但因缺乏城邦政治的民主环境，文学时刻惦记着当权者的好恶，不是堕入"歌德派"，就是只能在艺术技巧上下功夫。不过，罗马文学家对古希腊文学的继承和发展，为后人了解、学习古典文学成就带来了极大的方便。

古希腊文学发展分期

古希腊文学一般可分为三个时期。

一、氏族公社制向奴隶社会过渡时期（前 12～前 8 世纪）

史称英雄时期或荷马时期，主要文学成就是神话和史诗。

二、雅典奴隶主民主制时期（前 8～前 4 世纪）

史称古典时期，主要文学成就是戏剧和文艺理论。

三、希腊化时期（前 4～前 2 世纪）

此时，希腊本土文学因马其顿的专制统治而呈衰落状态，古希腊文学进入尾声，主要文学成就只有新喜剧。而希腊文学却在东方一些地域广泛传播，东西方文化相互交流，促使埃及的亚历山大城等地成为文化的新中心。

古希腊叙事诗除荷马史诗之外，还有赫西俄德（前 8 世纪末～前 7 世纪初）创作的两首叙事长诗《工作与时日》和《神谱》。前者是规劝不务正业的弟弟走正直劳动之路的教诲诗，后者是叙述诸神由来的神话故事集。希腊抒情诗源于民歌，伴着音乐歌唱。抒情诗有多种体裁，主要有双管歌（或称“哀歌”）、琴歌和讽刺诗等，其中琴歌成就最大。琴歌以竖琴伴奏，分为独唱体和合唱体。独唱体抒情诗的代表是萨福（前 612～?）和阿那克瑞翁（前 570～前 485），合唱体抒情诗的代表是品达（前 518～前 442）。女诗人萨福的古希腊抒情诗最著名，其诗多以恋爱为主题，风格朴素自然，感情真挚强烈，柏拉图称她为“第十位文艺女神”。阿那克瑞翁是宫廷御用文人，他创造了“阿那克瑞翁体”，类似中国《玉台新咏》中的艳体诗。在抒情诗流传的同时，希腊民间还流传着许多以动物生活为主要内容、表现下层平民和奴隶思想感情的寓言，相传为一名叫伊索的奴隶所作。《龟兔赛跑》、《狼和小羊》、《农夫与蛇》等都是《伊索寓言》中的名篇，对后世拉封丹、克雷洛夫等寓言产生过很大影响。希腊化时期希腊文化不断向外传播，而希腊文学自身成就不大。这时期主要有新喜剧的代表人物米兰德（前 342～前 292），其传世代表作有《恨世者》和《萨摩斯女子》等，对罗马和后世欧洲喜剧产生了很大影响。田园诗的代表作家忒奥克里托斯（前 310～前 245），其诗风格质朴清新。

古希腊美学家早期提出的一系列审美观成为西方评判文艺的最初标准。如赫拉克利特、德谟克利特主张“艺术摹仿自然”，苏格拉底主张美善合一的功用论，这些都标志着欧洲美学的开端。古希腊美学的代表人物是柏拉图和亚里士多德。

柏拉图

柏拉图的美学思想与其哲学思想紧密相连。既然理念世界是惟一真实的世界，现象世界只是理念世界不完全的摹仿，而文艺又是现象世界的摹仿，所以，文艺是“摹仿的摹仿，影子的影子”，“和真理隔着两层”。因此文艺不能教人认识真理。同时诗人还滋养着人性中卑劣的部分，如情感、欲念等。而且希腊诗人把神和英雄写得无恶不作，破坏了宗教信仰，起了伤风败俗的作用，所以，他把诗人逐出理想国。但柏拉图并不完全否认文学艺术，对美、用、益统一的文艺作品他是竭力肯定的。他还提出了神的灵感说，认为创作的源泉是灵感，诗人必须有神灵附着，进入狂热状态，才能创造出优美作品。柏拉图的文艺观经3世纪罗马的普罗提诺发展为新柏拉图主义，影响及至中世纪经院哲学的代表人物奥古斯丁和阿奎那的神学文艺观，并从18世纪开始先后为康德和黑格尔继承发扬，直接开启19世纪初期欧洲浪漫主义思潮中的灵感论和天才论，可见其影响之深远。

亚里士多德

亚里士多德的文艺观集中体现在《诗学》中，《诗学》以抒情诗、史诗和戏剧，尤其是悲剧为研究中心。《诗学》的主要观点有：

1. 艺术是创造性的摹仿

艺术创造是对神的创造的摹仿，它摹仿的是现实世界的事物及其必然规律。真正优秀的艺术作品应该摹仿人或事物应当有的样子，因为合情合理的不可能总比不合情理的可能要好，所以艺术必然是创造。

2. 关于诗与历史的论述

写诗或创造艺术比写历史更富于哲学意味，因为诗所描述的事带有普遍性，而历史则叙述个别的事。

3. 关于悲剧的论述

亚里士多德给悲剧下了一个著名的定义："悲剧是对一个严肃的、完整的、有一定长度的动作的摹仿；它的媒介是语言，具有各种悦耳之音，分别在剧的各部分使用；摹仿方式是借人物的动作来表达而不是采用叙述法；借引起怜悯与恐惧来使这种情感得到陶冶。"[①]这里的"动作"指的是"情节"，"一定长度"指的是戏剧剧情发展过程。他分析悲剧的成分，提出了六要素论，即动作(情节)、人物性格、思想、语言、表演(即戏剧动作)和歌唱。他着重强调情节和性格的重要性，还强调情节、地点和时间的一致性。悲剧的作用是使人的情感得到净化，满足观众无害的快感。亚里士多德对欧洲文论的发展产生了多方面的影响，如他主张诗比历史更具有普遍性、必然性，为后来关于艺术典型塑造的研究创造了条件；关于悲剧中情节、地点和时间的一致性经由文艺复兴时期卡斯特尔维屈罗所论的"三整一律"而树立了17世纪古典主义戏剧中"三一律" 的创作原则；"无害的快感"说则影响了19世纪末的唯美主义思潮等。

代表古希腊文学最高成就的是神话、史诗和戏剧。

第二节　古希腊神话

系统完整的神话内容

古希腊神话定型于氏族公社末期，约公元前12世纪以前。这些神话保存在古希腊罗马的一些典籍里，如荷马史诗、赫西俄德的《神谱》、维吉尔的《埃涅阿斯纪》以及奥维德的《变形记》等。希腊神话内容庞杂，故事众多，且自成体系，大体分为神的故事和英雄传说两部分。神的故事包括神的产生、谱系、日常活动及创造业绩等，有开天辟地的故事，人类起源的神话，四季来历的诠释，以宙斯为主神的神的家族——奥林波斯神统中错综复杂的神际关系等。

---

① 亚里士多德著，罗念生译《诗学》，人民文学出版社1962年版。

一、关于宇宙起源的神话

宙斯（奥林波斯众神的领袖）

古希腊人认为，最初天地一片混沌，由混沌神卡奥斯和其妻黑夜女神统治一切。他的儿子黑暗推翻了父亲的统治，娶母为妻，生二子——光明和白昼。光明和白昼创造地母盖亚，盖亚生出儿子天父乌拉诺斯，乌拉诺斯是第一代天神。乌拉诺斯娶母为妻，生了十二个提坦巨神，六男六女（其中有著名的安泰）。他们又相互结合，生了月神、星神和晨光女神等。乌拉诺斯害怕其子女将来推翻他，于是把他们囚禁在地下。盖亚鼓动他们起来反抗，小儿子克诺罗斯推翻了他，成了第二代天神。克诺罗斯同其妹瑞亚结婚，生了三男三女。他的母亲告诉他，将来他要被一个儿子推翻掉，于是他吞吃了所有的子女，只有小儿子宙斯被瑞亚藏了起来，用一块大石头代替了他。宙斯长大后，推翻了父亲的统治，并逼他吐出其他五个兄妹。宙斯推翻他父亲的统治以后，在奥林波斯山上建立起以自己为首的庞大的神的家族，称为“奥林波斯神统”。这个神统是父权氏族公社的缩影，这一时期的神话产生于母系社会向父系社会过渡时期，男神占据主导地位，但女神们的地位还比较高。比如宙斯常对妻子不忠，可又十分惧内。宙斯是司雷电之神，是众神之主，掌握着至高无上的权力；其妻赫拉（也是其姐妹）主管婚姻和生殖；其兄哈台斯为冥王，波塞冬为海神。宙斯的子女也分管天上人间各项事务，如阿波罗是日神，阿尔忒弥斯是月神，阿瑞斯是战神，阿佛洛狄忒是爱神等。他们组成了一个高度组织化、纪律化的社会，住在希腊最高的奥林波斯山上。其实这是人类社会的缩影。

三、关于四季起源的传说

哈台斯爱上了五谷之神得墨忒尔的女儿珀尔赛福涅，把她抢到冥间做冥后。得墨忒尔失去女儿，十分悲痛，四处寻找女儿，无心掌管万物生长，大地一片荒芜。恐慌的人们诉诸宙斯，宙斯告诉得墨忒尔，她的女儿在冥间，如果她还没有吃东西，就可以返回人间。然而，就在母亲赶到冥间之前，珀尔赛福涅吃了 7 颗石榴子（石榴是姻缘不断的象征），她因此不能永远离开冥间。但一年中她可以和母亲一起生活 9 个月，这 9 个月中，母女共同管理大地，大地一片欣欣向荣；而其余 3 个月，女儿去做冥后时，大地则一片荒芜。这是当时的人们对四季变化的解释。

三、关于人类起源的神话

古希腊神话中开始没有人类。宙斯的堂兄弟普罗米修斯用泥和水创造了人，使人能行走、制造工具。奥林波斯众神要求新出现的人类服从他们，向他们献祭供品，这样他们才给人类提供保护。普罗米修斯为了给人类减轻负担，就杀了一头牛，把肉放在一堆，把骨头放在另一堆，用牛皮盖好，让宙斯选择，宙斯选择了大堆的骨头，受到戏弄，于是拒绝给人类以火。普罗米修斯又用茴香枝偷出天火种给人类，人类从此得以进入文明的门槛。但他却受到宙斯严厉地惩罚，被锁在高加索山上，每天有一只鹫鹰去啄食他的心肝五脏，第二天复又长出。这种惩罚一直延续到有一个人自愿代替他受罚为止。普罗米修斯成了创造人类文明的英雄和一个伟大的殉道者形象。后代许多作家以他的传说为题材进行创作，埃斯库罗斯、莱辛、歌德、拜伦、雪莱等人都创作过关于普罗米修斯的戏剧或诗歌。

四、英雄传说

英雄传说是关于半神半人的英雄们的非凡业绩，常以某一英雄为中心，形成一个个传说系列。如赫拉克勒斯建立12件大功、俄狄浦斯杀父娶母、伊阿宋夺取金羊毛、忒修斯智杀迷宫怪物弥诺陶诺斯和拦路大盗达马斯忒斯等传说。

希腊神话的主要特征

神话是生产力发展低级阶段的反映，是人类借助幻想对外部世界的解释。希腊神话也是当时社会生产力发展低下的产物，其中的神既是人格化的自然力，也是人类征服自然的美好愿望的寄寓。同时，希腊神话也反映了氏族社会的一些基本特征，如早期神话体现出人吃人、血缘婚姻、母权制等现象。但希腊神话又有一些独具的特征：

一、神人同形同性

神人同形同性的特点构成了希腊人的一种文化心理积淀，使希腊人形成了与东方人完全相反的渎神意识和对权威的蔑视。当古希腊文学与文艺复兴以后的欧洲文学接轨之后，渎神意识更成为西方文学的基本精神之一。这种精神对希腊城邦民主制乃至后世欧洲的民主意识都有深远影响。

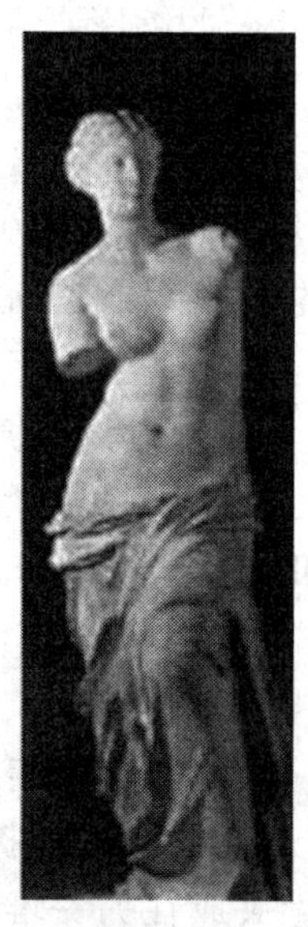
爱神阿佛洛狄忒

二、人本主义与乐观主义并存

希腊神话中的神是高度人格化的，他们具有人类的思想感情，性格鲜明。他们并非高不可攀，甚至常常同人间美貌的男女谈情说爱。他们不同于人类的地方，就在于他们具有无比的法术、智慧和力量，长生不死。希腊神话肯定现实生活，肯定人的力量，充满乐观主义精神。所以说，希腊神话强调以人为本，更像是“人话”。希腊神话充满了追求光明，酷爱现实生活，以人为本，肯定人的力量的思想。希腊神话与其他民族神话一样，相信神，相信命运；但其强调的却是人的力量，人的奋斗精神；强调对人生与现实的热烈追求，充满乐观主义精神。

三、世界神话中内容最完整、最丰富多彩

希腊神话是古希腊文化的武库和土壤，是西方文学的基础，是欧洲文学的第一课，也是人们认识古代社会的重要依据。它对后世的影响是巨大的。罗马神话基本上继承了古希腊神话，后代许多文学作品都从希腊神话中找到创作的灵感和素材，如但丁的《神曲》、古典主义悲剧诗人的悲剧、雪莱等人的诗作等。

四、采用象征、隐喻的表现方式

希腊神话用象征、隐喻的方式表现原始初民的生活、观念、情感和欲望，直观具象地记录了

他们对世界和人生的看法，艺术地显示了人类起源和发展的历史。因此，希腊神话富有哲理性，一些内容至今仍值得借鉴，成为一种不可企及的规范。许多故事情节已变成典故，如西西弗斯的石头（意指劳而无功）、达马斯忒斯的床（意指逼人就范）、达摩克利斯之剑（意指一触即发的危机）、阿基琉斯之踵（意指致命的弱点）、丘比特的神箭（意指爱神之箭）、潘多拉的盒子（意指灾难之源）等。

希腊神话还与宗教密切相关，它显示出希腊宗教是一种不同于犹太教的、信奉万物有灵的多神教，且有明显的世俗性特征。这种特征连同神话的系统性和完整性，使希腊神话不仅成为希腊、罗马文学艺术的武库和土壤，而且成为后世文艺创作的不竭源泉。

第三节　荷马史诗

荷马史诗包括《伊利昂纪》（又译《伊利亚特》）和《奥德修纪》（又译《奥德赛》）两部史诗，因相传为荷马所作，故称荷马史诗。它是古希腊文学的辉煌代表，被视为欧洲叙事诗的典范。

荷　马

研究者们一致认为，两部史诗是关于特洛伊战争的英雄传说的总汇。这次战争约发生在公元前 12 世纪，希腊半岛各部落联合起来，跨海东征，攻陷特洛伊城。关于战争以及战争中英雄的事迹就以神话与故事的形式传唱开来，经民间长期流传，不断加工，内容逐渐丰富，自公元前 9～前 8 世纪，形成两部史诗的规模。荷马生平无可靠记载，研究者们一般认为，他可能是两部史诗最初或最好的综合加工者。约在公元前 6 世纪中叶，荷马史诗以文字形式被记录下来；公元前 3～前 2 世纪，亚历山大里亚城的学者对史诗作了最后编订，编成我们今天所见的两部各 24 卷的长诗。

荷马史诗的基本内容

荷马史诗用神话形式表现了特定的社会历史内容。

《伊利昂纪》题名意为伊利昂的故事，写希腊人围攻特洛伊城的故事（当时希腊人称特洛伊为伊利昂）。史诗以一个神话故事“不和的金苹果”形象地说明了战争的起因是为了争夺财富。阿基琉斯的父母珀琉斯和海洋女神忒提斯举行结婚盛宴时，邀请了奥林波斯山上所有的神祇，唯独忘了不和女神厄里斯。厄里斯很气愤，就在宾客毕至、盛宴方开之时，悄悄来到席间，扔下一个金苹果，上写“给最美的女神”。三位女神赫拉、雅典娜和阿佛洛狄忒争执起来，她们都认为自己是最美的女神。宙斯让她们去找特洛伊王子帕里斯裁决。赫拉许以王位，雅典娜许以勇敢的美名，阿佛洛狄忒则应允如果自己得到金苹果，则让帕里斯得天下最美的女子为妻，结果她获胜了。她实践诺言，帮助帕里斯诱拐了希腊斯巴达国王墨涅拉俄斯的王后海伦，由此引发了希腊和特洛伊之间为期 10 年的战争。史诗以战争结束前 51 天的故事为描写重点，以阿基琉斯的愤怒为主线，描写希腊联军与特洛伊人 10 年的浴血苦战。阿基琉斯因恼怒统帅阿伽门农无理夺走自己的女俘而拒不出战，特洛伊人乘机大举进攻，主帅赫克托耳杀死了阿基琉斯的好友帕特罗克洛斯。阿基琉斯悲愤异常，重返战场，杀死赫克托耳以奠亡友。特洛伊老王普里阿摩斯赎回儿子，为他举哀下葬。

荷马史诗

《奥德修纪》题名原意是奥德修斯的战争，写希腊将领奥德修斯设木马计，里应外合，一举攻破特洛伊城后，希腊将领各自返乡。奥德修斯在归途中遭遇种种磨难，在海上漂泊了整整10年，历经千辛万苦，九死一生，终于回到家乡伊达卡岛。奥德修斯及其部将到过迷莲岛，吃了甜蜜的迷莲就忘了家乡。后来他们又来到巨人岛，被独眼巨人捉住，关进山洞。奥德修斯用酒灌醉巨人，把他的独眼烧瞎，才得以脱身。他们还经过了以歌声迷人的女妖塞壬的岛，在爱奥利亚着陆。风神送给他一只袋子，手下人误认为是财宝，将其打开，被放出来的各路大风吹回爱奥利亚。他们还来到把人变成猪的女妖的岛，后来他们来到太阳神的岛，部属们不听奥德修斯劝告，宰杀神牛，遭到阿波罗的惩罚，他们的船只被击沉，所有伙伴都葬身海底，只有奥德修斯一人幸免于难。他漂流到女神卡吕普索的岛国，被女神留住，耽搁了7年，最后奥林波斯神灵干预，他才得以脱身。最后，奥德修斯来到淮阿喀亚岛，受到国王的盛情款待，他向国王讲述了自己9年间在海上的历险经过，国王十分感动，送他许多礼物，并备快船送他返乡。

在他外出征战的20年，其妻珀涅罗珀一直忠贞不渝地守候他归来，而岛上的贵族青年们却觊觎他的财产，向他妻子求婚，珀涅罗珀巧妙应对，拖延时间。奥德修斯假扮乞丐回到家中，与儿子忒勒马科斯一起杀死求婚者和背叛的家奴，全家团聚，奥德修斯继续做伊达卡岛国王。

荷马史诗的思想价值

《伊利昂纪》和《奥德修纪》规模宏大，内容丰富，极为广阔地描绘了由氏族社会向奴隶社会过渡时期希腊的社会生活和人们的精神面貌。它像一部百科全书，对那个特定历史阶段的社会形态、思想观念、宗教活动、田园耕作、体育竞技、家庭生活、商品交换、风俗礼仪等作了生动的描绘，成为希腊教育和文化的基础。因此柏拉图说，荷马教育了希腊人。

对于后人来说，两部史诗又是重要的历史文献，对了解当时的社会情况具有极高的认识价值。《伊利昂纪》描写的是部落战争，战时各部落组成联盟，是按原始民主建立起来的军事性、宗教性组织，战后即行解体。与英雄主义和冒险精神相伴的是征服和扩张，反映了古希腊海洋文化的特点。史诗反映的是英雄时代带有明显掠夺性质的战争，通过战争来扩充财富，增加实力。《奥德修纪》表现的是人与自然的斗争，通过奥德修斯在海上克服重重困难，赞扬了古代人民的智慧和勇气，以及人们认识自然、征服自然的迫切愿望。它反映的时代晚于《伊利昂纪》，描绘的是奴隶制萌芽时期的生活图景，奥德修斯同贵族求婚者的斗争，表现的是争夺和维护私有财产的斗争。奥德修斯的奴隶仍是家奴，贵族并不脱离劳动。通过奥德修斯不为女神所动、珀涅罗珀苦等丈夫归来的情节，体现出新家庭制度的道德规范，可见一夫一妻制的家庭已开始形成。

《伊利昂纪》和《奥德修纪》是英雄主义的赞歌。英雄们把血腥的战场当作展示勇敢品格、赢得荣誉、实现人生价值的重要途径，以无情杀死对手来显示自己超人的武艺、胆魄与智慧。比如阿基琉斯宁愿选择在战场上获得无上荣誉而早丧，也不愿意默默无闻地终老家中。赫克托耳的英雄主义更富于悲剧色彩，他明知特洛伊城必被毁灭，也明知自己会被阿基琉斯杀死，但仍拼死战斗，而不愿做苟且偷生的懦夫。这种对刚强、威武和荣誉的崇尚，正是英雄时代的风尚。

特洛伊城木马

荷马史诗的思想意义还表现在它宣扬了一种热爱生活、肯定人的力量的个体本位的价值观念和积极进取的现世精神。他们重视现世幸福，阿基琉斯说他宁愿做农人的帮工，也不愿做鬼魂的统帅，对现实生活抱着十分积极的态度。人不再是一种消极力量，不再是命运的奴隶，而是以积极主动的态度面对生活。虽然决定战争胜负的最终是神的旨意，但在战场上，英雄们还是依靠自己的战斗夺取胜利，即使面对帮助敌方的神祇，他们也敢于较量。

荷马史诗的艺术成就

一、结构巧妙，布局完整，人与人的行动始终被放在中心地位

《伊利昂纪》从10年战争中截取战争最后51天情节，以“阿基琉斯的愤怒”贯穿全诗，突出了歌颂英雄主义的主题；第26天阿基琉斯和赫克托耳的决战占全诗三分之一篇幅，题材精选，重点突出而结构匀称。《奥德修纪》集中写了42天中发生的事，采用倒叙手法，通过主人公的回忆将10年往事追叙出来。围绕奥德修斯返乡这一中心事件，诗人展开了两条线索，以奥德修斯返乡为主线，以其妻为众贵族公子纠缠，其子出外寻父为副线，两条线索相互联系，时有交错，烘托出奥德修斯急于返乡的迫切心情。两部史诗都是一个情节，一个中心，一个主人公，不蔓不枝；着意于摹仿完整的行动，则使作品避免了流水账式的平铺直叙，形成主题明确、中心突出的整体格局。

二、塑造了众多的人物形象

他们既具有氏族英雄的共性，也初具作为人的个性特征。比如阿基琉斯骁勇果敢，敢爱敢恨，任性急躁，固执己见，同时又深明大义，重视友情，以集体利益为重，对年长者表现出极大的尊敬和同情；赫克托耳富有集体主义精神和自我牺牲精神，勇敢迎敌，视死如归，显示出一个将领的勇敢镇定和作为长子、兄长、丈夫、慈父的宽厚品格、宽容胸襟和高度责任感；奥德修斯勇敢、坚毅、机智多谋而又狡诈多疑，带有早期奴隶主的特征。

三、语言自然质朴，多用民间口语写成

史诗运用了大量来自自然现象和日常生活的生动比喻，构成独特的“荷马式的比喻”，对描述场面、渲染气氛、烘托人物都起了很大作用。有些比喻可长达数行，如《伊利昂纪》中描写阿基琉斯和赫克托耳最后的交战：“（赫克托耳）抬起头来一看见他，就开始簌簌发抖。他没有勇气再站下去了；他就离开了城门，惶恐万状的逃开去。可是那珀琉斯的儿子凭他的脚力快，一

个闪电似的就追上去了，轻得像羽族当中最最快的山鹰打个回旋去追一只胆小的鸽子，一路尖叫着紧紧跟随，偶尔还突然来一个猛扑，那阿基琉斯也就这样前去紧紧追赶的；那赫克托耳呢，也正像一只鸽子飞在她的敌人的前头，绕着特洛伊的城墙脚在阿基琉斯前面用尽他的脚力在逃跑。”史诗还经常运用重复手法，带有民间文学口头传唱的遗迹。

第四节 古希腊戏剧

古希腊戏剧包括悲剧、喜剧、羊人剧和摹拟剧等，其中成就最高的是悲剧和喜剧。

古希腊戏剧的产生和发展

公元前6～前5世纪古希腊城邦民主制的兴盛时期，随着工商业的发展，社会经济迅速繁荣。一部分人脱离体力劳动，专门从事脑力劳动，文学与科学、哲学、史学、艺术一起得以迅速发展。而日趋复杂的社会生活，使过去那些简单的歌舞不再能充分表达人们的思想感情，戏剧逐渐应运而生。公元前5世纪中叶伯里克利执政时期，以兴建大型剧场、发放看戏津贴、定期组织戏剧竞赛等手段，刺激了戏剧的兴盛。在一百多年里，仅雅典城邦就有2000多出新剧目上演。

希腊圆形剧场

古希腊戏剧起源于酒神祭祀，悲剧的前身是庄严肃穆的酒神颂歌，喜剧的前身是祭奠酒神的歌舞和滑稽戏。酒神狄俄倪索斯是天神宙斯和塞墨勒之子，他同时又是葡萄神和丰收之神，所以人们对他非常崇拜。每年春秋两季都要为他举行隆重的祭祀仪式，当这种祭祀仪式从农村进入城市后，原来的宗教色彩慢慢淡化，表演性和世俗性逐渐增强，戏剧由此诞生并在全希腊兴盛起来。

古希腊悲剧

古希腊悲剧大多取材于神话和传说，荷马史诗等是悲剧诗人们重要的创作源泉。内容往往带有命运观念和宗教色彩，但反映的却是现实生活，表达反对专制、侵略的民主思想，歌颂英雄行为和爱国主义。悲剧形象高大雄伟，气势壮烈磅礴，一般没有悲观色彩，而更多的是悲壮，体现出人的自豪感。

在艺术形式上，悲剧通常由对白和唱段组成。唱段由合唱队完成，主要起抒情作用；对白由演员朗诵，主要起推进剧情的作用。古希腊悲剧有固定的程式，一般分为开场、进场、三至五个戏剧场面、退场四个部分。演出从始至终不停顿，合唱队起分幕分场的作用，合唱队队长就是第一个演员。悲剧最初采用三部曲的形式，即3个剧本在题材与思想上互相关联又相对独立，以后才逐渐产生出独立的戏剧。

悲剧在最兴盛时期涌现出大批悲剧诗人及悲剧作品，但绝大部分已经散佚。流传至今的有埃斯库罗斯、索福克勒斯和欧里庇得斯三大悲剧诗人的作品。其创作反映了希腊城邦民主制不同阶段的社会生活，也显示出悲剧在不同时期的思想和艺术特点。

一、埃斯库罗斯(前525～前456)

埃斯库罗斯是古希腊悲剧的创始人,生活在希腊城邦民主制开始确立时期。他对悲剧艺术的最大贡献是在剧中增加了第二个演员,使对白成为戏剧的主要成分,从而奠定了戏剧结构的雏形;他还发明了高底靴。相传他写过90部左右的悲剧和笑剧,流传下来的有7部。最著名的是《普罗米修斯》三部曲(《被缚的普罗米修斯》、《获释的普罗米修斯》、《盗火的普罗米修斯》,后两部已失传)(前465)和《俄瑞斯忒斯》三部曲(《阿伽门农》、《奠酒人》、《复仇神》)(前458)。《被缚的普罗米修斯》是埃斯库罗斯剧作中最杰出的一部,描写普罗米修斯为人类而受苦,为反抗暴力、反抗宙斯而斗争。这一形象被马克思称为“哲学的日历中最高尚的圣者和殉道者”。《俄瑞斯忒斯》是希腊悲剧中惟一流传至今的完整的三部曲,从阿特柔斯之子阿伽门农出征特洛伊前献祭女儿,到他荡平特洛伊后返乡遭妻子谋杀,再写其子为报杀父之仇遭复仇女神追踪,以阿特柔斯家族的世仇故事,反映父权制对母权制的斗争和胜利。

埃斯库罗斯

埃斯库罗斯的悲剧结构单纯,情节简单,线条粗犷,气势磅礴,抒情气氛浓郁,以开放的布局展开激烈的戏剧冲突;人物形象高大而理想,性格静态,缺少发展,是神或神化的人;文风刚健雄奇,文字古朴瑰丽,显示出剧作家突出的诗人气质。人们誉之为“悲剧之父”,马克思对他评价尤高,把他和莎士比亚并称为“世界空前的天才的戏剧家”。

二、索福克勒斯(前496～前406)

索福克勒斯曾被文学史家誉为“戏剧艺术中的荷马”,生活在雅典城邦民主制鼎盛时期,与伯里克利交情颇深。在戏剧艺术上,他打破三部曲格式,最早创作出结构完整独立的悲剧;并将演员数量增至3人,加强了戏剧动作和对话;他开始采用彩色布景,使歌队成为戏剧中的有机组成部分。传说他共写过130部悲剧,保存下来的有7部,其中以《安提戈涅》(前441)和《俄狄浦斯王》(前431)最为杰出。

俄狄浦斯与斯芬克斯

《安提戈涅》描写俄狄浦斯的女儿安提戈涅违反暴君克瑞翁的禁令,埋葬被宣判为叛徒的哥哥的尸体而被克瑞翁处以死刑的悲剧。剧本通过“法律”和“神律”的矛盾,反映了人民与暴君、宗教伦理与残暴法律之间的矛盾,赞美安提戈涅的倔强性格和反抗精神,表现出作者反对独裁专制的民主立场。

《俄狄浦斯王》是索福克勒斯的代表作,也是古希腊悲剧最高成就的标志,被亚里士多德誉为“十全十美的悲剧”。悲剧取材于神话传说:忒拜城王子俄狄浦斯命中注定要杀父娶母,所以一出生即被抛弃,被科任托斯国王收养。俄狄浦斯在不明真相中长大后,从神谕得知自己可怕的命运,为避乱伦之罪,他逃离科任托斯,来到忒拜城,无意中杀死生父,娶了生母,并任忒拜国王。16年后,因其罪愆致使忒拜城遭受巨大灾难,俄狄浦斯力查罪人，在真相大白后刺瞎双眼，自请流放，以解除全城困厄。

这是一出典型的命运悲剧，写主人公的个人意志和命运之间的激烈冲突。在剧作家眼中，命运邪恶、神秘、难以解释而又不可抗拒，主人公无论怎样努力，终难逃脱命运的魔掌而归于毁灭。俄狄浦斯尚未出生就已被注定了悲剧命运，他曾竭力要摆脱命运，结果却愈益迅捷地陷入命运的罗网。剧作家叹息道："当我们等着瞧那最末的日子的时候，不要说一个凡人是幸福的，在他还没有跨过生命的界限，还没有得到痛苦的解脱以前。"但俄狄浦斯并非甘于束手就擒的弱者，他设法挣脱命运，努力追查凶手，明了真相后严厉自罚，以人的理智和意志顽强对抗着由神操纵的命运。他的抗争与努力体现了人的高贵与尊严，反映人掌握自身命运的必然要求。在戏剧艺术上，《俄狄浦斯王》开创了回顾式（或倒叙式、闭锁式）的结构样式，即从戏剧的危机和高潮写起，再不断回溯前因。这种结构情节集中，节奏紧凑，悬念丛生，引人入胜，为后世许多戏剧家所仿效，如易卜生的《玩偶之家》和《群鬼》等都采用了这种结构。

索福克勒斯的戏剧结构严谨，各部分衔接巧妙，剧情推进和人物性格发展互为表里，相辅相成。在表层故事结构下，往往还有一个主人公情感和心绪变化的深层结构，戏剧丰满而内蕴深厚。

三、欧里庇得斯（前 485～前 406）

欧里庇得斯是民主倾向最强烈的剧作家，生活在雅典城邦民主制走向衰微的阶段，与苏格拉底和智者学派接近并深受其影响，被称为"舞台上的哲学家"。据说他写了 92 部作品，流传下来的有 18 部悲剧和 1 部羊人剧，代表作有《特洛伊妇女》和《美狄亚》，前者写特洛伊城毁人亡的悲惨景象，抒情气氛浓郁，心理刻画深刻；后者通过弃妇美狄亚用残酷手段无情报复负心丈夫伊阿宋的神话故事，表现了作者对妇女命运的关注和同情。妇女问题始终是欧里庇得斯关注的焦点，在他流传下来的 18 部悲剧中，有 12 部采用妇女问题为题材。在欧里庇得斯的悲剧中，崇高和庄严的传统气氛消失了，只有冷酷无情的实际生活景象。亚里士多德说：索福克勒斯按照人应当有的样子来描写，而欧里庇得斯则按照人本来有的样子来描写。欧里庇得斯戏剧结构松散，但着意刻画人物心理，这为他赢得了"心理戏剧的鼻祖"的称号。他的写实手法和心理描写对后世产生了极其深刻的影响。

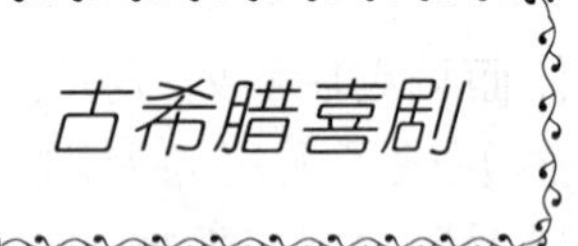

古希腊喜剧大多直接取材于现实生活而非神话，其内容往往是反内战、反贫富不均、反轻视妇女，描写家庭生活等。

公元前 5 世纪，古希腊喜剧主要分为西西里喜剧和阿提卡喜剧。公元前 486 年，阿提卡喜剧正式成为城市狄俄尼西亚祭节中的比赛项目。阿提卡喜剧经历了旧喜剧、中喜剧和新喜剧三个发展阶段，以旧喜剧成就最高。

旧喜剧又称"政治讽刺剧"，其题材往往取材于重大社会生活，干预政治。代表作家是阿里斯托芬（前 446～前 385），代表作有反战喜剧《阿卡奈人》，讽刺和抨击当权人物的《骑士》，嘲笑智者学派的《云》和以神话幻想"云中鹁鸪国"为内容的《鸟》等。据说他曾写过 44 部喜剧，现存 11 部。他被称为"喜剧之父"、"有强烈倾向的诗人"。旧喜剧对后世欧洲的讽刺文学产生了巨大影响。

朱维之先生曾把希伯来文学和古希腊罗马文学比喻成哺育欧洲近现代文学的两个乳房。吮吸着营养丰富的乳汁，西方文学顺利地走上茁壮成长的宽阔大道。

参考文献

[1] 顾准. 顾准文集[M]. 贵阳：贵州人民出版社，1994.
[2] 石敏敏. 希腊人文主义[M]. 上海：上海人民出版社，2003.
[3] 王晓朝. 希腊哲学简史：从荷马到奥古斯丁[M]. 上海：上海三联书店，2007.
[4] [美]伊迪丝·汉密尔顿. 希腊精神[M]. 北京：华夏出版社，2008.
[5] 伍蠡甫，翁义钦. 欧洲文论简史[M]. 北京：人民文学出版社，1991.
[6] 郑克鲁. 外国文学史(上)[M]. 北京：高等教育出版社，1999.
[7] 李赋宁. 欧洲文学史[M]. 北京：商务印书馆，1999.
[8] 陈洪文. 荷马和《荷马史诗》[M]. 北京：北京出版社，1983.
[9] 夏征龙，草婴等. 大辞海(外国文学卷)[M]. 上海：上海辞书出版社，2006.

第三章　意大利文学

第一节　概　述

丰厚悠久的文明历史

具有2500多年历史的意大利是西方国家中除希腊以外的另一个文明古国。在古典时代(前27～476),这里是罗马文明的中心、伟大的罗马帝国的核心部分;在中世纪,意大利是基督教世界的心脏;在文艺复兴时期,意大利更是新文化的发源地。在漫长的1000余年的封建社会,意大利人以其与日后掀起文艺复兴运动相类同的摧枯拉朽、狂飙疾进的精神,为摆脱外族统治的封建割据状态进行了英勇斗争,最终建立起统一的国家。意大利悠久而璀璨的文明历史是意大利人的力量源泉。

一、古罗马帝国之前(前753～前27)

意大利是从古罗马逐步演变而来的。公元前753年,居住在台伯河流域的拉丁人为了抵御外部落的侵袭,建起城堡,取名“罗马”。古罗马的前期,历史上称为“王政时代”,始于公元前753年,历时200年左右。这个时期的所谓“王”,只不过是氏族部落的军事长官而已。“王政时代”大体上是指罗马氏族制度解体,并向阶级社会过渡的军事民主制阶段。公元前510年,由于阶级矛盾不断加剧,国王被推翻,王政时代宣告结束,罗马开始进入奴隶制的贵族共和政体时代。

公元前3世纪,罗马人征服了意大利半岛上的其他民族,控制了波河以南的广大地区。随着罗马军事、经济实力的增长,它的扩张欲也随之扩大。为了与迦太基国(古代腓尼基人在今北非突尼斯一带建立的奴隶制国家)争夺地中海的霸权,先后发动了3次大规模战争,延续了100多年(史称“布匿战争”),同时加紧向地中海东部扩张,先后征服了马其顿、希腊与埃及,最终罗马成为称霸整个地中海的奴隶制大国。

奥古斯都

二、古罗马帝国(前27～476)

公元前1世纪,因利益之争,罗马共和国发生了多次内战,结果形成了以恺撒和屋大维为首的军人当政。公元前27年1月13日,屋大维就任国家元首,集国家的政治、军事、宗教等大权于一身,标志着罗马进入帝国时期。随着屋大维对外继续扩张,公元1～2世纪,罗马帝国成为横跨欧、亚、非三大洲的强国。屋大维在国内推行了一系列改革,在他的统治下，罗马帝国出现了安定局面，经济也得到了迅速发展，因而元老院授予他“奥古斯都”（“神圣”之意）的称号。但在帝国中后期，随着奴隶制经济危机隐患的逐渐暴露、大规模对外扩张的战争、皇位之争的混乱、此起彼伏的奴隶起义、贵族穷奢极欲、社会道德衰败、基督教的兴起以及压制与反压制的斗争等问题的相继出现，导致罗马帝国日渐衰落。到公元395年，罗马帝国分裂成东、西两个部分，东罗马迁都君士坦丁堡，西罗马帝国仍以罗马为都城。公元476年，来自北方的日耳曼人攻陷罗马，废黜了西罗马帝国最后一个皇帝，西罗马帝国宣告灭亡，同时也标志着西欧奴隶制的崩溃、封建社会的开始。

三、四分五裂的中世纪（5世纪末～13世纪末）

这一时期是意大利奴隶制度瓦解、封建制度确立并发展的时期，其特点是外族不断入侵，国家长期分裂，基督教发展迅速，意大利成为西方基督教的中心，而教会与王权因利益需要结成联盟，相互利用。

公元4世纪上半叶，罗马皇帝君士坦丁借基督教的力量统一了东罗马帝国，并将基督教奉为罗马国教。公元4世纪后期，罗马主教趁罗马帝国衰亡时对土地进行大肆掠夺，迅速扩充自己的势力范围。公元8世纪，居住在多瑙河流域的伦巴第人入侵，在侵占的领土上建立了伦巴第王国，后并入法兰克王国。公元756年，作为为其改朝换代、登上王位举行涂油礼的回报，主宰现今意大利版图的法兰克国王丕平将罗马城及周边大片地区赠予罗马教皇，并声明不过问这些土地与帝国的关系，由此教皇“俗权”宣告产生。教皇势力日益扩张，及至意大利中部地区出现了以罗马为首都的“教皇国”。8世纪初，在意大利公众生活中交织着四种因素：伦巴第王国（后成为“意大利王国”）、帝国、教皇国、地方自治。961～962年，冀图在意大利称王并攫取帝国统治权的德意志国王鄂图一世出兵帮助教皇镇压反对派，罗马教皇为其加冕称帝，开始了德意志国王、意大利国王和罗马帝国皇帝的联合统治，建成了“日耳曼民族的神圣罗马帝国”。12～13世纪，意大利再度分裂为许多王国、公国、自治城市和封建领地。但1870年以前，意大利中部一直由政教合一的教皇国统治，及至意大利国家统一时，教皇国被迫退居罗马城西北角的梵蒂冈，从而给现代世界留下了罕见的奇观——国中之国梵蒂冈。

四、文艺复兴时期（14～16世纪后期）

14～15世纪，意大利有五个主要国家——那不勒斯、教皇辖地、威尼斯、佛罗伦萨和米兰，它们的历史构成了文艺复兴时期意大利的历史。由于这些主要国家依靠的不是战争而是精心缔造的联盟体制来促进各自的利益，因此，在这段比较安宁的时期，艺术活动和文化活动得到了广泛的开展，当时意大利大大小小的国家都成为丰富多彩的文化中心。1494年，法国国王查理八世进攻意大利，开始了一个外敌入侵时期，但是在15世纪晚期到16世纪中期的政治动乱时期，早期培育的艺术文化果实却趋于成熟，意大利站到了欧洲文明的最前列，成为欧洲文艺复兴的发祥地。

文艺复兴是14～16世纪后期，欧洲新兴资产阶级在文学、艺术、哲学、自然科学以及政治学、法学、历史学、教育学等领域内展开的以反封建、反教会斗争为主要内容的一场新思想、新文化革命运动。恩格斯曾评价文艺复兴说：“这是一次人类从来没有经历过的最伟大的、进步的变革。”文艺复兴时期所形成的资产阶级思想体系被称为人文主义，它的斗争锋芒直接指向了中世纪封建主义世界观，强调用人性反对神权——主张一切以人为中心，反对神的绝对权威；用个性解放反对禁欲主义——肯定现世生活，赞成追求自由和幸福；用理性反对蒙昧主义——颂扬理性知识，重视人的聪明才智；拥护中央集权，反对封建割据——要求建立一个中央集权的、以民族为基础的统一国家。对“人”的肯定是资产阶级思想的核心。

意大利之所以能成为文艺复兴运动的摇篮，有着多方面综合因素的影响：首先，资本主义生产关系的发展所导致的新经济的内在需求是其发生的基础。新兴资产阶级要求冲破教会经院哲学世界观的桎梏，他们在古希腊、古罗马的文学艺术中找到了反封建、反教会的思想武器。其次，经济的繁荣发展为文艺复兴运动的产生提供了雄厚的物质基础和优越条件。第三，丰厚的文化遗产是其产生的重要条件。意大利在承袭古代文化方面有着得天独厚的条件。第四，执政者的重视扶持及积极的文化政策是其产生的重要保证。意大利许多城市都拨有专项资金资助社会文化事业。第五，完善的教育系统提高了意大利人的素质，为文艺复兴运动的兴起创造了一个良好的文化氛围和庞大的新兴知识阶层。

达·芬奇自画像

文艺复兴时期的意大利为世界文化史贡献了光辉灿烂的巨人群像。在文学领域有卓尔不群的但丁、彼特拉克和薄伽丘等；在造型艺术方面有达·芬奇、米开朗基罗、拉斐尔、提香等巨匠；在音乐领域有乔瓦尼·帕莱斯特里那、蒙特威尔第等；在自然科学领域出现了数学家塔塔格里亚和卡达诺，以及物理学家、天文学家伽利略等。文艺复兴时期的意大利以其出类拔萃的形象在全欧洲独领风骚。

五、外国专制统治与统一运动时期的意大利（16～19 世纪）

16 世纪，由于美洲新大陆的发现导致国际商路的改变以及工业原料的缺乏等原因，意大利经济开始衰落，导致外族不断入侵，从 16 世纪初到 18 世纪中叶，意大利先后被法国、西班牙和奥地利占领。1796 年拿破仑的军队侵入意大利，开始了长达 14 年的统治。

1848 年 1 月，意大利革命在西西里爆发，到 1861 年初，除罗马和威尼斯以外，意大利其他地区都已实现了统一。1870 年 9 月，利用法国在普法战争中兵败的机会，意大利民族英雄、国家独立和统一运动的领袖加里波第（1807～1882）率领志愿军和意大利政府军同时进入罗马，推翻教皇世俗政权，并建立了君主立宪的意大利王国。意大利在长期分裂后，终于实现了意大利人民为之长期奋斗的统一事业。统一大业的完成使意大利结束了异族压迫和封建割据、邦国混战的局面，形成了统一的民族市场，从而推动了资本主义的发展。

六、意大利共和国的建立和发展（20 世纪）

20 世纪初，意大利从自由资本主义阶段进入垄断资本主义阶段，于 1914 年参加了第一次世界大战，并于 20 年代建立起世界上第一个法西斯独裁政权。

第一次世界大战初期，曾与德、奥结成三国同盟的意大利起先中立，后在强大舆论压力下站在协约国一边对德奥宣战。由于长期的分裂和异族统治，意大利在经济、军事方面相对落后于其他欧洲大国，第一次世界大战后更是通货膨胀严重、失业人数激增，引起广大群众的不满，罢工斗争此起彼伏。意大利王室和垄断资产阶级对此十分不安，在此局势下，1921 年以镇压群众运动、鼓吹恐怖统治和专制独裁为宗旨的墨索里尼法西斯党应运而生。1922 年 10 月 29 日，国王邀请墨索里尼到罗马组阁，意大利从此开始了极端反动的法西斯统治时期。

1939 年第二次世界大战爆发时，意大利起初中立，及至德国在法国取胜，于 1940 年加入德国一方向英、法宣战。1943 年 9 月战败投降，墨索里尼被处以死刑。1946 年 6 月 2 日，意大利举行全国公民投票，决定废除君主制，成立共和国政府。

二次大战后，意大利政府更迭频繁，在欧洲各国中都属罕见，但政府的内外政策却具有相对稳定和连续性的特点。第二次世界大战的破坏将意大利原来就先天不足的经济推向凋敝不堪的境地，但战后意大利经济恢复和发展的速度又是惊人的。通过利用别国已取得的最新科技成果以及来自南方的低廉劳动力，意大利在不到 3 年时间内，经济发展尤其是工业生产就恢复并超过战前的水平。经济实力的增加使意大利与英、法、德的距离大大缩小，很快在世界工业化大国中确立了自己强大的地位。在 5 年的调整恢复之后，意大利成为第一批符合加入欧洲货币同盟条件的国家。1949 年意大利加入北大西洋公约组织，简称北约。1957 年意大利与法国、德意志联邦共和国、荷兰、比利时和卢森堡一起创建了欧洲共同体，简称欧共体(现在的欧盟)。1998 年首批加入欧元国。

意大利文学的起源

古罗马是古希腊文化与文学的直接继承者，也是意大利文学的源头。由于古罗马人有强烈的社会责任感和民族精神，因此古罗马文学更富集体意识和理性精神，相比较古希腊文学的生动活泼和质朴自然，古罗马文学更强调艺术的严整和谐、风格庄重。

古罗马文学对后世产生重大影响的首先是普劳图斯(前 254～前 184，代表作有《一坛黄金》等)和泰伦斯(前 190～前 159，代表作有《婆母》等)的世态喜剧，他们的创作开启了意大利戏剧文学的传统，对欧洲戏剧也有重大影响。代表古罗马文学最高成就的是享有世界声誉的维吉尔、贺拉斯和奥维德三大诗人的创作。维吉尔(前 70～前 19)的代表作是史诗《埃涅阿斯纪》，史诗通过对罗马祖先艰苦创建国家的歌颂，激发公民的责任感、荣誉感以及勇于为民族献身的爱国主义热忱。这部史诗不再是荷马史诗式的对民间口头传说的整理加工，而是诗人独立创作的"文人史诗"，讲究辞藻、追求音律，人物形象塑造发展到深入刻画内心世界，显示了向近代文学的跨进。贺拉斯(前 65～前 8)的诗歌代表作《讽刺诗集》、《长短句集》和《歌集》着重嘲讽罗马社会吝啬、贪婪、淫靡之风，讴歌爱情和友谊；文艺理论著作《诗艺》则继承和发挥了亚里士多德倡导的"模仿说"，强调诗人要到生活中去寻找题材，要重视文艺的社会教育作用，并提出"寓教于乐"的重要主张，对后代欧洲文学产生了巨大影响。奥维德(前 43～公元 18)的代表作诗体故事集《变形记》是一部希腊罗马神话传说汇编，想象丰富，情节生动，手法多样，成为后代欧洲作家选取创作素材的"神话辞典"。

贺拉斯

中古时期，诙谐的民间文学、典雅的宫廷文学、神秘朦胧的教会文学、通俗传奇的《故事集》、脍炙人口的《马可·波罗游记》等给意大利文学注入了丰富的给养。

一、诙谐的民间文学

为人们所喜闻乐见且题材广泛的民间文学在一批游吟诗人的引吭高歌下应运而生。这些作品既有浓厚的生活气息，又诙谐幽默、意味深长。如民间诗人切科·安乔里埃利（1260～1313）创作的《倘若我是一团火》："倘若我是一团火，我欲将地球烧尽；……倘若我是死神，我就去寻找父亲；倘若我是生命之神，我将远离父母漂泊。倘若我是契可，我将始终如一，把年轻美貌的女子留在身旁，把老妪丑妇赐予他人。"感情奔放、想象力丰富，又讽刺含蓄，深得后世文学评论家的赏识。

二、典雅的宫廷文学

意大利最早的文人诗歌是13世纪前半叶的西西里诗派的抒情诗，他们以描写男女恋情和风花雪月为主题，多半反映当时德国皇帝腓德烈二世统治之下的宫廷贵人的闲情逸致，同时诗的作者也往往借此炫耀自己文采的高雅与学识的渊博。此诗派最著名的是诗人雅科波·达·连蒂尼（1246～?）创作的诗歌，比如："艳丽娇美的面容，柔情缠绵的目光；见我心上的人儿容光焕发，便是我最大的欣慰"。他的诗多以爱情为主题，讲究格律音韵，对意大利文学用语的形成有积极的意义。

三、神秘朦胧的教会文学

随着基督教在意大利统治地位的确立，以普及宗教教义为主要内容的教会文学一度成为文坛主流。13世纪以后，随着城市的兴起和市民阶层的出现，意大利发生了宗教异端运动，冲击着基督教的神权统治和教会文学的垄断地位。一批富有文学修养的宗教文学家在吸收古代文化精华的基础上革新了教会文学。圣芳济谷（1182～1226）的诗篇《太阳兄弟赞歌》把对大自然炽热的爱与对创造天地万物的上帝的虔诚交融在一起，感情真挚感人、语言朴素简练，是教会文学中的精品。

四、通俗传奇的《故事集》

13世纪末，一位不知名的佛罗伦萨文人将取材于圣经、古典名著以及神话故事和奇闻趣事的100则故事结集成册，题名为《故事集》，又称《古代故事百篇》。作品歌颂了市民的聪明智慧，富有反封建、反教会的意识，轻盈明快、寓意深刻、可读性强，完全摆脱了传统拉丁语文学拘泥形式、文字雕琢刻板的弊病，是一部深受民众喜爱的传世佳作。

五、脍炙人口的《马可·波罗游记》

马可·波罗曾在元王朝统治的中国生活了17年（1275～1292），回国后，一个名为鲁斯第切的比萨文人根据其口述写就了闻名西方的《马可·波罗游记》（约1298年）。作品运用奇崛的文笔，描绘了令西方人耳目一新的东方古国绚丽多彩的社会风貌和风土人情，比如描写汨罗江："渔家人端上一盆香喷喷的红烧肉，一盘白色的鱼丸子，娇丽秀美的汨罗女频频敬酒……"，题材新颖，文笔流畅，是欧洲第一部介绍中国和东方文明的散文作品。

文艺复兴时期的文学

意大利是欧洲文艺复兴运动和人文主义文学的发源地。14世纪以后，新兴资产阶级通过与封建领主的斗争，在一些城市取得了城国的自治权。人文主义思想家、艺术家、诗人无不热衷于研究古代希腊、罗马文化典籍，发掘、利用其中一切与基督教神学相对立的文化因素作为思想武器，掀起了反封建、反教会的文艺复兴运动。

文艺复兴初期，意大利出现了文艺的高度繁荣。人文主义文学除了先驱但丁以外，还有杰出的诗人彼特拉克和小说家薄伽丘。文艺复兴后期，意大利因遭到外族入侵、内部分裂，导致经济衰退，因而文学成就远不如早期，但仍产生了阿里奥斯托和塔索等著名作家。

一、彼特拉克——人间爱情的咏叹者

弗兰契斯科·彼特拉克(1304～1374)是佛罗伦萨著名诗人，第一个提出以"人学"与"神学"对抗的观点，号召人们从对神的研究转向对人的研究。

彼特拉克的代表作《歌集》(1330～1374)是献给其恋人劳拉的一部抒情诗集，收入了360首十四行诗和抒情短诗。诗人挣脱了宗教法规、禁欲主义和骑士"典雅爱情"的桎梏，将劳拉当做有血有肉的美女来歌颂，以色彩绚丽的诗句细致描写了劳拉闪亮的眼睛、金色的发卷、甜蜜的微笑等，体现了人文主义对世俗美的追求以及以个人幸福为中心的爱情观念。

《歌集》用意大利俗语写成，语言优美，风格清新。彼特拉克的诗歌创作实践在风格上继承了普罗旺斯和意大利"温柔的新体"诗派爱情诗的传统，使十四行诗体更加趋于完美，层次分明、结构严整，以善于表现男女青年之间的浪漫恋情和追求人生欢乐的思想著称，因而为各国诗人所仿效，英国诗人弥尔顿、济慈就很喜欢使用这种诗体创作。彼特拉克的十四行诗体为欧洲抒情诗的发展开辟了道路。

二、薄伽丘——城镇、街市、乡野花园的歌咏者

乔万尼·薄伽丘(1313～1375)是意大利杰出的人文主义作家，其代表作《十日谈》(1350～1353)是欧洲文学史上第一部短篇小说集。

《十日谈》叙述的是某一年佛罗伦萨流行鼠疫，3个受过良好教养的青年男子和7个妙龄女郎相约在城外一个草木葱郁的别墅避难，大家轮流讲故事，愉快地消磨时光，10天讲了100个故事，所以书名为《十日谈》。《十日谈》中的100篇故事长短不一，内容包罗万象：既有赞美骑士侠义精神的传奇，又有情节离奇的男女风流韵事；既有闪烁人类智慧火花的格言式寓言，又有道听途说街谈巷议。故事的主人公既有王公贵族、修女僧侣，又有骑士侠客、市井平民；既有商贩奴仆，又有医师书生，真可谓集

《十日谈》

三教九流各行各业之大全。许多故事取材于历史记载、中世纪传说和东方故事，如《一千零一夜》和《七哲人书》等。因此，就风格而言，薄伽丘的创作与但丁（见本章第二节）、彼特拉克有明显不同，正如历史学家胡莫所说：但丁唱的是天堂地狱，彼特拉克唱的是人的心灵，薄伽丘唱的是城镇、街市、乡野花园。

通过这些故事，作者揭露了天主教会的腐败，僧侣的贪婪、荒淫和虚伪；表现了对封建偏见和禁欲主义的反对，提倡平等，肯定人对自由爱情的追求；赞美了平民，歌颂他们的聪明才智。薄伽丘的作品具有鲜明的反教会思想，同时又反映了当时世情生活，而且是意大利方言的精美作品，具有很高的艺术价值和思想价值。它那生动有趣的故事，通俗、精练的语言，以及故事中套故事的严整、新颖的框架结构，别具一格，开创了欧洲近代短篇小说的先河，对后代作家产生了重大影响。

17～19世纪的文学

16世纪以来，在外国的侵略与内部的反动统治下，意大利长期处于分裂与落后状态。17世纪，意大利以“马里诺诗派”为代表的形式主义文学风靡一时。18世纪下半叶，意大利政局相对稳定，资产阶级力量也随之增强，启蒙主义思想广泛传播，促成了启蒙主义文学的诞生，其杰出的代表是喜剧作家哥尔多尼。19世纪初，意大利民族复兴运动开始蓬勃发展，浪漫主义文学正是这一运动的产物，代表作家是亚历山德罗·曼佐尼(1785～1873)与贾科莫·莱奥帕尔迪(1798～1837)，前者创作的长篇小说《约婚夫妇》在意大利如同但丁的《神曲》一样家喻户晓。到1870年，意大利终于取得民族独立，此时在意大利文坛上占据主导地位的是客观反映社会生活的真实主义文学。法埃洛·乔万尼奥里(1838～1915)在这一时期创作了著名的长篇历史小说《斯巴达克斯》(1874)。

《女店主》

卡尔洛·哥尔多尼（1707～1793）是18世纪一位卓越的启蒙主义戏剧家，一生创作了各种题材的剧本269部，其中155部为喜剧，代表作有《女店主》（1753）、《一仆二主》（1745）等。哥尔多尼大胆进行喜剧改革，成功地以“风俗喜剧”取代了流行于意大利舞台200多年的“假面喜剧”。“假面喜剧”没有固定剧本，只有演出提纲，表演时由演员即兴编词（因此也称“即兴喜剧”），滑稽人物戴假面具，人物角色定型。“假面喜剧”在当时还是具有一定的进步意义，但到了18世纪，其僵化、固定的程式化演出方式已不能适应现实生活的需要。哥尔多尼进行了大胆的改革，一方面保留其原有的社会讽刺的传统特色；另一方面，逐步取消了演出提纲、假面等方式，将“假面喜剧”改革成具有固定台词，既能刻画鲜明人物性格、又能反映生动的社会生活的新型喜剧（哥尔多尼称之为“性格喜剧”、“风俗喜剧”），从而为意大利现实主义戏剧的发展开辟了道路。

在喜剧创作中，哥尔多尼精心塑造了各个社会阶层富有个性的艺术形象，既有爱唠叨的父亲、挥金如土的儿子、盼着出嫁的女儿，又有聪明机警的仆人、机智泼辣的妇人、精明狡猾的商人，还有医术蹩脚的大夫、狂妄自大的贵族、诚挚朴实的平民等。语言诙谐生动、生活气息浓郁，并大胆摒弃了传统喜剧单纯逗笑取乐的平庸的思想内容，积极地反映现实生活中的美和丑，具有广泛的社会意义和深邃的思想内容。

哥尔多尼的代表作《女店主》(1753)通过年青、漂亮、聪明、能干的女店主米兰道琳娜与3个贵人(侯爵、伯爵、骑士)之间的周旋和斗争，讽刺了两手空空而又死要面子的没落世袭贵族，暴露了信奉金钱万能哲学的暴发户新贵族的丑恶嘴脸，揶揄了傲慢无礼而又愚不可及的骑士老爷，讴歌了平民米兰道琳娜的勤劳勇敢、美丽聪颖和忠于爱情。剧作体现了作者抨击贵族、赞美平民的启蒙主义思想，洋溢着争取自由平等的时代精神。《女店主》1753年在第一次公演后就以其浓厚的生活气息和鲜明的人物形象赢得了广大观众的喜爱，如今仍以其不减当年的生命力和光辉成为世界各国大剧院最受欢迎的保留剧目之一。

20世纪的文学

20世纪初意大利进入帝国主义时期，从这一重要的历史转折阶段开始一直到70年代进入世界先进工业强国行列，意大利历史上产生了在世界文学史上具有较大影响的各种文学思潮和文学现象，也涌现出了众多杰出的作家和诗人。

第一次世界大战后，产生了怪诞派戏剧和具有超现实主义文学意识的隐逸派诗歌。怪诞派戏剧的代表作家为1934年荣获诺贝尔文学奖的伟大戏剧家皮兰德娄(见本章第三节)，他善于以离奇的情节表现现实的荒诞、人生的苦闷和心灵的扭曲，开创了欧美怪诞派戏剧的先河。隐逸派诗歌的代表作家为被俄国诗人马雅可夫斯基称为“我最喜爱的诗人”的蒙塔莱。蒙塔莱(1896～1981)擅长采用象征和隐喻的艺术手法刻画和挖掘现代人内心世界的细微变化，其独树一帜的诗作使其于1975年荣获诺贝尔文学奖。第二次世界大战后，意大利又出现了新现实主义，代表作家为50年代曾任国际笔会主席的小说家莫拉维亚(1907～1990)，其作品主要反映法西斯统治下人民生活的艰难。莫拉维亚以其娴熟的语言运用能力、敏锐的洞察力和细致入微的心理分析被人们誉为“意大利的巴尔扎克”。

在20世纪的意大利文学流派中，尤以马里内蒂为代表的激进的、反传统的文学流派——未来主义影响最为深远，不仅对欧美现代文学产生较大影响，还影响了西方一代人的观念和生活方式。1909年2月20日，意大利诗人、文艺批评家菲利浦·托马佐·马里内蒂(1876～1944)在法国《费加罗报》上发表了《未来主义的创立和宣言》，宣告未来主义诞生。未来主义始于文学，随即以旺盛的势头迅速席卷绘画、音乐、戏剧、雕塑、建筑、舞蹈、电影、摄影等诸多领域，这些作品都体现出一种动态美与速度美，如波丘尼(1882～1916)的《美术馆里的骚动》、《城市的兴起》，巴拉的《快速飞翔》等。未来主义在思想倾向上强调面向未来、刻意创新、崇尚速度的美和力量、弘扬反叛，比如马里内蒂的代表作之一《时间与空间》里写到:“啊，时间！/我要向你发起攻击，/斩断你的翅翼，/窒息你的时针哮喘的声音！/你向空间/这个步履艰难的老朽求援吧！”在咏叹对象上主张描写机器文明和都市动乱的生活，歌颂暴力，展示人的意识冲动。在艺术手法上主张以自由不羁的字句作为诗歌创作的基础，排斥理性和逻辑，要求取消语言规范，比如任意改变语法，引入图像、乐谱、符号或公式；取消标点符号、突破格律、杜撰词语；创造阶梯式诗歌形式；以绝对自由的类比表达放荡不羁的主观感觉；推行“印刷革命”，借助大小、形状、颜色各异的字体来表示感觉的程度和变化。未来主义的代表作家还有意大利的帕拉采斯基(1885～1974)、法国的阿波利奈尔(1880～1919)和俄国的马雅可夫斯基(1893～1930)等。

第二节 但　丁

意大利诗人但丁·阿利基埃里(1265～1321)是欧洲中世纪向近代资本主义时期过渡的文学巨匠、意大利文艺复兴的先驱。对于但丁这位承前启后、继往开来的诗人，恩格斯给予了很高评价："封建的中世纪的终结和现代资本主义纪元的开端，是以一位大人物为标志的，这位人物就是意大利人但丁，他是中世纪的最后一位诗人，同时又是新时代的最初一位诗人。"

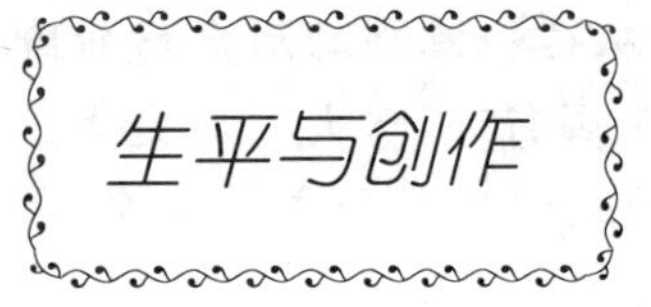

一、柏拉图式恋情的产物——《新生》

但丁出生于佛罗伦萨一个衰落的古老贵族家庭，早年父母双亡，幸运的是，但丁受到了良好的教育。据记载，但丁勤奋好学，善于思考，涉足当时的各个学术领域，知识广博，特别崇拜古罗马诗人维吉尔，将其视为自己的精神导师。

但丁一开始从事创作就受到当时"温柔的新体"诗派的影响，热衷于讴歌纯洁、崇高的爱情。少年时，但丁对邻家少女贝雅特丽齐产生爱情，将其看做一切崇高美德的化身，不幸的是贝雅特丽齐过早离开了人世，悲痛欲绝的但丁就把赞美、悼念她的诗篇汇集成一部抒情诗集《新生》(1292～1293)。诗集以质朴清丽、优美动人的诗句，细腻地展示出爱情在诗人心灵深处激起的波澜，把她看做圣洁、光明和爱的化身，也将之描绘成上帝派来拯救他灵魂的天使："凡看到她的人都欣喜欢愉，她那聪慧的双眸温暖着人心，没有亲身感受的人难以理解；她那挂着微笑的双唇洋溢着爱的温馨，她总慰藉人的心灵说：'期盼吧'。"体现了但丁将世俗爱情和天主教徒的虔诚感情交织的创作思想。《新生》语言流畅，诗风清新，被认为代表了当时"温柔的新体"诗派的最高成就。

但　丁

二、流亡生涯的精神结晶——《飨宴》及其他

但丁生活的年代正是意大利处于分裂和动荡的时期。青年时期的但丁积极参加佛罗伦萨的政治活动，后因反对教皇及其在佛罗伦萨的追随者被终生放逐。辛酸的流亡生活使他扩大了视野、增长了阅历、丰富了经验。但丁的重要作品全部是在流亡中写成，如用意大利通俗语言介绍科学文化知识的著作《飨宴》、论证意大利通俗语的优越性和形成标准意大利语的必要性的论著《论俗语》、以经院哲学推理方式系统阐述其政治观点的专著《帝制论》，以及体现诗人立志引导人们走出罪恶现实的迷宫，提出复兴意大利使命的不朽之作《神曲》，这些作品都贯穿了争取意大利统一的爱国主义思想。

但丁路遇贝雅特丽齐

《飨宴》(1307)书名就是痛享知识的意思。诗人借诠释自己的诗歌，用通俗的语言把各种深奥的古典和现代科学文

化知识深入浅出地介绍给读者，就像是一部百科全书式的学术著作。如在阐述诗歌创作的四大含义时就简洁地概括为："字意、寓意、精神道德和奥秘"；在批判封建等级观念，给"贵族"定义时就指出"人贵在品行"，"出身卑微者也可因其渊博的知识和崇高的品行而成为受人称颂的贵人"。全书显示了但丁渊博的学识和非凡的才能，从而证明用意大利的通俗语不仅能抒发感情、描写爱情，而且还能论述哲理和学术思想。《飨宴》是第一部用意大利通俗语写就的哲理性著作，作者原计划写 15 章，但 4 章后就因故搁笔。

千古不朽的"中世纪史诗"

被誉为"中世纪史诗"与"百科全书"的《神曲》(1307～1321)是但丁的代表作，也是诗人坎坷一生的思想和艺术探索的结晶。这部诗人呕心沥血、历经 14 年流亡岁月写就的忧愤之作代表了中世纪欧洲文学的最高成就，同时又透露出人文主义新文学的曙光。

一、梦幻中地狱、净界、天堂的展现

《神曲》直译为《神圣的喜剧》，但丁原题为《喜剧》，后人为了表示对《神曲》的赞赏和对作者的崇敬，而冠之以"神圣的"一词。中世纪时，人们对喜剧的概念与今天有所不同，那时但凡由纷乱和苦恼开始而结局于喜悦、皆大欢喜的故事都可称为喜剧。《神曲》以哀切、悲惨的地狱开始，到光明、幸福的天堂结束，正符合当时喜剧的定义。

《神曲》由《地狱》、《净界》(又译《炼狱》)和《天堂》三部分组成，全诗共 14233 行。诗人采用中古流行的梦幻文学的形式，叙写了自己 35 岁时在一座森林中迷路，3 只野兽豹、狮、狼(分别象征淫欲、强权、贪婪)挡住去路，在前有猛兽、后有深谷的危急关头，但丁高声呼救，罗马诗人维吉尔前来引导但丁走出了迷途，并游历了地狱和净界。到了净界顶端，维吉尔隐退，但丁在年轻时的恋人贝雅特丽齐引导下游历天堂，经过九重天，在电光一闪中见到了上帝，而此时但丁也从梦中惊醒。

《神曲》地狱图

但丁梦幻中的地狱位于北半球的耶路撒冷地底下，是一个形似大漏斗的万丈深渊，它从地面通到地心，上宽下窄，上下共有 9 层。但丁按照基督教的观点，将罪人的灵魂按生前所犯的罪孽大小放置在不同的圈层中受苦刑惩罚，罪行愈大者愈居于下层。除了未受洗礼的异教徒在地狱的第一层等待上帝的裁判，生前贪色、贪吃、贪财、易怒者及邪教徒、施暴者与自杀者的亡灵，都在冰雹、臭泥坑或火坑里经受不同的惩罚。地狱的第九层是地狱之底冰湖，囚禁着但丁最为痛恨的叛徒。之后，但丁在维吉尔的带领下，越过地球的中心，来到炼狱山下。炼狱山是一座雄奇巍峨的高山，处于正对耶路撒冷的南半球上，它与万丈深渊的地狱形成了鲜明的对比：地狱象征罪恶的灵魂在深渊中越陷越深，炼狱象征悔过自新的灵魂在高山上获得新生。炼狱主体部分是七级，加上山脚的海滩与山上乐园，一共也是九级，分别聚集着生前犯有骄、妒、怒、惰、贪、食、色七恶的亡魂，也经受着不同的惩罚。经过忏悔洗过，得到修炼的灵魂经上帝宽恕后，一层层上升，及至芳草萋萋的山顶乐园。但丁来到

山顶,维吉尔消失,仙乐中贝雅特丽齐显现,引导但丁游历天堂。

按照公元2世纪希腊天文学家的天体论,但丁在《天堂》篇里把天堂描绘成由月球、水星、金星、太阳、火星、木星、土星、恒星和水晶星这九重天组成的球面,这里是生前为善、有德、立功者的归宿,升天的灵魂按照生前功德的高低分别在相应的光辉、祥和、欢乐的天体里出现。九重天外是上帝与众天使所在的天府,在中古著名牧师圣伯拉特的引领下,但丁见到了上帝,虽如同电光一闪即逝,但在神秘的苍穹中,但丁凝神瞻仰了基督教"三位一体"所蕴含的深邃意义,达到了天国之行的终极目的。

二、深邃复杂的思想内涵

《神曲》是欧洲文学史上具有划时代意义的巨著,其思想内容的积极意义主要体现在以下四个方面:

1. 民族出路的积极探索

《神曲》中包含很多神学和繁琐哲学的知识,但《神曲》绝不是一部宣扬善恶报应与赎罪思想的宗教作品,但丁创作《神曲》的目的是为了给人类特别是意大利的未来指出一条从黑暗走向光明的途径,正如他在给斯加拉大亲王的信中谈到的:"要使生活在这一世界的人们摆脱悲惨的遭遇,把他们引向幸福的境地。"

这一基本思想就决定了作品中许多形象的象征寓意。黑暗的森林是意大利现实社会的象征;三头野兽则象征着阻碍人们走向光明的邪恶势力;但丁在森林中迷路,象征人类的迷惘;维吉尔引导但丁走出黑暗的森林,象征人类在理性的指引下获得新生;贝雅特丽齐引导但丁游历天堂,象征忠于信仰的人最终达到至善至美的境界。但丁不仅为人类指出一条经过道德净化、挣脱苦难而获得幸福的道路,也为意大利指出了一条复兴之路,二者是一致的。当然,但丁思想上也还存在局限性,他虽然强调理性的作用,但他认为要认识真理、达到至善境界只有在神学信仰之下才能够达到,所以《神曲》中但丁最后还是在神秘主义大师圣伯拉特引导下才见到了上帝;但丁也看不到人民的力量,只是把统一意大利的希望寄托在个别英明君主身上,当理想破灭,便从政治斗争转而追求精神道德复兴,这不免失之于唯心主义的空想,但是但丁为意大利的统一和美好未来,不断上下求索,其精神难能可贵。

2. 社会现实的广泛反映

《神曲》描写的虽然是一个梦游三界的故事,但作品的主要内容均取材于意大利的现实生活,接触到13世纪后期意大利一系列重大社会问题,有着强烈的现实性。《神曲》既写城邦之争,也写城邦内党派之争,比如在《地狱篇》33章中,但丁就通过乌哥利诺祖孙饿死于塔中的故事,谴责了当时党派纷争的残酷;既叙写了封建主、贪官污吏、高利贷者的世俗压迫,也揭露了买卖圣职的教皇、贪婪成性的主教与教士的罪恶。此外,作品还广泛涉及哲学、科学、神学、艺术等方面的问题,这主要反映自诗人在游历三界时与各种人物的对话,例如,与维吉尔的对话就表现了中古人对古希腊、罗马诗人与哲学家的认识和评价等。总之,《神曲》广泛涉及意大利社会生活的各个领域,既有认识社会的价值,也起到传播知识的作用。

3. 政治倾向性的鲜明凸现

《神曲》体现出作家鲜明的政治倾向性。但丁反对祖国分裂和党派纷争,渴望意大利的和平与统一,即使在另一个世界里,他也和鬼魂们激烈谈论意大利的政治形势和国家兴亡问题,悲叹意大利是“暴风雨中没有舵手的孤舟”。但丁痛恨那些在国家政治生活中持骑墙态度的人，因此在勾绘“地狱”部分时，特地在门外设一走廊，让那些明哲保身、无事生非者的丑恶灵魂长年在此飘荡。但丁痛恨教权扩张，在《神曲》序言中，以母狼暗示贪婪的教皇，称“她的性格非常残酷，肚子从来没有饱足过，吃得越多越饥饿……”。对怂恿法国国王攻打佛罗伦萨的教皇包尼法西八世，但丁深恶痛绝，早已在地狱第八层为其预设好位置，将他倒栽在石缝里受火刑。但丁还清醒地认识到现实社会中教会与僧侣的贪婪、凶残、伪善和野心，将打着上帝旗号的僧侣比作“穿着牧人衣服的贪狼”。但丁还把对人民施以暴政，使城邦、国家分裂的暴君全部打入第七层地狱。至于叛徒与卖国贼，但丁把他们冻结在第九层地狱，让撒旦撕吃。以上种种政治观点在客观上与人民群众反封建、反教会的情绪是一致的，因而具有进步意义。

4. 人文主义思想的萌芽显现

作为一个正统的基督徒，但丁在《神曲》里关于游三界的构思，基本上还是以基督教的禁欲、苦修为内容的神学世界观作为基础，比如宣扬禁欲主义和来世主义、否定尘世享受和男女情欲、崇尚精神恋爱等。因此，他把希腊传说中的绝代佳人海伦、特洛伊王子帕里斯都当作重情贪色者打入地狱；他还把奥德修斯作为“欺诈者”、“教人为恶者”打入第八层地狱等。但是在作品的实际描写中，作品却明显透露出与基督教教义相悖的人文主义的思想萌芽，《神曲》肯定现世生活，强调人的自由意志，反对蒙昧主义，提倡追求知识、真理，赞美人的智慧。

当但丁在地狱聆听了保罗和弗兰采斯加的爱情悲剧，目睹死后两人的灵魂仍然紧抱在一起经受狂风吹打的折磨时，竟悲伤得“昏晕倒地”。这种对犯贪色罪“罪人”的同情，表现出但丁对现世生活及自由幸福的肯定，也正体现了但丁对禁欲主义的反叛，不啻为个性解放思想的先导。

保罗和弗兰采斯加

作为一个知识渊博的学者，但丁还反对教会的蒙昧主义，推崇古希腊罗马的异教文化。为此，他在《神曲》中特地为那些古代希腊罗马的先贤在地狱中安排了一个光明、幽静、美丽的所在，并且对他们表示了极大的尊敬，称颂荷马是“诗国之王”，赞扬维吉尔为“智慧的海洋”、“拉丁人的光荣”。但丁还肯定奥德修斯求知和斗争精神，表现出与教会蒙昧主义的对抗。

三、在继承中创新的艺术手法

1. 布局精巧、结构严整

《神曲》的结构环绕着数字“三”、“九”(三个三)、“十”来安排。全诗分《地狱》、《净界》和《天堂》三部，每部三十三篇，每段三行诗，每部都以“群星”一词结束，喻示人类正在群星指引下从黑暗走向光明。另外，地狱分九层，净界分九级，天堂分九重。全书连同“序曲”共一百篇。“十”在中世纪是完美的意思，“一百”便是极其完美，从而使长诗形成一个严密、匀称的整体，体现出但丁惊人的丰富的想象力和宏伟的结构能力。

2. 巧妙地将象征、寓意手法与现实主义手法有机结合

《神曲》的许多情节、人物和动植物，包括地狱、炼狱和天堂幽明三界的故事都具有象征意义，这些手法虽充满宗教神秘色彩，却也不乏浪漫主义的艺术魅力。与此同时，但丁还用现实

主义的手法来叙写历史上或现实中实有的人物和事件。如对他所尊敬的亨利七世皇帝的歌颂、对他所憎恶的教皇包尼法西八世的抨击，都是采用具体的直接描写手法。这种写实手法与大量的象征、寓意手法的巧妙结合使作品既有梦幻色彩，又不乏人间生活气息，增强了作品的艺术魅力。

3. 人物形象刻画生动，善于运用日常事物作比喻

《神曲》中无论是生活中实有其人，还是虚构的人物，如野心勃勃而又贪婪的教皇、温柔多情的弗兰采斯加、美艳动人的海伦等，但丁都刻画得栩栩如生。但丁还擅长用日常生活中人们熟悉的事物作比喻，使被比喻的人或物贴切、形象。如用眼睛发花的老裁缝穿针时凝视着针眼，来形容鬼魂们注视活人但丁和维吉尔到来时的惊奇神情；用“脱落了宝石的戒指”来形容贪嘴馋食者被罚禁食瘦得两眼深陷的眼眶；将“落在沙地上的火雨”比作“火绒碰在火镰上一样燃烧起来”等。

4. 用意大利民族语言写就，为文艺复兴时期民族文学的发展开辟了道路

《神曲》在语言上也有创新。它一反中世纪必须用拉丁文为文学语言的陈规，开创了运用当时被称为俗语的意大利语写作的先河，使文学创作摆脱基督教会的控制，更加接近社会生活，接近人民口语，也有利于促进意大利民族语言和民族意识的形成和发展。这使得但丁超越了在他之前的一切意大利作家，成为第一位意大利民族语言诗人。

第三节　皮兰德娄

路易吉·皮兰德娄(1867～1936)是意大利著名怪诞派戏剧作家、小说家，一生著有长篇小说7部、短篇小说300篇(后汇编成《一年的故事》)、剧本44部。皮兰德娄被称为是“戏剧领域中‘冲锋陷阵的勇士’”，“他的戏剧犹如无数枚手榴弹，在观众的头脑中砰然爆炸，荡涤了陈旧庸俗的习气，使情感和观念分崩离析”。1934年，因其“果断而又灵巧地复兴了戏剧艺术和舞台艺术”，皮兰德娄被授予诺贝尔文学奖。

以文学实现生活的突围

一、用小说表现生存的荒诞

皮兰德娄1867年6月28日出生于意大利西西里岛的一个小镇，后因父亲经营的硫磺矿破产，全家迁居西西里首府巴勒莫。皮兰德娄自幼与父母有思想隔阂，与父亲更是无法沟通，但临死前他也曾作过这样的一番自白：“作为艺术家，应该说多亏了他，我才得以感受到人在无法与他人沟通时的忧愤心情”。1903年，父亲利用皮兰德娄妻子的陪嫁再次投资的硫磺矿，因山崩而毁于一旦，其性格脆弱的妻子从此得了精神分裂症，双腿长期瘫痪。在生活陷入困境之时，皮兰德娄一人挑起了全家的经济重担，在创作了一些具有真实主义风格的作品同时，还在好几家杂志社工作，另外还教授私人德语课和意大利语课。心力交瘁之中，皮兰德娄甚至产生过自杀的念头。而正是这不济的命运和痛苦的遭遇，激发了作家丰富的想象力与写作灵感，使其创作了情节荒谬绝伦、构思离奇古怪的《已故的帕斯卡尔》(1904)这部脍炙人口的长篇小说。书中的主

人公帕斯卡尔想超脱现实、寻觅“另一个自我”的荒诞经历,体现了人们只有通过脱离虚假的现实生活,戴上一具假面,才能寻得一席之地的生存荒诞。这部作品也正是处于绝望中的作家内心痛苦的宣泄。小说发表后很快被译成各国文字,使皮兰德娄开始跻身于意大利一流作家行列。这部作品的发表也是皮兰德娄文学创作的一次根本转折,即摒弃了早期作品中的真实主义风格,而转入描写和刻画变幻莫测的主观内心世界。

二、用戏剧表现人生的真相

第一次世界大战爆发后,残酷的战争给这个已经十分不幸的家庭带来新的沉重打击。奔赴前线的长子被俘且身患重病,为营救儿子,皮兰德娄曾恳求意大利总理出面交涉,但由于奥地利政府条件过于苛刻而被迫放弃。受此打击,妻子的精神病愈加严重,母亲悲伤去世,次子在应征入伍后不久竟也离开人世,只留下皮兰德娄一人孤寂地守护疯瘫的病妻。

从一定意义而言,纷乱的战争使皮兰德娄发现了戏剧。皮兰德娄深感“对现实生活实在太难表态,生活已沦为一些连续不断的戏剧场面,对于这些场面,人们既难以作出任何得体的评价,也难以把它们贯通起来,可见生活已沦为戏剧了”,“生活就是演戏”,“我们人人都存心在当自己的木偶,都在演戏”,“生活是滑稽可笑的,生活是一种作假,就如同舞台上演出的戏剧一样”……于是,1915 年战争爆发后,皮兰德娄把创作重点转向戏剧。当时意大利社会正步入法西斯主义时期,处于尖锐社会阶级矛盾中的资产阶级知识分子往往心灵上无所寄托,深感自己在现实社会中已无立足之地,为此,皮兰德娄创作了一系列借“疯癫”或“假面”来逃遁现实的主人公,在此情形下,表现“自我”与“现实”的冲突、“自我”与“假面”的冲突、揭示现实社会的虚幻和紊乱的怪诞剧应运而生。与旧戏剧热衷于所谓和谐的形式、虚构的情节和逻辑的伦理简单地再现貌似井然有序的客观世界相比,皮兰德娄更强调“以敏锐的洞察力展现和揭示赤裸裸的、充满矛盾的、纷繁复杂的生活”,表现人类心灵迷宫里“古怪的、不连贯的、羞为人知的那些近乎疯狂的念头”,这些看法和主张构成了皮兰德娄戏剧创作的基点。皮兰德娄的代表作《六个寻找作者的剧中人》(1921)、既是荒诞剧又是心理剧的《亨利四世》(1922)、标志着皮兰德娄的戏剧创作进入了一个新阶段的《给裸体者穿上衣服》(1923)等剧作的相继问世,使意大利戏剧在国际上赢得了前所未有的声誉。

“戏中戏”的完美杰作

皮兰德娄的怪诞剧《六个寻找作者的剧中人》是使剧作家荣膺诺贝尔文学奖的扛鼎之作。这部改编自其两部中篇小说《一个剧中人物的悲剧》和《与剧中人物对话》的杰出剧作,与另外两部剧作《各行其是》(1924)、《我们今晚即兴演出》(1929)一起被视为是皮兰德娄“戏中戏”三部曲。但是这部戏剧的首演并不成功,或许罗马上流社会一时还难以接受其运用荒诞手法对虚伪的现实社会的辩证展现与揭示。然而,6 个月后,《六个寻找作者的剧中人》在米兰的公演却获得了极大的成功。接着,此剧又应邀在欧美各国连续公演,使皮兰德娄的剧作从此获得了世界声誉。皮兰德娄堪称擅长运用“戏中戏”进行戏剧创作的艺术大师,《六个寻找作者的剧中人》可谓是将“戏中戏”的技巧与手法运用得相当娴熟的精妙杰作。

一、一出活生生的人间悲剧的展现

有一天，六个陌生人突然闯入某个剧场的排练场，自称是某个剧本中的六个人物，因为作者拒绝演出，他们便请求导演让他们自己出演此戏。在得到允许后，他们就在舞台上认真地扮演起自己的角色，也即表现各自的身世和遭遇。

这六个剧中人在原剧中分别扮演父亲、母亲、儿子、继女、小男孩和小女孩。出身卑微而又温厚淳朴的母亲与前夫秘书的私情暴露后被撵出家门，儿子被前夫送至乡下抚养，怀着前夫女儿的母亲与秘书重组了家庭，并为其又生下一男一女。多年后秘书去世，家庭陷于极端贫困，实为女儿的继女被迫沦为妓女。父亲自把母亲赶走后，“在家里孤寂得像只无头苍蝇”，对寄养在外的儿子也“没有任何感情上和理智上的联系”。孤寂难熬的父亲成了妓院的常客，一次正遇上继女接客，幸而母亲及时赶来避免了一场乱伦悲剧。万分羞愧中，父亲将母亲和她的三个孩子以及乡下的儿子都接回家，想重享天伦之乐。可是性格孤僻、沉默寡言的儿子既憎恨父亲又鄙视母亲；一度沦为妓女的继女则变得玩世不恭；母亲更是“时时刻刻感到痛苦”，始终生活在过去的阴影中不能自拔。因此，在这个家庭中还是没有任何欢乐和幸福可言，亲人之间只有冷漠。活泼的小女孩喜欢走出沉闷的屋子到花园里玩耍，可是有一天，当她在花园的池塘边玩耍时，不慎失足掉进水池，母亲闻讯疯狂地跑去时，小女孩已经淹死。躲在大树后面的小男孩眼睁睁地看着小妹妹溺死却无动于衷，而后，他掏出手枪，了结了自己幼小的生命。六个剧中人的叙述与表演到此结束，这时舞台上真的响起了枪声，原来是演小男孩的剧中人真的开枪自杀了。众人见状，顿然惊慌失措，他们隐隐感觉到六个剧中人的演出已变成了生活的现实——一出活生生的人间悲剧。而此刻，“继女”却发出一阵疯子似的大笑，冲出了剧院。

《六个寻找作者的剧中人》剧照

二、别具一格的“戏中戏”

1. 对固有界限的超越

《六个寻找作者的剧中人》中的六个人物在舞台上所表演的故事就是他们在现实世界里真实的悲惨经历，只是他们找不到一个作者能把他们的遭遇真实地以固定的形式表现出来，所以他们只能请求导演允许他们把各自的经历表演出来，这就形成了“戏中戏”。而在剧情的具体展开中，为了不掩饰和扭曲现实社会的真相，皮兰德娄完全摒弃了传统戏剧通过“艺术加工”形成结构完美无缺、剧情符合逻辑的做法，而是采取“由着剧中人物自己去处理各自扮演的角色”的旁观态度，即让每个人都以自己的观点来表现悲剧，不进行逻辑加工，也不予以美化。这无疑是创作手法和技巧上的一种革新，也是艺术上的一种革新。它全然打破了幻觉与真实、艺术与生活，乃至于演员与观众、舞台世界与外在世界之间的绝对界限，从而取得了独特的艺术效果，有力地说明了生活本身就是一出戏，每个人都在生活中扮演一种角色，而舞台上演出的戏又是现实生活中活生生存在的悲剧。这也正是皮兰德娄在苦涩的人生之旅中领悟的人生哲理， 也是皮兰德娄戏剧的幽默所在。剧中人物想演出人间悲剧而寻觅不到作者，说明了现实生活中存在着难以用剧本表现出来和无法用舞台艺术表演出来的荒唐、怪诞的人生悲剧。而皮兰德娄对“戏中戏”的巧妙与恰当运用，亦使观众产生了“假作真时假亦真”的心理错觉，剧中人物在舞台上演出的各种遭遇牵动着台下的每一位观众，似乎他们都成了审视自身命运和遭遇的剧中人的化身了，从而获得让观众“信以为真、恍如现世”，为之或悲或喜、或惊或忧的独特戏剧审美效果。

2. 生发、拓深主题意蕴

皮兰德娄的戏剧之所以具有强烈的艺术感染力，是因为他的“戏中戏”不只是一种舞台表演艺术，也不只是一种戏剧性的表现手法，而是对戏剧与现实生活内在关系的一种挖掘，是对主题意蕴的生发和拓深。剧作家通过巧妙构设关于“六个剧中人”的“戏中戏”，意在开掘荒诞不经的故事背后需要人们去思索的悲剧性内涵。在《六个寻找作者的剧中人》中，“戏中戏”(相对于导演与演员们排演剧本《各尽其职》而言)向观众铺叙了一个破碎、分裂的家庭中六个成员各自不同的痛苦遭遇，这个家庭后来虽然破镜重圆，但再也不能和睦地生活下去了——夫妻、母子、兄妹之间充满着敌意甚至仇视：妻子怨恨丈夫当年将自己驱逐出门；儿子恨母亲弃家抛子；继女鄙视企图占有自己肉体的父亲；儿子讨厌一群异父弟妹扰乱了自己平静的生活；妹妹嫉恨正统哥哥的自以为是、狂妄自大；小弟妹则极端惧怕长兄的阴冷；父亲面对长子对其母及姊妹的不讲情理甚为恼火，屡屡呵斥……这个家庭最终迎来的是家破人亡的悲剧。

皮兰德娄借助这出滑稽荒诞的“戏中戏”，深刻揭示出第一次世界大战后意大利畸形混乱社会中现代人的精神沉沦，在这样的社会里，包括家庭亲属成员在内的整个社会人际关系都受到了严重扭曲和异变，人与人之间仿佛隔着一堵坚厚无比的玻璃墙，横亘着一片茫茫沙海，难以甚至根本无法理解、沟通，彼此孤独、隔绝乃至于相互敌对、仇视，正像剧中的父亲所慨叹不已的：“我们大家都有一个内心世界，每个人都有一个自己特殊的内心世界！先生，假如我说话时掺进了我心里对事物的意义和价值的看法，而听话的人，照例又会用他心里所想的意义和价值来加以理解，我们怎么还能够相互了解呢？我们自以为了解了，其实，根本就不了解！”这使得皮兰德娄的戏剧具有了深刻的思想性、鲜明的时代感和强烈的社会性。这与当时在戏剧界风靡一时的邓南遮(1863～1938)所宣扬的无节制地追求“欢乐”和“享受”、美化骄奢淫逸的唯美主义无疑是针锋相对的。

皮兰德娄的戏剧有28部改编自他本人创作的小说，且多取材于日常生活中的真人真事。皮兰德娄以其卓越的艺术风格和创作技巧，大大丰富、充实并发展了他在小说创作中所展现的主题，创作出一部又一部富有生命力的剧作，使受到窒息的意大利戏剧艺术在法西斯统治时期出现了别开生面的转机。

参考文献

[1] 王觉非. 欧洲五百年史[M]. 北京：高等教育出版社，2000.
[2] 章士嵘. 西方思想史[M]. 上海：东方出版中心，2002.
[3] 沈之兴、张幼香. 西方文化史[M]. 广州：中山大学出版社，1997.
[4] [法]H. 丹纳. 艺术哲学[M]. 张伟译. 北京：北京出版社，2004.
[5] [瑞士]雅各布·布克哈特. 意大利文艺复兴时期的文化[M]. 北京：商务印书馆，1997.
[6] 沈萼梅. 意大利文学[M]. 北京：外语教学与研究出版社，1998.
[7] 朱维之，赵澧. 外国文学史(欧美卷)[M]. 天津：南开大学出版社，1991.

第四章　法国文学

第一节　概　　述

法国文化在世界文化史上具有特别重要的意义。它的悠久的历史传统、不懈的创新活力、博大的人文精神,极大地丰富了全人类的文化宝库。尤其是16世纪以来,它的理性主义思想和法国大革命成果,深刻地影响了世界历史进程。

波澜壮阔的历史风云

公元前2世纪末,高卢开始罗马化。公元5世纪罗马帝国崩溃时,高卢人与罗马移民已形成罗马化的高卢人,也称"高卢罗马人",他们是构成法兰西民族的基础。

一、法兰西统一国家的形成与发展(5～15世纪)

日耳曼民族大迁徙决定了高卢的发展。410年,西哥特人和勃艮第人进入今法国西南部和里昂建立王国。法国国名即来源于4～5世纪,自莱茵河东岸入侵高卢的一个日耳曼蛮族部落——萨利安法兰克人。法兰西意为法兰克人的王国。法兰克王国的奠基者克洛维(466～511)是部落酋长墨洛温之孙,他联合其他部落于486年建立法兰克墨洛温王朝达270年之久,并定都于巴黎。

高卢人

751年,东法兰克宫相查理·马特之子丕平(751～768在位)在教皇支持下建立了加洛林王朝(751～987)。768年,丕平之子查理(742～814)继位。查理大帝是法兰克国家最杰出的君主,在位46年把古罗马帝国统治下的西欧广大地区置于自己控制之下,成为可与昔日西罗马帝国相媲美的西方皇帝。

圣女贞德

9世纪初,罗曼化的日耳曼人与高卢罗马人一起,成为法兰西人的主要组成部分。公元842年,查理大帝之子虔诚路易(778～840)生前指定的皇位继承者罗泰尔,遭到其兄弟日耳曼人路易与查理的反对。次年三方订立《凡尔登条约》,查理帝国一分为三:莱茵河东归日耳曼人路易，称东法兰克王国；莱茵河西归查理，称西法兰克王国；罗泰尔辖北意大利及东西法兰克之间的一块狭长土地。近代西欧的三个主要国家雏形由此形成。西法兰克王国称作法兰西，独立建国的法国史可算正式开始。9世纪初，北欧的诺曼人曾在法国西北建立诺曼底公国。987年，加洛林家族与罗贝尔家族王位之争几近百年，后者的于格·加佩建立起加佩王朝(987～1328)。而1337～1453年与英国的百年战争取胜后至15世纪末，勃艮第等领地并入法兰西王国的版图。百年战争中涌现出民族女英雄贞德(1412～1431)，她的爱国主义精神表明了法国人民日渐高涨的民族意识。

二、法兰西现代民族国家的最终形成(16世纪～1870)

16世纪法国已是欧洲最大的中央集权国家。经路易十一时代(1461～1483)、文艺复兴、宗教改革和胡格洛战争，君主专制制度在法国已完全确立。1589年，在天主教徒占绝对多数的法国，信仰新教胡格洛派又是波旁王朝开基君主的亨利四世(至1610在位)登基并颁布"南特敕令"，法国重又成为欧洲一流强国。路易十三时代(1610～1643)，由于红衣主教黎塞留的铁腕统治，法国的君主专制制度得到明显的巩固与发展。

路易十四

1661年，冠以"朕即国家"的路易十四(1638～1715)亲政；54年间内强王权、外扩领土，法国君主专制达到极盛。然而，这位君主踌躇满志，穷兵黩武，挥霍无度，至其统治晚期终于国势渐弱。1715～1774年在位的路易十五，则是一个无道昏君，法国君主专制制度更趋没落。

拿破仑

18世纪，资产阶级思想家掀起启蒙运动，宣扬理性至上，甚至"人民主权论"，实现民主制的政治理想。路易十六(1754～1793)时期，专制王朝危机深重。1789年5月，中断175年之久的三级会议召开，并组成属于第三等级的新议会"国民议会"。顽固贵族、高级教士与国王进行反攻。第三等级于7月14日攻占巴士底狱，一场酝酿已久的大革命就此爆发。1793年，路易十六被判死刑。其后经历了武装救国斗争、雅各宾专政、热月党的"反动"、督政府的摇摆、拿破仑(1769～1821)的兴亡等历史风云。在大革命的洗礼中，地区封闭和阻隔被打破，南北法兰西地区融合和语言统一，促进了法兰西现代民族国家的最终形成。1830年，波旁王朝下台；七月王朝开始，法国进入资本主义古典时期。1851年，第二共和国新立未几，路易·波拿巴(1808～1873)发动雾月政变，第二帝国开始，后在1870年败于普法战争。

三、现代法兰西共和国发展简史(1871～　)

1871年巴黎公社失败后，拥有光荣传统的法国人民同保皇派进行了长时期较量，终于在

戴高乐

1875年通过宪法，确立共和政体，第三共和国成立。第一次世界大战后，经济严重困难，政局不稳；1914～1940年，内阁更迭45次之多。第二次世界大战中法国被占，第三共和国终结。1944年8月，在戴高乐(1890～1970)领导的法国抵抗运动和盟军的打击下，维希傀儡政权瓦解。战后，制宪国民议会制定了新宪法，成立第四共和国。这一时期，法国工业迅速增长，人民生活逐渐富裕。1954年，法国从印度支那撤军。1959年戴高乐当选第五共和国首任总统起至1969年连任期间，法国执行独立自主的外交政策，继续第四共和国的繁荣经济政策。不过，因工业迅速发展所激化的社会矛盾，终于导致1968年的“五月风暴”；戴高乐引退。1969年，蓬皮杜(1911～1974)当选总统，对美英实行较灵活的政策，对内继续加速工业化步伐。1974年，德斯坦当选总统。1981年起，密特朗两度当选总统。1995年以来，希拉克两次入主爱丽舍宫。

法国文学历经1000多年发展，以其丰富多彩而著称于世。同时又以其充沛不竭的创造力，常常引领着西方文学思潮，给世界文学以巨大而深远的影响。

中世纪文学

法国中世纪文学形态俱全，在宗教文学、英雄史诗、骑士文学和市民文学诸方面均有所成就。

宗教文学的产生比其他文学要早。宗教文学作品大量出现始自12世纪。圣徒行传式的诗歌，对法国诗歌的形成起了历史性的作用。

在欧洲的英雄史诗中，法国的《罗兰之歌》成就最高。史诗产生于11世纪末、12世纪初，用罗曼语方言写成。史诗特别把罗兰的忠诚、英勇形象理想化。史诗对查理大帝的称颂，反映了当时法兰西要求统一封建王国的愿望。

骑士文学是中世纪骑士精神的表现。南方法兰西的骑士抒情诗俗称“普罗旺斯抒情诗”；长篇叙事体的骑士传奇是北方骑士诗歌的主要作品。而散文骑士传奇的竞相出现及虚构手法的运用，使古法语中的 le roman (长篇叙事诗)一词逐渐有了近代“小说”的含义和因子。

《列那狐传奇》

中世纪欧洲市民文学的最高成就，是法国的大量以列那狐为主人公的故事诗；流传至今的仍有《列那狐传奇》等4部。市民文学中有一部规模较大的诗体寓意小说《玫瑰传奇》。世俗戏剧中最有名的作品是笑剧《巴特兰律师》，表现了新兴市民阶级的乐观精神和活力机智。中世纪后期，欧洲文学史上还出现了一批很有影响的抒情诗人，其中维庸(1431～1463)是法国文学史上第一位近代抒情诗人。

文艺复兴时期的文学

文艺复兴时期，法国文学主流是人文主义文学，代表平民倾向的作家拉伯雷及其长篇小说《巨人传》取得了最高成就。

一、人文主义文学

文艺复兴运动中，近代文学的各种体裁均有所发展；题材上，人文主义文学借助古希腊罗马的典籍，表现反封建反教会的思想。16世纪上半叶，人文主义文学受王权保护迅速发展，以拉伯雷为代表的反封建、反教会倾向的作家在运动中占主导地位。而以“里昂派”为代表的贵族倾向的作家则局限于个人情感的范围写作；七星诗社以龙沙(1524～1585)为首的大部分诗人作家中，杜贝莱(1522～1560)写出了有一定现实意义的作品。16世纪后期的宗教内战给人文主义作家带来了彷徨、苦闷和怀疑，蒙田是这种怀疑论的总代表，他的《随笔集》(1580～1592)开创了随笔式作品的先河。

二、拉伯雷和《巨人传》

弗朗索瓦 ·拉伯雷(1494～1553)是文艺复兴时期欧洲重要的人文主义作家之一。长篇小说《巨人传》(1532～1564)是一部反映了资产阶级愿望和要求的讽刺作品；是16世纪上半叶法国封建社会的巨幅画卷。小说共5部，描写了两代国王卡冈都亚及庞大固埃的神奇事迹及巨人形象。作者竭力赞美从宗教束缚中走出来的巨人和人的活力，包括约翰修士和巴洛奇的形象在内，描写他们为寻求困扰自己的问题答案，经过无数艰辛的遭遇、探访，最终找到传说中的神瓶上的谕示，表达了新的时代精神和现世人生态度。作品所运用的讽刺、夸张的手法，尖锐泼辣，放大正面形象等艺术特色价值，经20世纪俄国学者巴赫金的研究阐释为更多读者所知。

17世纪古典主义文学

法国古典主义文学是17世纪欧洲文学最重要的成就。主要有高乃依、拉辛的悲剧和莫里哀的喜剧。

一、古典主义文学思潮和悲剧

古典主义是17世纪法国文学的主流，也是法国君主专制政治的产物。哲学中的唯理主义对古典主义的形成也起了重要的作用。

古典主义文学的特点是：政治上拥护和歌颂王权；思想上提倡“自我克制”“温和折中”的理性；题材上借用古代神话传说故事，突出宫廷贵族；体裁上严格分清人物等级类别进行创作；艺术上要求结构严谨完整，语言准确简洁明晰。在戏剧艺术创作规则上，还推出要求统一遵守的“三一律”，即一出戏只能有一个单一而完整的情节，时间在一昼夜之内，地点不变。古典主义在布瓦洛(1636～1711)的《诗的艺术》(1674)中形成一整套理论。

古典主义悲剧前后两个时期的代表作家分别是高乃依(1606～1684)和拉辛(1639～

1699)。高乃依是古典主义戏剧的创始者，代表作《熙德》(1636)表现了个人感情利益与封建荣誉观念的关系，是古典主义第一部典范作品。拉辛使古典主义悲剧艺术达到高度完美，代表作《安德洛玛克》(1667)和《费德尔》(1677)虽取材古希腊神话，但能触摸到当时斗争脉搏；其自然、细腻的心理描写营造出紧张的戏剧冲突，具有惊心动魄的艺术力量。

二、莫里哀——古典主义喜剧的创建者

莫里哀

莫里哀(1622～1673)，原名让·巴蒂斯特·波克兰，莫里哀是其艺名。17世纪古典主义文学最重要的作家，古典主义喜剧的创建者。

莫里哀的戏剧生涯最初是在外省辗转的12年，接着是古典主义喜剧的创作时期，著名作品有《可笑的女才子》(1659)、《太太学堂》(1662)、《唐璜》(1665)、《恨世者》(1666)、《悭吝人》(1668)、《贵人迷》(1670)、《司卡班的诡计》(1671)等。代表作《伪君子》(1664～1669，又译《达尔杜弗或者骗子》)是一出以一个典型的宗教骗子为主人公的五幕讽刺喜剧。全剧写巴黎富商奥尔恭一家为被奉为“上宾”、“精神导师”的达尔杜弗闹得不可开交，最终骗子的假虔诚和骗财骗色又害人的原形毕露。这出喜剧因触犯教会势力多年不能上演。喜剧艺术成就突出，如主人公直到第三幕第二场才出场，奥尔恭与女仆对话连续反问“达尔杜弗呢”，都已成为经典的戏剧场面。达尔杜弗形象具有典型意义，其人名已成“伪君子”的同义语。另一代表作《悭吝人》(又译《吝啬鬼》)，以塑造了欧洲文学史上继莎士比亚《威尼斯商人》中夏洛克之后又一个吝啬鬼阿巴贡形象而著名。

18世纪启蒙文学

18世纪法国文学，可分为沦为宫廷趣味的古典主义文学、资产阶级的现实主义写实暴露文学和资产阶级启蒙文学。其中启蒙文学是主流。

一、启蒙思想的工具——启蒙文学

18世纪法国最主要的文学家同时也是最著名的思想家。孟德斯鸠的书信体小说《波斯人信札》(1721)、伏尔泰的《老实人或乐观主义》(1759)、狄德罗的《拉摩的侄儿》(1762)分别是他们最重要的哲理小说。18世纪后期最重要的戏剧家是博马舍(1732～1799)，他最负盛名的作品是以仆人费加罗为主人公的三部曲。而写实暴露文学现象中的最重要作家是勒萨日(1668～1747)，长篇小说《吉尔·布拉斯》(1715～1735)是揭开启蒙文学序幕的名作。

18世纪启蒙文学的作家们通过以第三等级和资产者为主人公，除表现出强烈的倾向性、民主性和战斗性的特征之外，还特别创造了哲理小说、正剧及教育小说等文学形式，用以体现启蒙思想。其中，正剧是由狄德罗、博马舍和德国莱辛创立的。这种戏剧介于悲喜剧之间，强调戏剧的教育作用，有鲜明的政治倾向性，采用散文形式，描写现实社会斗争和人们的日常生活，语言通俗易懂，如狄德罗的《私生子》(1757)、博马舍的《费加罗的婚姻》(1781)等。

二、开始了一个新时代——卢梭

卢　梭

卢梭是一位有深远影响的文学家。他的强烈的个性、崇尚自我、主张回归自然的风格，对浪漫主义文学产生了重大影响，被誉为“浪漫主义文学之父”，歌德称赞“卢梭开始了一个新时代”。

卢梭的主要文学作品《新爱洛绮丝》(1761)、《爱弥儿》(1762)、《忏悔录》(1766～1770)都表现出了强烈的反封建主义的精神。《忏悔录》是卢梭晚年写作的自传体小说，以此来谴责罪恶的封建专制社会，维护一个平民知识分子应有的人权和尊严。长篇书信体小说《新爱洛绮丝》是作者的文学代表作，借用12世纪青年女子爱洛绮丝与老师阿卜略尔的爱情故事为标题，写18世纪法国贵族小姐尤丽和平民家庭教师圣·普乐相爱，尤丽父亲从中阻拦，尤丽忧郁而死。在卢梭看来，真挚的爱情结合是一切结合中最纯洁的；然而，等级森严的封建制度摧残了这朵爱情之花。小说的艺术感染力还来源于对主人公感情的细致渲染和清新优美的自然景色描绘。

19世纪文学

19世纪的法国文学呈现一片繁荣景象，除世纪初浪漫主义文学和德国、英国平分秋色；稍后自现实主义起，一直引领着欧洲文学思潮。

一、浪漫主义文学和雨果

雨　果

18世纪末、19世纪初，英国工业革命、法国大革命既刺激了人的个性觉醒，又令人们对现实失望，加之空想社会主义思潮，德国康德、费希特哲学对“自我”的关注等影响，欧洲兴起了浪漫主义文学思潮；大批诗人、作家打破传统古典主义束缚，着力抒发个人主观情感，歌颂大自然，描绘异国情调，在诗歌、小说、戏剧诸领域创造了辉煌的成就。法国的名家先后有夏多布里昂(1768～1848)、斯达尔夫人(1766～1817)、拉马丁(1790～1869)、维尼(1797～1863)、缪塞(1810～1857)、大仲马(1802～1870)、乔治·桑(1802～1876)等，最具代表性的作家是雨果。斯达尔夫人的两部论著《论文学》(1800)、《论德国》(1810)，为法国浪漫主义理论奠定了基础。

维克多·雨果(1802～1885)是法国浪漫主义文学运动的领袖人物。他的诗歌、戏剧、小说、文论、政论，构成了19世纪法国政治、社会的变化和动态的一个侧影。1827年发表《〈克伦威尔〉序言》，成为法国浪漫主义运动的重要宣言；文中提出著名的“美丑对照原则”，认为艺术家创作时应认识“丑”具有衬托和提升美的作用；早期长篇小说《巴黎圣母院》(1831)就体现了这一原则。1830年上演的戏剧《爱尔那尼》大获成功，标志着法国浪漫主义最终战胜了古典主义。雨果中后期的两部长篇小说《悲惨世界》(1862)、《九三年》(1874)，突出表达了这位人道主义者的伟大思想：“只要因法律和习俗所造成的社会压迫还存在一天，在文明鼎盛时期人为地把人间变成地狱,并且使人类与生俱来的幸运遭受不可避免的灾祸;只要本世纪的三个问题——贫穷使男子潦倒、饥饿使妇女堕落、黑暗使儿童羸弱——还得不到解决……那么,和本书同一性质的作品都不会是无用的"、"在绝对正确的革命之上,还有一个绝对正确的人道主义"。雨果作品中的色彩浓烈的时代背景,紧张奇特的故事情节,鲜明而略有夸张的人物形象,无不给读者以莫大感染。

二、现实主义文学和斯丹达尔

19 世纪 30 年代起,法国社会逐渐形成一种冷静务实的社会心理。文学上,客观真实描绘现实生活,追求细节的真实性,用人道主义批判社会弊病和人性缺陷,塑造典型性格,逐渐成为主要倾向。不过,一些现实主义作家如梅里美(1807～1870),甚至斯丹达尔的创作还带有描写异域风情、人物激情的浪漫主义痕迹。法国现实主义文学 19 世纪 20 年代从斯丹达尔创作起,到三四十年代的巴尔扎克(见本章第二节)的《人间喜剧》的鸿篇巨制中达到鼎盛。50 年代,福楼拜(1821～1880)的长篇小说《包法利夫人》(1857)(副题《外省风俗》),成功地叙述了平民女子爱玛的悲剧命运,深刻揭示了造成悲剧的社会原因:卑污得令人窒息的平庸现实、恶浊风气。福楼拜另有名作《萨朗波》、《情感教育》和《淳朴的心》等。艺术上,福楼拜提出和实践了一套新主张,如追求材料的真实性、态度的客观性以及对语言、叙述角度及文体美的讲究,发展和深化了现实主义;尤其主张"客观而无动于衷",又为后来的自然主义作了前引。

法国和欧洲现实主义文学的奠基人之一斯丹达尔(一译司汤达,1783～1842),原名亨利·贝尔,他以鲜明的反封建复辟的思想倾向、对当时复辟王朝社会阶级关系的深刻描写和在人物典型性格塑造中卓越的心理分析方法,在法国乃至欧洲文学史上占有重要地位。1823～1825 年,斯丹达尔发表了被认为是现实主义文学的第一部论著《拉辛与莎士比亚》。他的《阿尔芒斯》(1827)通过爱情故事反映政治主题小说的初步尝试,人物塑造上运用了心理分析的技巧。《法尼娜·法尼尼》(1829)是著名的意大利题材的短篇小说。《吕西安·娄凡》(1834)和《巴马修道院》(1838)都是著名的长篇小说,而 1830 年长篇小说《红与黑》(副标题"1830 年纪事")的出版,标志着斯丹达尔创作的高峰。小说以主人公于连的遭遇为线索,以维立叶尔市、贝尚松神学院和巴黎木尔侯爵府为活动舞台,形象地展现了法国波旁王朝复辟时期广阔的社会生活和复杂的阶级矛盾,揭露和批判了封建贵族、教会的罪恶与黑暗,也辛辣地嘲讽了资产阶级唯利是图的本质,表现了强烈的反封建、反教会的政治倾向。小说杰出的艺术成就,奠定了现实主义文学创作的基本特征。

三、非主潮文学与左拉

19 世纪中后期的法国文坛,逐渐产生一批非主潮文学流派,主要有:

1. 唯美主义

起源于 19 世纪中期的一种形式主义文艺思潮。初在绘画领域,后扩展到诗歌、小说、戏剧领域。青年诗人戈蒂耶(1811～1872)反对艺术的功利作用,提出艺术移植口号。唯美主义反对浪漫主义情绪外露的诗风,也不满现实主义的真实化倾向,明确主张"为艺术而艺术",这对自然主义表现在诗歌方面的帕尔纳斯派也产生了重要影响。戈蒂耶的小说《〈莫斑小姐〉序言》(1834)被认为是唯美主义的宣言,诗集《珐琅与玉雕》(1852)是其"为艺术而艺术"美学观点的具体实践。

2. 象征主义

《恶之花》

法国诗人波德莱尔(1821～1867)是唯美主义诗歌的始作俑者之一,但他对象征主义的起源影响更大。他的诗集《恶之花》(1857)在某种意义上,不仅标志着象征主义从浪漫主义分离出来,而且还是20世纪形形色色现代主义流派的滥觞。诗集中的象征主义特征通过种种暗示、烘托、意象等手法表现出来,和诗人主张的艺术理论强调感官作用及感官之间的相互作用(也即感官呼应论),后来成为象征主义诗歌的艺术特征和思想基础。1886年,莫雷亚斯(1856～1910)以《象征主义宣言》一文为具有这种共同倾向的诗歌流派命名。而象征主义作为一场文学运动,则在19世纪七八十年代,一批青年诗人马拉美(1842～1898)、魏尔仑(1844～1896)和韩波(1854～1891)等人的诗作中有共同表现。他们的诗歌重视借助外在具体事物表现内心感受,注重联想、暗示,讲究诗歌的神秘性、音乐性以及"交感"手法。上述三人是这一流派的三位代表,其中又以马拉美和他的代表作《牧神的午后》(1876)最为重要。90年代中后期,象征主义在俄国、比利时、奥地利等国家流行开来,至20世纪二三十年代已蔚然壮观于欧美大陆乃至更广的地区。

3. 巴黎公社及普法战争题材文学

巴黎公社文学是整个19世纪欧洲无产阶级文学的一部分,包括公社参加者当时及以后所写的诗文。其中思想和艺术成就最大的是《国际歌》(1871)的作者欧仁·鲍狄埃(1816～1887)。

表现19世纪70年代普法战争题材的短篇小说,以都德(1840～1897)的《最后一课》、《柏林之围》和莫泊桑(1850～1893)的《羊脂球》(1880)、《米隆老爹》(1883)、《两个朋友》(1883)、《蛮子大妈》(1884)等最为著名。莫泊桑被誉为"短篇小说之王",他把短篇小说提升到堪与长篇小说媲美的高度。成名作《羊脂球》是一篇富有爱国主义精神和社会批判意识的深刻内涵的杰作。短篇名作还有描写城市中小资产阶级生活和农村生活题材的《西孟的爸爸》(1881)、《我的叔叔于勒》(1883)、《项链》(1884)等。他另有《一生》(1883)、《漂亮朋友》(1885)等6部长篇小说。

4. 自然主义与左拉

左　拉

19世纪后期,受自然科学的发展、实证主义哲学的流行、福楼拜的主张影响,自然主义流行起来,特点是强调真实,再现自然,不重典型化;强调客观性,要求作家不介入、不评判,只作解剖家;突出科学性即自然法则,认为人的性格、欲望、行为都受制于生物规律,尤其是遗传规律。最具该派特征的作家是E.龚古尔(1822～1896)和J.龚古尔(1830～1870)兄弟;而集理论与创作之大成者,是19世纪后期法国最有影响的作家左拉。

艾米尔·左拉(1840～1902)的代表作品《卢贡-马卡尔家族》包括20卷长篇小说,是法国文学继《人间喜剧》之后的又一里程碑。这套巨著着力于描写"第二帝国时期一个家族的自然史和社会史"。左拉把卢贡和马卡尔两家的血缘与环境关联当做全书的中心主题，把这个大家族的人物分别安排在农民、商人、资产阶级等各个社会阶层，通过他们的个性及行为去写他们的生活。这些作品注重细节描绘、环境和遗传的作用。代表作《萌芽》(1885)描写了工人们的悲剧生活，以及他们作为一个整体行动起来显示斗争力量的气魄。

20世纪文学

20世纪法国文学除在现实主义文学领域有一批堪称经典的作家外，在最能体现20世纪特征的几乎所有重要的文学思潮方面，都有法国作家的开拓作用和重大贡献。

一、1939年前的文学

本世纪初的重要作家法朗士(1844～1924)、罗曼·罗兰(1866～1944)继续19世纪文学创作，仍为法国当代文学的发展做出了功绩。罗兰善于描绘个人奋斗和思想探索历程，反映了知识分子中要求进步的一部分人所走的道路，包括他的《名人传》和代表作《约翰·克利斯朵夫》(1904～1912)以及《母与子》(1922～1933)。1915年，罗兰因“他的文学作品中的高尚理想和他在描绘各种不同类型人物时所具有的同情和对真理的热爱”而获得诺贝尔文学奖。

20世纪初还有对后来超现实主义运动产生重大影响的诗人阿波里奈(1880～1918)。20世纪二三十年代，超现实主义风靡西方。而它的前提是产生于第一次世界大战期间的达达主义。虽然它们于1923年分道扬镳，但原本一脉相承；两个流派拥有共同主将：诗人布勒东(1896～1966)、阿拉贡(1897～1982)和艾吕雅(1895～1952)等。布勒东是超现实主义的创始人和理论家，其代表作是小说《娜佳》(1928)。超现实主义由达达主义而来。在内容上，他们反对逻辑推理的思维活动，推崇无意识和梦。

这期间，法国文坛还有几位重要作家：长篇小说《伪币制造者》的作者纪德(1869～1951)、写中国题材的作家克洛代尔(1868～1955)，特别是被誉为意识流小说先驱的普鲁斯特(1871～1922)，他的新颖的小说艺术对西方现代文学产生过重大影响，他是西方世界公认的20世纪最重要的小说家之一。普鲁斯特的主要成就是长达7部15卷的长篇小说《追忆逝水年华》(1905～1927)，这是一部如作者自己所说犹如一座宏伟的大教堂或一部结构复杂的交响乐作品。而象征主义在20世纪仍产生了像诗人瓦雷里(1871～1945)那样成就斐然的后期象征派，代表作《海滨墓园》。

二、1939～1960年的文学

第二次世界大战造成了西方世界严重的价值危机，战前已出现的存在主义思想迅速蔓延。战后15年，存在主义的重要理论著作和加缪(1913～1960)、萨特、波伏瓦(1908～1986)的小说、剧本等作品都在这一时期发表。萨特和加缪成为举世瞩目的作家并分别于1964年、1957年获诺贝尔文学奖，但萨特以谢绝官方荣誉为由拒绝领奖。

作为文学家的萨特，他针对“为艺术而艺术”而提出介入当代社会生活的重大问题。小说《恶心》(1938)提出了存在主义的一个基本思想：没有本质的存在等于虚无。长篇小说《自由之路》(1945～1949)是对自由的思考与探索。与小说相比，萨特的戏剧取得了更大成就：《禁闭》

(1944)对萨特的自由观做了最清晰的概括;《苍蝇》(1943)通过主人公的复仇行动,号召人们奋起反抗法西斯统治;哲理剧《魔鬼与上帝》(1951),探讨的是社会变革过程中善与恶的辩证关系。萨特对自己的戏剧称作“境遇剧”,是指其剧作不按传统戏剧的原则处理环境与人物的关系,而是给人物提供一定的环境,强调人物在特定环境中选择自己的行动,造就自己的本质,表现自己的性格和命运。这些戏剧实为演绎萨特自己的“存在先于本质”“他人即地狱”“自由选择”等存在主义哲学观点,反响很大。后期文学作品还有萨特的自传体小说《语词》(又译《文字生涯》,1964),足以代表萨特的最高艺术成就。

萨　特

三、1961～1990 年的文学

20 世纪 50 年代后期,特别是进入 60 年代以后,法国文学的革新运动进入高潮,巴黎再度成为文学先锋派向往的圣地。这一场文学变革在小说和戏剧领域形成了强大的冲击波,小说变革和戏剧变革几乎同时开始:1948 年,女作家萨洛特发表的《陌生人肖像》和上演的戏剧家热奈(1910～1986)的《女仆》,有如地震前的地光在预示变革的到来。50 年代,小说家罗布-格里耶等“新小说”家(见本章第三节)的作品成批出现。

戏剧领域的改革先锋是荒诞派。但许多法国人仍习惯用“新戏剧”这一名称。代表作家是原籍罗马尼亚的尤奈斯库(1912～1994),用英法双语写作的爱尔兰人贝克特(1906～1989),原籍爱沙尼亚的阿达莫夫(1908～1970),还有热奈、潘热、塔尔迪厄等。通常把 1950 年尤奈斯库的《秃头歌女》上演看作荒诞剧的滥觞,其后几年以贝克特的《等待戈多》最为引人注目。作品虽各有不同,但都表现了人类生存条件的非人性、反人性特征,人的存在无意义。作品都采取寓言的方式,将人的荒诞性直接呈现在舞台,具有强烈的震撼力。

20 世纪 80 年代以来,法国文坛出现了寓言小说、纪实性文学的繁荣,构成了一种引人注目的文学动向。

第二节　巴尔扎克

奥诺雷·德·巴尔扎克(1799～1850)是法国 19 世纪现实主义文学的伟大代表,他的小说总集《人间喜剧》(1829～1848),在世界文学史上占有特别重要的地位。

生平与思想

巴尔扎克生活的 19 世纪上半叶是法国资本主义的上升时期。阶级关系、时代风云变幻,给他的创作上带来了丰富又复杂的思想色彩。

一、生死在“5 万杯咖啡上”

巴尔扎克原攻读法律,但他自己却醉心于文学创作;家里只给他 2 年时间以证明其具有文学才能，而他却用了整整10年才走完文学创作的准备阶段。直到1829年用真名发表了《舒昂党人》，才终于走上了现实主义的道路。巴尔扎克正是在这样的基础上开始《人间喜剧》的创作的。到1842年已创作了70多部作品，超过长期酝酿、最后定名为《人间喜剧》的庞大计划的半数。他为此写了《前言》，重新进行了分类编目，全部作品分三个部分：《风俗研究》、《哲理研究》和《分析研究》。《风俗研究》从各个不同角度全面地反映法国当代社会生活，是《人间喜剧》的主干；根据小说的不同侧重点，又分为私人生活、外省生活、巴黎生活、政治生活、军旅生活和乡村生活等6个场景。巴尔扎克为创作《人间喜剧》常常夜以继日，有人说巴尔扎克活在5万杯咖啡上，也死在5万杯咖啡上。他终于积劳成疾，1850年8月18日与世长辞。

二、思想于"君主制天主教"

罗丹　巴尔扎克

巴尔扎克思想的总倾向是进步的。哲学上是一个唯物主义者，他借《路易·朗贝尔》人物之口，"承认思维的物质性"，"理智完全是物质的产物"。经济学上是自由贸易的鼓吹者，对资本主义经济规律进行了认真的探讨；之所以如此重视经济问题，是因为他认识到经济同社会政治之间的内在联系，"没有流通就没有商业、没有思想交流、没有任何类型的财富"，这句话包含着经济活动与人们思想之间的制约关系。巴尔扎克已开始注意到大工业对社会的影响。虽然巴尔扎克声称自己是在君主制和天主教这两种思想的光辉照耀下写作，似乎他就是保皇党、正统派、一个虔诚的天主教徒了。其实不然，阶级斗争的观点其实是巴尔扎克政治思想的重要组成部分；更重要的是巴尔扎克直接受过圣西门和傅立叶空想社会主义的影响。所谓"君主制"不过是英国式君主立宪制；参加正统派，系出于对金融资产阶级的垄断统治不满，不过是资产阶级的一个反对派而已；当然，巴尔扎克的世界观确实充满了矛盾，但这并非出于个人好恶，而是作者所处的阶级地位和所代表的阶级利益以及19世纪上半叶法国社会生活所处的矛盾状况的表现；正是汪洋大海般的农民和小资产阶级革命要求、弱点和弊病才是巴尔扎克思想矛盾的社会根源。

恩格斯指出："巴尔扎克在《人间喜剧》里给我们提供了一部法国社会特别是巴黎'上流社会'的卓越的现实主义历史，他汇集了法国社会的全部历史。"巴尔扎克给自己规定的任务也正在于反映整个社会。他在《人间喜剧》前言中写道："法国社会将要作历史学家，我只能当它的书记。""从来小说家就是自己同时代人们的秘书。"在法国文学史上，还没有一个作家给自己提出如此艰巨的任务。巴尔扎克深知，要真实深刻地"再现自己的时代"，就不应是部分的、而应是整体的再现，使之构成一部通过形象来表达的历史；他感到一部作品难以完成这个任务，于是计划以自己所有的作品"串联起来编写成为一篇完整的历史；其中每一章都是一部小说，每一部小说都描写一个时代"，这样结合起来，就构成了一部"包罗万象的社会史"。

一、《人间喜剧》的社会历史内容

《人间喜剧》丰富的社会历史内容，首先在于它动态式地反映了资产阶级取代贵族阶级的罪恶发家史，也就是恩格斯所说的用“编年史的方式几乎逐年的把上升的资产阶级在1816～1848年这一时期对贵族社会日盛一日的冲击描写出来”。与上述这幅图画紧紧联系着的则是贵族阶级的没落衰亡史。虽然巴尔扎克有正统派观念和他同情贵族的感情，但他还是客观地把贵族男女们写成了不配享有更好命运的人；他的嘲笑、讽刺是空前辛辣的。而《人间喜剧》中这样一幅“中心图画”，如此重大的社会历史内容，往往是通过家庭、婚姻问题的纠葛来展开的；围绕这幅“中心图画”，描写了一幕幕为争夺金钱而展开的惨剧。《高布赛克》写妻子为夺遗产监视垂危丈夫并烧毁遗嘱；《欧也妮·葛朗台》、《高老头》、《幻灭》等作品中的夫妻、父女、父子把金钱关系看得比什么都重要，结果产生了一桩桩悲剧。巴尔扎克也写传统题材的爱情，不过在这之上有了一个上帝——金钱；在他的小说里人物行动的动机和社会运转的枢纽是金钱，或者说缺乏金钱、渴望金钱、占有金钱。

《人间喜剧》还真实地反映了当时社会的经济状况。恩格斯曾经说他：“从这里甚至在经济细节方面（如革命以后动产和不动产的重新分配）所学到的东西，也要比从当时所有职业的历史学家、经济学家和统计学家那里学到的全部东西还要多”。这一点主要是集中在资产阶级如何聚敛财富，并使其他阶级日益贫困或破产的社会现象上。《人间喜剧》还对人民群众的真实生活作了同情的描写，当然由于巴尔扎克的立场观点，《人间喜剧》同情贵族、美化宗教的一面也是十分明显的。

二、《人间喜剧》的主要作品

1. 第一阶段：《欧也妮·葛朗台》和《高老头》(1829～1835)

这期间巴尔扎克一共写了40多部作品，较重要的有《舒昂党人》、《高布赛克》、《驴皮记》、《夏倍上校》、《都尔的本堂神父》、《乡村医生》等。《欧也妮·葛朗台》和《高老头》是代表作，勃兰克斯誉为“精雕细刻的第一流的故事《欧也妮·葛朗台》和雄伟有力、命运攸关的《高老头》”。

《欧也妮·葛朗台》是巴尔扎克自认为“最完美的绘写之一”。这部长篇小说真实而生动地再现了19世纪初期法国的外省生活。通过葛朗台的发迹史，写出了大革命后资产阶级暴发户的发家过程，揭示了在新的历史条件下资产阶级积聚财富的特点。小说特别刻画了一个狡诈、贪婪、吝啬的资产阶级暴发户的典型，这是欧洲古典文学中第三个著名的吝啬鬼、守财奴的形象。

《欧也妮·葛朗台》

以勃兰克斯的眼光看，《高老头》中的高老头与两个女儿的故事，很容易让人联想起《李尔王》的故事，但这仍然不过是小说表层的意义，或者说是这部作品的另一个主题。这部小说“真正的主题是：那个比较起来尚未腐化的外省青年踏入了巴黎社会，逐渐发现了这个社会的真正性质；他一发现就感到恐怖，不肯去做别人所做的事；他受到了诱惑，逐渐而又迅速地接受了他周围人们所过的生活给他的教育。巴尔扎克所写的其他作品或者实际上其他任何小说家所写的任何作品，没有一篇比这篇研究拉斯蒂涅性格发展的小说更深刻的了”。小说的主人公拉斯蒂涅是那个时期典型的法国青年，直到高老头死，才最终完成了这个青年的人生三课，他开始承认：“在社会里，人光犯一些卑鄙的罪行。伏脱冷却更伟大一些。”他发出：“现在咱们来拼一拼吧”的誓言。果不其然，在以后的小说里再遇见他时，他已经渐渐占据要津，升到高官厚禄的地位了。这部小说以“高老头”命名，但对这样一个人物，历来更有分量的意见认为：这“决不能说是一个写得完全成功的人物”。可能还是因为时势和作家的同情心有关，巴尔扎克是对牺牲者大发伤感之情的。

2. 第二阶段：《幻灭》(1836～1842)

这一阶段，巴尔扎克对社会生活的探索更为广泛和密切，他深入观察和研究了国家政府机构的种种弊端，较重要的作品有《古物陈列室》、《纽沁根银行》、《搅水女人》等。而《幻灭》是巴尔扎克的代表作之一。小说把复辟时期的外省和巴黎的社会生活交织在一起，反映出当时社会的概貌。所有这些时代趣味的堕落、经济领域的自由竞争吞并现象、新闻报刊的影响的毒害面等的描写，表现了小说深刻的思想内容。小说结束部分还令人惊讶地出现《高老头》中的一幕：又是那个神秘人物伏脱冷在给青年人(吕西安)上强盗理论的道德课；这样就起到总结小说主人公经历，深化主题的揭露性的作用。在对现实揭露的同时，巴尔扎克还着意描写了一个小团体，塑造了比较理想的克雷斯蒂安这样一位“雄才大略的共和党人”形象，这在整个《人间喜剧》中也具有特别重要的意义。

《幻灭》

3. 第三阶段：《农民》和《贝姨》(1843～1848)

这个阶段，七月王朝的现实成为巴尔扎克作品中正面描述的重大题材，较重要的作品有《娼妓盛衰记》《邦斯舅舅》《阿尔西的议员》等。而《农民》在《人间喜剧》中占据着重要地位，巴尔扎克为这部篇幅不大的作品花了多年的时间，他说“八年以来，我把它放下了一百次，又重新拿起一百次”。马克思由此高度评价巴尔扎克“对现实关系具有深刻理解”。巴尔扎克从解剖一个农村庄园入手，描绘了复辟王朝时期资产阶级是如何联合农民，同返回农村的贵族地主进行较量并最终将他们赶了出去，是一篇记录了触目惊心的“时代的进程”的实景。小说还塑造了一位共和主义者、正直的农民尼雪龙老爹的形象，在《人间喜剧》中占据独特的地位，这再次表明巴尔扎克的思想并非是正统的保王党立场。

以七月王朝为背景的小说中，《贝姨》极具代表性。这部小说和《邦斯舅舅》同被列在《穷亲戚》的标题下。小说的突出成就是塑造和刻画了一批各具特征的个性化人物形象：暴发户克勒凡是大资产阶级的典型代表，他对于享乐“有一套仁义道德的理由作辩护”，一副十足的虚伪面目；贝姨是个忌妒的典型；于洛太太是贤妻良母的典型；于洛男爵则是一个由资产阶级英雄变为淫欲化身的代表，这样一等人物的无可挽救的堕落，深刻地反映了资产阶级精神上的日益破产。

三、《人间喜剧》的艺术成就

1. 创作主张和方法

恩格斯指出《人间喜剧》取得的成就“是现实主义最伟大的胜利之一”。《人间喜剧》是资产阶级文学的一个高峰。巴尔扎克的创作大大丰富和发展了现实主义创作方法。巴尔扎克对法国社会历史作过深入研究，对现实生活观察细致。从总的方法特征来说，巴尔扎克具有一个作家身上最为重要的东西——深刻透视、热爱真理的天才。“对于人类这棵植物”，很多人是“关注和描写它的树干和花朵”，而巴尔扎克是“连它的根都勾画出来了”。正如雨果《列代传奇》中所写的那样：“他从根部来描绘一棵大树/描绘草木互相残杀的生死斗争。”而这正是巴尔扎克创作方法的根本点并大大超出一般作家的地方。根本的观察、创作方法，决定了创作的具体主张和技巧。所以，1840 年当巴尔扎克回顾自己的探索经验和当时文坛的收获时说：“二十五年来，文学经历的变化，改变了诗艺的法则。”

巴尔扎克对文学作过深入研究。比如，对于如何理解文学艺术的特性，他认为：“最高的艺术是要把观念纳入形象，即要形象思维；但形象思维也要蕴含思想和概括：要把逻辑和感情藏在最强烈的色彩之下；一个字要包含无数的思想，一个画面要概括整套的哲理。”关于艺术真实和塑造典型，他认为应该紧密联系起来：“典型”指的是人物，“在这个人物身上，包括所有那些在某种程度上跟它相似的人们的最鲜明的性格特征；典型是类的样本”。他把典型视为共性与个性的统一体。

2. 创作成就和特征

《人间喜剧》的成就集中表现在典型的塑造上，巴尔扎克把塑造典型作为再现社会的主要手段。《人间喜剧》的人物达到 2400 多个，具有典型意义的不下六七十个，包括资产者、贵族、野心家、政治家、司法人员等，其中以贵族和资产者的形象最多。巴尔扎克计划写出两三千个人物便可达到反映整个社会的目的已实现，他笔下出现的人物群已获得“巴尔扎克社会”的称誉。

《人间喜剧》着力把写人物与再现社会生活结合在一起，这就是努力塑造典型环境中的典型性格，通过环境描写来再现时代、社会的风貌，烘托人物个性。是故，精细入微、生动逼真的环境描写构成了《人间喜剧》小说艺术的一个重要特色。大多数作品中都穿插了大段的环境描写：城市风貌、农村风光、街道楼房、沙龙内室、招牌张贴、家具什物等。精细的环境描绘提供了人物身份性格背景上的客观真实性的东西，具有文献般的认识价值。典型环境还包括人的环境，也就是小说中各种身份关系的人际交往，所反映出来的人物的阶级出身、政治地位、性格心理等。在具体的人物关系塑造手段上，巴尔扎克善于做精细的外貌描写，擅长个性化的对话；也用夸张的手法刻画性格特征，但绝非简单化，即使是对容易类型化的吝啬鬼形象的描绘，也是各色各样绝不重复雷同。

巴尔扎克塑造人物还有一个独创的手法，就是让同一个人物在不同的作品中反复出现；即使他们本人并没有出场，小说中的其他人物也时常提到他们，等同在场。这是巴尔扎克深思熟虑的独创。他想到一部小说只能表现一个人物的一个生活阶段或一个侧面；而这样就可以把自己的作品联成一个有机的整体。于是，他别开生面地采用了这种“人物再现”的手法。《高老头》是首次尝试；小说中的拉斯蒂涅、伏脱冷、鲍赛昂夫人等人物在作者其他小说里又多次出现；如拉斯蒂涅在《高老头》中还是一个一文不名的穷大学生，而在《轻佻的女人》、《不自知的演员》、《阿尔西的议员》、《纽沁根银行》、《小资产者》、《贝姨》等作品中一步步爬上副国务秘书、贵族院议员并被封为伯爵。《人间喜剧》中的男男女女恰于生活中人物一样，时隐时现、彼此关联，形象更丰满；《人间喜剧》由此也联成一个整体。

第三节 “新小说”和阿兰·罗布-格里耶

法国现代文学思潮迭起、流派众多、现象复杂，要了解其中某一作家的生平及创作特征，必须和所属派别的理论主张、创作总体结合起来，才能窥其要义。“新小说”和罗布-格里耶即属这类情形。

“新小说”

在法国，“新小说”并不被视为一个文学流派，而只是一些具有共同倾向的作家统称。然而，“新小说”在20世纪五六十年代终于形成一股文学潮流。

一、“新小说”的理论主张

20世纪50年代，罗布-格里耶、著名评论家罗兰·巴尔特、“新小说”理论家里卡杜等人发表文章、出版多部论著给“新小说”实践作理论阐述总结，主要观点是：

1. 创作“新小说”的必要性

认为把他们与法兰西辉煌的人道主义历史连接起来的最后链条被砍断了，以巴尔扎克为代表的传统小说的时代，乃至于普鲁斯特为代表的20世纪经典作家的时代已经过去。古典文学是从意义出发，现代小说则由描写到意义；描写的大敌是意义，应排除既成意义。

2. 否定现实主义的一些基本手法

认为小说创作的总趋势应由人物的典型塑造转为对个性或气质的刻画，典型让位于群体的创作；情节淡化；从第三人称或第一人称引入第二人称、提出写物和写“潜对话”以代替对人物和情节的描写。

3. 反对文学的倾向性

反对作品的意义、主题，文学的介入、功利、功用、工具性，主张反对“为艺术而艺术”是错误的。

4. 力求在语言形式和写作方面进行探索

认为实验性的、不合常规的语言可促使读者参与。所谓写作还应包括结构、时态等形式问题，而传统小说往往采用线性结构、简单过去时。小说是绝妙的现象学的领地，是研究现实以什么方式呈现在我们面前的绝妙场所。

二、“新小说”的创作实践

1. 萨缪尔·贝克特(1906～1989)

“荒诞派”和“新小说”的代表作家之一，“新小说”的先行者。他的《穆尔菲》(1935～1938)和战后用法语写作的几篇小说，具有“新小说”的一切特点。小说反映的是当代资本主义社会的荒诞现实对人们精神的压抑，人物缩减到只有语言和声音，也即人不成其为人；人的社会地位丧失的标志还有把不同姓名的人写成一个人。在语言实验方面体现出中性的或混乱的、跳跃性的或重复的、去标点符号或另

贝克特

造新词的风格。总之,作品集反传统小说写法的大成。

2. 娜塔丽·萨罗特(1902~1999)

女小说家、散文家、戏剧家,"新小说"的代表之一。1939 年发表短篇集《向性》。其创作已放弃了人物、情节,仅以"他"、"她"、"他们"称呼,已有"新小说"的特点。1956 年,发表被视为"新小说"的第一篇宣言的论文集《怀疑的时代》。1959 年《天象仪》的发表,评论界认为作者是当代最富有创新性的作家之一。90 岁以后仍有作品问世。娜塔丽·萨罗特从开始创作起就刻意追求革新。她提出创作的目的就是开垦尚未被认识的土地。《向性》所探索的就是一条"反小说"的道路。以后的小说基本上运用或沿着这样开拓的方向和规律方法,描写人物的内心独白,即她所谓的"潜对话",或者是人物之间的关系描写,包括运用动物昆虫来隐喻人物,语言上运用与别的"新小说 "家相反的短句、无人称句、一个单词句等。

娜塔丽·萨罗特

3. 克洛德·西蒙(1913~2005)

"新小说"的代表作家之一。他的绘画感对他以后的小说艺术手法产生了莫大影响。他的小说在"新小说"作家中独树一帜:(1) 彻底打破传统小说手法,叙事完全打乱,叙述跳跃性强。代表作《弗雷德公路》(1960)中的骑兵队长和他的曾祖故事就是如此"跳"出来的;语言是彼此脱节的,服从离题叙述;读者被带往对崩溃的叙述中,人物、事物、梦幻和现实形成五光十色的堆积,互相牵扯,想法成组出现,有时建立在纯粹的双关语上,止于清醒和梦幻的思维。(2) 善于运用绘画技巧。《钢丝绳》初试塞尚表现运动的绘画艺术,来表现他对世界事物的感受,这部小说形成了他以画技来处理小说创作的基本艺术特点;《风》则是这种风格确立的标志,小说的副标题即示此意:"重建巴洛克装饰屏的尝试";《弗兰德公路》同样运用巴洛克艺术手法,展现多种事物相互重叠,具有立体感的巨画之效;到 20 世纪七八十年代的作品《三折画》、《农事诗》、《经一事长一智》、《贝蕾妮丝的秀发》等,仍在这一特点上迈出新步。

4. 布托尔及其他

布托尔(1926~) 也是"新小说"的主要代表之一。尤其是他阐述了对小说创作的看法,提出了"新小说"的一套理论主张,从而成为"新小说"的理论家之一。他的文学创作形式特别广泛,主要艺术特点是非常注意叙述方式。如他在小说史上首开使用第二人称法。他的代表作《变》(1957)又是另一特点:结构上进行了探索。《变》、《日程表》、《度》都采用了迷宫式的结构,时空的交织。还有一些小说家与"新小说"作家倾向相同,如潘热、奥利埃、莫里亚克。此外,还有一批"新新小说"作家索莱尔、罗什、让-皮埃尔·法耶等。

罗布-格里耶

阿兰·罗布-格里耶(1922~),小说家、电影剧作家,"新小说"的代表作家之一。

一、生平和创作

阿兰·罗布-格里耶

阿兰·罗布-格里耶生于海港城市布列斯特，农业师。1954～1955年，因小说《橡皮》(1953)、《窥视者》(1955)分别获奖而一举成名，尤其是大批评家罗兰·巴特撰文推荐他的小说后，确立了他的地位。

《橡皮》描写的是一个叫瓦拉斯的密探受命来调查命案，他不止一次走进一家文具店买一块橡皮；而他所等候的当事人却被他打死并立刻报案。《窥视者》的主人公马弟雅思到一海岛逐户去推销手表，次日早晨人们发现牧羊小姑娘的尸体，故事扑朔迷离，不可确定。1957年他发表了《嫉妒》，写一个丈夫的妻A，与邻居弗兰克到城里购物，因车坏了而在外过了一夜，丈夫疑心丛生，在百叶窗后窥视妻子的行动。1959年，罗布-格里耶发表《在迷宫里》，小说写一个从前线回到城市的士兵，要把战友的遗物交给他的父亲，但他在这迷宫般的城市始终不能找到这位父亲。1962年，发表短篇小说集《快镜头》。次年，他集以前论文，其名《为了一种新小说》出版，这让他成为“新小说”的理论家。20世纪60年代，罗布-格里耶向电影领域发展。1961年与他人合作的《去年在马里昂巴》获威尼斯电影节金狮奖。随后又推出了多部电影小说。

1965年，罗布-格里耶发表了《约会楼》，背景为香港，叙述者试图恢复那天发生在“蓝色别墅”谋杀案晚上的一切。20世纪70年代发表类似侦探题材的《纽约革命计划》等小说。1981年发表小说《奇英》。1984年，罗布-格里耶发表自传性作品《反射的镜子》(又译《再现的镜子》)，将片断与虚构结合在一起，似乎难分小说人物和“真实的人物”，有人认为这是罗布-格里耶要转向现实主义，其实此断言还为时过早，因为他还在不断地走革新的道路。

二、小说艺术特点

罗布-格里耶的小说在“新小说”中独具特点。他反对小说有情节、人物和倾向性。他的小说虽然并非完全无情节，但也是简单到极致。小说的故事框架大多是侦探小说式，然而也仅仅是某些相似罢了。根本点可能还是罗布-格里耶的观点：今天，人物已非世界中心，应转到以物为主；更应反对作品与政治、社会有关。总体上看，罗布-格里耶的小说有以下几个不同于传统小说的艺术特点：

1.“中性的描写”手法

即特别注重对物的描绘。其描绘极细乃至臻于“科学的准确”程度。《快镜头》中的《咖啡壶》尤其典范：开头一幅静物写生画写完之后，并没有读者期待中的下文出现；之后似乎还是物。如此刻意写物的倾向，让他获得“物的作家”的称号。但这样刻意写物是否就达到真实呢？如此过于精确的描写反倒给人不真实的感觉，往往无法给其确定一个意义，如《橡皮》中的橡皮，罗兰·巴特说这是“精神病学的对象”，也许从严格的意义上说，它不是象征物，而是用作情感和人物倾向的支撑，可被视为意识和纯粹物质世界的中介物。它是人物意识的一种物质表现。这样看来，作品中完全剔除社会意义，是罗布-格里耶对传统小说的最大反叛。

2. 重复描写、时序颠倒、新颖的观察角度等手法

《橡皮》的叙述循环往复、周而复始：瓦拉斯一再去文具店买那块他一直买不到的橡皮，如

此重复不已是否以示人物的执着之意?《在迷宫里》无数次的变换仍是同一种场景、人物反复走的仍是大同小异的地方,而且始终绕不过那幢楼那间房那同样的人。《嫉妒》中弗兰克捏死蜈蚣的相似描写多达9次,实为表现弗兰克比A的丈夫更具男性的性格,反复的描绘实际上是揭示嫉妒在偷窥者的脑中不可抹去的痕迹,嫉妒的心理被物化了。可见,重复的运用在于体现人物思想的困扰和无奈;他虽不一定愿意,但他却只能老想同一件事。

罗布-格里耶的故事总是幻觉般的,而不是作为“生活过的历史”来表现的。他认为作品“本身就是它自己的现实”,所以,故事不再遵循时间的发展,《橡皮》的开始和结束都在同一时刻。瓦拉斯自己杀死了受害者,他的寻找是在“时间之外”进行的。按下扳机那一刻,他的手表即停止走动,这段时间等于停滞或者说封死了。

《在迷宫里》的叙述角度很别致,首尾用第一人称,其余部分用第三人称;小说好像一种拼板游戏,有多种拼法;各种因素结合、镶嵌、重叠在一起,令人不见起始点,起点即幻觉;人物不再有身份,处于中心地位的那个士兵和结局的那个伤兵竟混淆起来。而《约会楼》则综合了上述作品的手法:叙述者自行隐没;各种因素互相穿插,前者消解后者;时间不是前后相继,而是如同空间一并共存。

参考文献

[1] 吕一民. 法国通史[M]. 上海:上海社会科学院出版社,2002.
[2] [英]科林·琼斯. 剑桥插图法国史[M]. 北京:世界知识出版社,2005.
[3] 柳鸣九. 法国文学史(上册)[M]. 北京:人民文学出版社,1979.
[4] 柳鸣九. 法国文学史(中册)[M]. 北京:人民文学出版社,1981.
[5] [丹麦]勃兰兑斯. 十九世纪文学主流(五)《法国的浪漫派》[M]. 北京:人民文学出版社,1982.
[6] 郑克鲁. 现代法国小说史[M]. 上海:上海外语教育出版社,1998.
[7] 张玉书. 二十世纪欧美文学史(一)、(二)[M]. 北京:北京大学出版社,1995.
[8] 李明滨. 二十世纪欧美文学史(三)、(四)[M]. 北京:北京大学出版社,1999.
[9] 中国大百科全书出版社编辑部. 中国大百科全书:《外国历史》《外国文学》《戏剧》等卷[M]. 北京:中国大百科全书出版社,1982～1992.
[10] 中国大百科全书出版社《简明不列颠百科全书》编辑部、美国不列颠百科全书公司亚洲出版物发展部. 简明不列颠百科全书(1～11卷)[M]. 北京:中国大百科全书出版社,1985～1991.

第五章　英国文学

第一节　概　述

英国全称为大不列颠及北爱尔兰联合王国，是一个历史悠久的君主立宪制国家，也是欧洲共同体成员国之一。19 世纪国力最为强盛，殖民扩张使英王统御的领土约占到世界领土的四分之一，因此一度号称“日不落帝国”，英语因此也成为世界通用语之一。英国还有世界顶级大学——牛津大学和剑桥大学，对世界各国的科技和学术影响深远。虽然第二次世界大战后，英国势力范围收缩且发展缓慢，但仍然在国际舞台上发挥着重要作用。

岛国的殖民与扩张史

从最早的外来垦荒者，到罗马入侵和诺曼征服，不列颠一直处于被“侵入”状态。“百年战争”和“玫瑰战争”，使强大的封建王国逐步走向衰落；15 世纪中后期开始的“圈地运动”使资本主义经济得到初步发展；对西班牙“无敌舰队”的重创争得了海上霸权，英国开始了“外侵”的殖民扩张。“宗教改革”和“光荣革命”奠定了宗教上和政治上的统治形态，“工业革命”进一步催化了经济的飞速发展和海外市场的掠夺。两次世界大战则使得这个号称“日不落帝国”的老牌资本主义国家势力萎缩、发展缓慢，大有“夕阳迟暮”之态。

一、前封建社会(11 世纪之前)

公元前 3000 年左右，从地中海地区来的伊比利亚人开始通过与欧洲大陆相连的大陆架登陆不列颠。后来，欧洲大陆来的凯尔特人也成为这个岛屿的垦荒者。

亚瑟王

朱利斯·恺撒在公元前 55 年曾登陆不列颠，但很快就撤退了。公元 43 年夏天，罗马人大规模正式入侵，到公元 60 年控制了南不列颠汉泊的大部分地区。爱西尼人部落曾在布蒂卡女王带领下发动反抗，但以失败告终。罗马人筑城市、开道路、建立统治机构、传播罗马文明，很多英格兰上层人士被罗马化了。公元 410 年罗马召回所有驻军以抵御外侵，而不列颠个别民族为自卫从大陆雇佣了一些盎格鲁和撒克逊人。这些“佣人”不久就“反客为主”把本土的凯尔特人逼至不列颠边境，尽管凯尔特人有像亚瑟王那样勇敢不屈的头领。然而，盎格鲁—撒克逊人内部缺乏统一力量，最终导致了“七国争雄”的局面。829 年，威塞克斯国王艾格伯特成为英国史上第一个国王。

大约8世纪初，来自挪威主要是丹麦的北欧海盗“维京人”开始侵入不列颠。公元850年，维京人大规模入侵并占领坎特伯雷和伦敦。公元871年登基的威塞克斯国王阿尔弗烈德在899年去世，伦敦贵族拥立丹麦国王克努特成为新国王。至此，盎格鲁—撒克逊人与维京人融合在一起。11世纪初，丹麦人对英格兰的统治结束。

基督教于6世纪传入不列颠，教堂遍布英格兰。坎特伯雷大主教是全英格兰的主教首领。教会在宗教改革前一直受罗马教会控制。教会组织日益完善，修道院成为学术中心。

二、封建社会的发展(11世纪中期～13世纪)

1. 诺曼征服

11世纪中期，英吉利海峡和多佛尔海峡南岸一线都掌握在诺曼底公国第七位公爵威廉或其联盟手中，入侵英国夺取王位指日可待。关于英王王位继承问题，据说威廉与英王爱德华曾有成约可以继承王位；1064年，威塞克斯伯爵哈罗德巡视英吉利海峡，在法国海岸失事被威廉所获，哈罗德为求自保也曾宣誓支持威廉继承王位。然而1066年1月爱德华去世之后继位的却是哈罗德。威廉愤而决心以武力夺取王位，同年10月率军在苏塞克斯海岸登陆，并在黑斯廷斯击败了还不习惯骑战的哈罗德军队。同年圣诞节加冕为王，史称“征服者威廉”。

在随后几年里，威廉用给诺曼底贵族分封土地的方式在英格兰建立起强大的君主制政权，盎格鲁—撒克逊自由民沦为农奴。法语随之进入英国，在上流社会中一直使用到14世纪。教会也“诺曼”化了。威廉统治时期的一项重要成就《末日审判书》，对当时英国人口、人民谋生手段、潜在财富等做了详细调查。这次调查是欧洲中世纪卓越的政治成就之一。

2. 君主制的巩固和《大宪章》

威廉的继承者继续加强王权，虽有短期的王位争夺，但最终法国安茹伯爵的继承人亨利二世因婚姻关系继承英国王位，建立金雀花王朝。他通过种种手段努力扩展势力范围，到1169年左右，法国疆土几乎有二分之一并入了英国版图，形成疆域辽阔的“安茹帝国”。这一局面延续到15世纪的百年战争才结束。1199年，亨利二世的幼子约翰即位。在他统治期间(1199～1216)，社会上的不满情绪更加强烈，诸侯与王权的矛盾日益尖锐。

《大宪章》是在罗马教皇英诺森三世的直接干预下出台的。1213年，英诺森教皇因英王约翰在坎特伯雷大主教人选的问题上拒绝其建议而宣布开除他的教籍，英国贵族乘机起事造反，迫使约翰王接受了《大宪章》。《大宪章》规定，国王在未征得贵族领主同意的情况下，不能要求贵族交税；国王不能任意改动法律条款；如果国王违反法律，贵族可以发动内战或用其他方法强制他接受。《大宪章》限制了王权，也使第三等级——商人和手工业主第一次拥有了选举权，他们可以选举自己的政府。

三、封建社会的衰落(14～15世纪)

1. 百年战争(1337～1453)

百年战争时期是英国封建制度的衰落期，是英、法两国之间时断时续的战争，其原因既有领土争执、商业利益，还有国内政治的需要等许多复杂的因素。

1328年，法国国王查理四世死后无嗣，他的侄子腓力六世(1328～1350)即位。而英王爱德华三世的母亲是查理四世的妹妹，他想以外甥的身份争夺法国王位继承权，但遭到了法国贵族的反对。英王为此极其不满，决心以战争解决问题。战争前期英军节节胜利，爱德华三世的长子“黑色王子”爱德华率军英勇奋战，曾活捉法国国王约翰，并于1359年占领了整个法兰西北部。此后，英法双方都期望和平并在1360年签订了和约。1369年，战争重新开始并以法国获胜告终。1375年双方再次宣布停战时，英国在法国的势力范围已大大缩减，贵族内乱、黑死病和1381年瓦特·泰勒领导的农民大起义，都使得英国一度陷入困顿。

亨利四世

1389年，理查王与法国又签订了15年和平协议。但1399年亨利四世推翻理查的统治自立为王。其子亨利五世为了转移人们对王位的注意力，又一次发动对法战争。1422年8月末，年方36岁的亨利五世突然去世，刚满10个月的亨利六世继承英国王位并兼任法国国王。同年10月，查理六世登上法国王位，法国出现了两王并存的局面。商业利益和王位争夺使战争又起，法国女英雄贞德率军奋战，法军士气大振不断收复失地，到1453年英国在法国只占据加来孤港。“百年战争”结束了威廉一世以来英王在法国的领土利益。

2. 玫瑰战争(1455～1485)

1455年，兰开斯特与约克两大家族争夺王位的封建内战“玫瑰战争”紧随而至，历时30年之久，战争因两个家族的贵族徽号分别为白玫瑰和红玫瑰而得名。战争的起因开始是围绕财产和权力的分配，后来则演变为两大家族之间争夺王位的战争。战争虽然时断时续，但却再次把英国抛入苦难的深渊。几乎所有的封建领主都被卷入战争，而且为了自己的利益经常变换立场互相残杀。玫瑰战争严重削弱了英国庄园贵族的势力，成为英国历史新格局形成的开端。

四、资本主义的发展和“光荣革命”(15世纪末～17世纪末)

1. 圈地运动

玫瑰战争使亨利·都铎开启了都铎王朝的统治。这一时期，庄园经济开始向货币经济转化，农村劳动力从佃农开始转变为雇佣劳动者。英国手工业得到极大发展，对外贸易增长。到15世纪末，英国的毛纺业成为国家财富的主要来源和主要出口商品，并辐射到各行各业中。毛纺业刺激了牧业的发展，地主开始将耕地转变为牧场用以养羊，成千上万的村庄消失了，大批农民流离失所变成流浪汉和乞丐，这就是英国历史上著名的“圈地运动”。圈地运动带来了两个结果：一是资本的原始积累，二是廉价劳动力的大量供给。为资本主义发展铺平了道路。

亨利八世

2. 宗教改革

英王亨利八世继位(1509～1547)后，因与西班牙裔王后长期无子害怕贵族借此夺位，便请求罗马教廷允许他离婚再娶，但遭到处于西班牙势力掌握之中的教皇的多次拒绝。亨利八世一怒之下，解散英国国内的罗马教堂，英国国内宗教激进分子更是乘机把天主教教规也废除了，代之由法籍神学家加尔文(1509～1564)开创的加尔文教。加尔文1535年在瑞士完成了他的《基督教原理》一书，阐述新教教义。他用“因信得救”来反对中世纪基督教的等级观念，取消教皇、主教、神父统治人民的权力；他主张发财致富，支持商业和高利贷，崇尚节俭、主张克制欲望，鼓励积累资金。加尔文教义传入英国后，成为清教徒的宗教信条，对西方资本主义的兴起也产生了极大影响。宗教改革的同时，亨利还颁布了《禁止向罗马上述法》(1533)和《绝对禁止向罗马纳贡法》(1534)等一系列法令，使英国教会脱离罗马教会为王权所控。亨利八世去世后，其女玛丽继位(1553～1558)，在西班牙国王支持下，又一度恢复罗马天主教，4年里烧死了300多加尔文教徒，历史上称她为“嗜血玛丽”。幸运的是她在位没几年就死了，其同父异母妹妹伊丽莎白一世(1558～1603)继承王位，再度恢复加尔文教在英国的地位。英国的宗教之争说到底依然是新贵和资产阶级之间的利益之争。

3. 海外贸易和殖民掠夺

13世纪中国发明的指南针促进了航海技术的进步，也促进了英国的海外贸易与殖民掠夺。到16世纪末，英国东印度公司成立，主要对外出口食品、羊毛、服装和工业原料。英国还用支持海盗活动来扩展海上势力，著名的“海洋之狗”德雷克是第一个环球航行(1577～1580)的不列颠人，在伊丽莎白一世的默许下，他经常从西班牙领地和香料船上劫掠财物。亨利八世与西班牙裔王后的离婚、伊丽莎白一世对西班牙支持的国内天主教势力的打击包括处死苏格兰女王玛丽·斯图亚特(1542～1587)、英国对西班牙殖民地和海上势力范围的掠夺争抢等因素，都极大损伤了西班牙的利益。于是，1588年5月，西班牙国王腓力二世下令组织了一支庞大的舰队号称“无敌舰队”准备荡平英国。但是这支舰队起航时就遭遇强风无法启动，航行过程中要么是狂风巨浪险礁破坏，要么是德雷克率领舰队突袭纵火，总之至9月份返回西班牙时损失惨重竟致举国哀悼。对西班牙“无敌舰队”的重创，确立了英国的海上霸权地位。

伊丽莎白一世

4. 资产阶级革命

17世纪中叶的资产阶级革命，是日益发展的资本主义同以国王为首的封建束缚不断斗争的必然结果。斯图亚特王朝的统治者詹姆斯一世及其儿子查理一世推行专制统治与国会对抗，压制了资本主义发展，也损害了广大人民的利益。双方矛盾激化，内战爆发于1642年1月。1647年，克伦威尔领导的新模范军抓获查理，并在1649年1月把他作为“暴君、叛徒、杀人犯和国家公敌”送上断头台。1649年5月英国宣布为共和国。但克伦威尔实行的仍然是独裁统治，在资产阶级革命中作出重大牺牲的农民和劳动者没有得到任何实际利益。

克伦威尔

1660年，查理二世登基，封建复辟势力嚣张一时，他们残酷而野蛮地迫害和屠杀先前的革命者，甚至把克伦威尔的尸首从坟墓里挖出来重新施以绞刑。查理二世的弟弟詹姆斯二世是个“君权至上”论者，即位后更是颁布一系列政策和法令企图恢复天主教，严重损害和侵犯了大资产阶级和新贵族的利益，使得他们不得不另谋“国王”以保障自己的权益，他们把目光投向了詹姆斯的女婿荷兰执政奥兰亲王威廉。威廉在英国议会的默许下，进军不列颠并活捉詹姆斯。12月28日，威廉入驻白厅，一场由资产阶级策划的宫廷政变最后宣告完成。这次“1688年政变”是一次没有流血、没有人民群众参加而更替政权的历史事变，所以资产阶级史家称它为“光荣革命”。从此，资本主义在英国迅猛发展，英国历史翻开了新的一页。

五、工业革命、殖民扩张和议会改革（18世纪中期～19世纪末）

1. 工业革命

代表资产阶级利益的君主立宪制度的确立、通过殖民活动使得海内外市场的拓展、农业的相对集中，自由劳动者的大批出现、资本的积累、原料的储备、技术的革新等诸多条件，使得工业革命在18世纪60年代从英国首先开始。最主要的发明有：1764年纺织工人詹姆斯·哈格里夫斯发明了“珍妮机”，在动力领域，瓦特在1782年制造出了复动式的蒸汽机，1784年工程师亨利·科特发明了“搅拌法”和“碾压法”，解决了冶炼技术方面的问题，1802年威廉·赛明顿建造的世界上第一艘汽船试航成功，1840年英国正式建立轮船航运公司。到19世纪三四十年代，英国又产生了新的工业部门——机器制造业，标志着历时近一个世纪之久的英国工业革命基本完成。工业革命使英国成了“世界工厂”，许多优质产品以高效而便利的方式批量生产出来，并很快在世界上取得垄断地位。

珍妮机

2. 殖民扩张和议会改革

经济实力的增强和对海外原料与市场的需求，使英国在19世纪下半期进行了大规模的殖民扩张。在亚洲，对包括中国在内的一系列国家发动了殖民战争；在非洲，通过布尔战争等暴力行动，占领了整个非洲的1/3。与此同时，加拿大等殖民地获得自治。到19世纪末，英国殖民地已是本土面积的135倍，成为前所未有的“日不落”殖民帝国。英国由资本主义自由竞争阶段向垄断阶段过渡，遭遇重重困难，工业生产逐渐落后于美国和德国。国会的进一步改革已成必然。保守党和自由党为争取人心，竞相提出改革方案，选民范围扩大，选举方式有所改进，还通过了有关就业、卫生、住房、教育等方面的法案。爱尔兰独立运动的高潮导致了自由党的分裂，工党在工会的支持下崛起。

此外，1776年美国独立是英国殖民史上的一大挫折，对英国以后的殖民政策产生了深远的影响。

六、英国与两次世界大战（20世纪初～21世纪初）

进入帝国主义阶段的各资本主义国家竞争愈加激烈，以德国为首的后起帝国主义国家虎视眈眈，谋求重新瓜分世界市场。奥匈帝国王位的继承人弗朗茨·斐迪南大公在波斯尼亚被暗杀。几周之内协约国与同盟国两大军事集团参与了战争，虽然在巴黎和会上英国作为三巨头之一获利分赃，但战争使士兵伤亡惨重、财政陷入困境、人民备受苦难，昔日帝国的强大一去不复返了。南爱尔兰也在1912年独立。

第二次世界大战初期，以张伯伦为首的英国政府抱有幻想，在西线按兵不动坐失良机。德军绕过马其诺防线，乘虚而入大败英军。丘吉尔受命于危难，敦刻尔克大撤退保存了英军实力。不列颠之战，皇家空军力挫强敌。1945 年 6 月，英军与盟军并肩在法国诺曼底登陆，迫使德国无条件投降。英国又一次获得了战争的胜利，但代价巨大，1/4 的国家财富丧失了，几个世纪以来第一次降为二等强国。巨额战争贷款、自然灾害和经济危机困扰着 1945 年上台的工党政府，虽然 1952 年伊丽莎白二世继位后的五六十年代英国的科学技术和经济都有了一定发展，然而接下来的 70 年代却又陷入通货膨胀、工人罢工、恐怖活动和殖民地的独立运动等种种困境。1979 年保守党领袖撒切尔夫人大选获胜成为英国历史上第一位女首相，因其实行强有力的经济紧缩政策故被誉为“铁娘子”。虽然在任期间，科技和经济又有一定发展，然而通货膨胀的固弊、政府税收的偏高和处理欧洲关系的不同政见使得“铁娘子”苦无良策，连 1992 年上任的保守党领袖约翰·梅杰也回天无力。1997 年工党领袖托尼·布莱尔上台，通过给银行更多独立性、实施教育与卫生的新政策、控制社会福利开支等手段，对经济发展起到了一定推动作用。然而，往昔的“日不落帝国”毕竟已元气大伤不易恢复。大多数殖民地相继独立，香港于 1997 年回归中国；本土的威尔士和苏格兰也在要求地方自治，爱尔兰共和军则不断进行恐怖活动。虽然在海外还有 13 块殖民地，但英国在国际上的地位和作用却日渐削弱。

丘吉尔

英格兰岛的早期居民凯尔特人和其他部族没有留下书面文学作品。5 世纪时，原住北欧的三个日耳曼部落——盎格鲁人、撒克逊人和朱特人，在 5～6 世纪入侵英格兰时从北欧带来了最早的古英语诗，成为英国古代文学的源头。

中古文学

英国中古文学最有名的代表盎格鲁-撒克逊人的史诗《贝奥武甫》，是英格兰民族的第一部史诗，反映的是 6 世纪时盎格鲁-撒克逊人在欧洲大陆的生活。全诗分两部分，前半部写瑞典南部耶阿特族王的侄子贝奥武甫前往丹麦杀死巨怪和它的母亲；后半部写半个世纪后老年的贝奥武甫与火龙战斗，自己也受伤牺牲的故事。史诗通过贝奥武甫为异族和本族除害，体现了民族英雄对抗自然灾害的英勇品质，表现了耶阿特人的民族自豪感和部落责任心。

“英国诗歌之父”杰弗利·乔叟（1340～1400）的《坎特伯雷故事集》（1387～1400），以一批到坎特伯雷朝圣的香客旅行为线索，写了 24 个短篇故事。全诗的结构独具匠心，乔叟让每个香客讲一个故事，所表达的是日常生活里的小麻烦、小闹剧，如女人的聪明和善于捉弄、男人的笨拙和不济事等；当然也有对教会僧侣腐败虚伪的批判、对现世美好生活的肯定和追求。故事中表现出来的反封建、反教会、追求人性和个性的思想，为文艺复兴时期的人文主义文学奠定了基础。

乔 叟

中世纪后期，谣曲盛行，14～15 世纪的《罗宾汉谣曲》，写的是绿林侠盗罗宾汉和他的伙伴们劫富济贫、同政府官吏和教会长老作对，为普通人民打抱不平的故事。

文艺复兴时期文学

英国的人文主义文学是欧洲人文主义文学的高峰，最早产生于14世纪，在16世纪末到17世纪初达到了全面繁荣。

曾任下议院议长和最高法官的托马斯·莫尔（1478～1535）的《乌托邦》（1516），是世界上最早的空想社会主义作品之一，作品通过一位远航归来的葡萄牙水手希斯拉德描述了未来理想社会。弗兰西斯·培根（1561～1626）的《随笔集》（1597，1612，1625），以篇幅短小但寓意深刻的散文为英国随笔文体开辟了道路。“诗人的诗人”爱德蒙·斯宾塞（1552～1599），在诗律上建立了优美流畅的九行诗段，人称“斯宾塞诗体”，代表作品为长诗《仙后》（1596）。本·琼生（1572～1637）是英国最后一位人文主义作家，他提出了现实主义的戏剧理论，代表喜剧有《伏尔蓬尼》（1607）和《炼金术士》（1612）。

马　洛

英国16世纪文学中成就最大的是戏剧，英国民族戏剧在16世纪中叶开始形成和发展，80年代开始进入繁荣时期。新建的剧院越来越多，演技水平也在不断提高，而且出现了一大批杰出的剧作家。这些剧作家主要包括约翰·李利（1554～1606）、托马斯·基德（1558～1594）、克里斯托弗·马洛（1564～1593）等，他们大都出身于中产阶级，念过大学，受过人文主义思想的熏陶，具有比较丰富的古典文化修养。并且，都热爱戏剧创作又取得了一定成就，所以被称为“大学才子派”。他们的创作为莎士比亚戏剧艺术的繁荣奠定了必要的基础，且一起铸就了英国人文主义戏剧的辉煌。基德的杰作《西班牙悲剧》，是“流血悲剧”的范例，对莎士比亚影响很大。“大学才子派”中年纪最小但贡献最大的是上过剑桥大学的马洛，代表作是《浮士德博士的悲剧》。马洛革新了中世纪的戏剧，在舞台上创造了反映时代精神的巨人性格和“壮丽的诗行”，为莎士比亚的创作铺平了道路。

文艺复兴时期的英国，求知欲和好奇心席卷了学术思想领域，出现了一个大规模的翻译运动。17世纪初，54位学者合力将《圣经》翻译成英文，由国王詹姆斯一世钦命印刷发行。译文简洁、朴素和严谨的风格，形成英国民族语言和散文的特点。

17世纪清教文学

17世纪的英国是宗教改革、清教革命此起彼落的时期。反映在文学上，就是产生了一些以《圣经》作为素材来表现清教思想、宣传革命的文学作品。代表作家有弥尔顿（1608～1674）和《天路历程》（1678）的作者班扬（1628～1688）。

弥尔顿是17世纪英国最具代表性的诗人、思想家和政论家。他把人文主义向前推进，贯彻到资产阶级清教革命的实践中去；同时，他又是恩格斯所说的“第一个为弑君辩护的人”，是18世纪启蒙思想家们的“先辈”。因此，弥尔顿可以说是文艺复兴运动和启蒙运动之间的桥梁。他的代表作史诗《失乐园》（1667）、《复乐园》（1671）和希腊式诗体悲剧《力士参孙》（1671），成为英国资产阶级革命的三座纪念碑。《失乐园》取材于《旧约·创世记》，共12卷1万余行，用无韵诗体写成。长诗写了两条“失乐园”的线索：一条线索是魔鬼撒旦带领的反叛天使与上帝对抗失败，被迫离开天堂堕入地狱。虽然弥尔顿对撒旦的野心、堕落有批判倾向，但更多表现了对撒旦敢于蔑视权威、反抗专政精神的赞同。另一条线索，是夏娃在撒旦化身的蛇的引诱下违背上帝戒命偷吃“禁果”，亚当自愿吃“禁果”以陪夏娃接受惩罚，最后上帝发现大怒，二人被逐出伊甸园。从严格的基督教教义看，失去伊甸园是难以承受的灾难；但从人文主义来说，则意味着人性的解放和自由意志的开始。

弥尔顿

18世纪启蒙文学

18世纪的英国确立了君主立宪制，启蒙主义文学的任务是为资本主义的进一步发展扫清封建障碍，鼓励资产者的冒险开拓精神；艺术上，以流浪汉小说的形式广泛反映社会现实。

丹尼尔·笛福(1661～1731)的《鲁宾逊漂流记》(1719)，是英国近代现实主义小说的开山之作，作品通过大量细节描写了资产者鲁宾逊如何在一个荒岛上求生存的历程，反映了18世纪资产阶级勇于冒险、追求财富的进取精神。但鲁宾逊对于“星期五”——一个土著人的命名和驯化，则表现了资产阶级的贪婪和剥削特性。斯威夫特(1667～1745)的《格列佛游记》(1726)是一部长篇讽刺小说。随船医生格列佛四次出海游历了小人国、大人国、飞岛国和贤马国四个不同的地方。作者使用漫画式的夸张手法批判和讽刺社会现实，如小人国选官标准是跳绳技巧，教派斗争的原因则是吃鸡蛋应先打大端还是小端。

菲尔丁

被尊称为英国“小说之父”的亨利·菲尔丁(1707～1754)的《弃儿汤姆·琼斯的历史》(1749)，是18世纪英国现实主义小说中成就最高的作品。汤姆·琼斯是个来历不明的私生子，被乡绅奥尔华绥收养长大，但一度遭到奥尔华绥的外甥布立非的诽谤陷害。汤姆的女友苏菲亚对其感情深厚，在汤姆被误信布立非谗言的养父赶出家门后，即决定离家出走以追随男友。由此，就开始了汤姆和苏菲亚各自从乡间、在路上、到城市的游历。两人历经种种艰辛、误会，终于相聚。并且，汤姆也被查证为奥尔华绥的亲外甥。汤姆为人善良坦诚、乐于助人，但轻率鲁莽，常常在异性诱惑面前失去理智而不能自控。因此，像汤姆这种优、缺点兼具的人物塑造，正是菲尔丁所倡导的现实主义原则：“不写完美的人，只写在大自然中存在的人”。菲尔丁还在这部小说和《约瑟·安德鲁传》(1742)等各章的序言中提出了“散文喜剧(滑稽)史诗”的小说理论，为小说“正名”并将之送进文学的大雅之堂。

18世纪后半期的感伤主义文学是软弱的中小资产阶级情绪的一种反映。大工业生产使他们失去竞争能力，同时既不满贵族和资产阶级的压迫剥削，又不理解甚至害怕社会革命。在创作上，强调感情的力量，着力描写人物的不幸和痛苦，以引起读者的同情和怜悯，不少作品常常流露出悲观绝望的情调。代表作家是劳伦斯·斯特恩(1713～1768)，感伤主义的名称就是由他的代表作《感伤旅行》(1768)而来。他另外的代表作还有小说《项迪传》(1759)，情节松散、时空颠倒，在印刷字体、标点等的使用上都标新立异。此外，哥尔德斯密斯(1730～1774)的小说《威克菲牧师传》(1766)及“墓园诗派”的创作，也都属于感伤主义文学。这一切都为浪漫主义文学的产生和发展奠定了基础。

此外，萨缪尔·理查生(1689～1761)的小说多围绕女性展开对婚姻和道德问题的探讨，常被视为家庭小说的开端。威廉·布莱克(1757～1827)和罗伯特·彭斯(1759～1796)在18世纪的诗坛上也各以现实主义诗歌和浪漫抒情诗歌而著名。

19世纪初期浪漫主义文学

18世纪后期的感伤主义文学和浪漫诗歌、卢梭“回归自然”的思想和德国的天才、灵感学说，都在一定程度上促成了英国浪漫主义文学的辉煌。

一、第一代浪漫主义诗人

18世纪末至19世纪初，英国文学中出现了最早的浪漫主义作家华兹华斯(1770～1850)、柯勒律治(1772～1834)和骚塞(1774～1843)。他们歌颂大自然，描写中古时期的宗法制农村生活，厌恶资本主义的城市文明和冷酷的金钱关系。因为他们远离城市，隐居在英国西北部昆布兰和格拉斯米尔湖区，由此得名“湖畔派”。他们的诗作或讴歌宗法制的农村生活和自然风景，或描写奇异神秘的故事和异国风光，一般都是远离社会斗争的题材。华兹华斯在为自己和柯勒律治合著的诗集《抒情歌谣集》撰写的序言中，系统阐述了浪漫主义诗歌创作的一些原则，成为浪漫主义文学运动的宣言书。在《抒情歌谣集·序言》(1800)中，华兹华斯提出诗是“强烈感情的自然流露”；他特别强调诗人在“选择普通生活里的事件和情境”时，要“给它们以想象力的色泽”；还强调写“微贱的田园生活”；并主张用民间的纯朴语言即民间歌谣和村俗口语来写诗人的真实感受。这些主张动摇了英国古典主义诗歌理论的统治，有力地推动了浪漫主义文学运动的发展。

华兹华斯

华兹华斯描写大自然的诗极多，被誉为“自然诗人”。他的《丁登寺》(1793)被认为是“不朽之作”，其他的作品如《永生的了悟颂》《我好似一朵孤独的流云》等都极为著名。柯勒律治强调天才和想象，常把迷离玄妙、古怪离奇的轶事写得惟妙惟肖，代表作有长诗《古舟子咏》(1797)、《忽必烈汗》(1798)等。骚塞早年欢迎法国革命且态度激进，但后来转而成为反动统治的拥护者，被封为“桂冠诗人”，代表作为长诗《审判的幻影》。

二、第二代浪漫主义诗人

拜伦、雪莱和济慈，与“湖畔派”诗人不同，他们始终忠于法国革命理想，反对暴政，同情人民苦难，支持各国人民的民族解放运动，具有鲜明的资产阶级民主主义倾向。

拜伦(1788～1824)是英国19世纪初期伟大的浪漫主义诗人，其诗作主题具有极其强烈的民主思想、独立意识和反叛精神，但同时也带有悲观、孤独和虚无的个人主义色彩。他的《东方

拜　伦

叙事诗》(1813～1814)是以东方为背景的浪漫主义组诗，主人公都是悲剧性的、孤傲的、反抗社会制度的叛逆者，都轻视群众以个人力量反抗社会，最后只能在绝望中毁灭自己。因为叙事诗中的主人公都带有拜伦个人的性格特点，所以被称为“拜伦式英雄”。拜伦的哲理诗剧《该隐》(1821)，使得该隐由《圣经》中的“第一个杀人犯”变成了反抗专制统治与专制神权的战士；魔鬼路息非由第一个背叛上帝的堕落天使变成了反抗神权统治、赞扬理性与自由理想的战士。有“抒情史诗”之称的长诗《恰尔德·哈罗尔德游记》(1812～1818)，在浪漫主义文学中第一次以政治和社会问题为题材，表达了反抗暴政与侵略、追求独立与民主的主题思想。后期长诗《唐璜》(1818～1824)通过主人公几乎遍及全欧洲的历险经过，展示了18世纪末和19世纪初欧洲各国的社会生活图景，对各国反动统治都进行了揭露和控诉，同时也表达了对个性、爱情、自由的追求。

雪莱(1792～1822)的诗歌充满了批判的力量和战斗的激情，被恩格斯誉为“天才的预言家”，代表作有《解放了的普罗米修斯》(1819)《致云雀》《西风颂》等。济慈(1795～1821)是英国文学史上最杰出的抒情诗人之一。他热爱古希腊文化，对美极为敏感，但同时也有关心社会问题的诗篇，代表作有《夜莺颂》《秋颂》《希腊古瓮颂》等。

雪　莱

华尔特·司各特(1771～1832)是欧洲历史小说的开创者，代表作有《艾凡赫》《昆丁·达沃德》《肯尼沃尔思》等。他的历史小说擅长在艺术虚构的同时引入真实的历史背景，情节起伏跌宕，颇具传奇性和浪漫色彩，深受时人追爱。

19世纪中期现实主义文学

19世纪30年代开始，现实主义逐步成为英国文坛的主流，小说也取代诗歌成为最主要的文学体裁。在主题上，大都揭露社会制度的种种不合理，批判封建贵族的骄奢淫逸和资产阶级的金钱观念，同情下层劳动人民的悲惨境遇。在艺术上，多采用流浪汉小说结构，“全景式”广泛而深入地反映社会现实；同时塑造典型环境中的典型人物性格，并大量采用细节描写以增强叙事的真实性和客观性。其中，萨克雷(1811～1863)的《名利场》(1848)和盖斯凯尔夫人(1810～1865)的《玛丽·巴顿》(1848)最为著名。19世纪三四十年代，围绕以争取普选权为核心内容的《人民宪章》，还产生了英国最早的无产阶级文学即“宪章派文学”。

查尔斯·狄更斯(1812～1870)是英国现实主义文学最主要的代表作家，一生写了14部长篇小说和很多中短篇小说。代表作有《匹克威克先生外传》(1837)、《奥列佛·退斯特》(1838)(又译《雾都孤儿》)、《大卫·科波菲尔》(1850)、《艰难时世》(1854)和《远大前程》(1861)等。狄更斯最擅长以流浪汉小说的形式书写小人物的艰辛与悲惨之路，批判贵族和资本家的冷酷和残暴，但又常常故意制造大团圆结局，因此其创作风格被誉为是“带笑的泪”。《双城记》(1859)是狄更斯最重要的代表作，以伦敦和巴黎这两座城市作为对照，借法国资产阶级大革命的历史来反思19世纪中期英国的社会现实，同时也展现了狄更斯深刻的人道主义思想。小说分三部，实际由三组故事“冤狱”、“爱情”和“复仇”组成。“冤狱”写的是厄佛里蒙迪侯爵抢占民女并威逼梅尼特医生前去治疗，最后怕医生暴露其恶行遂将之诬陷入狱 19 年的故事。“爱情”，一方面写医生的女儿露西遇到厄佛里蒙迪侯爵的外甥达内，双方一见钟情；另一方面写青年律师卡顿在为达内进行法庭辩护时遇见露西并对其一往情深。但最终露西选择达内结婚，卡顿成为露西的生死相知。“复仇”，描述巴黎人民不堪贵族的无情压迫爆发大革命，但掌握政权之后即开始了无情的大报复，不仅处死国王、贵族，而且滥杀无辜，致使起义民众沦为丧失理性的暴民。具有民主倾向的达内也被暴民首领德瓦奇太太等骗回巴黎等待处死。梅尼特医生带领女儿等人赶回法国为之辩护但被无情驳回，面貌酷似达内的卡顿为了不让露西承受丧夫之痛，遂设计以自身性命调换达内出狱，坦然走向了断头台。在《双城记》中，狄更斯揭露了法国封建贵族对贫民百姓的无情欺压，但也批判了人民胜利之后的滥杀无辜；赞扬了梅尼特医生和女儿露西的正直善良和宽厚仁爱、达内的民主理性和卡顿为他人甘愿牺牲生命的无私精神；表达了狄更斯主张以仁爱、宽容等道德完善来代替暴力革命的社会改良思想和人道主义思想。

夏洛蒂·勃朗特(1816～1855)的《简·爱》(1847)塑造的同名女主人公坚强自尊、独立自强，一直以来备受读者热爱。勃朗特三姐妹与她们之前的简·奥斯汀(1775～1817)和之后的乔治·艾略特(1819～1890)一样，都出身于中产阶级，在男性少于女性、门第金钱观念很重的时代里，不能轻易觅得如意婚姻。她们的小说多写女性在社会中地位的不公、在追求婚姻过程中的艰难等。奥斯汀的代表作有《傲慢与偏见》(1813)、《理智与情感》(1796)，艾略特的代表作有《弗洛斯河上的磨房》(1860)和《米德尔马奇》(1871～1872)。

托马斯·哈代(1840～1928)一生创作了 14 部长篇小说和 4 部短篇小说集。其小说以他所生长生活的英格兰西南部地区威塞克斯为背景，富有浓重的地方色彩。他将这些“威塞克斯小说”大体分为三类，即性格与环境的小说、罗曼史与幻想的小说和精于结构的小说。其中以第一类最为重要。属于此类的长篇小说有《绿荫下》(1872)、《远离尘嚣》(1874)、《还乡》(1878)、《卡斯特桥市长》(1886)、《德伯家的苔丝》(1891)、《无名的裘德》(1896)。《德伯家的苔丝》的副标题是“一个纯洁的女人”，写的是纯洁善良的贫穷姑娘苔丝被富少亚雷诱骗失身，后虽曾获得安吉尔·克莱的爱情但终遭对方嫌弃，最终走向杀人绝路的悲惨命运。哈代善于用自然景物来烘托人物的悲欢离合，语言质朴，对人物和环境的刻画也颇为细致。整部小说还充斥着一种宿命论的思想，如苔丝在命运的罗网中无法把握自己的选择。

19世纪后期唯美主义文学

唯美主义最初由法国 19 世纪 60 年代的巴纳斯派所提倡，后来影响至英国。唯美派接受康德“自由美”的思想，提出“为艺术而艺术”的口号，反对“为人生而艺术”的“附庸美”。它的兴起是对英国维多利亚时代资本主义社会物质至上、商业主义、功利哲学和市侩习气的反驳。

唯美主义文学的先驱是布莱克和基茨，二者首先在诗歌和绘画领域作了探索；法国戈蒂耶和罗斯金为唯美主义文学的形成奠定了理论基础，如戈蒂耶(1811～1872)在《莫斑小姐·序》中提出了“为艺术而艺术”的口号，代表作为 1852 年出版的诗集《珐琅与玉雕》。佩特(1839～1894)被称为“人道主义的唯美主义者”，代表作有哲理小说《享乐主义者马里乌斯》(1885)和自

王尔德

传性作品《家里的孩子》(1894)。唯美主义文学的主要代表王尔德(1854～1900)认为:"一切艺术上的坏处,都是从现实感产生的",而"撒谎,说出美丽动听的假话——这就是艺术的真正目的";并且"艺术不是人生的镜子,而人生才是艺术的镜子"。他的代表作独幕剧《莎乐美》(1893)表明了作者的艺术观:为了追求官能享受与瞬间美感,可以不顾一切、牺牲一切、毁灭一切。长篇小说《道林·格雷的画像》(1891)描写了"青春之美"与"艺术之美"之间的矛盾,"青春之美"可以扭曲、丧失,甚至可以走向极丑极恶,但"艺术之美"却可永存。此外,王尔德还有童话故事《快乐王子集》(1888)。

20 世纪文学

20 世纪英国作家在秉承 19 世纪现实主义文学创作传统的同时,也积极探索新的叙事技巧,如采用"意识流"等创作方法,挖掘人物的潜意识、淡化故事情节,进行现代主义文学的创作。

英国新戏剧的创始者肖伯纳(1856～1950)一共写了 51 个剧本。他是英国改良主义组织"费边社"的重要成员,反对暴力革命,主张用点滴改良的"渐进"办法实现"社会主义"。这种思想也影响了他的创作。其代表作《鳏夫的房产》(1892)、《华伦夫人的职业》(1894)和《巴巴拉少校》(1905),通过子女对父母财产来源的质疑,批判了资本家为攫取财富不惜采用各种卑鄙手段——鳏夫房地产资本家萨托里阿斯靠剥削穷人发家、华伦夫人靠经营妓院致富、巴巴拉的父亲大军火商安德谢夫靠制造销售军火发动战争来牟利;但同时也指出子女在释疑之后应默认或继承父母事业,以期实现肖伯纳的"百万富翁和知识分子合作的社会主义"理想——百万富翁出钱,知识分子进行管理,这样,社会就会向前发展、阶级矛盾也会化解。肖伯纳的这种改良社会的思想,带有很强的无奈性和消极性。

高尔斯华绥(1867～1933)代表作有《福赛特世家》三部曲、《现代喜剧》三部曲和《尾声》三部曲,这些小说以 19 世纪末和 20 世纪初的英国社会为背景,通过福赛特家族几个主要人物的家庭生活和爱情纠葛,反映了英国资产阶级的盛衰史。其中索米斯和芙蕾父女两人的形象塑造得尤为出色,他们自私、冷酷、任性而又颓唐、绝望的性格,被称为"福赛特性格",集中体现了资产阶级疯狂的占有欲和贪婪、掠夺的本性,以及与此相联系的精神崩溃与道德堕落,具有鲜明的时代特征与阶级特征。

劳伦斯

D. H. 劳伦斯(1885～1930)是 20 世纪英国文学史上最重要的作家之一,代表作有《儿子与情人》(1913)、《恋爱中的女人》(1920)、《查特莱夫人的情人》(1928)和《虹》(1915)等。他批判了资本家对工人阶级的无情压榨和剥削,如《儿子与情人》和《查特莱夫人的情人》中煤矿工人恶劣的劳动条件和生活环境;也谴责了资本主义文明对人纯洁而自由的原始本性的侵蚀和压制,如查特莱爵士在战争中丧失性功能;还受到了弗洛伊德精神分析学说的影响,有意或无意地描写了儿子与母亲(《儿子与情人》中的保罗与母亲葛楚德)、女儿与父亲(《虹》中的安娜与继父汤姆·布兰文)之间暧昧的情感关系;另外,对于宗教信仰和教育问题也都进行了深入探讨(如《虹》)。不过,劳伦斯小说中最令人印象深刻的莫过于对女性形象的刻画和女性意识的探讨，如女性如何在两性关系中保持自我独立、在社会关系中被平等对待、追求个体民主和自由意识等。

此外，英国科幻小说的创始人H. G. 威尔斯(1866～1946)的《时间机器》(1895)、20世纪初英国最为畅销的小说家吉卜林(1865～1936)的长篇小说《基姆》(1901)、毛姆(1874～1965)的《刀锋》(1944)、威廉·戈尔丁(1911～1993)的代表作《蝇王》(1954)等，都从不同角度探讨了人性与人生意义等问题。另外，约翰·福尔斯(1926～2005)的结构试验小说《法国中尉的女人》(1969)、哈罗德·品特(1930～　)的"荒诞派戏剧"《生日晚会》(1958)等，分别从叙事技巧的革新与人生荒诞的探讨方面，为现代主义文学奠定了坚实基础。

伍尔芙

弗吉尼亚·伍尔芙(1882～1941)和詹姆斯·乔伊斯(见本章第三节)是英国意识流文学的代表作家。"意识流"这一术语首先由美国哲学家和心理学家威廉·詹姆斯提出，是指人类的思维活动不是片段的衔接，而是一种斩不断的"流"，过去、现在和未来是相互渗透在一起的。这一理论被运用于文学创作中，就是指着力表现人的内心真实和意识流程，用心理逻辑去组织故事的创作方法。伍尔芙是英国也是欧美现代派文学中最重要的女性作家之一，她认为小说在叙述手法上应该打破时空限制和传统的第三人称全知叙述方式，强调感官印象，用内心独白把片断意识组成一个艺术整体。代表作有《墙上的斑点》(1919)、《达罗卫夫人》(1925)和《到灯塔去》(1927)。《达罗卫夫人》中，一条线索讲述了中产阶级妇女达罗卫夫人在夏季一天中的种种经历和感受；另一条线索讲在战争中受伤精神失常想要自杀的史密斯先生。两条线索在晚上达罗卫夫人的宴会上交合，一位迟到的医生宣布几个小时前史密斯跳楼自杀了。小说中，人物对于外部事件和场景的经历，与对过去纷繁芜乱的回忆杂糅在一起，形成了独特的时空穿插；另外，小说开头部分很多人从不同时空对于一辆汽车和一架飞机的叙述也颇具匠心，充分体现了"共时性"叙述和"立体观察"的叙事特征。此外，伍尔芙写过大量评论、随笔及小说，倡导女性的自主独立意识，抨击男权思想对女性多方面的压制，如《奥尔兰朵》(1928)和《一间自己的房间》(1929)等。

第二节　莎士比亚

威廉·莎士比亚(1564～1616)是英国最伟大的戏剧作家兼诗人，其精湛而高超的戏剧艺术是世界文学史上的一座丰碑，对后世的戏剧创作产生了难以估量的深远影响。

一、艰辛的成名之路

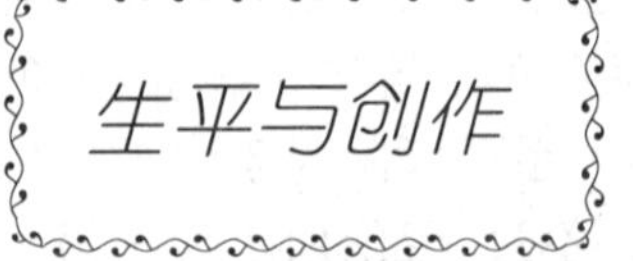

莎士比亚出生于英国中部的斯特拉特福镇，父亲是经营皮革的富商，曾担任镇长职务，但后来家道中落，莎士比亚也因经济困顿而在文法学校辍学。1585年前后他去伦敦谋生，从剧院门口的马车看管、舞台上跑龙套，到正式演员和编剧，及至成为专业作家

莎士比亚

和剧院股东，经历了常人难以想象的艰辛拼搏。到1592年，莎士比亚已经享誉伦敦，并得到贵族的支持和保护，戏剧事业走向繁荣。1612年左右，他回到故乡斯特拉特福镇定居，不再创作剧本。莎士比亚一生创作了37个剧本，154首十四行诗和2首叙事长诗。

他的十四行诗，主题多歌颂友谊和爱情，结构与韵律则效仿乔叟，也有自己的独创。长诗《维纳斯和阿多尼斯》(1593)写罗马爱神对漂亮的青年猎手阿多尼斯的疯狂而徒劳的追求，表现了文艺复兴时期人们对爱情自由和个性解放的向往。《鲁克丽丝受辱记》(1594)写古罗马王子塔昆涅斯用卑鄙手段奸污贵族少女鲁克丽丝后被推翻的故事，表现了女性的坚贞和统治者的荒淫无耻。

二、丰硕的创作成果

莎士比亚的创作一般分为三个阶段：

1. 第一阶段以历史剧和喜剧为主(1590～1600)

历史剧有《亨利六世》(上、中、下)(1590～1591)、《理查三世》(1596)、《亨利四世》(上、下)(1597～1598)和《亨利五世》(1599)等。莎士比亚在写剧之始，首先搬上舞台的是英国历史。他把13～15世纪三百年的英国大事连贯起来，主题多是围绕王位展开的阴谋和战争，表现了莎士比亚的历史观：拥护王权和统一，反对内乱割据。莎士比亚创作初期正是伊丽莎白统治盛世，玫瑰战争的结束带来了强化中央集权的王权政治；亨利八世的宗教改革增加了民族向心力；海外贸易与殖民掠夺积累了大量财富；1588年对西班牙无敌舰队的胜利更增强了英国人民的民族自豪感和爱国热情。莎士比亚把英格兰走向世界殖民帝国的这一历史时期作为创作素材，正应和了英国人民的民族自信心和乐观主义以及对统一的伊丽莎白王朝盛世的赞许。因此，这个阶段历史剧的主要风格是浪漫的、激情的和乐观的。不仅如此，莎士比亚还用他出神入化的艺术之笔突破了历史剧沉闷、呆板的正统风格，塑造了多个性格鲜明、有血有肉的人物形象，这些人物都以其复杂多面的个性特征为读者留下深刻印象。如在《亨利四世》中塑造了一个破落的封建贵族——骑士福斯塔夫形象，他是哈尔王子(即后来的亨利五世)的酒肉朋友，所以对宫廷之事了如指掌；但又因穷困长期生活于社会底层。莎士比亚通过福斯塔夫，把上至君王和贵族的宫廷生活，下达衙役、农民、强盗等底层人物的生活连成了一幅五光十色的社会背景，恩格斯称之为“福斯塔夫式背景”。

《威尼斯商人》剧照

这一阶段的喜剧共有10部，如《仲夏夜之梦》(1596)、《无事生非》(1599)、《威尼斯商人》(1597)和《第十二夜》(1600)等。喜剧的基本主题是歌颂友谊和爱情，具有反封建、反禁欲色彩。莎士比亚的喜剧充满了欢笑、戏谑、爱情的逗引和机智的对答，常常使用巧合、误会、逼婚、女扮男装、孪生兄弟等手法营造喜剧效果；更为难能可贵的是，莎士比亚在看似肤浅的嬉闹中加入了哲学沉思甚至对社会现实问题的探讨，如《威尼斯商人》就是喜剧中融合了悲剧因素的戏剧：富商安东尼奥痛恨犹太商人夏洛克的高利贷行径，经常在众人面前对其加以侮辱；当安东尼奥为帮助朋友巴萨尼奥不得不向夏洛克借钱时，夏洛克趁机胁迫其签署割肉合约以示报复。结果巴萨尼奥在鲍西娅的“三匣选亲”中成功，安东尼奥却因无法偿还借款被夏洛克告上法庭。于是，勇敢聪明的鲍西娅为了搭救未婚夫的恩人，假冒律师在法庭上把夏洛克逼得财产充公，而可怜的夏洛克同时又经历了女儿跟未婚夫卷款私奔的厄运。夏洛克的确是一个贪婪、自私和残忍的犹太商人，“坏人被惩”固然是一个喜剧，然而身为犹太人在基督教社会中屡遭民族歧视和宗教压迫，却提出了更为深刻的悲剧性社会命题。

《罗密欧与朱丽叶》(1595)是这个阶段悲剧的代表作，讲述了一个因为家族世仇造成子女相爱不得、饮恨身亡的悲剧。作者以此谴责封建家族的内讧和包办婚姻。该剧运用很多戏剧巧合来追求戏剧的“悲”性，如仇人子女相爱、情人杀死自己表哥、父亲逼婚嫁于不爱之人、误死以殉情等。但花园约会、私定终身、家族和解又体现出早期悲剧中具有的喜剧性特点。

2. 第二阶段以悲剧为主(1601～1607)

莎士比亚在这个阶段创作了 7 部悲剧和 4 部喜剧。这个阶段英国虽然仍是一片繁荣气象，但种种社会危机和弊端都暴露了出来，如圈地运动时大批民众流离失所、重罚酷刑盛行、王权更为专制，社会矛盾进一步激化。作家的现实感和使命感，使莎士比亚把批判的目光转向了统治者身上的种种缺点和不足，以求贤明君主政治。代表作为四大悲剧《哈姆雷特》(1601)、《奥赛罗》(1604)、《李尔王》(1606)和《麦克白》(1606)，风格现实、忧郁、悲愤。

《奥赛罗》插图

《奥赛罗》中的奥赛罗因出身(在战争中沦为奴隶的摩尔人贵族的后裔)而自卑，潜意识深处怀疑白人贵族妻子是否真爱自己而下嫁，另一方面害怕自己的爱情理想破灭。在这样的心态中盲目轻信下属伊阿古的搬弄是非，深疑妻子跟副官有染，疯狂中在从未求证的情况下就扼杀了妻子。真相揭晓后自然悔恨不已，唯死而后快。《李尔王》中的李尔则因自己的刚愎自用误信大女儿、二女儿谄媚之言，倾其权力财富相让，但却落得被逐出家门及至发疯的下场。幸有忠臣和伶人不离不弃生死追随；而遭其驱逐的小女儿考狄利亚知晓父亲受难后，则不远千里从法国带兵相救，不过最终还是兵败被杀。李尔愧悔莫及，悲恸至极而逝。《麦克白》是一部充满阴谋、血腥和邪恶的心理剧。苏格兰大将麦克白和同僚班柯在凯旋的路上遇到三个女巫，女巫预言麦克白将成为国王，班柯虽未有此洪福，但其子孙可世代为王。女巫的预言激起了麦克白潜藏的野心，加上妻子的极力撺掇，于是在国王邓肯下榻其城堡的当夜弑君，并最终登上王位。之后他又设计谋害班柯父子，班柯被杀，其子侥幸逃脱。后来，王子和几个忠臣在国外集结军队进军讨伐麦克白，国内的很多大臣士兵纷纷倒戈。妻子也因良心的折磨，精神错乱而死。麦克白陷入众叛亲离的境地，最后被杀身亡。悲剧中政治问题与伦理问题交织在一起，批判了权势野心对人性的腐蚀作用。

《麦克白》插图

3. 第三阶段以传奇剧为主(1608～1612)

这个阶段，莎士比亚除历史剧《亨利八世》外，主要作品是带有浪漫、神秘、梦幻色彩的传奇剧，如《辛白林》(1609)、《冬天的故事》(1610～1611)和《暴风雨》(1611)。在这段时期，莎士比亚认为现实越来越背离他的社会理想，故转而借助于乌托邦式的幻想和超自然的力量，以调和的方式来解决社会矛盾。所以他的传奇剧中的人物，一般都是先遭难后幸福，都依靠一些巧合或神秘力量来解决困难，最后以大团圆结局，风格悠远、虚无，宗教意味浓厚。

被称为莎士比亚"诗的遗嘱"的《暴风雨》，是带有魔幻色彩的一出传奇剧。被弟弟夺去王位又被放逐的米兰公爵普罗斯佩罗，带着女儿在一个荒岛求取生存。他对化学、巫术和魔法深有研究，不仅用魔法征服了岛上的坏人，还凭此教训了弟弟安东尼奥并使他悔改，同时也救了那不勒斯国王和王子。最后，他纯洁善良的女儿米兰达跟王子成亲，全剧在皆大欢喜中结束，表现了莎士比亚道德教化社会的理想。

《哈姆雷特》

《哈姆雷特》是莎士比亚最具代表性的悲剧。

一、王子的复仇

丹麦王子哈姆雷特本在德国威登堡大学读书，闻听家父暴亡遂急返奔丧。丧父之痛未定，寡母却很快下嫁叔父克劳迪斯。父亲冤魂透露被谋杀的阴谋，沉浸于人文理想的王子面对复杂现实痛苦不堪，家仇、国恨的重荷使他一度想以自杀求解脱。沉重而忧郁的王子为了弄清真相，不得不伪装成疯痴模样。然而，母亲软弱而轻信，不自觉沦为叔父的帮凶；情人奥菲莉娅温柔孝顺，也被父亲利用为试探工具；大学同学投靠新王以求权益；霍拉旭虽然忠诚但也无法相帮；朋友雷欧提斯则受新王诱导对哈姆雷特欲加谋害。而这时，挪威王子小福丁布拉斯对丹麦虎视眈眈伺机来犯。在这样强大的敌对势力面前，哈姆雷特思虑重重，不能相信任何人，不能轻易做出任何行动。"戏中戏"的安排使他确认克劳迪斯就是杀父凶手，但他又因耽于宗教因素错过复仇良机，最终在对方欲将自己置于死地时才出手复仇并跟敌人同归于尽。哈姆雷特从快乐到忧郁、经延宕至复仇，反映了文艺复兴后期英国人文主义知识分子面对现实矛盾的软弱与无奈、迷惘与失望。

哈姆雷特迟疑、延宕的复仇行动最终以同归于尽作结，其悲剧成因可以从多个方面分析：一己之力无法对抗强大的敌对势力；知识分子思虑太多而行动不足；把家仇、国恨上升为"重整乾坤"的责任而不堪重负；人文主义理想在现实面前的破灭导致无奈与迷惘；自身性格的犹豫与迟疑；具有"俄狄浦斯情结"而不肯杀死象征意义上自己的替代者克劳迪斯等。

二、"莎士比亚化"

从《哈姆雷特》可以看到被马克思和恩格斯称为"莎士比亚化"的一些戏剧艺术特征：

1. 现实主义与浪漫主义相结合的创作原则

莎士比亚的戏剧一般都取材于历史、传说和前人的剧本，填补现实生活的血肉，注入时代精神的灵魂，如《哈姆雷特》就是取材于12世纪丹麦史家萨科索·格拉马提库斯的《丹麦史》，也有说是取材于“大学才子派”基德的《西班牙悲剧》；但同时又具有浪漫的抒情色彩。

2. 情节丰富、生动

在反映广阔社会生活画面（如“福斯塔夫式背景”）的同时，使多条情节线索交织穿插，如《哈姆雷特》中三条为父报仇的线索——哈姆雷特、雷欧提斯和挪威王子小福丁布拉斯都曾为父复仇。另外，悲剧中插入喜剧因素，如奥菲莉娅之葬礼与墓地掘墓人的插科打诨相互蝉联，力求达到“崇高和卑下、可怕和可笑、英雄和丑角的奇妙的结合”。不仅如此，《哈姆雷特》中还使用鬼魂显现、毒杀、篡位、乱伦、装疯、“戏中戏”等造成情节布局的曲折跌宕。

3. 人物性格化

人物各具性格特点，如克劳迪斯是“脸上堆着笑的万恶的奸贼”，波洛涅斯昏庸老朽、谄媚逢迎。此外，还常在对比中刻画人物，如3位为父报仇者之间的对比、老哈姆雷特与新王之间的对比。当然，通过内心独白来展示人物性格，是莎士比亚最为常用的手法，如哈姆雷特“生存还是毁灭”和“他在祈祷，我正好动手”的独白，寓意深刻、富于哲理、思辨性强。

4. 语言丰富多彩及个性化

戏剧使用了数量庞大的词汇和半韵半散的素体诗语言，还有大量俚语、俗语和民间歌谣。人物语言个性化，不同身份、处境和心情的人使用不同风格的语言，如哈姆雷特既有哲人般的深沉思考，也可与掘墓人用市井俗语对话。

第三节　乔伊斯

詹姆斯·乔伊斯（1882～1941）生于当时为英国殖民地的爱尔兰首都都柏林，是最为著名的意识流小说家之一，也是20世纪西方最有影响的作家之一。

生平与创作

一、矛盾与探索的人生

乔伊斯出生于一个税务员家庭，曾两度在耶稣会学校念书。1898～1902年，他到都柏林大学攻读现代语言学，开始接触挪威戏剧家易卜生的作品并对之产生崇拜之情。同年赴巴黎学医，1903年因母亲病重辍学，并曾为生计所迫登台演唱，也当过教员。1904年，他偕同妻子赴欧洲大陆宣布“自愿流亡”，与自小受其熏陶的天主教会以及教会统治下的爱尔兰彻底决裂。他曾先后在罗马、苏黎世等地以教授英语、做银行小职员为生，同时从事写作。1922年后，《尤利西斯》的成功使他得以定居巴黎，专心从事文学创作。乔伊斯还是纳粹的受害者，1939年巴黎沦陷，他不得不带着家眷疏散到法国南部，1940年逃往瑞士苏黎世，第

乔伊斯

二年1月13日凌晨因十二指肠溃疡穿孔去世，终年59岁。乔伊斯本来笃信宗教，但后来又坚决与之断绝关系；他是一个民族感非常强的作家，但又不得不多年流浪欧洲；他无时无刻不在关注着社会现实，但其作品却有极深的学究意味；他眼睛高度近视，但却对社会、人生、哲学、文学和艺术的洞察鞭辟入里；他是对世界现代文学影响最大的作家，但他又对晦涩艰深的古代文学典故运用得最为高超而熟稔。正是这样一个作家，用他的代表作《都柏林人》(1914)、《一个青年艺术家的画像》(1916)、《芬尼根的守灵夜》(1939)和《尤利西斯》(1922)，为世界文学开辟了一个新时代。

二、意识流小说的创作实践

工业文明社会给现代人带来了物质上的极大满足，却破坏了人性的和谐、抑制了个性的发挥。人在很大程度上变成机械的奴仆，丧失了与自然、社会、他人甚至自我内心的和谐关系。19世纪文学开始“向内转”，即通过发掘人的潜意识以追寻真正的“人性”。叔本华(1788～1860)的“生存意志论”、柏格森(1859～1941)的“生命哲学”和直觉主义、弗洛伊德(1856～1939)的精神分析学说等都为这种“内转”提供了哲学和理论基础。尤其是美国心理学家威廉·詹姆斯(1842～1910)的“意识流”理论(认为意识的流动就像河流一样，过去、现在和未来是相互渗透在一起的)，更直接为意识流叙事技巧的使用提供了方法指导。正是在这样的背景之下，乔伊斯逐渐开始了意识流小说的创作。

乔伊斯18岁时就发表过有关易卜生戏剧的评论文章，对易卜生的精神反叛思想崇拜有加。因此他早年的作品如《都柏林人》带有强烈的现实主义色彩，对公众的冷漠和麻痹深入批判。然而小说中叙述的“客观”、“多视角”与《神曲》结构的对照等特性，则为后来创作《尤利西斯》奠定了初步基础。《一个青年艺术家的画像》深刻描述了青年艺术家斯蒂芬从婴儿朦胧时期到青年成熟时期的心理成长过程：无知→堕落→忏悔→复活→流亡。青年知识分子斯蒂芬从一个孱弱、顺从、虔诚的幼儿成长为一个蔑视宗教和传统文化的反叛艺术家，带有作者强烈的自传色彩。虽然小说从总体上采用了现实主义的手法，然而在具体的叙事技巧上却进一步尝试了内心独白、蒙太奇、变幻的文体风格和神话象征等各种艺术技巧。《芬尼根的守灵夜》写的是都柏林一个酒店老板伊尔威格·芬尼根奇异而神秘的梦幻，表现了死亡与复活的循环论思想。小说使用了18种文字，大量的双关语、混成字、戏谑语和典故，起着语义上的转喻、浓缩、歪曲和替代的作用。行文晦涩艰深，往往让读者不忍卒读。难怪有评论家说：乔伊斯是不能被读的，他只能被重读。

《尤利西斯》于1922年2月2日即乔伊斯40岁生日这天在巴黎正式出版，然而这本书却因其晦涩难懂和“有伤风化”连遭厄运，在英美等国相继被禁。有人称之为一部对人类进行恶毒侮辱的疯狂的书，也有人认为它和梵文书一般不忍卒读。唯有他的同胞叶芝独具慧眼，意识到它是“一个全新的东西——写的既不是眼睛看到的，也不是耳朵听到的，而是人的头脑从一个片刻到另一个片刻进行着的漫无边际的思维和想象的记录。”当时最有权威的诗人T.S.艾略特认为这本书宣告了19世纪的末日。

一、三个寻找者

《尤利西斯》

《尤利西斯》叙述了都柏林1904年6月16日这天从早上8点到第二天凌晨2点约18个小时之内形形色色的都柏林人的生活，主要围绕三个人物展开：青年艺术家斯蒂芬·代达勒斯、中年犹太人广告商利奥博尔德·布卢姆和他的妻子女歌手莫莉。这三个人物又都是象征意义上的“寻找者”。因母亲病危从巴黎回国的斯蒂芬，在母亲去世后不堪父亲整天酗酒离家出走，租了一座圆形炮塔居住并靠教书为生。他与周围环境格格不入，渴望有一位精神上的成熟的父亲可以为他指点迷津，暗喻了不在本土参加叶芝等人发起的爱尔兰文艺复兴运动，并且脱离天主教、流亡欧洲大陆从事写作的乔伊斯本人的迷惘。布卢姆一方面为自己不能满足妻子致使其与他人偷情而耿耿于怀，一方面深陷中年丧子之痛而不能自拔。他卑微而又坚忍、无奈而又豁达的性格正好弥补了斯蒂芬的自负与迷惘，为其提供了丰富而又实在的人生经验，成为其精神上的父亲。布卢姆的妻子莫莉虽然在肉体上背叛了丈夫，但她情感丰富，对生活抱有极大的热情和坚定的信心，仍然希望跟丈夫过一种和谐完满的家庭生活。布卢姆在深夜遇到醉酒的斯蒂芬，恍惚之间错认为是自己的儿子并把他带回家。这样，象征意义上的父亲、儿子、母亲组建成了一个完整的家庭。

乔伊斯在通过“寻找者”充分展现卑俗黯淡生活的同时，对人生仍持有乐观主义态度，即“人类之间的情爱，不论怎么短、不论怎么受限制，它也是我们通向乐园的捷径”。

二、神话原型

《尤利西斯》依据荷马史诗《奥德修纪》的内容和结构模式展开，不均匀地划成三大块共十八章。乔伊斯从三个方面对《奥德修纪》进行分解，移位到自己的小说中。第一，主题上以史诗关于儿子寻找父亲的题材对应现代人“儿子”与“父亲”精神上的认同；第二，史诗的象征结构有效地控制着对小说情节、形象、细节和人物的评价；第三，情节上较严格地遵循史诗叙述程序，如第一部第一章讲的是经历母亲去世、父亲醉酒的迷惘的斯蒂芬，早餐之后与室友在沙滩上散步谈话，但这一章的标题却是奥德修斯儿子的名字“帖雷马科”，暗喻“寻父”情节的展开。神话模式使得《尤利西斯》短暂停滞的“现在”与古老久远的历史连接，不仅在内容上拓展了平凡时间所要表达的象征意义，而且赋予日益分解变化的现实以统一稳定的秩序。同时，通过与《奥德修纪》在人物、行为和精神上的对照，例如平庸卑微的布卢姆对照着智慧勇敢的奥德修斯、放纵水性的莫莉对照着忠贞坚强的珀涅罗珀，乔伊斯力图表明现代社会是一个没有英雄的时代。

三、意识流

《尤利西斯》是一部典型的意识流小说，乔伊斯着力表现的是人物潜意识活动中的混乱无序。因此，意识中的某个思想，作为一个引发点如“连通器”般会突然引起对另一个场景、另一组对话的回忆。意识流看似杂乱无章，实则有法可循。如果传统小说是通过行为和情节获得小说故事链的话，那么意识流小说则依赖于多种叙事技巧使散漫无序的题材处于有序形式的控制下。

时空统一性常常被作为控制意识流叙述最有效的手段，如"时间蒙太奇"即主体在空间上保持不动，而意识却在时间上移动，或此时间的影像与彼时间的影像及思想活动相互"叠印"。如小说最后一章莫莉江水般滔滔不绝流动的意识在过去、现在和将来之间不停穿梭，时态完全受她情绪的支配。独白以时间上任意一点开始，第一个字母为"YES"，句式是过去式；在经历了漫长曲折的流动后又回到始点，最末一个字母仍为"YES"，句式为现在式。这种时间上构成的循环往复，不仅是维柯历史循环论和佛教轮回说模式的借用，也是与女主人精神的流变过程吻合的。"空间蒙太奇"又称"同步叙述"，即时间保持不动而让空间因素发生变化。如《尤利西斯》第 10 章"游动山岩"中，乔伊斯写了下午三四点这一固定时间内由 19 个场景构成的都柏林城形形色色人物的活动，在人为短暂的共时性中使多个毫不相关的事件并置，使叙事具有了空间的立体效果。另一种表示同步叙述的方式是运用时间参照，如那个贯穿全章、漂流在利菲河上的、表示时间流逝的纸团，尽管它本身并没有什么实际意义，但却是联系各个场景之间必不可少的时间标志物。

此外，为了使小说所表现的混乱题材获得内在结构上的统一，乔伊斯在小说中还调动了一系列表达主导动机的重要手段，包括形象、象征和词组短语等形式。形象动机成为理解人物杂乱意识活动的重要标志，如小说中出现了八次的母亲亡灵形象一直萦绕在斯蒂芬的脑际，象征了斯蒂芬对母亲乃至于祖国既爱又恨的复杂心理。再有，对不同场景、不同事件的叙述所采取的语言和文体都各有其内在对应性，如描述报馆采用新闻体(第 7 章)，描述音乐酒吧模拟巴赫的赋格曲(第 11 章)，描述医院产妇生育场面使用了英语历史上从古至今、相应变化的三十多种文体(第 14 章)。这种滑稽模仿，可以让既有语言和文体"死而复生"获得新奇的"陌生化"效果。正因如此，艾略特在赞叹乔伊斯是继弥尔顿之后最伟大的英语大师的同时，也抱怨这本小说文体变化太多。不过，这并不能阻止乔伊斯成为世界现代文学中最伟大的作家之一。

参考文献

[1] 王振华. 列国志·英国[M]. 北京：社会科学文献出版社，2003.
[2] 李念培、孙正达. 英国[M]. 北京：世界知识出版社，1987.
[3] [美]罗伯特·勒纳. 西方文明史(Ⅰ，Ⅱ)[M]. 王觉非等译. 北京：中国青年出版社，2003.
[4] [英]韦尔斯. 世界史纲(上、下)[M]. 吴文藻，谢冰心，费孝通，等译. 桂林：广西师范大学出版社，2001.
[5] 张奎武. 英美概况[M]. 长春：吉林科学技术出版社，2000.
[6] 王佐良. 英国文学史[M]. 北京：商务印书馆，1996.
[7] 朱维之、赵澧. 外国文学史(欧美卷)(第二版)[M]. 天津：南开大学出版社，1994.
[8] 龚翰熊. 欧洲小说史[M]. 成都：四川大学出版社，1997.
[9] 柳鸣九. 意识流经典小说选[M]. 太原：北岳文艺出版社，1995.
[10] 罗经国. 新编英国文学选读[M]. 北京：北京大学出版社，2005.

第六章　德国文学

第一节　概　述

德国历史发展与欧洲其他国家相比，虽然历时不很长，但却影响深广。德国为人类文明贡献了伟大的哲学家、诗人、音乐家、科学家，但又给现代世界带来巨大的破坏和灾难，而其深刻的反省则令世界抱以期待。

牵动全欧洲的民族历史

过去的1000余年里，日耳曼血液几乎在所有的西欧民族中流动；西欧各主要国家的历史几乎都可追朔到公元5～10世纪间日耳曼部落的统治，其历史与德国史总有许多交叉之处。而德意志民族国家的最终形成，至今不过百余年。

一、德意志民族的起源（前2000～962）

大约公元前2000年，属印欧语系的各日耳曼族分支，居住在今日德兰、施莱斯维堡至荷尔斯泰因和丹麦半岛。公元前1500年，日耳曼人到达奥得河下游。公元前900～前700年，他们到达下莱茵河和下魏克塞尔河。公元前2世纪，日耳曼语系分支遍及南斯堪的纳维亚和中欧。“日耳曼”一语在罗马文献中是作为莱茵河右岸部族的称谓，同时也是日耳曼语系各个民族和部族的总称。公元前5～前1世纪，日耳曼民族尚处蛮荒阶段。恺撒时代，罗马帝国版图伸至日耳曼人地区。公元9年，日耳曼部落在今之下萨克森地区战胜罗马军队是具有历史意义的一个转折点，标志着日耳曼尼亚脱离罗马而独立；还是日耳曼民族意识的一次深刻表现。又过一二百年，部落联盟的出现为以后形成日耳曼民族集体奠定了种族基础。2世纪下半叶，出现了三大部落联盟：一是阿雷曼尼亚，即古老的西日耳曼人，5世纪后为法兰克人征服；二是法兰克尼亚，也是古老的西日耳曼部落，公元500年，克洛维一世创建法兰克王国时的重要政治因素；三是萨克森，5世纪起，他们迁徙至不列颠，8、9世纪之交，他们被查理曼大帝以武力并入法兰克王国。至843年，查理曼的孙辈三分帝国，东边一份——东法兰克王国即为今之德国雏形；不过当时尚未产生“德意志民族”这个概念。

日耳曼人

东法兰克王国政治实体的稳定是由传统的日耳曼部落之间的联盟来维持的。与中世纪欧洲其他国家相比，德国更为忠实地遵循依靠选举来产生君主的日耳曼传统。936 年，萨克森一世的王位由其子奥托一世继承。962 年，奥托又被加冕为“神圣罗马帝国皇帝”。此即对当时德国的统一和稳定起了关键作用的萨克森王朝的统治。时值公元 10 世纪下半叶至 11 世纪，所有这些日耳曼部落最终包容在德意志(即条顿)人的总名称内①。

11 世纪，东法兰克国家的语言正向统一的条顿语发展，从而迥异于西法兰克(法兰西)王国流行的拉丁语；最终导致法语文化和德语文化的分流。12 世纪中叶，德意志人重新东移至斯拉夫语族人的边境。自此为始至今，讲德语的人即定居在中欧，西南则与拉丁语民族相邻。

二、德意志神圣罗马帝国及民族意识的产生(962～1806)

“神圣罗马帝国”自 962 年起至 1806 年，长达 800 多年。帝国的政治、文化中心一再改变，初在意大利，继至波希米亚(今捷克)，后又移至西班牙。而“德意志帝国”难以生成民族国家，其原因就在于它的帝国边界从未和德语地区重合；选帝侯制度使德国大贵族力量过大。另一原因是德国宗教不统一，北部新教和南部天主教始终对立。1517 年，维登堡大学神学教授马丁·路德(1483～1546)发起宗教改革运动，把基督教世界分成了新教和旧教(天主教)两大阵营。1555 年，宗教妥协协议达成由领地来决定信仰。而 1618 年“神圣罗马帝国”皇帝、波希米亚国王决定取消臣民信仰新教的权利，引发了这个新教人口占多数的国家人民的反抗并很快演变为一场全欧范围的宗教战争。历经“三十年战争”后，神圣罗马皇帝在帝国的权威被摧毁；德国经济倒退一个世纪。总的看来，神圣罗马帝国对德意志民族是妨碍，而不是促进国家主权的建立。

马丁·路德

然而，自 15 世纪起，德国民族意识已在对抗罗马教廷的斗争过程中生成。同时，德意志人在语言、人种、文化各个方面的同一性，也首次以文学形式表现出来。1486 年，“神圣罗马帝国”被冠以“德意志民族的”这一定语，至 16 世纪已广为流传。马丁·路德与同时代人文主义者常使用“德意志民族”这个术语。从此，德意志民族文化代代相传，愈发辉煌。文化上的成就越来越增加和培养起德国人的民族自信心和自豪感，甚至于把自己看成是优越于世界其他所有民族的人种。诗人海涅写道：“法国与俄罗斯人拥有土地，英国人拥有海洋，而我们则无可争辩地控制了梦想王国。”实际上这是正确指出了德意志民族善于思考的特性；但 18～19 世纪的德国知识分子则过多拥有黑格尔式的优越感：把德国人视为“在这个时代主宰世界历史的民族”，是一个“在精神世界的自我发展的自我意识的进程中肩负着赋予绝对理念以完全意义的使命的民族”。也许正因为这段历史时期的德国落后于其他国家，愈是需要更强烈的民族主义来做精神支撑。然而，这种强烈的民族意识也是一种有倾向性乃至有一定盲目性的力量；后来的历史发展事实很大程度上印证了这种误入歧途的可能性。

三、民族统一与建立德意志民族国家(1806～1871)

1806 年，在拿破仑率领的法国军队冲击下，长达 8 个半世纪之久的“神圣罗马帝国”寿终正

---

① 日耳曼出自凯尔特语；条顿-德意志出自拉丁语，它们在指意上相同。

寝。此时，德意志领土上出现了奥地利和普鲁士两个强大邦国。普鲁士13世纪中叶为条顿骑士团征服而入日耳曼世界；1660年才完全从波兰独立；1701年成为王国并很快发展成一个封建专制的军事强国。1806年，在神圣罗马帝国的废墟上建立起傀儡政权“莱茵同盟”。时任普鲁士首相、著名的政治改革家施坦因(1757～1831)是一个坚定的德意志民族主义者而非普鲁士主义者；正是他促成了最后的反法同盟。但是，德国民族统一的进程仍很艰难。1815年后由38个邦国组成的“德意志联邦”是一个由奥地利主宰的松散同盟。终于，1848年革命唤醒了德意志民族统一的愿望。法国二月革命的消息传到德国后，立即在奥地利首都维也纳和普鲁士首都柏林引起3月人民起义并取得胜利。但随后召开的全德国民会议时间过长，普、奥君主已赢得恢复时间，议会被解散，德国统一的理想再次受挫。

1848年革命后，普奥两国携手维护正统秩序，德国资产阶级，甚至包括前期的俾斯麦，都曾抱有建立两强在内的大德意志国的希望。但当普奥利益愈发不可协调时，小德意志方案占据了上风。俾斯麦(1815～1898)1859年任首相，他声称：“当代的重大问题不是通过演说与多数人的决议所能解决的……而是要用铁和血。”凭着非凡的洞察力、狡猾的谋略和铁的意志，他开始了精心策划的统一战争：第一阶段，普奥联军于1864年占领日德兰半岛，迫使丹麦把石勒苏益格-霍尔斯坦因割让给普奥两国；第二阶段，普奥战争，结果是出现了一个以普鲁士为首、奥地利被排除在外的北部各邦组成的北德联邦；第三阶段，1870年普法战争，结果是阿尔萨斯-洛林割让给德国，除奥地利外，南德各邦都进入了德国版图。1871年1月18日，德意志帝国在法国的凡尔赛宫镜厅成立，普鲁士王威廉一世加冕为帝国皇帝。统一的德意志民族国家由几乎在300年前还被视为“化外之民”的普鲁士，而非最关注和发扬德意志文化的奥地利和巴伐利亚统一，并成了德国文化的当然代表和主宰，这一事实证明了在近代民族国家的形成中，政治和强权的因素要优先于历史和文化的因素。

俾斯麦

四、极端民族主义和德国的再分裂及重新统一(1871～1989)

德意志帝国的建立使德国重获世界一流强国的地位。普鲁士的容克①传统和膨胀的国力相结合，把德国迅速推上军国主义道路。19世纪末20世纪初，德国竭力推行帝国主义和殖民主义政策。强烈而极端的民族主义扩张倾向，终于在20世纪把世界两次拖入大战的深渊。

1918年的第一次世界大战结束后，因为失去阿尔萨斯-洛林和巨额赔款，战后的屈辱不仅未使德国醒悟，反而让民族复仇占据上风，导致希特勒1933年上台，第二次世界大战1939年爆发。甚至在战前，德国已吞并了奥地利和捷克苏台德。而民族主义狂热最极端、最可怖的表现是虐犹主义，近600万的犹太人被杀，这是人类历史上民族主义演变为种族主义的一个最恐怖的例子。战后，德国人才从极端民族主义狂热中吸取教训并对此有了深刻反省。

第二次世界大战后德国经历了再一次分裂。1949年，德意志联邦共和国和德意志民主共和国，分别在美、英、法三国和苏联的占领区及柏林的管辖区内建立，两个德国的格局形成。

---

① 容克，德语Junker音译。原指无骑士称号的贵族子弟，后泛指普鲁士贵族和大地主。第二次世界大战后基本消亡。

五六十年代，联邦德国经济开始起飞，马克坚挺，德国的声音在世界上重新响亮起来。1961 年，苏联为阻挡逃亡潮修筑柏林墙。70 年代四国签署柏林协定，民主德国和联邦德国分别被接纳为联合国会员国，国际社会似乎也承认了德国分裂的永久化。然而，戏剧性的一幕在 1989 年被拉开。仅仅一年，民主德国解散并入联邦德国。分裂了 41 年的德国，以一种令人难以置信的方式和速度重新统一了。

五、重新统一后的德国和欧洲（1990～ ）

直到目前，德国统一的后果还是积极的。强大的联邦德国经济成功地把民主德国经济改造过来，纳入到一体化的欧洲市场中来。政治上，在年轻一代中有新纳粹主义和种族主义复活迹象，但主流文化对此予以坚决反对。统一后的新德意志不仅要继续保持经济巨人形象，并且还有由经济巨人向政治巨人转变、由仇人关系向“情人”关系、推进新型“伙伴合作”的南北关系等雄心勃勃的世界战略，将“全欧大厦”的宏伟构思通过欧洲联盟来实现；德国人本有纵横捭阖的雄风，而今德国政治家则以和平外交赢得了国家，赢得了世界，也赢得了日耳曼民族荣耀。

德国文学的历史，最早可追溯至古日耳曼时期口头相传的赞美神和英雄的叙事歌曲及战歌，其中只有《梅尔塞堡咒语》和《希尔德布兰特之歌》被后人用古高地德语记载流传下来，是德国文学中最早的文献，但其产生的具体时间已不可考证。

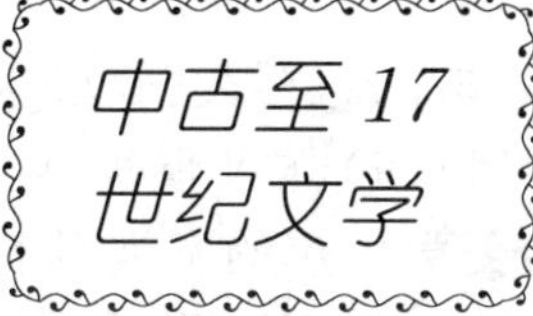

公元 8 世纪中叶，德语开始有正式文字。至 9 世纪下半叶，为“异教文学”向宗教僧侣文学过渡时期。10 世纪初，古日耳曼人的“异教文学”因基督教完全成封建统治工具而中断。

一、骑士文学

11 和 12 世纪，德国文学产生了与崇尚来世的宗教文学相对抗的骑士文学；同时，还有口头流传古代英雄故事的民间文学。宫廷史诗和骑士爱情诗是骑士文学的主要形式。归于英雄史诗类的《尼伯龙根之歌》（1198～1204）成于基督教思想统治一切的时代，全诗不但看不到一点对“异教”的歧视，反而处处跃动着“异教”的精神。批评家常把它和荷马史诗相提并论为德国的《伊利昂纪》。

尼伯龙根之歌

二、文艺复兴文学

15 世纪下半叶起，人文主义在德国传播，至 16 世纪初形成高潮，胡腾以《蒙昧者书简》（1515～1517）文献而成为德国文艺复兴运动的主要代表。德国的文艺复兴直接产生了宗教改革和农民战争，马丁·路德和托马斯·闵采尔作为这两个运动的代表人物，为德国文化的发展作出了贡献：马丁·路德摒弃当时写作须用拉丁文的风气，直接以德语翻译了《圣经》，还创作了大量的赞美诗，为现代德语奠定了基础；闵采尔所撰革命檄文成为德国文学中最早的革命宣传文学。德国文艺复兴中还有反映市民阶级利益的市民文学在缓慢发展，如工匠歌曲等讽刺文学作品。至16世纪，德国民间故事书是市民文学中的重要成果：《梯尔·欧伦施皮格尔》、《约翰·浮士德博士传》和《希尔德市民故事集》是最著名的故事书；而《约翰·浮士德博士传》不仅当时即流传民间，还传到国外，是后世许多作家创作题材的一个来源。

三、17世纪德国文学

17世纪德国文学摹仿邻国——法国的"巴洛克"风格直至18世纪上半叶。马丁·奥皮茨(1597～1639)的《德国诗论》(1624)是德国第一部有影响的文艺理论著作；格吕菲乌斯(1616～1664)的十四行诗和颂歌是当时市民文学发展的顶峰；小说家格里美豪森(1621或1622～1676)的《痴儿历险记》(1668)是德国17世纪文学中最有价值的作品，其发展12～13世纪宫廷史诗以一人为中心的写作手法，开日后"发展小说"之先河。

一、启蒙运动

18世纪中叶，市民文学取代封建宫廷文学繁盛起来。戈特舍特(1700～1766)首先在文学上掀起了启蒙运动；他主张以法国古典主义戏剧为典范形式，来创立承担道德教育原则的德国民族戏剧。

莱辛(1729～1781)被尊为"德国民族文学之父"。他一生写有大量作品，包括戏剧《埃米丽亚·伽洛蒂》(1772)、《智者纳旦》(1779)和理论著作《拉奥孔》(1766)、《汉堡剧评》(1767～1769)等，都是举世闻名之作。莱辛对现实主义的戏剧理论和美学思想的发展具有划时代贡献，他打破了经验性描述的文艺评论模式，明确地把理论建立在科学理性分析的基础之上。

二、"狂飙突进"

18世纪70年代，一批青年作家发动了一场文学革命。这场文学运动因青年剧作家克林格(1752～1831)的同名戏剧而被称为"狂飙突进"运动，1770年赫尔德(1744～1803)与歌德(见本章第二节)在斯特拉斯堡的相见是运动开始的标志。赫尔德是运动的精神领袖，歌德是运动的旗手。1773年，歌德发表戏剧《铁手骑士葛兹·冯·贝利欣根》为狂飙突进的第一部代表作，次年出版的《少年维特之烦恼》是德国文学中首部产生世界影响的小说作品。狂飙突进作家不再泛泛地倡导美德，而是强烈要求人的自由发展，能够充分发挥人的才能，反对一切束缚和妨碍人的全面发展的社会环境、道德观念。席勒(1759～1805)的戏剧《强盗》(1781)向社会公开宣战，《阴谋与爱情》(1783)则强烈表现了市民阶级与封建贵族直接对抗的戏剧冲突。狂飙突进作家主张现实主义，向民间诗歌学习，以至于这一时期产生了德国诗歌中最优美的诗篇。至80年代狂飙突进的高潮渐退。

三、古典文学

席 勒

与法国大革命同期，德国文学开始向古典文学时期过渡。歌德、席勒等并不怀疑法国大革命是人类历史上的一个伟大转折，但他们在思考这样的问题：在什么条件下，感情与理智、理想与现实、个人与集体、人与自然、主观与客观才能达到和谐统一。他们从古希腊艺术中找到了解决问题的途径，认为古希腊城邦民主制是理想的社会制度，人在那里可以得到和谐的发展。当时德国文学和哲学的成果已表明：人类社会由低级向高级发展并循着否定之否定的过程进行；近代文明否定了古希腊的自然状态，而未来理想社会则应在否定由于劳动分工而造成人性肢解的近代文明社会后，在更高阶段上恢复古希腊人的自然状态。据此，歌德和席勒用他们的创作和理论表述了一系列关于时代社会及人类未来的深刻见解。

1794 年起，歌德和席勒在魏玛公国开始合作；德国文学从而进入“古典”文学时代，这标志着德国民族文学的最终形成。魏玛古典主义认为艺术的最高境界就是古代艺术所体现的“崇高的单纯和宁静的伟大”。歌德和席勒合作之初写双行讽刺短诗和叙事谣曲。两位诗人的个性风格迥异，恰好互补乃至交相辉映：歌德是天生的抒情诗人又倾向于古典主义，主张诗必须从客观现实出发；席勒则在诗与哲学之间徘徊，倾向于浪漫主义，强调立足于人，为理想而写作。席勒对歌德的最大帮助是以无比的热情和深刻的见解，促进歌德的全部诗才得以发挥。歌德对此怀有极大感激之情：“您给予我第二次青春，当我差不多已完全停止创作的时候，您又使我成为诗人。”而席勒感谢歌德帮助他向现实主义转变：“您愈来愈使我改掉从一般到特殊的倾向，而相反地把我从个别的情形继续引导到巨大的规律。”这就是说席勒早期创作中的主观主义倾向得到了克服；《威廉·退尔》(1803)成为席勒最为成熟的艺术品。1805 年 5 月 9 日，尚未走完 46 年人生的天才诗人席勒病逝。魏玛古典主义余晖中，歌德感到他“失去的是我自己”。从此，歌德无心俗务，而潜心研磨他毕生心血的结晶《浮士德》。

这一时期，德国还有两位重要作家荷尔德林(1770～1843)和让·保尔(1763～1825)，他们的文学贡献和思想价值为后世所看重，如荷尔德林的“人诗意地栖居”被 20 世纪德国哲学家海德格尔作了具体的阐释和引申。

19 世纪文学

一、浪漫主义文学

18 世纪末，德国出现了浪漫主义文学运动。1796 年，A. 施莱格尔(1767～1845)和 F. 施莱格尔(1772～1829)兄弟先在耶拿、后在柏林出版《雅典娜神殿》并形成一个文学中心，史称“早期浪漫派”或“耶拿派”；重要作家有蒂克(1773～1853)、诺瓦利斯(1772～1801)等；他们的基本特征是怀古遁世，重视童话和传奇；诺瓦利斯小说《亨利希·冯·奥弗特丁根》(1802)中神秘的“蓝花”已成为早期浪漫派的象征。1802 年以后，一批青年浪漫派作家在海德堡形成了新的中心，史称“晚期浪漫派”或“海德堡派”。他们采集民歌，发掘为人忽视的文化遗产。布伦坦诺(1778～

格林兄弟

1842)和阿尔尼姆(1781～1831)收集加工整理出民歌《男童的神奇号角》(1806～1808),J. 格林(1785～1863)和 W. 格林(1786～1859)兄弟整理加工了闻名世界的童话集《儿童与家庭童话集》(1812～1815),而在创作上成就最大的是以小说《没出息的人》(1826)著名的艾兴多尔夫(1788～1857)。

此际,与上述各流派并无直接联系的霍夫曼(1776～1822)、克莱斯特(1777～1811)、沙米索(1781～1838),一般也将他们视为浪漫派。霍夫曼是重要的小说家,代表作《小查克斯》(1819)等既有批判又具向往、现实与离奇巧妙合为一体,另有别具一格的轻快讽刺,其创作对 19 世纪德语文学产生了很大影响。沙米索是浪漫派开始向 1830 年以后资产阶级民主主义革命文学过渡的一个代表,而海涅则是完成这一过渡并达到新高度的伟大作家。

二、资产阶级民主主义革命文学

1830 年,德国文学进入新阶段,伯尔纳(1786～1837)是当时声望最高的作家。文坛上还出现一个名为“青年德意志”的松散的进步作家团体。到 40 年代,德国出现大批革命诗人,如韦尔特(1822～1856)等。而这一时期始终如一坚持革命立场,并真正代表时代精神的作家是革命民主主义者毕希纳(1813～1837)和海涅(1797～1856)。

海　涅

海涅早期的抒情诗有较浓厚的浪漫主义色彩,如他的第一部重要诗集《歌集》(1827),但他的思想已超出资产阶级民主派的水平,他以《论浪漫派》(1830)一书终结了德国浪漫派守旧倾向,同时又反对伯尔纳式小资产阶级褊狭观点。创作上他吸取了浪漫派的文学成就,并承继莱辛、歌德的伟大文学传统,在政治抒情诗上取得极大成就,如代表作长诗《德国——一个冬天的童话》(1844),诗人自称看似“一部诗体的旅行记”,实际上揭露和讽刺了德国的封建割据、市民的庸俗、普鲁士的专横,表达了他的哲学观点、政治信念和对人类前途的希望。这样,海涅就代表了歌德之后德国资产阶级进步文学的又一个新阶段。

三、形形色色流派的文学

受 1848 年革命失败影响,19 世纪下半叶文学中回避现实、热衷于田园风光及身边琐屑的非政治倾向描写盛极一时,比较著名的作家有海泽(1830～1914)、拉贝(1836～1910)和施托姆(1817～1888)。80 年代,自然主义文学的兴起,代表作是豪普特曼(1862～1946)的《日出之前》。90 年代中期自然主义文学运动开始衰落并汇入世纪末形形色色的文学流派。这些名目繁多的各种主义诸如印象主义、新浪漫主义、新古典主义、象征主义、唯美主义等,尼采哲学和美学思想是他们的精神背景。格奥尔格(1868～1933)是这种大的“为艺术而艺术”文学潮流的重要作家;他通过所创办的《艺术之页》杂志吸引了大批作家、文学批评家,人们统称他们为“格奥尔格派”。

20世纪文学

一、世纪初至1945年的文学

1. 现实主义文学

托马斯·曼

托马斯·曼（1875～1955）的作品内容蕴含深刻、形式探索精致，他是德国文学自莱辛到海涅经过百年曲折发展之后的又一伟大代表。长篇小说《布登勃洛克一家》（1901）揭示出宗法制市民阶级在资本主义大发展形势下的没落命运，表达了作家努力探求复兴人道主义和争取人类进步的可能。其兄亨利希·曼（1871～1950）政治上最为进步，他的《臣仆》（1914）则对威廉帝国统治者们的感情和思想作了淋漓尽致的描写。而黑塞（1877～1962）创作中特别可贵之处是主人公虽历经磨难仍矢志不渝。

2. 表现主义文学

表现主义是一种反传统的现代主义流派，初现于绘画界，后在音乐、文学、戏剧及电影等领域得到重大发展。第一次世界大战前夕就出现了"表现主义"文学运动，一批青年作家对现实有灾祸即将来临的预感，想以精神和意志的力量避免乃至于"改造"整个世界。在创作上不满足于对客观事物的摹写，要求表现事物的内在实质，揭示人的灵魂，要求不再停留在对暂时现象和偶然现象的记叙而展示其永恒的品质；强调表现"主观的现实"。在小说领域，表现主义这个词常同奥地利作家卡夫卡以及德国的德布林（1878～1957）联系在一起。戏剧的代表人物有施特恩海姆（1878～1942）、托勒尔（1893～1939）、凯泽（1878～1945）等人。海姆（1887～1914）、贝恩（1886～1956）以及早期的贝希尔（1891～1958）都是重要的表现主义诗人。第一次世界大战后表现主义倾向的作家发生分化。

3. 无产阶级文学

以往不被重视或难以同资产阶级文学相抗衡的无产阶级文学，属于这一时期德国文学的重大成就：首先它拥有数目众多的作家，1928年成立的"德国无产阶级革命作家联盟"到1932年拥有500名会员，全国有23个地方组织。其次它的队伍中拥有包括贝希尔、西格斯、基施、雷恩、马尔希维查、沙勒、格伦贝格以及布莱希特（详见本章第三节）在内数目众多的优秀作家，其中沃尔夫（1888～1953）的戏剧、魏纳特（1890～1953）的政治讽刺诗、布雷德尔（1901～1964）的小说，完全可归于世界文学名著之列。

4. "流亡文学"

1933年希特勒上台后，大部分作家流亡国外组成联盟，形成规模宏大的反法西斯文学，又称"流亡文学"，震撼了当时的世界文坛；他们创作出大量的优秀作品，如亨利希·曼的历史小说《亨利四世》（1935～1938），托马斯·曼的四部曲《约瑟和他的兄弟们》（1942）、《洛蒂在魏玛》（1939）和《浮士德博士》（1947），布莱希特的剧本《大胆妈妈和她的孩子们》和《伽利略传》，西格斯（1900～1983）的小说《第七个十字架》（1942）以及贝希尔最优秀的诗歌。可以说，这些"流亡文学"硕果，是在德意志民族历史上黑暗野蛮的时代出现的希望之光。

二、第二次世界大战后的两个德国文学

1. 德意志民主共和国文学

大部分流亡国外作家战后回国写出了有影响的反法西斯主题的作品，如西格斯的小说《死

者青春长在》(1949)、阿皮茨的小说《赤身在狼群中》(1958)等。20 世纪 50 年代，布莱希特在戏剧表演艺术方面的实验，引起了世界的注目。六七十年代文学进入繁荣和多样化阶段。在散文方面还出现了一种追求事件客观真实性的“纪实文学”。80 年代以来，施特里马特(1912～)小说《店铺》(1983)、克·沃尔夫(1929～)小说《卡桑德拉》(1984)等作品，被誉为文学创新的“完美之作”。

2. 德意志联邦共和国文学

建国之初，除了托马斯·曼的《浮士德博士》(1947)和海塞的《玻璃球游戏》(1943)尚为人知晓外，战后联邦德国文学几乎是一片“废墟”。一条独特道路是由一批初学创作的“47 社”青年里希特、安德施等人摸索出来的，并涌现出像海因里希·伯尔(1917～)、君特·格拉斯(1927～)等享誉国际的作家。至 1959 年，两人的作品《铁皮鼓》和《9 点半钟的台球》的出现，是联邦德国文学的一个重要转折点。六七十年代文坛出现了“61 社”和“70 社”团体、诗坛的“政治诗歌”和“具体诗歌”；另有影响深远的霍赫胡特(1931～)的《基督的代表》(1963)、西·伦茨(1926～)《家乡博物馆》(1978)等长篇小说。至八九十年代，由于主题和素材的主导地位不确定，文学呈现出多样化的状况。

第二节 歌 德

约翰·沃尔夫冈·冯·歌德(1749～1832)，是欧洲 18 世纪后期至 19 世纪初最重要的诗人。歌德一生从事文学创作，研究自然科学，思想丰富深刻。海涅称之为“世界的一面镜子”，恩格斯称他是“天才的诗人”。

一、放眼世界、时代与变化的一生

歌德 1749 年 8 月 28 日生于德国美因河畔的法兰克福，1832 年 3 月 2 日在魏玛逝世。歌德生活在一个政治、经济、文化不断发生急遽变化的时代，他一生的思想和创作也随着他个人生活和时代的变化而转变。出生地不属于德意志任何一邦，最接近西欧；父母有知识有教养、爱好艺术；10 岁起家乡为法国军队所占，常看法国戏剧演出，浸染法国文化。16 岁到莱比锡大学攻读法律；1771 年在斯特拉斯堡大学继续学习，获法学博士学位，并结识狂飙突进运动的领袖赫尔德，写出最早闻名的抒情诗。次年，因对友人未婚妻产生无望爱情并受另一友人为情自杀的刺激，写出小说《少年维特之烦恼》，激起国内外的强烈反响。是时，还写出大量代表狂飙突进运动的作品。1775～1786 年，歌德在魏玛公国服务 10 年，由于实际工作，他从狂飙突进时期的歌颂自然转为研究自然。但同时又陷入创作的困境。他毅然于 1786 年改名换姓去意大利旅行。

歌 德

歌德在意大利游历，观察植物地理、人文风光，研究古典艺术并热情作画,创作了多部作品。他终于获得新生。1788 年,歌德回到魏玛脱去琐务,7 月与制花女子武尔皮乌斯开始共同生活。1789 年法国大革命震动全欧洲。但这一时期歌德对自然科学却发生了更大的兴趣,他研究植物学、昆虫学、解剖学、光学和颜色学,文学创作上也完成了诗剧《托夸多·塔索》等。1794 年起,歌德与席勒交往合作 10 年,进入了魏玛古典文学时期。这是歌德继第一个创作高峰的狂飙突进运动之后的第二个丰收期。这 10 年,德国发生了巨大变化:神圣罗马帝国灭亡,德国的落后受到触动。歌德当时不但不支持反拿破仑,还因多次受拿破仑接见招致爱国者的不满。其间,歌德的主要著作又陷于中断。

1814 年后,欧洲和德国都笼罩在一片封建复辟的窒息中;歌德也进入他的晚年时期。他研究东方诗文,游历青年时代经历过的山河城市,诗情如青春恢复般的洋溢,《西东合集》就是晚年诗歌中最丰硕的成果。1816 年,歌德夫人逝世。次年他住魏玛很少外出。1824～1832 年的 8 年里,他以惊人毅力和坚韧勤奋,终于完成从青年时期即已开始的两部巨著:《浮士德》(第二部)和《威廉·迈斯特的漫游时代》。歌德的晚年,尤其是最后 8 年,是与其狂飙突进时期和古典文学时期相辉映的一个时期;这三个时期,歌德创作和完成了他一生最重要的著作,可谓是他一生中的三个巅峰。歌德一生非常关注世界科技进步,并与国内外科学家、艺术家、作家多多交往和交流。由于视野开阔,思维活跃,广泛接触外国文学,看到一些新型杂志的出现和读者面扩大,他预感到一种世界文学将要形成,认为它们将最有效地"促成一种我们所希望的普遍的世界文学"。

二、贯穿情感、思想与写作的一生

歌德的写作一生从未停止;他长于各种体裁,写出了大量作品;创作中始终贯穿着一种有扩张也有收缩、有突破也有限制的不断交替发展、变化永不停滞的辩证思想和总体风格。

1. 诗歌

歌德曾说他的作品是"一部巨大的自白的许多片段",歌德的抒情诗更是这样;他的诗歌的发展是与他的生活和思想的变化密切相连的。在莱比锡所写的洛可可风格诗远不能显示其个人特点,而到斯特拉斯堡后诗情迸发,他改造民歌,写大自然、讴歌爱情,形象、语言节奏均为德国诗歌前所未有,其中《普罗米修斯》(1773～1774),是狂飙突进运动的最强音。而歌德到魏玛之后所作的诗,随其生活与思想的变化趋于平静,以对自然与人生的深入观察替代了之前热情的歌颂。歌德与席勒合作的许多谣曲中有不少名篇,而在晚年的《西东合集》(1819)里则蕴藏着深刻的智慧。1827 年写成组诗《中德四季黄昏杂咏》共 14 首,其第 8 首《暮色徐徐下沉》是最纯净、明澈的晚景诗。歌德还写过长篇叙事诗,其中《赫尔曼与窦绿苔》(1797)最为重要,用希腊六音步诗体写成,叙述法国革命的军队对德国莱茵河西岸的冲击及在半天内发生的一段爱情故事。歌德一生都是一个诗人,从早年的热情迸发到晚年对事物深刻的观察与体验,无论深度还是广度都大大超过他的同时代诗人;就形式而言,他视题材运用和发展了古希腊以来的各种诗体,将德语的功能发挥至极致。

2. 戏剧

歌德一生写有各种剧本 70 多部。他学习莎士比亚并于 1773 年发表《铁手骑士葛兹·冯·贝利欣根》,把历史上的一个没落骑士写成一个争自由的革命英雄,用以体现狂飙突进精神。1775 年动笔,后在意大利完成的《埃格蒙特》(1775～1787),写尼德兰反西班牙统治的解放斗争。几乎与《埃格蒙特》同时脱稿的《伊菲格涅亚在陶里斯》，作家以古希腊神话传说中的伊菲格涅亚为主人公，用她以人道主义思想、言论和行为克服人间的错误和罪恶，达到自我与世界、个人与规律的和谐，来体现作者的人道主义理想；全剧结构和语言完整、洁净，与之前剧作大不相同，标志着歌德创作风格和思想的转变。《托夸多·塔索》(1789)则以文艺复兴时期意大利诗人塔索为自况，表达自己在现实克制与理想激情中的冲突；他把个人矛盾的两方面用两个人物代表：精明强干的大臣安东尼奥和多情善感的诗人塔索。故歌德说这部戏是他“骨中的骨，肉中的肉”，并把塔索比作“提高了的维特”。

《少年维特之烦恼》

3. 小说、自传及其他

歌德虽是德国最有名的诗人，但使他最早扬名文坛并经久不衰的，却是一部仅 150 面的小说《少年维特之烦恼》；这部小说看似描写一个少年的爱情悲剧，实为迸发一代青年反封建的心声。小说早已跨越国界和时代，产生了世界影响。长篇小说《亲和力》(1809)，写一对主人夫妇与一对客人夫妇发生爱情的分化和遭遇，反映出作者受到了一些浪漫主义思潮的影响。小说中能与《浮士德》并提的是长篇《威廉·迈斯特》，二者也恰有对应点：写作时间长，写作中都停顿了较长时间，都分成两部，把作者一生经验、认识和理想置于其中，主人公都在摆脱束缚进行更高的追求，两个第一部都在一定程度上反映现实，第二部则更多象征寓意、结构松散；小说第一部《学习时代》(1796)、第二部《漫游时代》(1829)，都是作者在自己原有作品基础上发展成的“教育小说”，侧重收缩(《漫游时代》副题即“断念者”)，而《浮士德》的主人公的无限追求则是扩张；小说作者倾其人生理想于主人公，不断克制自己、培养个性，终成一个完整的人投入现实生活；小说中有些部分可独立出来作一中篇看，如《学习时代》里的竖琴老人和迷娘的故事，《浮士德》中浮士德与玛甘泪的爱情悲剧。歌德还写有一些短篇小说。此外，歌德自传著作丰富，是了解和研究诗人生平思想和创作变化的重要文献，其中《诗与真》(1811～1814)最著名，次为《意大利游记》(1816～1817)。歌德中年以后还写有大量富于智慧结晶的简短语录，有助于读者对歌德著作的理解。

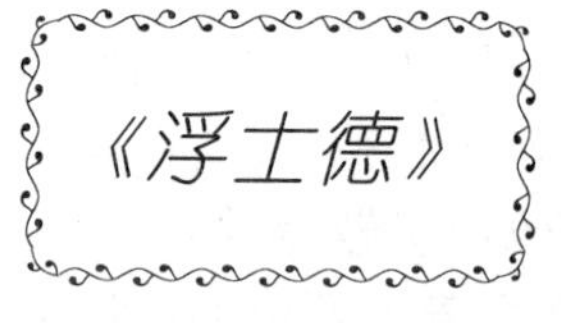

诗体悲剧《浮士德》是歌德倾毕生心血的大作，写作时间纵跨 25～82 岁，几近 60 年。作者借用德国民间传说中的一个人物，以象征手法赋予其几个阶段的追求，是歌德自己一生经验思想和艺术探索的结晶，也是自文艺复兴数百年以来，德国和欧洲新兴资产阶级的精神发展历程的一个缩影。

一、不断追求的完整过程

浮士德走出阴暗书斋，象征着作家对中世纪精神牢笼和思想体系的挣脱和否定，表达出他要重新回到人与自然的环境中的渴望。浮士德与玛甘泪的爱情悲剧，表现出个人爱情的安适、幸福与平庸、窒息的社会环境及个人更高追求的冲突，反映了德国新兴资产阶级无法实现自己的生活理想和爱情理想的悲哀。为封建小朝廷服务的政治悲剧，再明显不过地概括了作者自己的10年宫廷生涯的体验和资产阶级思想家的经验。跨越时空的美的悲剧，则有力否定了17世纪古典主义及18世纪后半叶的德国知识界欲以艺术改造社会的主张。最后，在浮士德领导人民通过填海造田的劳动，在对大自然进行改造的事业中，实现了他一生不断追求的理想。这实际上不仅是资产阶级18世纪启蒙运动，而且还是19世纪初期欧洲空想社会主义思想的反映。

浮士德

完全可以说，浮士德人生中不断探索的每一阶段，都有现实和时代精神发展的依据，都是德国和欧洲资产阶级思想发展史上某一个进程的形象体现。

二、自强不息的探索精神

随着浮士德不断追求的过程，我们看到在主人公身上体现着的人类积极精神，这也是当时欧洲资产阶级知识分子的艺术形象的概括。

浮士德的内涵极其丰富：他既是哲学思想上的"肯定"精神的具体形态，又是道德伦理学层面上"善"的代表，也即浮士德是至善的体现物，是在"精神上感受着至圣至神"。浮士德还具有当时先进的资产阶级思想家的行为特征：不满现状、渴求理想并赋予行动，而在全部不断的追求过程中，又以自强不息的探索精神贯穿始终，否则最后不能得到拯救：在他走完人生之路时，是上帝遣天使们高唱"凡是自强不息者，到头我辈均能救"，抢在魔鬼前将他托向天堂。所有这些因素的融合，构成浮士德作为人类积极精神象征的内涵，表现了当时资产阶级思想家的精神特点；所以，浮士德正是新兴资产阶级积极精神的代表。

浮士德的性格也充满了矛盾，这种矛盾性又是在不断地探索过程中表现出来的："有两种精神居住在我的心胸/一个要同另一个分离/一个沉溺在迷离的爱欲之中/执拗地附着这个尘世/另一个要猛烈地离去凡尘/向崇高的灵的境界飞驰。"正是这种灵与肉也即理智与情欲、进步与停滞、上升与沉沦的矛盾，体现了上升时期的资产阶级的两重性，表现出诗人眼中至善与至恶矛盾在具体事物中的运动过程；而正是在这样的矛盾运动中显示出浮士德性格矛盾的主导方面，也就是他的志向远大、自强不息、勇于探索的实践精神，此即浮士德精神。

三、辩证关系的思想意义

尽管浮士德的探索精神永不满足，但终以悲剧结束。这说明，浮士德的悲剧是一个追求者的有限能力与终极善不可穷尽性之间矛盾的悲剧，这一点正反映出当时德国思想所能达到的智慧高峰——关于事物矛盾、联系和发展的辩证法关系的阐释；这也正是歌德运用艺术象征的方式，在对立统一的基础上，表现了诗人所理解的人类社会特别是精神世界的矛盾运动形式及其发展演进过程的理性根据。

作品开首描写的两个赌赛——《天上序幕》天庭中天帝与魔鬼靡菲斯特的关于人究竟是善还是恶、人在世上是进取还是沉沦的肯定和否定的争论，书斋里浮士德与刚和天帝打赌的靡非斯特签下浮士德生前驱使魔鬼、死后灵魂归他的契约——说明浮士德之所以处在不断的追求和探索的进程中，根本原因在于他自始至终都受到至善至恶的矛盾制约；同时，浮士德自身也是一个灵与肉、成与毁、升与沉的矛盾体，有着向善和作恶的两种可能。所以，在《浮士德》的天上、书斋赌赛和浮士德自身矛盾的三个层次的描写中，歌德给我们揭示了事物矛盾的普遍性和特殊性及其相互联系，显示出对诗人世界矛盾运动过程的独特理解：至善至恶（外化为具体的善恶体现物）的矛盾斗争作用于具体的矛盾体——人，而人又同时用自己的实践和创造追求着至善至美，以求最终实现向至善至美的回归；并且，每一个具体的矛盾体的如是运动，则是推动我们社会进步、精神发展的起始和归宿；也是我们人类的生存价值和全部意义。这也是《浮士德》以形象化的方式提供给我们的最重要的思想资源。

四、世界文学的艺术瑰宝

1. 作品总体构成主要采用象征的艺术方法，体现着诗人所理解的宇宙矛盾运动和人类社会关系的基本观点

浮士德一生的追求探索，象征着人类精神由低向高不断发展的渐进历程。正是由于象征方法的运用，《浮士德》在艺术上达到了形象性与哲理性、客观性与主观性的高度统一，艺术上的传统性与现代性的继往开来。浮士德作为民间文学的人物，在 15 和 16 世纪有两个真实的原型；这一传说在文艺复兴时期已有英国马洛借其表达为追求知识无惧与魔鬼订约，至莱辛写浮士德已计划其灵魂得到拯救。歌德可能受到莱辛构思的启发，但主要还是自幼年起即对浮士德故事的热爱和他一生所经历的时代变化及不断的精神探求，把浮士德从一个传统通俗文学的虚幻人物，写成一个具现代性的理想主人公。

2. 把靡菲斯特、福尔库阿斯等丑的东西作为审美对象加以表现，是“化丑为美”的现代美学意识的滥觞

作品中时古时今、时此时彼、天上人间的时空场景颠倒、置换，主人公返老还童、精神变动不居的离奇人生，人造人慧眼神力、有灵无形的魔幻想象，这些似可视为 20 世纪现代主义方法之肇始。在人物形象的塑造中，诗人采用了大量分身和变形的手法。

3. 作品体裁从总体结构上看是诗剧，但从各部分看又是戏剧诗，是一部精彩绝伦的诗集，是独立的抒情诗、哲理诗、散文诗、叙事诗乃至感情纯朴、音韵优美的民歌

如感动了古诺的《花之歌》、使舒伯特走上曲作家之路的《纺车旁》、流传久远的《跳蚤之歌》等。从诗歌的艺术形式看，歌德在这部悲剧里运用了欧洲当时所有的诗体，以表达他的深刻复杂、丰富多彩的思想感情。

在欧洲文学史上，歌德的《浮士德》与荷马史诗、但丁的《神曲》、莎士比亚的《哈姆雷特》并列为四大古典名著。

第三节 布莱希特

贝托尔特·布莱希特（1898～1956）是 20 世纪德国文学中独树一帜的剧作家、剧作理论家、诗人。他的戏剧创作和戏剧理论对 20 世纪的世界剧坛有深远的影响，被誉为“艺术巨匠”、“20 世纪最伟大的剧作家”。

生平与创作

一、颠沛流离的流亡生活

布莱希特1898年2月10日生于德国南部奥格斯堡一个工厂主的家庭。还在中学生时代，他的诗篇、小说、戏剧评论就常在当地报刊上发表。1917年高中毕业后入慕尼黑大学读哲学、医学和自然科学。1922年前，他的名声就在文学和戏剧界逐渐传播开来，这年他的剧本《夜半鼓声》在慕尼黑剧院上演后，荣获德国最崇高的文学奖克莱斯特奖。1928年他与女演员海伦娜·魏格尔结婚。1933年希特勒上台后，布莱希特离开德国，开始了15年的流亡生活。初在瑞士小住，继则在丹麦定居，写了不少名作。德国即将对丹麦的入侵迫使他迁移瑞典，而后到芬兰，但仍感觉不能安全。1941年夏移居美国6年，感觉比之前在欧洲还孤单。不过，整个流亡期间的生活虽多灾多难，但却是他文学创作最为多产的年代。1948年回德国柏林定居，并和夫人共同创建"柏林剧团"，实践他的戏剧主张。1956年8月14日在东柏林逝世。

布莱希特

二、勤奋不辍的戏剧创作

《四川一好人》

学界对布莱希特的创作分期一般认为：1926年前为第一阶段，1926～1933年为第二阶段，之后至1956年是第三阶段。1922年的《夜半鼓声》奠定了布莱希特在戏剧界的地位。他从20年代初起所创作的一系列描写资本主义社会异化及其后果的剧本，揭示了诸多现实矛盾，如《城市丛林》(1927)、《人就是人》(1926)、《马哈哥尼城的兴衰》(1927)和《三分钱歌剧》(1928)等。20年代末起，布莱希特致力于叙事剧的创作。按体裁分类：一是"教育剧"的《例外与常规》(1930)、《措施》(1930)、《母亲》(1932)等；二是流亡期间的一批反法西斯斗争主题、艺术上也更为成熟的"历史剧"，如《大胆妈妈和她的孩子们》(1939)、《伽利略传》(1947)和《公社的日子》(1948～1949)等；还有一种如《四川一好人》(1942)、《潘蒂拉老爷和他的男仆马狄》(1940)和《高加索灰阑记》(1945)等"寓意剧"。创作上述作品过程之初，布莱希特即已开始对戏剧理论和演剧方法作了深入思考，并以对话形式撰写了戏剧理论著作；瑞士逗留期间撰写的论纲式《戏剧小工具篇》(1948)，提出了关于"科学时代戏剧"的基本主张，这是他关于叙事剧的理论性思考和总结，被誉为"新诗学"。

《高加索灰阑记》

布莱希特还是一位在诗歌艺术领域勇于革新、为现代德国诗歌开辟了新的园地并产生了广泛影响的诗人。

三、独树一帜的叙事剧理论

布莱希特在20世纪30年代即已成为世界著名剧作家，其中也因为他的引起很大争论的戏剧理论。他所提出的是一种完全与传统戏剧相异的叙事剧理论。他把戏剧分成两大类型：传统的一般戏剧(或称“亚里士多德式戏剧”)和现代的叙事剧。一般戏剧是以打动观众、通过恐怖和同情得到精神上的净化，产生共鸣和激动，有身历其境之效则为至高艺术。而叙事剧则相反，它是诉诸理智，在对观众展示情景时，应让观众保持冷静，至少节制感情，并要具有清醒的认识和批判的思想，不受剧情内的幻想的影响，善于保持、思考和确定自己的原则和立场并作出决断。为更直观地弄清一般戏剧与叙事剧，布莱希特还特别列举它们的一部分特点进行对比以示区别：

一般戏剧形式	叙事剧形式
场面体现剧情本身	只是叙述剧情
把观众吸引入剧情	使观众处于旁观者地位
扼杀他的主动精神	促进他的主动精神
唤起观众的情感	迫使观众作出决定
把观众带入另一环境	使观众看到另一环境
使观众处于剧情的中心	使观众与剧情对立起来
要求观众产生共鸣	要求观众研究剧情
引起观众对结局的兴趣	引起观众对发展过程的兴趣
诉诸观众的感情	诉诸观众的理智

布莱希特曾为一般戏剧和叙事剧的特点作了对照，同样也能说明：

一般戏剧的观众说：是的，我以前也有这种感觉。——我就是这样。——这完全是很自然的。——永远就是这个样子。——这个人物的苦难使我深受感动，因为他没有出路了。——这是伟大的艺术：一切都是自然而然的。——我随着人物的哭而哭，随着他的笑而笑。

叙事剧的观众说：要是我，我怎么也不会这么想。——不应当这样做。——这可太惊人啦，几乎是难以置信的。——这种事应当永远根除。——这个人物的苦难使我深受感动，因为他还可能有出路。——这是伟大的艺术：剧中没有一点是自然而然的。——我对剧中落泪的人感到好笑，我为剧中嬉笑的人落泪。

叙事剧理论就是要在观众与舞台之间保持必要的距离，使观众能比舞台上的人物看得更远，了解得更多，能在更高和更主动的精神和立场上来看剧情——这就是根据叙事剧理论，要求剧作家、导演和演员共同完成的任务。演员只能表现特定环境中的特定人物，而不应该是单纯地像这个人物。这并不是要完全否定戏剧实践的“内心体验”，而是认为这种情况只能在几个短暂瞬间出现，还必须服从角色解释，而这解释是要通过理智的思考才能确定的。

既然提出这一要求，布莱希特在理论上也作了论证，此即所谓“间离效果”（国内亦译作“间离论”、“间情法”及“陌生化效果”）。他把它作为原则上必不可少的因素运用于他的创作实践；把它看作是在观众和舞台间保持距离的一个主要方法，可以为叙事剧理论所规定的观众对舞台演出的态度创造一种气氛。事实上，“间离效果”也就是使戏剧所表现的现象客观化的一种特定形式；它的目的就是把观众的知觉从不自觉或不假思索的无意识状态唤醒过来。也就是说，由于“间离效果”的作用，剧作家、导演、演员所表现的种种生活现象或诸多人物典型，便不再以常见的、熟悉的、一般的形式出现，而竟然是以一种完全意外的角度出现，这必定引起观众的惊奇，他们会用新的眼光去看那些仿佛早已经熟知的、旧的东西。如此兴趣更大，理解也更深刻。布莱希特对此意义的阐释是：这种“间离效果”的意义“在于使观众对所描写的事件有一种分析的、批判的立场。”既然提出“间离效果”理论，布莱希特在艺术活动的各个领域中（戏剧、导演等）广泛运用，表现形式也多种多样，如一帮强盗头领甚至在临刑前还像资本家一样计算借贷、剧中插入并非合乎剧情发展的合唱或独唱（此谓“插曲”）、舞台换景常常开着幕进行、演出中用幻灯把说明打在幕布上等。

“间离效果”理论的来源除创作经验外，无疑是来自黑格尔，布莱希特指出其要点是把以“间离”为基础的认识过程，看成是经过辩证的三段法的过程。他在《辩证法与间离》里写道：“间离是认识（认识—不认识—认识），是否定的否定”。这一公式说明：① 开始时，事物表现为我们习惯、熟悉、可理解的样子（正题）；② 间离使它表现为新的、不寻常的、一段时间内是不习惯、不熟悉、不可理解的（反题）；③ 经过“间离”的三棱镜后，它再度为我们所认识，不过这已是真正为我们所熟悉和理解的高级阶段了（合题）。

作为一个艺术思想家，布莱希特当然反对公式化、说教式、没感情的艺术；而他的剧本及演出的影响，完全可形容为一种“理性的激动”状态：人的思维的尖锐和紧张的活动，产生了几乎不比感应作用差、依然是一种强烈的感情反应。

《大胆妈妈和她的孩子们》

历史剧《大胆妈妈和她的孩子们》作于第二次世界大战刚开始的1939年、布莱希特流亡瑞典期间。剧本故事的时代背景是德国30年战争。主人公安娜·菲尔琳因敢于带着两儿一女，拉着货车随军叫卖，故号称“大胆妈妈”。这个把生活希望寄托于战争的女人，最终却落得家破人亡。剧作似叙述一个在战争中为谋生甚至想发财不怕冒险、不计后果的女人的悲剧。

一、戏剧主题：“大胆”妈妈的不觉悟和观众们的清醒着

剧本虽是一出历史剧，但与欧洲多取材于历史上的帝王将相及其国事活动的传统历史剧不同，布莱希特选择的是一小人物作剧中主角，这样必然带来不一样的结局和主题：他们绝不会是传统的建功立业的英雄，而只能是战争及历史的牺牲品。“大胆”妈妈随军叫卖，不过是想养家糊口，若能走运最好也发点财；但一想到儿子先后离她而去、女儿又被打伤，她又发出对战争的诅咒。她原想用战争养活自己，却不料战争倒毁了她的家庭，而这一点却具教诲意义。“大胆”妈妈是战争的牺牲品，却不知自己又是战争的支持者。“大胆”妈妈始终未能觉悟，丝毫

《大胆妈妈和她的孩子们》

未从遭遇中汲取教训；她经历了这场浩劫，但仍然“不比一只做试验用的家兔对生物学法则的了解多一些”。这样描写主人公让布莱希特受到同是大戏剧家的沃尔夫的责备，但他仍坚持不改；理由是“大胆”妈妈没有觉悟，但观众却清醒着或清醒了。观众不必期望她最后能认识错误，作者也没有义务非得如此描写。布莱希特说得好：“用不到老是把思想放在舞台上展览，应当让观众带着思想走出戏院”，“重要的不是‘大胆’妈妈最终能够觉悟”，“重要的是让观众看清楚一切”。观众没能从“大胆”妈妈口里听到有益的教训，但从她的悲惨经历得到了启发和教育；“大胆”妈妈的盲目行为让观众睁开了眼睛。

二、剧中寓意：“大胆”女商贩和“大胆”妈妈的冲突

《大胆妈妈和她的孩子们》虽是一出历史剧，然而，它在许多方面有两层意义和讽喻作用：大幕拉开，“大胆”妈妈带着三个孩子走向战场，只要能赚到钱，什么灾难也想不到；而到最后一场，这位随军商贩在战争中失去了孩子，实际上也失去了生活中的一切，然而她依然迟钝固执地拉着带蓬大车，沿着她所熟悉的道路走向黑暗和空虚。把这两个场面对照起来看，就会发现剧中隐藏着的这一主题：母性，广义上的生活、快乐、平安、幸福，跟原本不搭界的军事生意是不能共存的；也即“大胆”女商贩是“大胆”妈妈的死敌。这一思想包含在全剧的整个寓意性剧情中。而这一总的寓意也就分成若干小的、个别的比喻；所有描写“大胆”妈妈失去她的孩子的一个个场面，都含有这样的隐喻。确实，剧中每个场面都体现了“大胆”女商贩和“大胆”妈妈的冲突：征兵官能把长子哀里夫带走，是因为“大胆”妈妈此时成了“大胆”女商贩，她在专心出售门环，顾不上作为母性的“大胆”妈妈了；次子施伐兹卡司老实近乎愚昧，需要母亲的特别关照，但在他遇到生命危险时，“大胆”女商贩因正为买卖讨价还价，而不去救他，他等于是被母亲名副其实地卖掉的；至于哑巴女儿卡特琳，两次都是“大胆”妈妈为做生意而没能保护好她，第一次挨打受伤，第二次则被人杀死。

三、隐喻意义：孩子们的行动说话及出生方式

“大胆”妈妈的孩子们也都具有隐喻的特殊意义：哑女不会说话，但她用行动教给会说话的人该如何行动。她在会说话的人讨论该不该救人时，从燃烧的茅屋里救出一个孩子；她在皇家军队围困屠杀哈雷城百姓时不顾会说话的人的阻挠和威胁，爬上茅屋擂鼓报信。一个不会说话的人，用行动说出了善良和正义的人该说出的话。所以，布莱希特在第 11 场的内容提要中将她的行动称之为“石头开始说话”。至于“大胆”妈妈的孩子们的出生，更是一群地地道道的“杂种”，他们所认识的父亲并非生父，而“大胆”妈妈认为这很自然，因为决定这个家庭的不是种族。这已具有影射时代的寓意了，这是作者针对希特勒的“种族政策”的精心构思：长子被母亲称为“芬兰魔鬼”，次子的名字表明他父亲是个瑞士人，而女儿则是由于遭到士兵暴行失去语言能力，是半个德国人，她无法用语言而只有尽可能用行动反抗的方式，表明当时那些遭迫害

的德国反法西斯战士的精神力量和人格品质。

四、歌唱、共时性场景及其他“间离”手法

1. 简洁的内容

剧的副题是“30 年战争纪事”，属纪事体裁，特点之一就是每场戏都有一个内容提要，既诠释剧情又缓解好奇，既交代简洁又调动思维，这实际上是布莱希特教育剧教诲作用的新发展。

2. 歌唱性因素

剧中穿插的歌唱具有打断情节进行的功能，这是该类剧为调动观众的思维能力而采取的一种特殊手段；像贯穿全剧的《大胆妈妈之歌》当然是全剧主题，但它在不同地方出现具有不同作用。

3. 开放的形式

在结构上，全剧的情节构筑或时间安排均未采用传统的环环相扣规则，而是一种无始无终的“松散”状态，剧情发展颇似“大胆”妈妈的那辆时走时停的大篷车。

4. 共时性场景

戏剧在同一时间、同一舞台有两个乃至两个以上的不同场景出现，也即同一场戏里两个故事齐头并进的情形。如第二场同一场面同时出现：一边是“大胆”妈妈在厨房帮厨师为一只阉鸡讨价还价，一边是将军在帐篷里为哀里夫庆功，两边剧情毫不相干，观众从中看到剧中人物看不到的事物，如此手法，可让观众清醒地看戏，而不会陷入盲目性。

参考文献

[1] [法]尼兹·加亚尔. 欧洲史[M]. 蔡鸿滨，桂裕芳译. 海口：海南出版社，2002.

[2] [美]科佩尔·S. 平森. 德国近现代史：它的历史和文化[M]. 范德一等译. 上海：商务印书馆 1989.

[3] 杜美. 德国文化史[M]. 北京：北京大学出版社，1990.

[4] 丁建弘，李霞. 德国文化：普鲁士精神和文化[M]. 上海：上海社会科学院出版社，2003.

[5] 邢来顺. 德国精神[M]. 武汉：长江文艺出版社，1998.

[6] 苏联科学院. 德国近代文学史(上、下)[M]. 福建师范大学外语系编译室译. 北京：人民文学出版社，1984.

[7] [法]斯达尔夫人. 德国的文学与艺术[M]. 丁世中译. 北京：人民文学出版社，1981.

[8] [丹麦]勃兰兑斯. 十九世纪文学主流[M]. 刘半久译第二分册：德国的浪漫派，高中甫译第六分册：青年德意志. 北京：人民文学出版社，1981.

[9] [美]韦勒克. 近代文学批评史(第一卷)[M]. 杨岂深、杨自伍译. 上海：上海译文出版社，1987.

第七章　俄罗斯文学

第一节　概　　述

俄罗斯，全称俄罗斯联邦。位于欧亚大陆北部，是地球上少有的地大物博、自然资源丰富的国家。俄罗斯总人口为 1.452 亿人(2003 年统计)，共有 130 个民族，俄罗斯族占总人口的 82%。其他有鞑靼、乌克兰、楚瓦什、巴什基尔、白俄罗斯、摩尔多瓦等民族。大多数人信奉东正教，少数信奉伊斯兰教、犹太教等。俄罗斯历史悠久，文化遗产丰富，堪称文明教育大国。在历史上，俄罗斯曾产生了数不胜数的文学家、艺术家、科学家、思想家，创造了辉煌的成就。俄罗斯民族是一个对世界产生过重大影响的民族，其历史虽只有 1000 多年，内涵却丰富多彩。

移民扩张的历史潮流

在整个俄国历史上，一个处于支配地位的主题是疆界。俄罗斯民族是一个善于流动的民族，移民扩张是贯穿俄国历史始终的一条线索。俄国通过扩张成为横跨欧亚的国家。从建立国家的那一天起，俄罗斯大致经过了基辅罗斯、鞑靼人统治下的罗斯、莫斯科公国、沙皇俄国、苏维埃共和国和当代俄罗斯六个历史阶段。

一、基辅罗斯(6～10 世纪)

俄罗斯是斯拉夫民族的一支。公元 6 世纪，一些东斯拉夫人的部落联合成立基辅公国。到 9 世纪初，基辅罗斯联合了几乎一半的东斯拉夫部落，成为一个大国。长期以来，东斯拉夫人一直信奉多神教，崇拜祖先，相信万物有灵。基辅大公弗拉基米尔认为，斯拉夫人原始的众神崇拜很不合适，决定采用东正教为国教，大约在 988 年皈依东正教。弗拉基米尔命令捣毁所有异教神像，佩鲁恩的像被挂在马尾上，拖进第聂伯河。基辅公国的全体居民，都到第聂伯河去集体受洗，这就是历史上有名的“罗斯受洗”。“罗斯受洗”使俄罗斯接触到当时最先进的欧洲基督教文明。基辅罗斯存在了 300 多年，它是古罗斯民族的摇篮，后来形成俄罗斯、乌克兰和白俄罗斯三个民族。

二、鞑靼统治(1240～1480)

1227 年成吉思汗去世。他的孙子拔都于 1236 年率部远征欧洲，首先经乌拉尔向罗斯进攻，征服了罗斯全境、波兰和匈牙利。进攻捷克受挫后返回罗斯，建立“金帐汗国”。从 1240 年到 1480 年，蒙古鞑靼人统治罗斯各国达 240 年之久。蒙古人的入侵和统治使俄罗斯民族还在胚胎时期就注入了东方文化的血液。

三、莫斯科公国(1147～1547)

莫斯科建于1147年,弗拉基米尔大公尤里·多尔戈鲁基是其奠基人。他头戴战盔、身披铁甲、左手持盾、双腿跨马的纪念像一直矗立在莫斯科市中心特维尔大街中段莫斯科市政府前面的广场上。莫斯科公国建国之初,地不过数百平方千米。但俄罗斯人的确是侵略扩张成性,莫斯科公国刚一建国,就拉开了长达数个世纪的扩张。在位43年的伊凡三世结束了鞑靼人对俄罗斯的统治,14～15世纪建立了以莫斯科公国为中心的俄罗斯帝国。莫斯科公国最后国土面积达到43万平方千米,成为东欧强国。

四、沙皇俄国(1547～1917)

伊凡四世1547年在克里姆林宫乌斯宾斯基大教堂加冕为俄国第一个沙皇。"沙皇"即皇帝,由罗马皇帝"恺撒"一词截半转音而来,以此表示对罗马执政者的崇敬和自己企图统治世界的野心。

彼得大帝

1689年,彼得一世夺得政权,从此开始了雷厉风行的改革。这位身高2米多的皇帝是俄罗斯历史上思想最开放、最富有改革精神的帝王。1697年,彼得派遣一支使团出使西欧,他化名扮成随员秘密出国游历出访。他先后到了资本主义最发达的荷兰和英国,参观造船厂、博物馆,旁听议会,考察民风国俗。他对俄国政治、经济、军事、教育和文化进行了大刀阔斧的改革。1700年彼得发动了"北方战争",一举击败瑞典,夺取了俄罗斯通向北方的出海口,并在此创建了今日的圣彼得堡城。1721年,彼得一世被尊称为彼得大帝,俄国国号正式定为俄罗斯帝国。

叶卡捷琳娜女皇

1762～1796年在位的叶卡捷琳娜二世是彼得大帝改革的继承者,在位期间,俄罗斯帝国达到极盛。至20世纪初,当年数百平方千米的莫斯科公国,以惊人的速度扩张成为面积超过2200万平方千米的大帝国。

在俄国的历史进程中,19世纪和20世纪是俄罗斯成为欧洲大国、强国的年代。1812年,俄罗斯军民打败了入侵的拿破仑军队,阻止了拿破仑妄图统治世界的野心。伴随着反拿破仑卫国战争的胜利,自由主义思想引进俄国的社会意识,开始了俄国民族启蒙运动。1825年12月14日,一批贵族出身的爱国志士在彼得堡参政院广场发动起义,要求沙皇改变政体,实行立宪,废除农奴制,这就是著名的"十二月党人起义"。参加起义的有3000名士兵和30名军官,但遭到沙皇政府的残酷镇压。十二月党人起义标志着俄国革命运动的开始。1853年2月,尼古拉一世因内政外交的失败而服毒自杀。其长子亚历山大二世即位后,于1861年签署了废除农奴制的宣言和法令,加速了资本主义的发展。但19世纪中期以前,俄国资本主义经济发展一直受到封建农奴制的束缚。

五、苏维埃共和国(1917～1991)

19世纪80年代,马克思主义传入俄国并逐渐与工人运动相结合,无产阶级革命运动兴起。1917年俄历10月24日夜晚,列宁秘密来到斯莫尔尼宫亲自领导起义。经过浴血奋战,彼得格勒武装起义取得了胜利,建立起俄罗斯苏维埃联邦社会主义共和国,世界上第一个社会主义国家——苏联诞生了。1924年列宁逝世后,斯大林掌握党和国家领导权,国内实行大规模集体化运动和工业化运动,这为苏联打下了雄厚的经济基础。1941年法西斯德国入侵苏联,苏联参加第二次世界大战,展开伟大的卫国战争。莫斯科保卫战、斯大林格勒战役,全体苏联人民英勇抵抗,赢得卫国战争的胜利。

到第二次世界大战结束以后,苏联已经成为世界一流强国,它被西方政治家称为继美国之后的另一"超级大国"。苏联联合10多个社会主义国家,组成一个社会主义阵营,形成一支十分强大的国际政治力量。

第一次世界大战结束后,维护了祖国自由独立的苏联开始战后的恢复和建设,苏联在短期内经济迅速发展。但是从1929年开始,斯大林作为绝对独裁者统治着党和国家。为了防止反对派形成,他进行了"大清洗"。斯大林的个人专制统治,使苏联体制逐渐僵化。20世纪50年代,赫鲁晓夫在斯大林死后推行的改革仍然是在僵化的教条主义理论指导下进行的,改革不成功。60年代保守的勃列日涅夫上台后苏联又经历了一段停滞时期。

六、当代俄罗斯(1991～　)

戈尔巴乔夫

1985年戈尔巴乔夫当选为前苏共中央总书记。在戈尔巴乔夫的"人道的民主的社会主义"思想指导下,苏联进行经济、政治改革,而改革犹如打开了泄洪的闸门,却没有能力控制洪水泛滥。1990年,立陶宛、爱沙尼亚和拉托维亚先后宣布独立,苏联其他各加盟共和国的离心倾向也迅速增强。为了保住苏联,1991年5月,戈尔巴乔夫和15个加盟共和国领袖达成协议,同意组成"新苏联"。然而在苏联行将毁灭的时候,几位试图维护苏联本来联盟体制、避免苏联解体的政治家于1991年8月19日发动事变,这是在悬崖边上挽救苏联的最后一次尝试,但仅仅两天就宣告失败。1991年叶利钦任总统后,以建立经济强国为主要内容的经济改革开始了俄罗斯从计划经济体制向市场经济体制转轨的时期。由于政策与俄罗斯的现实脱节,也宣告失败。而叶利钦个人独权制愈演愈烈。70年历史积累下的各种矛盾,加之东欧剧变的国际影响,苏联自身发动的改革最终没能够继续。1991年12月25日,随着飘扬了74年的苏联国旗的徐徐落下和三色旗的升起,苏联宣布解体。

1999年12月31日,普京出任代总统并登上俄罗斯权力巅峰。普京通过加强中央权力,稳定国内政局;通过调整经济改革方向,促进经济持续复苏;通过明确外交战略,取得了外交上的新突破。但是,在巩固俄政局稳定、进一步扩大经济复苏势头以及处理好俄美关系等方面,普京仍面临重大挑战。

古代文学

在俄罗斯艺术文化中，俄罗斯民族的创作才能在文学领域体现得最为充分和鲜明。古代罗斯文学给古代俄罗斯人民留下了丰富的民间口头创作。勇士歌、童话、歌谣、谚语等反映了古代人民的生活和期望，是书面文学的重要源泉。

古俄书面文学的第一部著名作品是12世纪末无名诗人所写的英雄史诗《伊戈尔远征记》。史诗记述了罗斯公国伊戈尔公征讨草原游牧民族波洛夫人的真实历史。这部作品直到18世纪末才被人发现。《伊戈尔远征记》充分运用了罗斯民间口头创作中英雄歌谣、历史歌谣和仪式歌谣中常用的艺术手段，集中保存了民间文学的精华，又开了书面文学的先河，具有很高的艺术价值和文化价值。在《伊戈尔远征记》产生之后的600年中，俄罗斯文学领域异常寂寞，唯有修道士写下的编年史、圣徒传、历史故事等文史杂糅、虚实难分的作品。

《伊戈尔远征记》

18～19世纪交替时期的文学

18世纪由于彼得改革，具有近代意义的俄罗斯新文学开始出现。30年代起的古典主义和80年代的感伤主义文学都具有启蒙性质。启蒙文学的代表者是开明进步的贵族知识分子，他们的创作为俄罗斯文学开创了新局面。

罗蒙诺索夫(1711～1765)是俄国古典主义文学和俄罗斯民族文学的奠基人，卡拉姆金(1766～1826)是感伤主义文学的代表。冯维辛(1744～1792)的喜剧《纨绔少年》(1792)通过外省农奴主家庭寄生虫的罪恶生活，暴露了农奴制的腐朽，宣传了“奴役和自己相同的人是不合法的”启蒙思想。拉季舍夫的名作《从彼得堡到莫斯科的旅行》(1790)用的是感伤主义最流行的体裁，然而他所描写的“景”却是农奴制下农村的悲惨世界，抒发的“情”是“只有自由才能使国家繁荣”的革命热情，体现了俄国启蒙文学所能达到的思想和艺术的高度。

19世纪初，同1825年十二月党人起义前后错综复杂的社会状况相适应，文学中各种流派和思潮纷然并立。先有追求内心自由和谐的浪漫派鼻祖茹科夫斯基(1783～1852)，后又涌现反对暴政、颂扬自由的积极浪漫主义诗歌，如十二月党诗人雷列耶夫(1795～1826)的《致宠臣》(1820)、《公民》(1825)等。此时，现实主义文学方始：克雷洛夫(1768～1844)的寓言表现社会弊端和民族智慧；格里鲍耶陀夫(1795～1829)的喜剧《智慧的痛苦》(1824)通过对保守反动势力的斗争，刻画出一个反映十二月党人革命情操的20年代贵族知识分子恰茨基的形象。

19世纪批判现实主义文学

与19世纪西欧批判现实主义文学相比，俄国文学后来居上，不仅在作家和作品数量上超过了西欧，在不同的体裁领域也都取得了骄人的成绩，从而使俄国文学走在了欧洲前列。

普希金(1799～1837)是俄罗斯现代文学语言的创始者，现实主义文学的奠基人。普希金于1799年6月6日诞生于莫斯科一个古老的贵族家庭，父母拥有丰富的藏书并与许多文学名流结为朋友。1815年，普希金在公开考试中朗诵《皇村回忆》，主考的著名老诗人杰尔查文听得声泪俱下，普希金从此成名。1820年，写成长篇童话叙事诗《鲁斯兰和柳德米拉》，首创性地把民间故事和民间语言引入诗歌。1820～1826年，普希金因他诗歌的广泛流传而被沙皇政府流放南俄。其间创作了《高加索俘虏》、《强盗兄弟》、《茨冈人》等浪漫主义叙事长诗，长篇诗体小说《叶甫盖尼·奥涅金》(1823)，并写了强调人民力量的历史剧《鲍里斯·戈都诺夫》，该剧是俄国第一部真正的悲剧。30年代普希金以别尔金署名发表后编入《别尔金小说集》的五个短篇，成为俄国短篇小说的典范，标志着俄国现实主义散文小说的开端。其中描写驿站长维林悲惨命运的《驿站长》(1830)，塑造了俄国文学中第一个"小人物"形象，首创了俄国现实主义文学同情关怀"小人物"的传统，他的长篇小说《上尉的女儿》(1836)刻画了农民起义领袖普加乔夫形象。他还写了优美隽永的童话诗《渔夫和金鱼的故事》。

普希金

《叶甫盖尼·奥涅金》

在普希金丰厚的创作成果中，流传最为广泛的是他的抒情诗。普希金的800多首抒情诗的最大特色在于张扬时代精神，紧密联系现实。《自由颂》、《致大海》等名篇都能让人感受到一种崇高美。诗体小说《叶甫盖尼·奥涅金》是普希金创作中最重要的作品，它通过描绘贵族上流社会的日常生活，成功地塑造了具有广泛意义的典型——"多余人"形象奥涅金。所谓"多余人"是一批对生活厌倦，对现实不满的贵族青年精神蜕变的产物，是一批徒有叛逆的愿望而最终未能成为叛逆者的聪明的废物。他们由于一无所能而一事无成，在生活中找不到位置而被称为"多余人"。在十二月党人之后，贵族阶级再也不可能出现英雄人物，普希金通过奥涅金形象预言了贵族阶级的历史命运。在普希金之后，"多余人"典型在莱蒙托夫的《当代英雄》、赫尔岑的《谁之罪》、屠格涅夫的《罗亭》和冈察洛夫的《奥勃洛莫夫》中相继出现，构成了一个形象系列。《叶甫盖尼·奥涅金》广泛而深刻地再现了俄国的社会生活，被别林斯基称为"俄罗斯生活的百科全书"。

普希金富有开创精神的一生使他赢得了"俄罗斯文学之父"的盛誉，成为俄罗斯民族永远引以为荣的艺术之神和民族之魂。

果戈理

19世纪上半叶，俄国批判现实主义文学最重要的代表是果戈理(1809～1852)。早期的短篇小说《狂人日记》继承并发扬了普希金描写"小人物"的传统。讽刺喜剧《钦差大臣》(1836)运用夸张的手法表现社会冲突，塑造了喜剧人物赫列斯答科夫的形象。长篇小说《死魂灵》是他的代表作，描绘的是一幅俄国农奴制社会的讽刺画，塑造了五个个性鲜明的地主形象和一个具有新兴资产阶级特征的投机家乞乞科夫的形象。《死魂灵》由情节小说发展为性格小说，标志着俄国现实主义的进一步成熟。他善于发现生活中可笑而又可悲的因素，在令人捧腹的笑背后蕴藏着深切的悲哀，这种风格被称为"含泪的笑"。

《钦差大臣》

冈察洛夫(1812～1891)的小说反映了俄国社会的变化。代表作《奥勃洛莫夫》塑造了俄国文学史上最后一个"多余人"形象。奥勃洛莫夫是受过良好教育、头脑聪明的贵族青年,但他优柔寡断,喜欢空想而懒惰成性,没有从事实际活动的能力;他总是整天躺在床上或沙发里昏睡,甚至做梦也梦见自己在睡觉,最后在睡梦中死去。这个人物身上表现出来的特点被称为"奥勃洛莫夫性格"已成为消极懒散、不劳而获、不求进取的代名词。

屠格涅夫(1818～1883),这位出身于贵族家庭却富于民主主义理想的作家,是当之无愧的风景描写大师。他的成名作《猎人笔记》(1852)由24篇各自独立的随笔组成,用清新朴实的笔调,再现了19世纪农奴制下俄国农村生活中一个个具有鲜明色彩的故事,赞美了普通农民的高尚美好的心灵,揭露鞭挞了农奴主的残暴和自私。而作为故事的组成部分,其中的景物描写,集中体现了屠格涅夫超越丹青妙手的卓越能力。他写有六部长篇小说《罗亭》(1856)、《贵族之家》(1858)、《前夜》(1859)、《父与子》(1861)、《烟》(1867)、《处女地》(1877),及时、准确而又生动地反映了俄国社会从40年代到70年代的变迁,在俄国文学中第一个塑造了"新人"——平民知识分子革命者形象。

屠格涅夫

19世纪70年代以后俄国批判现实主义文学逐渐走向高峰阶段。这个时期最有代表性的作家是陀思妥耶夫斯基、托尔斯泰和契诃夫。

陀思妥耶夫斯基

陀思妥耶夫斯基(1821～1881)是俄国19世纪文坛上享有世界声誉的小说家。他以40年代发表的小说《穷人》引起文学界的重视。60年代以后发表了《被欺凌与被侮辱的》(1861)、《罪与罚》(1866)、《白痴》(1868)、《卡拉马佐夫兄弟》(1880)等长篇小说。他的作品描述了城市贫民的悲惨命运,揭示了人们在金钱势力支配下复杂而又痛苦的感受,显示了作家洞察和刻画人们心理活动的才能。但他的作品也表露了他思想上的矛盾——真挚地同情生活毫无保障的下层人民,热烈地向往道德高尚的美好生活,却找不到通往理想境界的道路,只希望凭借宗教信仰的威力,在容忍和顺从中去寻求解脱。

陀思妥耶夫斯基是一位在艺术上大胆探索、标新立异的作家,他的创作影响远远超出俄国。20世纪现代主义作家们从他的风格特异的创作中汲取到灵感和营养,把陀思妥耶夫斯基奉为先驱和导师,把他的作品奉为经典和圭臬。

列夫·托尔斯泰是一个伟大的文学家和有着巨大影响的思想家,他的创作是批判现实主义的顶峰之一。他的作品成为"俄国革命的一面镜子"和令全世界仰视的艺术丰碑(见本章第二节)。

契诃夫(1860～1904)是19世纪末20世纪初影响深远的现实主义作家,主要创作成就在短篇小说和戏剧方面。他的短篇小说文笔精练,形象鲜明,思想深刻,通过细小的故事情节,或表现劳动人民的悲惨生活(《苦恼》、《万卡》等),或揭发专制警察制度下忠实奴仆的愚蠢与专横(《变色龙》等),或讥笑小市民的庸俗习气(《醋栗》等),或暴露知识分子生活的空虚(《跳来跳去的女人》等),或反映社会的黑暗(《第六病室》、

契诃夫

《套中人》

《套中人》等)，都能收到以小见大的社会效果。90 年代，契诃夫创作出的短篇小说《套中人》，集中刻画了中学希腊语教师别里科夫，他是一个沙皇政府官方法令的忠实信奉者、自由和首创精神的刽子手、告密的小人。别里科夫极力“把自己包在一层外壳里”，总给自己制造一个套子，无论出门时是什么天气，他总要打上雨伞、穿上雨鞋和厚实的棉大衣。他的全部环境、用具都用套子套上。这种阴暗的形象，是一个典型的黑暗势力的代表。通过别里科夫的形象反映出沙皇政府走狗们的突出特征。契诃夫的戏剧作品有《海鸥》、《万尼亚舅舅》、《三姊妹》、《樱桃园》等，大多反映 19 世纪 80 年代至 1905 年革命前夜俄国知识分子的不幸命运以及他们对健康生活的憧憬和朦胧追求。在契诃夫的小说和戏剧里，向我们展示的常常是普通人平淡的日常生活，但契诃夫要告诉我们的是：我们应该做一个有精神追求的人。他的文字包含着忧郁，流淌着哀愁，却又不失希望的光芒。

20 世纪苏联文学

20 世纪苏联文学的历史走过了一条曲折的道路，经历了巨大而深刻的变化。

20 世纪初，知识界开始大量引入以“重估一切价值”为特点的现代西方社会哲学思潮以及象征主义、未来主义等新的文艺思潮，于是俄国象征主义、“阿克梅派”、未来主义及具有自然主义倾向的作家先后出现，同变化发展的现实主义一起，构成了多种思潮和流派并存的文坛新格局。

象征主义是这个时代最先出现的文学新流派。俄国象征主义诗作往往以幻想的彼岸世界反衬现实的黑暗，着重表现孤独、悲愁、厌世的情绪，勃留索夫(1873～1924)和勃洛克(1880～1921)是象征派的代表人物。勃留索夫于 1894、1895 年发表的诗文集《俄罗斯象征派》(三卷)宣告了这一派别的诞生。勃洛克成果较丰，主要作品有《美妇人诗集》(1901)、《意外的喜悦》(1907)等。十月革命后，勃洛克创作长诗《十二个》，诗中十二名在夜晚巡逻的赤卫队员与寻找耶稣的十二使徒相对应，作者用整体象征手法抒写了革命的圣洁和斗争的严酷。

“阿克梅派”是在象征派内部发生争论之后出现的。“阿克梅”一词源于希腊文，意为“顶峰”。这一派诗人认为最高的“自我价值”在尘世，追求艺术表现的明朗化和清晰度。但他们又声称不介入现实的矛盾冲突，而是从“纯艺术”的观点品味人生。其中阿赫玛托娃(1889～1966)是阿克梅派中创作活动持续时间最长、成就最高的诗人，被公认为 20 世纪世界最伟大的诗人之一。人们把她同“俄罗斯诗歌的太阳”普希金相提并论，称她为“俄罗斯诗歌的月亮”。最重要的作品是组诗《安魂曲》(1934～1940)。

阿赫玛托娃

马雅可夫斯基(1893～1930)是苏联未来主义诗歌代表人物，20 世纪最伟大的诗人之一。他借鉴法国诗人阿波里奈的楼梯式诗行排列法，结合俄语重音诗的特点，改造格律和韵律，下苦功夫提炼词和句，巧妙地把革命口号融进诗句，赋予抒情诗以极大的鼓动性。马雅可夫斯基被公认为苏维埃时代的第一位革命诗人，他的代表作有抒情诗《向左进行曲》、《苏联护照》等。长诗《列宁》(1924)和《好！》(1927)则是他最重要的作品,前者讴歌列宁的雄才胆略和对历史的科学预见,后者赞美十月革命。

新一代现实主义作家在继承前人的基础上锐意创新,把20世纪的现实主义文学带入更广阔的境地。俄罗斯批判现实主义小说传统通过库普林(1870～1938)和布宁(1870～1953)两位跨世纪的作家从19世纪向20世纪延伸。布宁的小说,或以“严峻的真实”描写俄国农村和农民的世界,或以凄婉的笔调勾画出贵族庄园的没落和旧俄国社会的解体,为贵族阶级黄金时代的消逝吟唱深情的挽歌。代表作有《安东诺夫卡苹果》(1900)、《乡村》(1910)。中篇小说《乡村》广泛地描写了1905年革命期间的俄国乡村生活,多角度地传达出那个深刻变动的历史时代的社会气氛,冷峻地揭示出了农民的贫困和他们粗俗、野蛮、猥琐、冷漠和愚昧的精神心理特征,在文学史上具有开风气之先的意义。布宁于1933年获诺贝尔文学奖,这是俄罗斯作家第一次获此殊荣。

高尔基是这一时期现实主义文学的杰出代表(见本章第三节)。

苏联作家从20世纪20年代起,以社会主义现实主义方法写出了一批反映社会主义革命和社会主义建设成就以及卫国战争的优秀作品,如富尔曼诺夫的《恰巴耶夫》(又名《夏伯阳》)(1923)、绥拉菲莫维奇的《铁流》(1924)、法捷耶夫的《毁灭》(1927)和尼古拉·奥斯特洛夫斯基的《钢铁是怎么炼成的》(1931)等。这些作品把人类历史上一次伟大的壮举,即劳动者为自身解放而英勇斗争的情景,实实在在地、多姿多彩地描绘出来,具有特殊的艺术价值。阿·托尔斯泰(1883～1945)的代表作《苦难的历程》三部曲(1921～1941),在第一次世界大战前夕至国内战争时期复杂阶级斗争的背景上描写俄国知识分子的命运,写出了俄国资产阶级知识分子在探索中走上革命道路的艰苦历程。

而肖洛霍夫(1905～1984)是苏联时代最杰出的作家之一,他以描写顿河哥萨克的生活和命运而闻名于世。他的创作构成了一个独特的艺术世界,是贯穿从孕育诞生到解体前夕整个苏维埃时代百年时事的宏伟篇章。

肖洛霍夫

1905年肖洛霍夫诞生在顿河维约申斯克镇。肖洛霍夫说:“我是在劳动哥萨克的环境里长大的。”哥萨克原意为“自由的人”、“勇敢的人”。15～17世纪,大批农奴不堪地主和沙皇压迫,从俄罗斯内地逃到顿河草原落户,这些逃亡的农奴及其后代,便称为哥萨克。

熟悉顿河哥萨克生活的肖洛霍夫以《顿河故事》开始了文学生涯。他在1928～1940年间发表了四卷集的史诗性长篇小说《静静的顿河》。小说反映了从第一次世界大战到国内战争时期的重大历史事件,表现了动荡年代哥萨克人在革命中走过的曲折路程。《静静的顿河》可以当之无愧地被称作是哥萨克社会历史的一面镜子。作者在书中塑造了许多体现历史前进方向的革命者、布尔什维克、红军指战员的形象,着重描写了在新政权和旧政权、红军和白军、新世界和旧世界斗争过程中,以葛利高里为代表的哥萨克劳动人民走向新生活的艰难曲折的历史道路和他们中的许多人充满迷误、痛苦的悲剧命运。肖洛霍夫用

《静静的顿河》剧照

笔力深厚的现实主义手法，使塑造的哥萨克农民形象达到了一个新的艺术高度，加上作品对人、社会、自然的和谐描写，把作品推向了艺术之真的至悲至美的极境。1956年和1957年之交，肖洛霍夫发表短篇小说《一个人的遭遇》，小说对战争和人的命运的深刻思考以及描写普通人形象的问题，对苏联当代文学尤其是战争文学产生了深远的影响。1965年，肖洛霍夫以《静静的顿河》获诺贝尔文学奖。

50年代初，苏联社会政治生活发生重大变化。1954年，老作家爱伦堡（1891～1967）发表中篇小说《解冻》，宣告20世纪俄罗斯文学革新时代的开始。经由对“无冲突论”的批判，强调积极干预生活，文学中的人道主义、现实主义传统得以回归。影响较大的作品有帕斯捷尔纳克（1890～1960）的长篇小说《日瓦戈医生》（1957），索尔仁尼琴（1918～　）的中篇小说《伊凡·杰尼索维奇的一天》（1962），邦达列夫（1924～　）的长篇三部曲《岸》（1975）、《选择》（1980）、《人生舞台》（1985）。

尤里·瓦西里耶维奇·邦达列夫是当代俄罗斯著名作家，战争文学领域中的开拓型作家。他本人在17岁从中学课堂直接踏上反法西斯战场，在血与火的漩涡中经受过严酷的考验。他以描写士兵和基层军官在战争第一线的感受，首创反映战壕真实的作品，如《最后的炮轰》（1959），从而在众多的战争文学作品中脱颖而出。追随他的有整整一批“前线一代”作家，其中优秀作家有《活到黎明》的贝科夫、《这里的黎明静悄悄》的作者瓦西里耶夫等。

邦达列夫的作品，烙有一种无法言说的“在爱中忧伤”的印记，包括他的名作《岸》、《热的雪》、《选择》等。苏联解体后，俄罗斯社会的价值观也在急剧转换与重构之中。邦达列夫身在漩涡之中，依然坚持与古典文学一脉相承的文学观。他清楚地理解并坚持俄罗斯文学的某些独特品性，例如悲悯感、负罪感、对心灵孜孜不倦的探寻、对道德的思考等。

《日瓦戈医生》

帕斯捷尔纳克是苏联著名的诗人、小说家，出身于艺术气氛浓厚的家庭，从小受家庭熏染，对欧洲文学艺术造诣很深，精通英、德、法三国语言。他的代表作《日瓦戈医生》是20世纪俄罗斯文学中最杰出的作品。小说在自1905年革命到20年代末这样一个较大的时间跨度上，以十月革命为中心事件，描述了主人公日瓦戈似乎是庸庸碌碌，实际上却充满着辛酸与痛苦思考的一生，着重表现其根深蒂固的人道主义观念及其与那个血与火时代的悲剧性精神冲突。作品同情、肯定主人公的精神追求和社会道德理想，经由他的遭遇反映了十月革命前后俄罗斯一代知识分子的共同命运，既是一部知识分子命运的艺术编年史，又堪称一部通过个人命运而写出来的社会史。小说的女主人公拉莉莎是作家为俄罗斯文学提供的又一优美动人的女性形象。穿插于作品中的关于历史、时代、艺术、人的灵魂、民族性格以及真善美的议论，使小说具有丰富的思想内涵和浓郁的哲理色彩。1958年，帕斯捷尔纳克因这部作品获得诺贝尔文学奖。

第二节　列夫·托尔斯泰

列夫·尼克拉耶维奇·托尔斯泰（1828～1910）以卓越的艺术技巧辛勤创作了“世界文学中第一流的作品”，是“最清醒的现实主义”的“天才艺术家”。

生平与创作

一、“浩瀚的海洋”

列夫·托尔斯泰于1828年9月9日出生在莫斯科郊外的雅斯纳亚·波良纳庄园，后来继承了伯爵爵位。他从小父母双亡，由姑母监护成人。他曾入喀山大学学习，因对学校教育不满自动退学。1851年，他以志愿兵的身份赴高加索服役，后参加了克里米亚战争中的塞瓦斯托波尔战役，1856年退伍回家。托尔斯泰一生的大半时间是在雅斯纳亚·波良纳庄园度过的。他享年82岁，创作活动持续60年，所写下的作品和日记、书信汇编成厚厚的16开本共91卷。作品所描写的重大事件包括从1805年俄奥联军对抗拿破仑的申·格拉本战役和奥斯特里齐战役直至1905年俄国第一次资产阶级民主革命，即整整一个世纪的历程；所塑造的人物单单在《战争与和平》中就有599个……用浩瀚的大海来比拟这位文学巨匠的创作规模和气魄丝毫不为过。

列夫·托尔斯泰

二、“心灵的辩证法”

1851～1862年，这是托尔斯泰探索、实验和成长的时期。

19世纪50年代，托尔斯泰在高加索入伍期间开始了文学创作。处女作《童年》(1852)在《现代人》杂志发表，它与后来作家写就的《少年》(1854)和《青年》(1857)构成了自传体三部曲。三部曲描写贵族少爷尼古林卡从童年到青年的成长过程，表现了主人公既受贵族偏见影响又不满贵族虚伪道德，经常洗涤灵魂、探求人生真谛的精神探索。尼古林卡是托尔斯泰笔下第一个自传性的人物形象。这部小说开始了托尔斯泰创作的第一个重要主题，即探索个人道德和自我完善。1856年，中篇小说《一个地主的早晨》发表。这部小说以作家自己退学后在农庄中尝试改革的亲身体验为基础，写了青年地主聂赫留道夫在庄园中的改革与失败以及农民赤贫的生活状况。聂赫留道夫是一个探索者形象，他身上反映了当时托尔斯泰思想的主要特征。小说开始了托尔斯泰创作的第二个重要主题：探索如何解决地主与农民之间的矛盾。

1863年，诗情洋溢的中篇小说《哥萨克》发表，小说塑造了一位既厌恶贵族上流社会，又寻求不到归宿的自传性主人公奥列宁的形象。作者通过他表达了对俄国社会问题和贵族出路问题的苦苦思索。艺术上，《哥萨克》开始从对人物心理的细致刻画转向客观地描绘现实生活的宏阔场面，这就为史诗性巨著《战争与和平》的创作做了准备。

在文学批评家车尔尼雪夫斯基看来，托尔斯泰心理分析的特点在于他不仅善于描写心理过程的开始与终结，而且善于描写作为人的“心灵的辩证法”的全过程，所以他归纳出托尔斯泰早期创作的两个特点是“主人公道德感情的纯洁性”和“心灵的辩证法”。

三、“文学的泰斗”

1863～1880年，这是托尔斯泰才华得以充分施展、艺术渐近炉火纯青之境的时期，也是思想上紧张探索的时期。

1861年的农奴制改革不可能解决社会的基本矛盾，那么以后怎么办？1861年之后由谁来主宰俄国的命运？他试图写十二月党人的事迹，但构思未能实现。循着这条思路，他上溯到俄罗斯民族意识大觉醒的时代——1812 年反拿破仑入侵的卫国战争。宏伟的史诗性的长篇小说《战争与和平》就在这种深沉的历史意识和汹涌的创作激情中诞生了。这部巨著共 4 部 12 卷，囊括了 1812 年卫国战争前后 15 年的全部的重大事件。

70 年代以后，随着俄国资本主义的发展，青年一代身上个性解放的意识日益苏醒。作为社会细胞的家庭，敏锐地反映出社会道德观念的变动。作为道德家的托尔斯泰写下《安娜·卡列尼娜》(1873～1877)，19 世纪后半叶俄国社会的许多重大问题都在其中被提了出来，对爱情、婚姻、家庭、妇女等问题进行了探索。托马斯·曼把《安娜·卡列尼娜》称作"全部世界文学中最伟大的社会小说"。

小说有两条情节线索——安娜的故事和列文的故事结构情节。长期得不到爱情与家庭幸福的贵妇安娜与青年军官渥伦斯基相爱而结合，受到上流社会的排斥，后来渥伦斯基对她渐渐冷淡，她终于绝望而卧轨自杀。这条线索探讨爱情、婚姻、家庭和妇女等伦理道德问题；庄园贵族列文与公爵小姐吉提的爱情波折和幸福婚姻，通过列文对宗法制庄园经济的出路和人生意义的探索，反映经济、政治、宗教、哲学等问题。安娜与列文两位主人公的不同命运提出了一个共同的问题：活着为什么？两条情节线索就在这一点上结合起来。

安娜是个追求个性解放的贵族妇女形象，她的悲剧从本质上说，是贵族上流社会的冷酷与伪善造成的。托尔斯泰在这部小说中再次展现了他的"心灵的辩证法"的特色，他以描写心理变化全过程的手法表现安娜的一生，写出了这个过程的每一次剧变的始末，写出了心理瞬间变化在外部表情和举止上的反映。这部小说一再被改编成电影或电视剧，广为传播。

四、"最后的忏悔者"

1881～1910 年的后期创作，托尔斯泰完成了他世界观的转变，转到宗法制农民的立场上来看待社会问题。他在这个时期写的大量的政论可以证明这一点，如《我的信仰是什么》(1884)、《教会和政府》(1886)、《那么我们该怎么办》(1886)、《天国在您心中》(1893)等。托尔斯泰以大半辈子的阅历终于感悟到贵族阶级已沉疴不起，由这个阶级支撑的沙皇专制制度崩溃在即。但是，信奉基督教义的托尔斯泰不赞成暴力与流血，不赞成革命，而主张以每个人的"道德自我完善"来拯救世界，这就是所谓的"托尔斯泰主义"。这在他以往的作品中早有表现，而在最后一部长篇小说《复活》(1889～1899)中更加得到集中反映。作家首先以人民的名义审判了"审判者"，撕下了那些高坐在审判席上的沙皇官僚、官方教士、贵族代表们的假面具，剖析他们的肮脏灵魂，而更为深刻的审判则在男主人公聂赫留道夫的心灵中进行。聂赫留道夫是一个为自己和本阶级的罪恶而忏悔的形象。

《复活》

卡秋莎·玛丝洛娃形象丰满、真实，在俄国文学史上的女性画廊中独具一格，其典型意义也是深刻的。作品正是通过卡秋莎和她的不幸遭遇，反映了"一直到最深的底层都在汹涌激荡的伟大的人民的海洋"(列宁语)。在形象体系中她与聂赫留道夫相辅相成，体现了作品的主题。男女主人公生活的转折都取决于对待永恒法则——上帝的真理的态度，因此，他们后来的精神复活，首先是皈依上帝，恢复对善和爱的信念。聂赫留道夫通过忏悔和赎罪，卡秋莎通过宽恕对方，恢复爱的途径。《复活》是托尔斯泰思想、宗教伦理和美学探索的总结性作品。

除了以上三部巨著之外，托尔斯泰庞大的艺术创作工程中还有《袭击》(1851)、《伐林》(1854)、《琉森》(1857)、《三死》(1859)、剧本《黑暗的势力》(1886)、《教育的果实》(1891)，中篇小说《魔鬼》(1911)、《伊凡·伊里奇之死》(1886)、《克莱采奏鸣曲》(1891)、《哈泽·穆拉特》(1886～1904)、短篇小说《舞会之后》(1903)等。

托尔斯泰在生命的最后日子里对自己生活与思想的矛盾愈发不安，秘密出走，1910 年 11 月 7 日，他在一个名叫阿斯塔波瓦的火车站因病离开了世界。

托尔斯泰墓

托尔斯泰思想中充满着矛盾，这种矛盾正是俄国社会错综复杂的矛盾的反映，是一个富有正义感的贵族知识分子在寻求新生活中，清醒与软弱、奋斗与彷徨、呼喊与苦闷的生动写照。托尔斯泰是矗立在 19 世纪世界文坛上的一座高峰，他的作品，尤其是他的三部长篇小说《战争与和平》、《安娜·卡列尼娜》和《复活》在全世界范围内拥有最广大的读者。作为作家，他是伟大的；作为人，托尔斯泰也同样称得上真正的伟大。

他被公认为世界文学的泰斗。

《战争与和平》

1863～1869 年托尔斯泰创作了长篇历史小说《战争与和平》，这是其创作历程中的第一个里程碑。《战争与和平》不仅是托尔斯泰的代表作，也是世界文学史上描写战争最伟大的作品。英国作家毛姆及法国作家罗曼·罗兰称赞它是“有史以来最伟大的小说”，“是我们时代最伟大的史诗，是近代的《伊利昂纪》”。

一、基本情节

《战争与和平》以俄国 1812 年卫国战争为中心，概括了从 1805 年到 1820 年的重大历史事件。该书以包尔康斯基、别祖霍夫、罗斯托夫、库拉金四大贵族家庭的生活作为情节发展的线索，通过在战争与和平生活中各种人物的活动，深刻而广泛地揭示了这一时期的各个阶级、各个阶层的生活状况，各种人物的心理状态及他们对待卫国战争的态度。小说热情歌颂了在正义战争中真正的爱国英雄——人民，并描写了两种类型的贵族，一类是贵族的叛逆者，另一类是腐朽的贵族，他们在卫国战争中有着截然不同的表现。小说涉及到大量社会问题，如战争与和平问题、历史人物的作用问题、农民问题、妇女问题等等，这些问题相互穿插，各有指向，使小说题旨出现“百川汇流式”的丰富性。因此，《战争与和平》是一部具有较高思想价值的社会历史小说。

《战争与和平》插图

二、“人民的思想”

托尔斯泰描写了以库拉金一家为代表的堕落贵族，以罗斯托夫一家为代表的老派庄园贵族，以包尔康斯基一家为代表的贵族精英，以彼埃尔·别祖霍夫为代表的在战争中脱胎换骨的觉醒者，所有人物都在战争中显露出自己的面目和最深层的心理活动。托尔斯泰在提到安德烈·包尔康斯基时写道："时时刻刻，不遗余力地追求着一个东西：怎样使自己变得更好一些。"安德烈在自身的探索趋向中最重要的一点是——理解人民在历史中的作用，毫无疑问，这也是托尔斯泰本人思想转变的反映。人民的集体形象在《战争与和平》中悄然出现，一步步显示他们的威力。"我在努力写作人民的历史"，托尔斯泰自己这么说。人民群众是历史的主要动力这一论断表现了《战争与和平》作者的天才。

《战争与和平》插图

在作品对历史人物的描述中，托尔斯泰力求做到尽可能的精确。他指出拿破仑妄图在他至高无上的权力下建立世界帝国的野心不可避免地走向破灭；托尔斯泰揭露了那种对强者的崇拜，对"超人"的崇拜。《战争与和平》中对拿破仑的尖锐讽刺性的揭露，无疑直到今天还保留有它的现实意义。

三、"生活的教科书"

爱国主义的英勇精神和反对战争的主题——这是托尔斯泰史诗式的长篇小说的主导性主题。但是不能把这部不朽巨著的丰富内容简单归结为这两个主题。

《战争与和平》是一本提出社会、哲学、历史、道德等各方面重大问题的巨著。"什么是坏？什么是好？应该爱什么？应该恨什么？活着为什么？我到底是什么？什么样的力量在支配着一切？"这些永恒的问题不仅折磨着彼埃尔和安德烈这一代，而且也折磨着新的一代人。而小说中又有多少场景和画面，饱含着"生趣盎然的生活"的魅力，感染着它的主人公们振作精神，摆脱掉绝望和忧伤！画家列宾用"生活的伟大的教科书"一词简洁而准确地概括出《战争与和平》的风格。

四、卓著的艺术成就

在这部作品中，托尔斯泰有力地拓宽了长篇小说表现生活的幅度，并在传统的史诗体小说和戏剧式小说的基础上创造了一种比较成熟的形态。小说场面壮阔，结构线索清晰，有一种大海般恢宏开阔的美。人物形象鲜明，彼埃尔和安德烈是作者理想中的贵族青年的代表，娜塔莎·罗斯托娃则是作者笔下最完美动人的俄罗斯妇女形象之一。同时，小说时代感强烈，它虽是一部历史题材小说，但却反映了农奴制改革后俄国的前途和人民的作用的问题。

第三节　高尔基

马克西姆·高尔基（1868～1936），20 世纪俄罗斯文学的伟大代表，社会主义现实主义文学奠基人。高尔基的文学创作已成为耸立在 20 世纪世界文坛上的一座丰碑。他一生的文学创作，如同在杂草丛生的荒山野林披荆斩棘，为后人开出一条道路。这个拓荒者的近半个世纪的创作，可以说是现代俄罗斯民族命运的独特回声。

生平与创作

一、来自生活的底层

高尔基原名阿列克赛·马克西莫维奇·彼什科夫，生于尼日尼·诺夫戈罗德城（现名高尔基城）一个木工家庭。他幼年丧父，在开染坊的外祖父家度过童年，仅上过两年小学。他十岁时便出外谋生，到处流浪。他当过鞋店学徒，在轮船上洗过碗碟，在码头上搬过货物，给富农扛过活，还做过铁路工人、面包工人、看门人……主要依靠刻苦自学、漫游俄罗斯和在社会“大学”中学习获得丰富的知识，为日后的创作积累了丰富素材。1892 年，高尔基发表处女作《马加尔·楚德拉》，由此走上文学道路并逐渐成为享誉俄罗斯和世界文坛的大作家。

二、“俄罗斯命运的回声”

从 1892 年进入文学之林到 1907 年长篇小说的全部发表，是高尔基创作的第一阶段。

高尔基

在早期创作中，应着按捺不住的社会动荡，高尔基以不可阻挡的锐气，喊出了他所熟知的贫民生活的全部屈辱与挣扎，苦闷与希求。无论是具有浪漫主义色彩的绚丽夺目的童话故事《伊则吉尔婆婆的故事》、寓言式的故事《鹰之歌》，还是出手不凡的流浪汉小说《契尔卡什》（1892）、《沦落的人们》（1897），无论是轰动文坛的《海燕之歌》（1901 年），还是第一部著名长篇小说《福玛·高尔杰耶夫》（1899）和那本“及时的书”——《母亲》（1906），都显示出社会批判这一早期的创作思想——让俄罗斯的命运发出独特回声。

其中《海燕之歌》以象征和寓意的手法传达出“山雨欲来风满楼”的时代气氛，表现了人民群众要推翻沙皇专制、变革社会的强烈愿望，是一曲鼓舞人心的向革命进军的号角。而那只追求自由、搏击长空的鹰，虽身负重伤却壮心不已。作家借助这一象征性的勇士形象，肯定生活的意义就在于对自由的执着追求。“流浪汉小说”描写了人民的苦难生活及他们的崇高品德，表达了他们的激愤与抗争。此外，高尔基还写了许多具有极大社会意义的剧本，如《小市民》（1901）、《底层》（1902）、《消暑客》（1904）、《太阳的孩子》（1905）、《野蛮人》（1905）、《仇敌》（1906）等。而剧本《底层》是高尔基对流浪汉世界“将近 20 年的观察的总结”。构成剧本主干的是聚集在一家“夜店”的一群流浪汉所持有的不同人生态度的对立与矛盾，整部作品形象可感可闻，显示出社会哲理剧的特点，成为高尔基全部剧本中的上乘之作。

1906 年，定居于意大利卡普利岛的高尔基完成了著名长篇小说《母亲》，塑造了工人党员巴维尔和革命母亲尼洛芙娜的感人形象。这部小说极大地鼓舞了工人群众，使沙俄统治者十分惊恐，被公认为世界文学史上崭新的、社会主义现实主义奠基作品。值得注意的是，贯穿小说始终的形象并非巴维尔，而是母亲尼洛芙娜，整部作品以她的心理变化和精神发展为基本线索。尼洛芙娜是俄罗斯沙皇专制走向毁灭，人民在封建统治的重压下开始觉醒的一个善良而坚毅的俄罗斯民族妇女的形象。所以列宁曾经指出：《母亲》十分有益于工人读者由“自发”走向“自觉”。

三、“重铸民族灵魂”

1905 年俄国第一次革命的失败，使得高尔基更为专注于俄罗斯命运与前途的思考。他深深地意识到自己的首要任务是揭示俄罗斯民族性格、民族文化心理的基本特征，重铸民族灵魂。在这主导意识下，高尔基完成了“奥古罗夫三部曲”(1909～1912)、自传体三部曲、《罗斯记游》(1912～1917)、《俄罗斯童话》(1911～1917)、《日记片段》(1924)和《1922 年至 1924 年短篇小说集》六大系列作品。“俄罗斯人是怎样生活的？他们何以如此生活在这块土地上？”高尔基从不隐讳俄罗斯国民的精神心理弱点，以冷峻、沉痛的手笔，画出了人们灵魂中的痼疾与沉疴。这是高尔基一生创作中最辉煌的时期。而他根据自己的亲身经历写成的自传体三部曲《童年》(1914)、《在人间》(1916)和《我的大学》(1923)，以浓郁的生活气息，丰富多彩的民族文化心理解剖赢得了广大读书界的好评。

四、对俄罗斯未来的忧思

革命导师列宁是高尔基的良师益友。1924 年，列宁逝世，这给了居住国外的高尔基强烈的思想震动。1933 年他回国定居。面对国内的现实，他既为经济建设的某些成就而高兴，又为极左思潮的泛滥成灾而忧虑和痛心。对于俄罗斯人的灵魂的关注，对于俄罗斯民族命运的思考，更成为作家晚年的思维热点。开阔的艺术视野结合着深邃的哲理思考，强烈的历史感伴随着缜密的心理分析，成就了他创作生涯中的另一种风景。

为保护受到不公正待遇的知识分子和干部，伸张正义，为了文学和文化事业的发展，他同极左势力进行了不懈的斗争，终于力不从心，于 1936 年 6 月 18 日逝世。

高尔基晚期的创作主要是两部长篇小说《阿尔塔莫诺夫家的事业》(1924～1925)、《克里姆·萨姆金的一生》(1925～1936)。《阿尔塔莫诺夫家的事业》通过这个家族三代人所构成的形象系列，揭示了俄国资产阶级的先天不足、发育不全的特点，勾画出俄国资本主义尚未站稳脚跟便很快日落西山的命运。

高尔基的最后一部作品——卷帙浩繁的四卷本长篇小说《克里姆·萨姆金的一生》，展现了近半个世纪来俄国社会变迁的全景图，描写了民粹派的瓦解、马克思主义的传播、1905 年革命、一次大战和二月革命等重大事件，以及各种社会思潮和文化思潮的尖锐冲突，并着重考察了俄国知识分子的历史命运。既是一部思考俄罗斯民族历史、现实与未来的史诗性巨著，又是作家长期进行民族文化心态研究的总结性成果。小说艺术构思大气，表现手法多样，现实主义和非现实主义手法交替使用，体现了高尔基晚年的创作风格。

高尔基不仅是伟大的文学家，而且也是杰出的社会活动家。他组织成立了苏联作家协会，并主持召开了全苏第一次作家代表大会，培养文学新人，积极参加保卫世界和平的事业。高尔基的作品自 1907 年就开始介绍到中国，他的优秀文学作品和论著已成为全世界无产阶级的共同财富。

自传体三部曲

《童年》(1913)、《在人间》(1916)、《我的大学》(1923)三部中篇小说，是高尔基根据自己的亲身经历写成的自传体三部曲。丰富而痛苦的生活经历，成了他创作的主要源泉。这些作品的诞生还同列宁的鼓励分不开。20世纪初，高尔基积极参加了1905年俄国革命。革命失败后，高尔基不得不流亡国外，侨居在意大利的卡普利岛。1910年，同样被迫流亡国外的列宁前往卡普利拜访高尔基。高尔基对列宁讲了许多故事，谈到自己的故乡和伏尔加河，自己的童年和外祖母，自己的少年时代和流浪生活。列宁全神贯注地听着，并对高尔基说："老兄，你应该把这些全都写下来！这一切很有教育意义，很有教育意义。"高尔基回答说："到时候……我来写！"

《童年》插图

一、俄罗斯民族的风情画卷

贯穿于三部曲始终的是自传主人公阿辽沙。其中《童年》描述阿辽沙3～11岁期间在外祖父家的童年岁月，刻画了外祖父一家人、这个家庭染坊的工人、房客、邻居等众多的人物形象，显露出童年生活给阿辽沙留下的鲜明印象。《在人间》笔录的是阿辽沙从11～16岁"在人间"的辛酸际遇，记述了他先后在尼日尼·诺夫戈罗德鞋店、绘图师家和圣像作坊当学徒、在伏尔加河上的"善良号"和"彼尔母号"轮船上当洗碗工的所见所闻，提供了俄罗斯外省市民生活的生动场面。《我的大学》则是主人公16～21岁在喀山上"生活大学"的实际写照，其中展示了伏尔加河的码头、"马鲁索夫卡"大杂院、捷林科夫面包房、民粹派革命家罗马斯在附近村庄上开的小杂货铺及村民的生活图景。三部曲描述的内容在时间上彼此衔接，不仅是作家本人早年生活的形象化记录，更是俄罗斯民族风情的艺术长卷，具有不可替代的文学价值。

《童年》插图

二、"自传主人公"

高尔基的主体意识在其创作中的渗透，首先表现在负有特定使命的艺术形象"我"在作品中的出现。三部曲中，作家以不可忘却的往事记忆为创作素材，艺术地再现了自己历经坎坷的生活史，着重勾勒了自己的思想发展进程，并广泛反映了包罗万象的社会生活和变动中的社会意识。三部曲中的阿辽沙是最为典型的"自传主人公"形象。

阿辽沙是旧社会的弃儿，自觉投身于改造旧世界的洪流，并在这个过程中使自身得到锤炼，最后攀登上世界文化

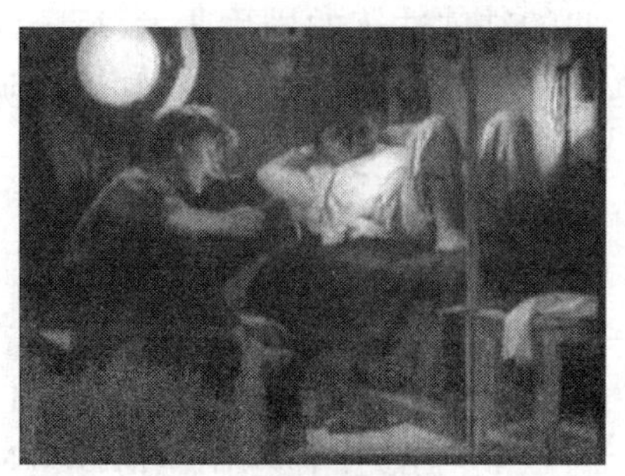

《在人间》剧照

的顶峰。实现这一转变，高尔基自身的禀赋是成功的重要因素，但小说令人信服地描绘了阿辽沙成长的主客观条件。他来自于生活的最底层，对下层人民生活非常了解和熟悉。外祖母讲述的童话与歌谣，以人民的道德理想和对未来的憧憬陶冶了阿辽沙；人民的现实处境和不满情绪，又使他从小培养起倔强的反抗性格；对书籍的爱好，树立起他对英雄业绩的景仰；在人间的不幸遭遇，逼迫他走上了更崎岖的人生道路。从此他在思想上明确否定了旧时代、旧生活，并以对人民命运的深沉思考激励出对未来的浪漫幻想。在强大的精神力量下，他抵御了各种不健康的诱惑，在艰苦的环境中也不悲观失望。憎恨邪恶，向往善良和高尚。阿辽沙的形象不是根据模式造就出来的概念性人物，而是扎根于生活土壤的血肉丰满的新人的代表。

阿辽沙曲折的、多灾多难的成长历程给予人们最宝贵的体验就是：人在任何恶劣的条件下都不应丧失对于生活的信心，而应当以一种积极的态度投入生活，通过不懈的努力和执着的追求，提高与完善自己，力求有益于他人和社会。三部曲向我们呈现的就是这样一个思考型主人公形象。

三、“俄罗斯式的愚昧”

打开三部曲，在我们面前展现的是一幅幅彼此连缀的动态风俗图画。作者凸现了充斥着愚陋、污秽和无耻的旧时代俄罗斯生活的特点。小市民的典型人物常常暴食暴饮，无病呻吟，彼此吵架揭短，用不堪入耳的脏话制造丑闻，传播谣言。“无耻的流言蜚语、恶意的诽谤组成一张肮脏的网子”缠绕着大家，无人可以幸免，仿佛通过折磨别人来为自己寻找乐趣是“他们惟一可以不付任何代价的娱乐活动”，可以填补他们空虚无聊的灵魂，这实在也是一种人性的扭曲。处在这种氛围之中，小阿辽沙时时处处感到烦闷、压抑、窒息，简直无法忍受。高尔基在三部曲中花费大量笔墨，以极其辛辣的笔锋对他青少年时代感触甚深的市侩气息这一社会毒瘤加以深刻揭露，借此探索产生这种保守、落后心理特征的社会根源，指出小市民习气是滋生种种消极的、不抗恶的社会思潮的土壤。作家多次指出这是一种“俄罗斯式的愚昧”。

《我的大学》剧照

高尔基的自传体三部曲的魅力不仅来自于作品丰厚的生活内容和富于启迪意义的形象，也来自作品独特的艺术成就，来自深刻的思想、真挚的情感与完美艺术形式的有机统一。三部曲的纯熟洗练的描写艺术、行云流水般的叙述文字，都使读者获得了极大的审美享受。世界各国读书界，包括时常带有某种偏见的批评界，对高尔基的三部曲都给予了很高的评价。

参考文献

[1] [俄]别尔嘉耶夫. 俄罗斯思想[M]. 雷永生、邱守娟译. 北京：三联书店，1995.

[2] [俄]别尔嘉耶夫. 俄罗斯的命运[M]. 汪剑钊译. 昆明：云南人民出版社，1999.

[3] 徐新. 西方文化史(续编)[M]. 北京：北京大学出版社，2003.

[4] 汪介之. 俄罗斯命运的回声[M]. 桂林：漓江出版社，1993.

[5] 汪介之. 选择与失落[M]. 南京：江苏文艺出版社，1995.

[6] 陆人豪，李辰民，李明敏. 外国文化与文学[M]. 苏州：苏州大学出版社，2001.

[7] 蒋承勇.外国文学[M].上海:华东师范大学出版社,2005.
[8] 徐葆耕.西方文学十五讲[M].北京:北京大学出版社,2003.
[9] 倪蕊琴.列夫·托尔斯泰比较研究[M].上海:华东师范大学出版社,1988.
[10] [俄]康·洛穆诺夫.托尔斯泰传[M].李桅译.天津:天津人民出版社,1981.

第八章　北欧文学

第一节　概　　述

北欧文学包括冰岛、丹麦、挪威、瑞典、芬兰五个国家的文学。在北欧五国中，除芬兰语外，其余四国语言均属日耳曼语系。五国位于欧洲的北部，国土毗连，风土民情相近，文学关系密切。

古代北欧文学

北欧文学历史悠久，文学成就较高。公元3世纪前，北欧出现了用吟唱和讲故事形式来叙述所见所闻或英雄业绩的文学，这就是北欧最早出现的民间口头文学。3世纪左右，北欧形成自己的文字，称为“鲁纳文字”，是绘刻在石碑上的碑铭，流传至今的石碑绝大部分是在9～12世纪期间刻的，多数内容简短，用诗的形式描写国王、海盗和战争故事。

按国别而言，挪威镌刻于公元4世纪古碑文上的押韵文字，丹麦制造于公元5世纪的黄金号角上的文字，即具诗歌的雏形。瑞典文学的源头可以追溯到描绘古代英雄业绩的古碑记。

公元874年，挪威人移居冰岛，带来了挪威文学，主要是口头流传的神话和传说，最著名的作品是《埃达》和《萨迦》。

《埃达》(是“诗”、“歌谣”之意)内容包括神话诗和英雄诗两类，共收入诗歌35篇，手抄本约写成于13世纪。《埃达》分为“旧埃达”和“新埃达”。“旧埃达”由塞梦恩德(1036～1133)收集整理，故又称“塞梦恩德埃达”或“诗体埃达”;“新埃达”由斯诺里·斯图拉松(1179～1241)所著，又称“斯诺里埃达”或“散文埃达”。史诗描述了世界的形成，神与巨人的斗争，世界的毁灭与再生及一些教谕诗，从中可以看出《圣经》影响的痕迹。英雄史诗中最重要的篇章是《佛尔松诗集》。该诗集取材日耳曼故事传说，描写日耳曼人向挪威的大迁徙，反映了当时人们的生活方式和心理状态。史诗各部分艺术水平参差不齐，有的具有日耳曼史诗的特点，刚劲有力，简洁明快，主次分明，描写生动。《萨迦》(意为“故事传说”)先在口头流传，13世纪方写成文字。流传至今的150多篇短故事，内容十分繁杂，共分“人物萨迦”、“家族萨迦”和“历史萨迦”三类，所记录的多为发生在10～11世纪之初人们的日常生活和家庭纠纷。正面人物都是勇敢、机智、坚强的部族首领。语言明晰，叙事简洁，情节生动，人物形象比较鲜明。《萨迦》语言朴实，没有华丽的词藻堆砌，情节描写和人物性格的刻画都以对白展开。它和《埃达》一样，最早流传于民间，后经学者用文字记录下来，糅合了几代作者的艺术技巧。

中世纪北欧文学

当中世纪教会文学和骑士文学以南欧和西欧为中心泛滥时，北欧的留学生仍处于翻译、介绍《圣经》和骑士文学阶段。在骑士文学的影响下，首先在丹麦出现了被称作“谣曲”的“舞蹈叙事曲”。在挪威则大量出现讴歌古代神话人物的“战斗歌谣”。

这期间，影响较大的是丹麦作家和历史学家萨克索(1150～1220)的《丹麦人的业绩》(1200)。它既是一部历史文献，也是丹麦文学的源泉，其中保存了多首英雄史诗。全书共分16卷，前9卷是讲史前古代丹麦，内容是口头流传在民间的关于异教的传说和英雄史诗，其中一篇《哈姆雷特传奇》后成为莎士比亚著名悲剧《哈姆雷特》的题材来源。后7卷里有三首比较著名的英雄史诗：《皮亚盖马雷特》是一首作战之前朗诵的史诗，激励人们去英勇作战；《英雄兹克瓦德特》歌颂古老的战斗精神，反对奢侈和寻欢作乐；《哈格柏特和西格纳》是一首叙述家庭纠纷的爱情史诗。《丹麦人的业绩》也包含了丹麦两千年的历史，全书充满爱国精神，向世界展示丹麦是一个古老的传统国家。这部巨著是丹麦对世界文学作出的第一次重要贡献。萨克索在丹麦有“语言大师”之誉。

芬兰民族史诗《卡勒瓦拉》(又译《英雄图》，意为卡勒瓦人居住的地方)是北欧中世纪文学的另一杰作。它既不同于日耳曼人和北欧的史诗，也不同于法国和西班牙的史诗，具有芬兰民族文学的特点。史诗原为口头创作，共35篇长诗。从7世纪末、8世纪初起，芬兰人民中就流传着各种有关民族的古代神话和传说，一般都是歌谣形式，有些是12世纪瑞典人引入基督教以后的产物。到19世纪，由具有“芬兰荷马”之誉的民间文学家艾里阿斯·兰罗特(1802～1884)加工成书，最后定本为50首诗。史诗从远古入笔，以争夺“三宝”(一架能制造出粮食、食盐和金钱的魔磨)为中心，描写了卡勒瓦拉的英雄们和北方黑暗国波赫尤拉之间的斗争。史诗虽有神话因素，但以直接具体地描摹中世纪芬兰现实社会生活和人物为特色，反映了芬兰人民在氏族制度瓦解时期的社会生活和思想意识，对日常生活和风俗也多有细致描述，带有浓厚的民族色彩。史诗形成于基督教思想统治时期，但仍保留着芬兰人民原有的多神教信仰，诗中有关于宇宙创造、铁的发明、天时气候、耕作酿造等传说和一些咒语，反映了芬兰人民对于自然的朴素认识和征服自然的斗争和愿望。“三宝”本身也表达了他们渴望繁荣富庶的理想。

《卡勒瓦拉》剧照

史诗成功地描绘了两个人民英雄的形象，他们都是人民的战士和劳动能手，为了卡勒瓦拉人民的光明幸福，和波赫尤拉凶暴贪婪的女族长娄希进行了艰巨的斗争。诗中主要英雄是享有极高威望的老歌手万奈摩宁，他的歌曲能感动神人鸟兽，同时他又是能耕作善渔猎的农民。他懂得各种咒语，具有无比的智慧和勇敢精神，在争夺“三宝”的战斗中建立了丰功伟绩。另一个重要英雄是铁匠伊尔玛利宁，他沉默寡言，埋头工作，锻造出各种工具、武器和艺术品。“三宝”就是他的伟大创造。此外，活泼轻率的青年战士勒明盖宁也是夺取“三宝”战斗中的重要人物。史诗歌颂了创造性劳动和英雄们为人民幸福而进行的斗争。在艺术上，史诗全部用四音步扬抑格头韵体写成，经常运用重复的诗句和夸张的手法，具有民间诗歌特点，对芬兰民族文学和民族语言的形成和发展起过巨大作用。《卡勒瓦拉》既是一部神话传说的汇编，又是浑然一体的完整作品，具有浓厚的民族特色和抒情性，被誉为芬兰文学的瑰宝。

近代北欧文学

当人文主义文学在意、法、英、西等国蓬勃兴起之际，北欧诸国却回响零落。17世纪之前，北欧文坛依然是宗教文学占统治地位。17世纪中叶以后，西欧文学思潮缓慢波及，方才加速了北欧民族意识的觉醒，出现了文学的新局面。

瑞典诗人维瓦利乌斯(1605～1669)的名作《怨春寒》，第一次将人类对大自然的感情注入北欧抒情诗中。既有民歌的真挚朴实，又有赞美诗的温婉、优雅，被认为是高雅诗歌的先声。这个时期最有影响的诗人是瑞典的谢恩赫尔姆(1598～1672)的诗歌结集《女诗神现在才教我们用瑞典语写诗和吟唱》。这部取材古代题材，具有巴洛克风格的诗集，被认为是北欧17世纪最重要的作品。作者因之获得瑞典"诗歌之父"的美誉。

17世纪，繁荣于法国的古典主义文学影响北欧。瑞典作家乌尔班·耶尔纳在70年代创作了剧本《露丝蒙达》，这是北欧第一部有着固定情节并表现主人公心理历程的古典悲剧。

18世纪，启蒙文学作品自英国传入北欧，启蒙思潮与古典主义相结合，促进了北欧文学的转变与繁荣。其特点是文学的社会批判性加强了，小人物成为作品的主角，并得到同情与讴歌。启蒙文学的先驱是丹麦的霍尔堡(1684～1754)。他出身于挪威卑尔根一个军人家庭，1702年移居丹麦，1704年毕业于哥本哈根大学神学院。1717年起在霍尔堡任哥本哈根大学形而上学和历史学教授。他的喜剧《山上的耶柏》(1722)是丹麦文学中最诙谐、最动人的喜剧作品之一，比较成功地刻画了小人物耶柏的形象。耶柏是个老实的农民，他受人哄骗，又被庄园主愚弄，最后又成了不公正审判的受害者。作品体现了人道主义精神立场。霍尔堡是一位语言大师，他的作品对丹麦语言的发展，有着出色的贡献。

18世纪70年代以后的瑞典文坛称为"古斯塔夫时代"。国王古斯塔夫三世(1771～1792在位)酷爱科学艺术，创立了音乐学院、国家剧院、艺术学院和瑞典剧院。他亲自编写剧本，大力提倡用瑞典语演出，使瑞典戏剧逐渐摆脱了法国的影响，为现代瑞典戏剧奠定了基础。瑞典学院是古斯塔夫国王仿效法兰西学士院于1786年建立的。学院共有18名院士，其任务是致力于使瑞典语言纯洁、有力和高尚，编纂瑞典语辞典和词汇手册，提高对文学作品的鉴赏能力，促进文化事业的发展。后来，瑞典著名科学家阿尔弗雷德·伯恩哈德·诺贝尔(1833～1896)于1895年立下遗嘱，把其全部财产捐献出来，用其利息作为奖金，其中，文学奖由瑞典文学院颁发，这个诺贝尔文学奖使瑞典文学院成为举世瞩目的机构。

"古斯塔夫时代"是瑞典文学、艺术、戏剧较为繁荣昌盛的时期，出现了不少作家，如约翰·奥克森谢尔纳(1750～1818)、约翰·亨利克·谢尔格伦(1751～1795)、卡尔·古斯塔夫·莱奥波尔德(1756～1829)和女诗人安娜·玛丽亚·伦格伦(1754～1817)都是传播法国古典主义和启蒙思想的作家。谢尔格伦和莱奥波尔德是瑞典学院第一批院士。谢尔格伦是法国古典主义和浪漫主义思潮的典型代表。他的代表诗作《不能因为他疯了，就把他看成天才》，对各种神秘主义，包括炼金术士、圆梦者和神学家，进行了抨击。短诗《新创世记》描写爱情的创造力，并对情人进行了热情赞美。这首诗被称为"瑞典浪漫主义的启明星"。丹麦诗人、剧作家欧伦施莱厄(1779～1850)的长诗《黄金号角》(1803)是浪漫主义的经典作品，也是丹麦文学史上的里程碑。他的诗作打破了古典主义文学在丹麦的统治局面，对安徒生等作家有着较大的影响。莱奥波尔德是一个典型的宫廷诗人，他的诗句华丽，技巧娴熟，当时红极一时，但今天看来则文学价值不高。

瑞典诗人泰格奈尔(1782～1846)的诗歌，很多反映了当时的政治事件。他最有影响的长诗《弗里蒂奥夫萨迦》与阿特博姆(1790～1885)的童话剧《极乐岛》，被认为是瑞典19世纪20年代两部浪漫主义巨著。

现代北欧文学

19世纪前半叶，北欧文学的主潮仍是浪漫主义。但在新的创作方法的影响下，许多作家先后向批判现实主义靠拢。有的直接采用这一更具社会生活表现力的艺术手法进行创作。到了19世纪下半叶，批判现实主义文学占据优势，涌现出一大批优秀作家，北欧文学进入了繁荣期。

丹麦作家戈尔施密特(1819～1887)是现实主义先驱作家。他的《一位犹太人》(1845)是丹麦文学史上第一部描写犹太人生活的作品，代表作《无家可归》(1853～1857)不仅具有现实主义色彩，而且语言优美。作家因而被誉为“丹麦的一支妙笔”。

安徒生是丹麦著名的童话作家(见本章第二节)。

女作家科莱特(1813～1895)是挪威第一位现实主义作家。她的名作《总督的女儿》(1855)是斯堪的纳维亚第一部心理小说，通过一对情侣热烈相爱却受到社会阻挠的描写，呼吁争取女权和社会改革。作品对易卜生、谢朗等作家都产生过影响。

芬兰作家基维(1834～1872)是第一个用芬兰民族语言写作的作家。取材于民族史诗《卡勒瓦拉》创作的剧本《库勒沃》(1864)是他的第一部重要作品，被公认为芬兰第一部杰出的悲剧，兼有浪漫主义和现实主义的特色。代表作《七兄弟》(1870)通过刻画七兄弟的不同性格和理想，反映了下层人民的各种要求。基维经常以自己贫困的生活境遇为素材，作品真实地反映了时代风云，为芬兰的现实主义文学开辟了道路。他也是芬兰小说和戏剧的奠基人。

19世纪下半叶，现实主义成为北欧文学的主潮。易卜生、比昂松、约纳斯·李和谢朗“四杰”的涌现，为挪威文学及北欧文学带来了繁荣。

易卜生(1828～1906)是挪威著名戏剧家、诗人(见本章第三节)。

比昂松(1832～1910)是与易卜生齐名的挪威著名戏剧家和诗人。早期创作有反映家乡风土人情和自然风光的诗歌和一批现实主义的中篇小说。19世纪70年代，比昂松创作了许多反映当时生活的社会剧。《破产》(1875)揭露银行家对农民的欺骗，《挑战的手套》(1883)同情妇女的屈辱地位，抨击资产阶级道德观念。《编辑》(1875)则揭露报刊造谣生事、充当资产阶级喉舌的可耻面目。80年代以后创作的《人力难及》，描绘了工人阶级的苦难和斗争。但调和阶级矛盾，有着改良主义色彩。这位诺贝尔文学奖获得者，晚年的作品虽有着较浓厚的颓废主义倾向，但在社会政治方面仍采取战斗的姿态。

勃兰兑斯

这一时期，丹麦文艺评论家、文学史家勃兰兑斯(1842～1927)对北欧文坛有着出色的贡献。20岁时，他所撰的《古代的运命记》即获金牌。此后他创作了许多名人传记，如《莎士比亚传》、《歌德传》、《伏尔泰传》、《朱利斯·恺撒传》、《米开朗基罗传》等。

拉格洛夫·塞尔玛

他的长达六卷的《十九世纪文学主流》(1872～1890)，猛烈抨击丹麦文学中的唯心主义，提倡现实主义创作方法，并且大量介绍俄国著名批判现实主义作家与作品，目的在于将丹麦文学置于欧洲文学的背景上，以显示其不足。他的激进的民主主义文学观，受到保守派的猛烈攻击。但他提倡激进民主主义文学和提倡作家关心现实和社会问题的努力，推动了丹麦及北欧现实主义文学的发展。

瑞典著名女作家拉格洛夫·塞尔玛(1858～1940)的长篇童话故事《骑鹅旅行记》(1907)，描写一个调皮男孩尼尔斯变成小狐仙骑鹅周游瑞典的故事，富有艺术性、知识性、科学性，是世界儿童文学宝库中的明珠。女作家也获得了与安徒生相同的声誉。

当代北欧文学

19世纪中叶以后，在兴起于英法等国的现代派文学思潮影响下，北欧不少作家在不同程度上吸取现代派的艺术手法进行创作。随着工人运动的高涨，无产阶级作家登上文坛，北欧文学进入多样化的繁荣局面。

斯特林堡(1849～1912)是这一时期瑞典杰出的戏剧家、小说家。他一生创作了62部剧本，60多种小说，但这位斯堪的纳维亚文学史上的伟大作家一生却是在贫病交加中度过的。他生在斯德哥尔摩，父亲是个商人，有很强的社会责任感，性格严厉刻板。母亲则出生低下，是裁缝的女儿，结婚前做过女仆，斯特林堡的自传体小说即以《女仆的儿子》(1886～1909)命名。斯特林堡生性孤僻，感情过于脆弱，在缺少爱的滋润中变得孤独、古怪。他半生漂泊，穷困潦倒，横遭统治阶级的压制，加上几次婚变，妻离子散，这些创伤使他越来越陷入变态心理，后半生长期处于半癫狂的状态，从而用叔本华、尼采、弗洛伊德的反理性哲学来看待社会和人生。他的后期作品带有浓重的神秘悲观色彩，把人生完全写成本能和欲望的冲突。在他眼里，人世间是一所疯人院，人与人之间只有互相欺骗、尔虞我诈。他的长篇小说《红房间》(1879)，采用狄更斯的笔法，描绘世纪末知识分子的群像，讽刺揭露社会痼疾，对斯德哥尔摩风光的生动描写前无古人，他因此一举成名。这部自传性质的小说是瑞典文学史上第一部带有自然主义色彩的作品。中篇小说《海姆斯岛上的居民》(1890)等也都是优秀之作。

斯特林堡

斯特林堡在戏剧方面取得了更加出色的成就。他在研究莎士比亚、歌德等人剧作技巧之后，创作了以宗教改革为主题的五幕历史剧《奥洛夫老师》，获得极大的成功。后来，他的剧作由现实主义向自然主义过渡，又从自然主义发展为表现主义和象征主义。由于婚姻的不幸和生活的窘迫，后期戏剧又陷入神秘主义。《朱丽小姐》(1888)、《债主》(1889)被认为是欧洲自然主义剧本的典范。

独幕剧《朱丽小姐》是斯特林堡通过家庭冲突揭示社会矛盾的杰作。剧情并不繁杂，只写了仲夏节一夜的事，但却惊心动魄，发人深思。对女主人公的性格刻画，极为成功。女主角朱丽是一位伯爵小姐。她风雅、美丽，虽然仍脱不尽贵族小姐的自尊和傲慢，认为“参加仆人的舞会是给他们面子”，但她却有着许多与贵族阶级意识相左的“越规行动”：她乘坐有失身份的“只有一匹马拉的车”，不仅和仆人们大跳其舞，还认为可以与他们“作为平等人共度节日，不分卑尊”！她甚至像驯小狗一般“训练”她的未婚夫。仲夏节之夜的热烈气氛，花香氤氲中狂舞欢歌带来的感情冲动，加上男仆巧妙而奸诈的挑逗，终于使这位年已25岁的贵族小姐，抑制不住内心的骚动，进入了男仆的房间，但同床异梦。当与“情人”商量远走高飞时才发现，两人南辕北辙各有打算。她只为填补感情的空虚，男仆让想的却是趁机摆脱下人的地位，十年后当上“旅馆老板”，并想利用她的美貌做“公司的装饰”，以通向“巨大的成功”！原来，自己只能成为他人飞黄腾达的垫脚石！她忽然醒悟过来。但有着浓厚贵族意识的朱丽，既没有娜拉追求独立人格的决心，又没有面对“丑行败露”的勇气，只能接过“情人”交给的刮脸刀，结束了年轻而宝贵的生命。该剧突出表现了情感、理智和社会不同阶层的矛盾。

小型剧《鬼魂奏鸣曲》(1907)是描写病态社会的早期表现主义代表作之一。在《鬼魂奏鸣曲》里，作者设计了荒诞的情节结构，像我国的《聊斋志异》一样，让死尸、亡魂和活人同时登场。它通过老人亨梅尔和“木乃伊”之间的一场戏，把登场人物几十年间的恩怨纠葛一一展示出来，把人欲横流的资本主义社会里人与人之间互相倾轧、虎视眈眈的世相，刻画得淋漓尽致。在一幢时髦的住宅楼里，住着自称是亨梅尔的80岁的老人以及他的仆人约翰逊，还有上校和他的妻子“木乃伊”以及他们的女儿(实际上是“木乃伊”和老人亨梅尔的女儿，只是这个秘密上校并不知道，只有老人亨梅尔和“木乃伊”自己知道)，上校有个跟班名叫本特森。亨梅尔是个富有的瘸腿老头，他一生专以操纵他人命运为乐。他仿佛能控制一切，洞穿一切，可是只要一个挤奶姑娘的幻象一出现，他就吓得面无人色。他告诉一个贫穷的大学生说，他的父亲是干投机买卖输光老本的人，自己则是他父亲的恩人，曾把自己所有的积蓄都借给了他父亲，可大学生却听父亲说是亨梅尔使得他们倾家荡产的。上校的妻子“木乃伊”因为厌倦了欺骗、没有真诚的生活，躲进自己家中的壁橱达20年之久。老人决定帮助大学生，撮合他和“上校的女儿”的婚事。他成了上校家“鬼宴”上的不速之客，他指出上校的姓氏和高贵的门第都是假的，他所谓的家族早在一百多年前就已经绝嗣了，他的上校的军衔是从美洲志愿军那里盗用来的，他原本只是个地位低贱的跟班，而且他的女儿其实也是亨梅尔的，他以不容置疑的父亲的资格把大学生介绍给了自己的女儿。他片刻之间就把上校剥夺得干干净净。就在他以居高临下之势品评一切时，“木乃伊”走出壁橱，揭穿亨梅尔的真面目。他自己就是盗用假名的人。他一生经历了几起几落，他原本是上校跟班本特森的厨师，后来变成一个高利贷商人，一个吸血鬼。他曾经把挤奶姑娘骗到冰上淹死，只因为姑娘亲眼看到他干一件坏事，害怕姑娘告发他。他骗取“木乃伊”的感情，还用一张期票就送了领事的命。“木乃伊”在撕下老人的假面具以后，命令他走进壁橱里去上吊。“上校的女儿”由于不堪忍受世上的虚伪和人与人之间互相欺诈、压榨的关系，终于死了，得到了永久的解脱。她死后，她的那架一直弹不出声音的竖琴终于发出了声响。

这部独幕剧体现了独幕剧的一般特点：第一，戏剧中的人物关系错综复杂，上校的女儿实质上是老人和“木乃伊”的女儿，黑衣妇人实质是领事和看门人妻子所生的女儿，本特森原本是富有的人，而老人才是本特森的厨师。这些关系既表明了剧中人之间的关系都是一种欺骗关系，也表明在当代社会中已经找不到纯洁的人和纯洁的感情。第二，戏剧情节突兀离奇，挤奶姑娘的幻影、领事的尸体像活人一样行走，登场活动，而活人如“木乃伊”，却像死人一样整天躲在壁橱里。主人们往往成了仆人的奴隶，如本特森说，老人在做他家厨师时，整天赖在他家不走，为了让他下午三点钟离开，他们不得不在两点钟就吃饭，而且吃他剩下的东西。姑娘家（上校家）的厨娘和女佣更加厉害，厨娘想做什么菜给主人们吃，主人们不敢发表一句意见，而且只能吃到她剩下的肉渣；女佣打扫屋子，姑娘要跟在后面收拾，打扫、生火、通烟囱。这些荒诞不经的事在剧中到处都可见，这些与现实主义截然不同的手法，深刻揭示了资产阶级利欲熏心、嗜血成性的本质，让人看了耳目一新，为其后的许多表现主义作家所效仿。第三，剧作虽然阴晦，但结局并非完全绝望。姑娘死后，大学生的一段台词说明作者对人世间还是存在着希望的："你到底彻底解脱了，你这温柔软弱的人儿，你这天真的姑娘，优美受苦的姑娘。……现在你安息吧！无牵无挂地安睡吧。等到你再醒过来，那时会有和煦的阳光，干干净净的家，正正派派的朋友，十全十美的爱情。"

斯特林堡的后期历史剧《古斯塔夫·瓦萨》(1899)、《大路》(1909)等，都是优秀之作。作家晚年从事语言研究，写出不少有价值的作品。他还通过自学，写出了《中国的文字起源》一书。斯特林堡在社会问题上大都表现激进，但对妇女解放却持保守态度。他在短篇集《结婚集》(1884)、长篇小说《犯人辩词》(1887)、剧本《父亲》中，不仅对《玩偶之家》进行嘲笑，而且表现出对妇女的歧视。他的创作道路比较曲折，有的作品揭露现实矛盾，有的表现出尼采、叔本华等人的影响。但不论怎样，他都坦率得如同"在大庭广众中把衣服脱得精光"。他的剧作对欧洲和美国的戏剧艺术的发展有着很大的推动，对当时的电影事业也起到积极的影响。他的语言研究，对瑞典语言的发展作出了重大贡献，在瑞典散文史上开创了一个新时代。

这一时期丹麦重要作家是获诺贝尔文学奖的延森(1873～1950)。延森的创作体裁广泛，早期作品带有颓废色彩，后来成为新现实主义代表人物之一。著名作品有：描写家乡生活的三部曲《希默兰的故事》(1898～1910)，描写人类发展过程的神话小说六部曲《漫长的旅行》(1908～1922)及诗集《世界的光明》(1926)等。延森的诗歌、小说、散文被誉为"丹麦文坛三绝"。他也是丹麦语言改革大师。

尼克索(1869～1954)是丹麦著名的无产阶级作家。青年时代投身工人运动，在十月革命影响下，走上无产阶级革命道路。早期作品主要是社会批判并同情被压迫者的斗争。第一部重要长篇《征服者贝莱》，反映了丹麦工人运动的兴起和发展，带有自传性质，是北欧最早反映工人斗争的作品。《蒂特一人的女儿》(1917～1921)通过一个私生女不幸的一生，指出不进行革命便没有任何希望。《红色的莫尔顿》(1945～1948)不仅反映丹麦各阶层的面貌，还反映了工人运动的曲折发展过程，成功地塑造了为人民利益奋斗的坚强战士形象，被誉为 20 世纪初期丹麦工人运动的史诗。尼克索的创作坚持现实主义，但并不排斥用浪漫色彩渲染笔下人物，特别是反面人物。

这时期，杰出的自然主义作家是挪威的加堡(1851～1924)。他的作品反映了 19 世纪末挪威思想史和文学史的急剧变化。代表作《母亲》(1890)细致地描写了资产阶级少女的成长，公认是"北欧文学中描写得最深刻的妇女形象"。主要作品还有《农民学生》(1883)和《和平》。前者描写城乡文化，城乡居民之间的冲突；后者则展现主人公在城乡冲突中成为牺牲品。《和平》是挪威文学史上最感人的杰作之一。作者被誉为"北欧最杰出的自然主义者"。

挪威作家汉姆生(1859～1952)，被认为是欧洲现代文学的奠基人之一。这位没有上过学，14 岁即独立谋生、历尽艰辛的作家将十年饥饿绝望的生活加以浓缩，在几个月中写出成名作《饥饿》(1890)。长篇小说主要采用意识流手法，将一个极度饥饿者肉体和内心的感觉，写得水乳交融，浑然一体。代表作《维多利亚》(1898)是一部动人的爱情悲剧。这部抒情小说的出版，震动了评论界，成为挪威民族文化的骄傲。他的艺术高峰是获得诺贝尔文学奖的《大地的硕果》(1917)。作品成功地刻画了一个体魄健全、灵魂高尚的挪威农民战胜大自然的历程。汉姆生是一位勇于革新的文学巨匠，一生进行了70年的创作，作品种类繁多。90岁上写的最后一部作品，仍然热情、敏捷，充满活力。近年来，我国相继翻译出版了他的《饥饿》等重要作品。

克努特·汉姆生

这一时期的重要作家，还有瑞典当代文坛上著名的现实主义作家洛-约翰松(1901～1990)。他在20世纪30年代开创了以农村底层雇工为主人公的"雇工派"文学。他的短篇集即取名《雇工》(1936～1937)。第一部长篇《大地晚安》(1933)近似高尔基的《童年》。长篇小说《国王街》(1935)通过自耕农的儿子和雇工的女儿的爱情悲剧，揭露资本主义腐朽生活对青年一代的戕害，被誉为"30年代瑞典文学精华"，"当代的《红房间》"。《只有一个母亲》成功地塑造了劳动妇女的感人形象。约翰松一生出版过60余部作品，被认为是瑞典当代文学的一位大师。

20世纪30年代之后，北欧出现了反法西斯文学，并涌现出一批以马克思主义为指导思想的作家和作家组织。芬兰的"基拉社"即以宣传社会主义为己任。第二次世界大战之后，北欧文学出现繁荣，战争文学取得了比较显著的成就。现代主义的影响虽然依然浓重，但文学对现实生活的干预明显加强。

瑞典诗人拉格尔克维斯特(1891～1974)是现代主义的先锋。他的创作既采用表现主义手法，又采用象征主义手法。《苦闷》(1916)是瑞典第一部带有表现主义色彩的诗集。长篇小说《侏儒》(1944)和《巴拉巴》(1950)力图表现人类的共性，《埃斯普马克》对法西斯野蛮暴力进行了讽刺和抨击，获1951年诺贝尔文学奖。

第二次世界大战后，北欧著名的反法西斯作品有挪威埃文斯摩的叙事小说《西渡历险记》，芬兰作家林纳的《无名战士》(1955)等。

20世纪六七十年代，北欧重要的现实主义作家有丹麦诗人里弗贝亚，挪威作家霍夫莫，芬兰作家图鲁宁、鲁兹。瑞典作家阿林的长篇《树皮与树叶》(1961)，贝里曼的《矿山》(1968)，耶舍尔德的《猎猪》(1968)、《通天大楼》(1978)，都是这一时期的重要作品。

进入20世纪80年代，北欧社会稳定，经济繁荣。许多作家的笔触由反映社会变革，转而深入探索人们的心理活动，鞭笞人性邪恶成了许多作家笔下的主题。著名作品有瑞典女作家贝里曼的《砸死拿伯的石头》(1985)，耶舍尔德的《一个活着的灵魂》(1980)。后者的主人公竟是一个浸在实验室营养液中的大脑，借以表现在科学的冷冰冰的条件下一种梦魇般的存在。芬兰80年代著名的小说有作家萨里奥拉著的《可爱的朋友》，小说成功地塑造了一个利己主义伪君子形象，表现了"上帝已经死了，人变成魔鬼"的主题。

北欧文学是世界文学的重要组成部分。北欧文学有着自己的发展轨迹和特点。首先，古代文学繁荣。英雄史诗《埃达》、《萨迦》以及《卡勒瓦拉》等，都堪称艺术杰作。第二，欧洲大陆的各种近代文学思潮，诸如人文主义、古典主义、浪漫主义和批判现实主义文学以及现代派文学诸流派，虽然并不同步，但都在北欧有着不同程度的反响。北欧文学与国际潮流汇合，并不是简单的模仿，而是将新流派观察事物、描写社会的手法，运用到反映当地生动的现实上。因此涌现出安徒生、基维、易卜生、勃兰兑斯、塞尔玛·拉格洛夫、尼克索、斯特林堡、约翰松等积极吸取而又有独创性的作家。第三，19 世纪之后，北欧文学各种文学流派的兴起，不像欧洲大陆那样步伐整齐划一，而是呈现出多源并流、诸体共存的繁荣局面。尤其是第二次世界大战之后，这种“多声部”合唱，标志着北欧文学“繁荣时期”的到来。

第二节 安徒生

汉斯·克里斯蒂安·安徒生(1805～1875)是闻名丹麦和世界的童话大师。他继承发扬了以往民间故事和神仙故事的传统，同时又形成了自己朴素清新、既来自现实生活又浪漫无穷、变化莫测的童话创作风格。安徒生不是童话的始创人物，但他却是将童话推向巅峰的人物。他开创了今天意义上的儿童文学的先河，对世界儿童文学作出了不朽的贡献。

一、艰难觅渡的“丑小鸭”

安徒生出生于丹麦菲英岛欧登塞。其父是个穷苦的鞋匠，酷爱戏剧，能背诵莎士比亚的作品，自幼给了安徒生以文艺熏陶。当时，丹麦与法国结盟，参加了拿破仑发动的征服瑞典的战争。其父入伍当兵，两年后从部队回来，不久即病故，家庭的全部生活负担从此落到母亲身上。母亲迫于生计，不得不改嫁给另一个鞋匠，并当洗衣妇挣钱养家，全家生活十分清苦。安徒生自幼生活在社会最底层，饱受人生的苦难和人们的歧视。他的生活境遇我们可以在《丑小鸭》和《邻居们》两篇童话中看到。他生活窘困，母亲无力供他上学，起初曾把他送去学裁缝，但不久也中断了。同时，安徒生相貌丑陋，也时常遭人嘲弄和奚落，自尊心颇受损害，逐渐养成了他孤僻的性格。他不喜欢和同伴在一起玩耍，却热衷于到附近的老人院去听老妇人讲巫婆、小精灵、妖怪等民间故事和传说。这些故事和传说对他日后创作童话产生了极大影响，例如他的著名童话《打火匣》和《旅伴》等都是以他在老人院听到的故事为蓝本加以整理加工而成的。

安徒生

生活在残酷现实中的安徒生却十分喜爱浪漫幻想，在幻想中为自己营造一个全新世界。在这个世界中，各种器具、虫鸟都被拟人化了，能同他对话。14 岁那年，他从老人院里听到一个传说：东方那个神秘而广袤的中华帝国一直延展到欧登塞河的彼岸。安徒生幻想着在一个有月亮的晚上，他坐在河边的岩石上歌唱，对岸的中国王子听得如痴如醉，便不惜重金聘请他去中国，让他变得有钱有势，后来他衣锦荣归欧登塞并且建造了一座城堡。安徒生还运用幻想编成一出出戏剧，用自己制作的木偶来演出，他醉心于舞台艺术，一心想当演员。

二、“光荣的荆棘路”上的跋涉者

1819年9月，安徒生带着母亲的全部积蓄前往首都哥本哈根谋求发展。他希望成为一名演员，然而，他的嗓音、形体条件都不适宜于舞台艺术，虽然接受了严格训练，并努力提高文化水平，但依然无济于事。但丹麦皇家剧院院长古林斯欣赏他对艺术的执着精神，帮助他获得了一笔国王奖学金，把他送到埃苏诺尔学院学习，想把他培养成一名剧作家。6年后，安徒生返回首都，又进了哥本哈根大学学习，与此同时开始文学创作。24岁那年，他的第一部重要作品、游记《从霍尔曼运河到阿玛格尔岛东角步行漫游记》(1828～1829)问世。虽然作品在技巧上显得不够成熟，但是由于深受德国作家霍夫曼的影响，颇有霍夫曼的文风，同时又有一种天然清新的童真气氛，因而发表后受到了文坛的重视。同年4月，他又发表了轻喜剧《在尼古拉塔上的爱情》。这部浪漫主义喜剧曾在丹麦皇家剧院等五家戏院公演。1831年他去德国旅行，归途中写出了《哈尔兹旅途剪影》(1832)，此外还创作了一些作品，但均不甚成功。

1833年他前往意大利，在那里写出了诗剧《阿格纳特和美人鱼》。回国后，他又于1835年春出版了长篇小说《即兴诗人》，小说描写主人公——年轻的即兴诗人(安徒生自拟)为了谋求生存如何与四周恶劣环境和世态炎凉进行不折不挠的斗争。作品对意大利的风土民情和自然人文景观都作了细致入微的描写，但在人物刻画方面则颇为不足。然而瑕不掩瑜，作品发表后，受到广泛重视，在10年中被翻译成英、德、意等六种文字，初步奠定了安徒生在国际文坛上的地位。

1836年他出版了长篇小说《奥特》。这部作品与《即兴诗人》有些相似之处，着重描写了乡村中的恬静生活。此后他又写作了许多长篇小说和故事:《只不过是个提琴手》(1837)、《没有画的画册》(1840)、《两位男爵夫人》(1848)、《活着还是死去》(1857)。安徒生在戏剧方面也有不少成功的作品，如浪漫轻喜剧《国王在梦中》(1843)、《新妇产病房》(1845)、《小基督徒》(1846)和《柯莫湖畔的婚礼》(1848)等。1840年，他的剧本《黑白混血儿》在哥本哈根皇家剧院上演并获得成功。1846年，自传《我一生的童话》出版。

自1840年起，安徒生曾多次出国旅行，除欧洲国家外，还到过希腊、土耳其和非洲。在外旅行中，他结识了狄更斯等不少知名作家和艺术家，并且写出了许多颇得好评的游记，如《一个诗人的集市》(1842)、《瑞典风光》(1851)、《西班牙纪行》(1863)、《访问葡萄牙》(1866)等。

三、闻名世界的童话大师

尽管安徒生的创作成就是多方面的，但平心而论，他在长篇小说、诗歌和戏剧等传统的“严肃”文学方面的成就都较为平平，并无突破性的建树，反倒是他的挚友、丹麦物理学家奥斯忒告诉他:如果长篇小说能使他出名，那么他的童话将使他不朽。此语的预见性后来果然被应验，童话创作虽然在最初并没有受到足够的重视，但恰恰是这些“小玩意儿”使安徒生获得了世界范围的盛誉。1835年5月，在出版《即兴诗人》的同时，他的第一部童话集《讲给孩子们听的故事》也问世了。这本集子仅61页，包括《打火匣》、《大克劳狄斯和小克劳狄斯》、《豌豆上的公主》和《小意达的花》等篇。不过，相比较小说的成功，童话在出版之初评论界的反应相当冷淡，社会上也没有引起足够重视。同年12月，他又出版了第二部童话集——《讲给孩子们听的故事》第二册，包括《拇指姑娘》等篇，但同样没有引起多少反响。

安徒生雕像

1937年4月，他的第三部童话集出版，包括《海的女儿》和《皇帝的新装》等名篇。作者为《童话集》写的前言是“致成年读者”：“在一个小国家里，诗人永远是一个不得安生的人，因此他不得不为追逐名誉这只金翅鸟而奋斗。读者诸君请看看，我讲述的这些童话，是否把金翅鸟给逮住了。”这篇前言是针对世人对童话的冷淡和轻视而来的。这次，安徒生获得了成功。人们开始感受到他的童话之深邃、热情、幽默而又富于童真的无与伦比。在此后的37年里，安徒生共发表了170多篇童话故事，正是这些当初看来十分不起眼的童话，奠定了他在丹麦和世界文坛上的突出地位，树立了他的不朽盛名，使他从丑小鸭变成了白天鹅。随之而来的是名声、地位、尊敬、荣誉……丹麦国王对他礼遇优渥，欧洲王室以结交他为荣，所有王室的华贵大门都为他敞开。这些始料不及的众多荣耀远远超出了他年轻时的梦想和企盼，他在《我一生的童话》(1946)中说：“我的一生是一篇美丽的童话，既那么丰富多彩，又那么幸福快乐。”不过，快乐的背后还有难言的苦涩，光华灿烂的勋章背面却有着阴郁灰暗的底色。安徒生成名后，王公贵族虽竞相与他来往，但这些人只是附庸风雅，实际上仅将他看做是帮闲门客，骨子里依然充满轻蔑侮慢。他的童话在受到欢迎的同时也受到上流社会一些文人的猛烈抨击，说他的童话是“保育室里的瞎说”，“哄孩子的小玩意”。哥本哈根的评论家们对他冷嘲热讽，嘘声一片，指摘他知识结构不完善，讽刺他在情节上因袭别人旧作，讥笑他写童话是“幼稚的孩子气”，“结果除了谴责什么也没得到。”激进民主主义文人，如哲学家克尔凯郭尔、文学评论家勃兰兑斯等人，也对他的幻想浪漫主义提出了中肯的批评。安徒生被这些抨击和批评弄得心力交瘁。更让他的自尊受到摧残的是爱情上的失意。安徒生终身未娶，因为恋爱上屡屡失意。他至少三次坠入情网，但都没有结果。起初是一个名叫里堡·伏格特的名门少女曾对他动过心，但几经权衡后声称自己已另有所适。1843年，安徒生同来丹麦向王室献艺的瑞典女歌唱家燕妮·琳德相恋，这段刻骨铭心的恋情持续了三年，已发展到谈婚论嫁的地步，最终还是夭折了。安徒生还曾向他庇护人的女儿路易斯·科林求过爱，尽管路易斯对他一往情深，但门第的鸿沟却最终永远阻隔了他们。这些打击让安徒生在盛名之下，心理上蒙上了一层无法宣泄而又挥之不去的阴郁。

1875年，在辉煌和孤寂中度过一生的安徒生在丹麦去世，丹麦政府为他举行了国葬。

讲给孩子和成人听的童话

安徒生曾说：童话“就像种子一样藏在我的心中，只消轻轻触动，一个阳光之吻、一滴雨水，它便开花了”。他把自己丰富的生活经历，他对穷苦贫民的同情、对真善美的执着追求都用来浇灌童话这朵小花，使它散发出悠远的馨香。

汉语中将安徒生的儿童文学创作称为童话，而安徒生自己则用“eventry”(冒险和志怪故事)和“historier”(历史传说)来称呼自己的作品。一般认为，童话自16世纪末期在欧洲流传开，法国诗人沙·贝尔的《鹅妈妈的故事》(1697)和德国格林兄弟的《儿童和家庭童话集》(1812～1815)以及豪夫的童话等都是产生深远影响的童话，安徒生的童话创作深受其影响。

一、安徒生童话创作分类

国际研究安徒生的学者们通常将安徒生的童话分成七个系列：① 有魔幻成分的故事，如《影子》、《钟声》、《阿拉丁神灯》等；② 以动物为主角的故事，如《丑小鸭》、《跳高能手》等；③ 以树木花草为主角的故事，如《小意达的花》、《亚麻》等；④ 以无生命物体拟人化作主角的故事，如《坚定的锡兵》、《织布针》等；⑤ 奇异世界里的现实故事，如《夜莺》、《海的女儿》等；⑥ 在可辨认的世界里的现实故事，如《园丁和主人》、《皇帝的新装》、《卖火柴的小女孩》等；⑦ 以作者为主角的故事，如《看门人的儿子》、《在柳树下》等。

安徒生童话虽取材广泛，但主题却比较集中单纯，就是表现真善美，抱着浪漫主义的幻想去追求人类的理想境界，如仁慈、同情、宽容、博爱等，宣扬“真善美终将取得胜利”的乐观主义信念。他认为最彻底的真善美统一在上帝的意志中，只有上帝才能引导人类走向“幸福”和“极乐”。他虽然把满腔同情倾注在穷人身上，希望他们能过上更美好的生活，但却无法为他们找到摆脱不幸的出路，只得幻想有一盏阿拉丁神灯带来一笔飞来横财，或意外奇遇而平步青云。他揭露和鞭挞社会的丑恶，嘲笑讽刺上流社会的昏庸愚蠢和残暴贪婪，却无法改变眼前的现实，只好以伤感的眼光看待周围世界，流露出无可奈何的情绪。因而他的童话往往既充满了浪漫主义的幻想，又有如同布道文那样虔诚的说教。

二、安徒生童话的深邃内涵

童话在许多读者的潜意识中被归为儿童的专利，而安徒生对自己创作意图的剖白足以纠正这种偏见：“我总以为，我写童话，并不只是为了孩子们的，也是为了给大人们看……孩子们会更喜欢我童话的故事，成人则会对蕴藏其中的思想发生兴趣。”在这种创作定位下，他的童话不仅有童趣盎然的故事，也有批判现实的内蕴，同时，童话也常常成为他个人生活道路的真实记录。这些都使安徒生童话的内涵变得丰富而深邃。我们可以选择几篇童话进行剖析。

1.《海的女儿》

发表于 1837 年的《海的女儿》（又译《小美人鱼》）是安徒生最广为人知的童话之一，它讲述了一个感人至深的爱情悲剧：海国公主小美人鱼为了过上人间生活，获得人所拥有的不灭的灵魂，牺牲了三百年的海底生命和最优美的声音，而把鱼尾变换成人的两条腿。但她最终没有获得自己所爱的王子的爱，在王子举行盛大婚礼的翌晨，她在第一道晨曦和煦的目光中化作海中的泡沫。在这则悲情故事中，安徒生以他全部的热情唱出对爱情的礼赞，表达他对爱情对于个体生命重大意义的认识。爱情能使小美人鱼实现从水族世界向人的世界的飞升，爱情能赋予虚幻的存在以不灭的灵魂，使小美人鱼虽可悠游三百年但最终不可延续的虚幻生命带上永生的特质。与其他爱情童话相比，《海的女儿》显然具有超越其上的深层含义。像安徒生一样，小美人鱼的爱情期待也落了空，尽管她为王子牺牲了三百年海底生命、优美的声音，为他忍受炼狱般的痛苦磨难，最后为成全他的幸福化作没有生命的泡沫。但她无怨无悔，正如安徒生从未因没有获得现实的爱情而对这人间美好的感情失去信心。

小美人鱼（《海的女儿》）

小美人鱼追求的是唯有“人”这个高级存在才拥有的不灭的“灵魂”，是生命从海底到陆地的进化和提升，人世间真诚的爱情是实现这种提升的惟一途径，爱情是她成为人的必备条件。当这个条件消失的时候，摆在小美人鱼面前的有两条路：一条是来自海底家园的姐姐们的召唤，杀死王子、恢复人鱼的原形，依然回到水里悠游三百年岁月；一条是化作海中的泡沫，沉入没有形体、没有梦境的永夜之中。选择第一条路，实际上就是对所有追求的否定，是从陆地世界向海底世界的退转，也可看做是小美人鱼潜意识中闪现过的动摇和退缩的意念。选择第二条路，则是彻底的自我牺牲。最终，小美人鱼拒绝了退转的可能，战胜了有限生命的局限。她未能实现人间之爱，但在成全王子的幸福中，世俗的爱情已经转化为超世俗的宗教式的殉道，最终成为超越人间的天空的女儿，以三百年的善行，为自己创造出一个不灭的灵魂，升腾天国。在“海的女儿——人间的女儿——天空的女儿”的不断飞升中，小美人鱼不断超越自我获得了永生。

在这篇童话中，安徒生对爱情和灵魂的关系进行了深刻的思考。爱情既可能以满足人的贪欲、逸乐的形态出现，也可以在精神层面上把人提升到非凡的高度。爱把人置于一个可退转可上升的中间地带：如果以一己得失为念，苟且偷生，就永远无法获得人的灵魂，即使获得人身，还会退转为非人；而一旦超越狭隘的自我藩篱，将他人幸福置于自己之上，就可以升华为天人，获得永远不灭的灵魂。坚守爱情之美，人才可能真正成为人，否则就会变成可怖的恶魔。对爱情的歌颂在此已转化为伦理之思、人性之思，使童话有了超凡脱俗的深层意蕴。借此，我们可以读懂安徒生饱受失恋打击的破碎心灵的衷曲，也可以寻到支撑他不断攀升、不断超越的人生行旅的动力之源。这则童话的现实意义亦可用来反思“人”的内涵，判断一个人是否为“人”的标准不在于他是否具备人的外形，而在于灵魂的有无。诗人沉思的“有的人活着，他已经死了；有的人死了，他还活着”，和这则童话的主题异曲同工，都昭示着在滚滚红尘中人之为人的真谛。

2.《夜莺》

燕妮·琳德

不少人都认为《夜莺》是安徒生为自己热烈追求过的、被誉为“瑞典的夜莺”的女歌唱家燕妮·琳德创作的，其实这则童话也是作家自身的写照，是他创作立场和创作态度的一次表白。歌声优美的夜莺原本生活在皇帝的御花园中，但皇帝和大臣们对它的存在却一无所知。直到外国旅行家把它写进书里，皇帝才发现自己原来拥有一个无价之宝。夜莺于是被召进宫廷，它那美妙的歌声甚至使皇帝感动得流下眼泪。但夜莺自由的吟唱让宫廷贵族觉得难以模仿，他们很快将兴趣转向日本皇帝赠送的一只人造夜莺，因为它只唱一支曲子，有固定的节奏，易于学唱，而且全身装饰着钻石翡翠，显得光彩夺目。但终于有一天，皇帝病得奄奄一息，当他希望夜莺用歌声帮助他驱除死亡的恐惧时，那只人造夜莺却一句也唱不出来，而真正的夜莺却给他带来了生机和活力。

安徒生在这则童话里细致而生动地阐述了自己的文学艺术创作观，划清了优秀艺术品和劣质艺术品之间的分界。判断一部艺术品优劣的标准就在于看它有没有自由创造的精神，有没有发自内心的真情实感，有没有体现创作者的本质力量，而不是看它有没有哗众取宠的虚夸形式。来自大自然森林中的真正夜莺，之所以能唱出优美的歌声，就是因为它只按自己的方式随心演唱，从不受任何成规的束缚和限制，正因为如此，它的表达是自由的、灵动的、超功利的，因而是真诚的、美丽的。而貌似高贵的人造夜莺缺少的恰恰是活泼泼的生命原动力，是交织着苦难与希冀的博大雄浑的情感。优秀艺术的根应该深深扎在生活的土壤中，远离自然、远离民众、远离心灵，艺术就会窒息。自然和最广大的人群是艺术不竭的源泉。

在《夜莺》中，安徒生借一群昏庸无知、孤陋寡闻而又自以为是、顽固僵化的大臣，对哥本哈根那群目光短浅、指手画脚的批评家进行了淋漓尽致的嘲讽。真正的夜莺歌声自由灵活，充满生命的活力，可是他们因无法理解而拒绝接受，而且它外表上只是一只小小的灰色鸟儿，爱慕虚荣的大臣们便满心瞧不上它；而人造夜莺尽管只能唱“华尔兹舞曲”这一个调，却因通身珠宝，闪闪发光，大臣们便对它奉承不已，被封为“高贵皇家夜间歌手”。安徒生以讽刺的笔法刻画出这群愚众可憎可笑的嘴脸。

3.《丑小鸭》

创作于 1844 年的童话《丑小鸭》一般都被说成是安徒生的自传，很多人把安徒生的成功说成是从“丑小鸭”到“白天鹅”的变化过程。因而，它的寓意一般都被理解为一个成功人士(白天鹅)走向成功的曲折过程，在其才华尚未彰显、社会尚未普遍承认其特殊价值时，它可能遭遇到种种歧视、挫折和打击。灰色的“丑小鸭”也就是尚未焕发生命光彩的人的代名词。但这则童话的寓意应该更丰富一些，那只被称为“丑小鸭”的禽类动物原本就是天鹅，它只是经历了从雏天鹅成长为大天鹅的过程，并没有出现“鸭子变鹅”的奇迹，这个过程只是出于人们的误解。“丑小鸭”是一只被错当成鸭子的天鹅，是不小心混进乌鸦队里的凤凰，这一错位注定了“丑小鸭”命运多舛。它受到的种种奚落实质上是人们用鸭子的标准来衡量它、要求它，因其中产生了难以为人接受的差距而使它遭到冷遇。因此，安徒生创作《丑小鸭》的本意是要告诉人们：它原本就是一只“白天鹅”，只是以前一直被人们误当做“丑小鸭”。《丑小鸭》的深层寓意是：一个人因被误用了不恰当的标准来衡量而遭遇到的尴尬。每一种人或事物都应该用符合其自身实际的恰当的标准加以衡量，如果误用了另一种标准，美的就会变成丑的，好的就会变成坏的，有用的就会变成无用的，是非善恶就会颠倒。造成这种误用的原因可能是多种多样的：首先，当生活环境发生错位，打破了人们惯用的价值标准时，就会发生这种误解。“丑小鸭”之所以被认为“丑”，是因为它体型太大，绒毛又是灰色的，而这两点恰恰是以雏鸭的体型小巧、绒毛淡黄为衡量标准的。如果“丑小鸭”出生在天鹅家族中，它就是一只再正常不过的雏天鹅，得到的应该是赞美而不是奚落。生活环境的错位，使得许多事物失去了相应的衡量标准，因而其自身价值就不能得到体现。其次，不少人以自己有限的经验和狭隘的偏见要求别人，评价别人，党同伐异。母鸡因它不会生蛋而认定它是个废物，雄猫因它不会拱起背，发出喵喵的叫声而剥夺了它发表意见的权力。现实生活中，以自己的是非善恶观、以一己的爱憎好恶衡量他人的情况比比皆是，不符合这一标准的则被看做“另类”，受到歧视和排斥。第三，有些人即使可能有独立见解，但在群体偏见的巨大压力下，往往人云亦云，不敢坚持原有立场，加剧了错用标准的程度。“丑小鸭”出生时，鸭妈妈对它的印象还不错，可

《丑小鸭》

是，当"丑小鸭"成为全体鸡鸭嘲笑的对象并遭到大家强烈驱逐时，它的兄弟姐妹也对它生起气来，鸭妈妈也终于忍不住要赶它出门了。谎言重复一千遍就会变成真理，人言可畏、众口铄金的力量终于导致鸭妈妈放弃了自己原来的立场。

安徒生通过"丑小鸭"的故事告诉人们一个不变的真理：只要你是天鹅蛋，即使生在鸡窝、鸭舍，即使遭受种种磨难，也终究会变成展翅高飞的"白天鹅"。但我们也要防止把这则童话变成一个普泛化的激励标准，给人们造成一种成长幻觉，以为只要经过努力，"丑小鸭"都能变成"白天鹅"。事实上，大多数"丑小鸭"是不折不扣的鸭子，无论怎样努力也不会变成天鹅。对于他们，就应该教育其以符合自身实际的标准衡量自己，要求自己，只要充分发掘出自身潜能，在同类中出类拔萃，就不失为一个成功者。

三、安徒生童话的风格和成就

安徒生在童话创作的道路上一直孜孜不倦地进行着艺术形式的创新。正如他所说："多年来我已试着走过童话圆周里的每一条半径，因此如果遇到一个会把我带回到已经尝试过的形式的题材时，我常常不是放弃，而是试图赋予它另一种形式。"这些努力和尝试使他的童话拥有了鲜明的特色。

1. 以现实主义的态度，真实而广阔地反映了他所处时代的社会生活

安徒生让我们看到了当时丹麦社会各阶层的各类人物，皇帝、大臣、王子、公主、贵族、市长、地主、商人、主教、牧师、农民、船工、猎人、手艺人、小店员、洗衣妇等，以及由这些人物和人物之间的关系所构成的错综复杂的社会阶级矛盾。在《海的女儿》和《野天鹅》中，我们体验到丹麦人民对美好生活的向往和呼唤；《皇帝的新装》和《夜莺》形象生动地揭发了丹麦封建专制的罪恶和统治阶级的丑恶本质；《大克劳斯和小克劳斯》谴责了私有制度与资产阶级"拜金主义"对劳动人民的毒害；《影子》、《甲虫》、《一滴水》批判了黑白颠倒、世风败坏、尔虞我诈、互相倾轧的社会，反映出生活本质的深刻的真实性，使安徒生童话产生了强烈的艺术感染力。

2. 立意新颖，表现手法奇特

安徒生把民间故事、神仙故事、神话、寓言、萨迦传说、诗歌甚至短篇小说都融合到童话中来，从而把童话提高到一个划时代的高度，赋予童话以全新的面貌、更宽的题材范围和前所未有的深刻内涵。此前的童话从故事情节到表现手法都存在不少雷同之处，而且不注重性格描写，故事里的人物有时连名字都没有；故事的主人公都是善良人物，他们的对手几乎清一色的都是邪恶的化身；童话主人公往往要通过艰难的历程，经受巨大的考验才能得到圆满的结局，而在濒临仙境时注定会得到仙女、精灵或小动物的帮助；结局则千篇一律的是善有善报，恶有恶报。安徒生打破了这种程式化的模式。他的《皇帝的新装》原本是一个西班牙民间故事，内容是说有三个骗子去见国王，自称能织出一种私生子看不见的奇特的布。私生子在西班牙没有继承权，因而国王很高兴，他可以判别出谁是私生子，结果国王穿上"看不见的衣服"游街，全城没有一个人敢说真话。最后是一个自身没有什么损失的黑人站出来说清了真相。安徒生将没有继承权的私生子这个特例改写成"任何不称职或愚蠢得不可救药的人都看不见这件衣服"，使这个中世纪的西班牙故事有了普遍意义，故事的结尾也将揭露真相者由黑人变为一个天真纯洁的孩子。孩子喊出了"可是他什么衣服也没有穿啊"这句真话和实话，把整个故事的境界提升了。《海的女儿》的故事从《灰姑娘》脱胎而来，但和灰姑娘不同的是，小美人鱼并没有

得到仙女的帮助，也没有喜结良缘的幸运。她出于善良和对王子始终不渝的爱，不忍心举刀杀死王子以求自己活命，而是在王子迎亲的第二天清晨，纵身跳进大海，一点点化为泡沫而无怨无悔。这个结局打破了有情人终成眷属的神仙故事和民间传说约定俗成的传统模式。小美人鱼最终未能得到心爱的王子，却变成了世代相传的不朽的艺术形象。《卖火柴的小女孩》原来是个按刊物要求创作的圣诞故事，原作只是根据画片内容写了小女孩在火柴的微光中见到了烤鹅和她的祖母的情节。后来安徒生思索很久后又添上了小女孩在大雪中死去的结局。这个结局把整个故事从平淡化为神奇，令读者对小女孩产生了极大的悲悯之情。

3. 善于以奇制胜，以奇吸引、感染、征服读者

安徒生十分具体地描绘出一个想象出来的不平凡的幻想境界，创造了一个瑰丽而奇特的童话世界。这个世界既有人神精怪，也有人格化的动物、植物、非生物，它们经历非凡，际遇无常，因而引人入胜，产生极大的艺术感染力。作者采用拟人和夸张的手法来突出这种奇异的效果。安徒生用拟人化的手法给动物、植物、非生物全都赋予了人格，增强了童话的神奇色彩。夸张也使安徒生童话充满奇特的效果。《豌豆上的公主》描写一位公主皮肤娇嫩到压在二十床垫子和二十床鸭绒被下面的一颗豌豆都能感觉出来，这一夸张的情节，有力地讽刺了统治阶级的骄奢淫逸和追求享受的寄生生活。《笨汉汉斯》中写三兄弟去向公主求婚，老大老二都觉得自己聪明万分，老三笨汉汉斯骑着公山羊去求婚，把路上捡到的一只死乌鸦、一只破鞋和一袋烂泥都作为珍贵的礼物送给了公主。但就是这位愚不可及的笨汉，却使公主心花怒放，把他选为丈夫，还当上国王。这种强烈的幽默和夸张辛辣地嘲讽了整个统治阶级蠢笨之至。

4. 在语言风格上，运用了日常口语、民间歌谣、谚语、传闻等

安徒生童话首先大量运用了丹麦下层人民的日常口语、民间歌谣、谚语、传闻，创造出一种明白晓畅、生动活泼的文风，充满了浓郁的乡土气息，并使其童话带上了浓厚的丹麦地方色彩。其次是童话语言非常符合儿童心理特征。如《卖火柴的小女孩》中，一个男孩捡了小女孩宽大的鞋子，不但不还，还说“等他将来有了孩子的时候，他可以把它当做摇篮使用”。这句调皮孩子嘴里说出的话既天真又滑稽。《亚麻》中“太阳照在亚麻身上，雨雾润泽着它。这正好像孩子被洗了一番以后，又从妈妈那里得到了一个吻一样，——使他们变得更可爱”。这些语言温情、形象、动听，十分符合儿童情趣。再次，安徒生童话的语言还包含着深刻的哲理，给人以思索和启迪。如“光荣的荆棘路”、“清白的良心是一个温柔的枕头”、“只要你是天鹅蛋，就是生在养鸡场里也没有什么关系”等等。

第三节　易卜生

亨利克·易卜生(1828～1906)是19世纪挪威的杰出戏剧家，挪威民族戏剧的创始人，在他之前，挪威没有自己的剧院和演员。同时，他也是欧洲近代现实主义戏剧的杰出代表，被誉为“现代戏剧之父”。他站在小资产阶级民主主义的立场上，对资本主义制度及其道德观念进行了揭露和批判，他把戏剧用作表现社会生活、讨论社会问题的手段，对欧洲戏剧艺术的革新起了巨大的作用。

生平与创作

一、早期——浪漫主义历史剧(1844～1864)

1828年3月20日，易卜生出生于挪威南部小城希恩一个富裕的木材商家庭。8岁时家庭破产，生活日趋艰苦。他少年时学过绘画，想当美术家，皆因家庭经济剧变而未能实现。16岁时，为了谋生，他辍学去药店当学徒。工作之余，他刻苦自学，广泛阅读世界文学名著，并开始创作诗歌和戏剧。他的第一个剧本《卡提利那》创作于1848年，于1850年出版，但并未上演。同年离开药店前往首都克里斯蒂安尼亚(即今奥斯陆)。1850年，他的第二个剧本——独幕剧《勇士之墓》获得极大成功。其才华赢得挪威著名小提琴家欧勒·布尔的赏识，邀请他在自己创建的挪威民族剧院担任导演和编剧。1857年，易卜生又应聘到新挪威剧院任经理。

易卜生

经过20年的勤奋写作，他终于从一名药房里的学徒成长为享有盛誉的诗人、剧作家。纵观易卜生这20年的创作，主要倾向为浪漫主义。他的作品具有浪漫的想象、炽热奔放的感情、富有象征意味的形象。易卜生注重对挪威民族文化的挖掘，他用挪威文写作，从挪威历史和民间传说中取材，他以他的创作振兴挪威民族文化，唤起人民的爱国思想。在他以后的创作中，虽然他的艺术倾向有所改变，但民族性贯穿始终。《苏尔豪格的宴会》(1856)和《厄斯特罗特的英格夫人》(1857)两部剧作都是以挪威16世纪历史为题材，受浪漫主义文学影响的痕迹十分显著；同时，易卜生戏剧的一个主题也首次在两部剧作中出现，就是“或者得到一切，或者一无所有”(或曰“全有或全无”)。

《海尔格伦的维京人》(1858)和《觊觎王位的人》(1863)也是以英雄传说和挪威历史为题材的。前者采用北欧古代萨迦传说风格，但不十分出色，整个剧本比较呆板，人物性格的刻画也比较粗糙。后者则出色得多。这部剧作描写了1250年挪威形成统一封建国家的伟大事件，深受莎士比亚历史剧和冰岛斯诺王室萨迦的影响。剧中主人公是农民出身的霍克恩国王，他主张国家统一，代表推动历史前进的进步势力。剧中的斯古利伯爵和尼古拉斯主教是封建割据局面，新旧两派势力的斗争，终于以主持正义、代表大多数人民利益的国王霍克恩取得胜利而告终。霍克恩国王对事业的坚定信念正是易卜生自己的心情和追求的表露，因为从1857年到1864年他的处境极为艰难，为了发展民族戏剧他要同反动势力进行斗争。1862年，新挪威剧院破产，易卜生顿时处于精神和经济的双重压力之下。

1864年，普奥联军侵略丹麦。易卜生是斯堪的纳维亚统一论的拥护者，即主张丹麦、瑞典、挪威建立联邦，共御外侮。他希望挪威政府能够帮助丹麦，但是挪威政府采取了中立的立场，这使易卜生非常失望。加之他长期以来精神忧郁，恰好在这一年他获得一笔出国奖学金，因此决定出国远行。他先后侨居意大利和德国达27年之久。这段岁月既扩大了他的眼界，直接吸取了当时欧洲人文主义的先进思想，砥砺了追求真理、民主、自由的意志，也使他开阔了理想主义的胸怀，因而这段时期成了他写作生涯的鼎盛高产期。头四年，他居住在意大利的罗马，创作了《布兰德》(1866)和《培尔·金特》(1867)两部剧本。这两部剧本具有内在联系，可相互参照，互文共读。布兰德是个全心全意为民众服务的牧师，按照世俗观念，他是个得到上帝垂顾恩宠的人，世上的好事几乎都给他占全了，但他并不满足于自己的安逸，而立志于要做“一个人能把光明献给许多人”的崇高事业。为此，他牺牲了母亲、妻子和儿子的生命，最后在引导民众往高处行进中葬身于雪崩。布兰德是易卜生青年时代崇拜的理想主义英雄形象，他代表着易卜生思想中“或者得到一切，或者一无所有”中为了“得到一切”而愿牺牲一切、绝不妥协的一面。

《培尔·金特》可谓《布兰德》的姊妹篇。培尔·金特这个形象代表着“一无所有”那一面。作者正是通过两个人生目标和所作所为截然相反而又如孪生兄弟般的人物，来表现“个人精神反叛”中“全有或全无”的思想以及与此相关的伦理问题。培尔·金特是个乡村里游手好闲的贫穷小混混，极端自私使得他只想不劳而获，一心想当国王，接受乡亲们的臣服欢呼。他糟蹋别人的新娘，遗弃自己的爱人索尔薇格。为了实现人生目标，培尔·金特可与一切妥协，不惜出卖灵魂给巫师和山妖，靠出卖黑奴而发足横财，变成大亨，以至于数典忘祖，只肯称自己是世界公民。但是运载他的金银财宝的船只失事沉入大海，他自己被关进疯人院，他只得返回故乡。忠贞的索尔薇格还在等待他归来，但她已经双目失明，再也看不见他了。培尔·金特如同李尔王一样，忏悔自己道德沦丧，自甘堕落，然而浪子回头，为时已晚。“你无法从你的自我中逃脱出去”，培尔·金特想要为所欲为，超越自我，虽然由于机缘凑巧获得了暂时的成功，但最后一生仍以失败告终。在随波逐流虚度人生之后，又回到了原来的自我。这个剧本是易卜生对“人生几何，只图眼前快活”的伊壁鸠鲁式的享乐主义的严肃批判，至今仍具有强烈的现实感。

二、中期——社会问题剧（1868～1883）

19 世纪六七十年代，由丹麦文学评论家勃兰兑斯发起的推动“现代突破”文学运动为易卜生打开了一条新的文学创作之路。勃兰兑斯的激进民主主义思想和现实主义文学观点激励了易卜生，他遵循“写社会、写人生”的原则，以犀利的目光观察社会弊端和顽疾，以批判现实主义手法连续创作了十几部社会问题剧。这些社会问题剧标志着易卜生思想和艺术上的高度成熟，为他赢得了全欧的声誉。

《青年同盟》(1869)是易卜生创作的第一部社会问题剧，剧作把靠政治投机而往上爬的自由主义报纸编辑斯登斯哥德的嘴脸揭露得淋漓尽致。虽然由于机缘不凑巧，他翻云覆雨的手腕一时受挫，但剧本结尾时，作家画龙点睛地说明了再过十年或十五年他就会是议员或部长。

《社会支柱》(1877)是一部揭露挪威现实、抨击政客的社会问题剧。主人公博尼克是位船厂主，受过良好的教育，有一个幸福美满的家庭，妻子贤惠，儿子聪颖。博尼克精明能干、事业发达、道德高尚、受人尊敬，被公认为当地的“社会支柱”。其实，他是一个唯利是图的奸商、道德败坏的小人。他的轮船公司从事货物运输工作，为了获取更大的利润，他不造新船，而是从邻国买旧船，然后油漆一新后出航。这样的旧船危险性非常大，容易发生翻船死人的事件，博尼克又可以从中获取高额保险金。他的婚姻也只是他满足个人私欲的一部分。为了金钱，他解除了与未婚妻的婚约，转而娶了未婚妻的姐姐，因为姐姐获得了一笔遗产。他勾搭女演员生下了一个私生女后，又让妻弟约翰承担责任。他把约翰送上他的一艘破船，暗中希望他沉入海底。15 年后，约翰从美国回来，博尼克害怕丑事被揭穿，为了保全自己，他竟然设计毒害约翰。剧本采用回顾、倒叙的手法，直到最后一幕才把第一幕的疑团解开。易卜生对这种在希腊悲剧中早就运用过的技巧作了精湛的发展。剧本结局是博尼克良心发现，当众认罪。这个软弱无力的结局是剧本的瑕疵，体现了易卜生不切实际的主观幻想。

《玩偶之家》(1879)和《群鬼》(1881)是易卜生创作的两部关于婚姻家庭的社会问题剧。在这两部剧中，作者揭开了资产阶级家庭温情脉脉的面纱，将资产阶级家庭中的夫妻关系、家庭伦理道德、妇女地位等现状明明白白地展现在读者与观众面前。把家庭问题作为社会问题的一部分，这在易卜生是第一次，在世界戏剧舞台上也是第一次。《玩偶之家》正面提出了妇女解放的主题，《群鬼》则是易卜生对那些攻击《玩偶之家》的人的反击，也是一部关于爱情、婚姻和家庭生活的社会问题剧。戏剧提供了一种假设，假如娜拉没有出走，她选择了忍辱负重，会怎么样呢？主人公阿尔文夫人是一个由传统道德培养出来的妇女，按照母亲和两位姑姑的意见，嫁给了有钱的阿尔文。阿尔文是一个沉湎酒色的荒唐鬼。婚后一年，阿尔文夫人实在受不了丈夫的气，跑到她从前喜欢过的曼德牧师那里去诉苦，想要离婚。牧师却责备她不守妇道，对她说丈夫在外嫖赌，在家和婢女通奸，都是常有的事，不足为奇。同娜拉相反，阿尔文夫人没有反抗的勇气，她又返回家中，做一个驯服的主妇，继续忍受恶劣的家庭生活，忍受丈夫的荒唐好色。她把7岁的儿子送到巴黎去读书。丈夫死后，她以丈夫的名义用遗产办了一所孤儿院，以此来减轻丈夫在尘世间犯下的罪孽。结果，儿子学成回国，早已遗传上他父亲的病毒——梅毒，并且还爱上了他父亲奸污过的女仆的女儿。最后，儿子的病发作，变成了疯子，孤儿院也被火烧毁。易卜生通过这个戏剧指出，如果妇女被传统道德束缚，不和群鬼做斗争的话，只能酿成悲剧。

《玩偶之家》和《群鬼》出版后，剧中号召妇女不做旧礼教和男人的牺牲品，提倡个性解放等思想，激怒了资产阶级的正人君子，他们谩骂攻击易卜生是“人民公敌”，易卜生对此非常愤慨，于是他借用其名，创作了另一部杰出的社会问题剧《人民公敌》(1882)予以还击，该剧将对资本主义社会的批判推向了高峰。主人公斯多克芒是个尊重科学、富有正义感的医生。他发现他工作的温泉浴场受到污染，是疾病的发源地，于是他写了一份报告给市长——他的哥哥彼得，主张关闭浴场，重新改建。市长与浴场的股东出于利益的考虑，不同意改建浴场，并且威胁斯多克芒。斯多克芒不退缩，举行群众大会，想向市民说明真相，宣传自己的主张。不料，在群众大会上，市长等人却利用这次集会，煽动听众、操纵会场，以所谓“民主方式”的表决，宣布斯多克芒为“人民公敌”，逼迫他带着妻子、儿女离开了家乡。在这出戏中，易卜生猛烈地抨击了现存社会，他以浴场象征现存社会，而这个社会正在毒害人民。他借剧中人之口说：“咱们现在是靠着贩卖肮脏腐败东西过日子！咱们这繁荣的社会整个儿建筑在欺骗的基础上！”斯多克芒是易卜生塑造的理想人物。

所谓的“社会支柱”不过是一个欺世盗名的无耻之徒，而一个为真理为社会福利而斗争的勇士，却因为触犯了资本家的利益，而被宣布为“人民公敌”。从这个对比中可以看出，易卜生对社会的认识和批判是非常尖锐和深刻的。值得注意的是，在易卜生的戏剧里，一个重要的社会力量是缺席的，那就是人民。在易卜生的王国里，人民群众是一群无知的、被当权者愚弄和利用的工具。斯多克芒在反对当权者的同时，他又宣布要与社会上的大多数人为敌，说“世界上最有力量的人正是最孤立的人”，“少数派往往是正确的”。易卜生塑造了很多这样具有完整独立人格和个性的正面人物形象。这些人物在和环境发生正面冲突的时候，是坚决和彻底的。所以，易卜生不仅把写实主义带进了中国的戏剧，还把个性主义的主题带进了中国。

三、晚期——象征主义戏剧(1884～1899)

1884 年 11 月,易卜生发表了《野鸭》。这部戏剧标志着易卜生的戏剧创作从现实主义转向象征主义,作品的重心从社会问题逐渐转向内在的心理活动和人生问题的探讨。这类剧作还有《罗斯莫庄》(1886)、《海上夫人》(1888)、《海达·高布乐》(1890)、《建筑师》(1892)、《小艾友夫》(1894)、《博克曼》(1896)、《当我们死而复醒时》(1899)等。

《野鸭》中塑造了一个与《群鬼》中的曼德牧师构成对比的人物形象——格瑞格斯。曼德牧师恪守传统,用所谓的职责、义务把渴望冲破虚伪的婚姻、争取自由幸福的阿尔文太太强行拦在家中,让她被迫终身生活在谎言里,窒息到死;格瑞格斯则用真理、真诚、高尚这些漂亮的字眼为诱饵把意志薄弱、懒散无能、耽于幻想而又毫无精神准备的雅尔马强行赶出家门,迫使他在十字路口徘徊,徒然看着裸露的疮疤羞愧难当。所以萧伯纳把不切实际的幻想家格瑞格斯说成是一种"新式敌人","女人要对付两种敌人,一种是把门锁上的老式敌人;另一种是她准备出走前就把她强行推出门外的新式敌人。"

《建筑师》是易卜生晚年创作的一部象征意味十分浓厚的作品。建筑师索尔尼斯自学成才,成了一个名建筑师,取得了极大成功。而到中年,他却担心年轻一代会取而代之,剥夺他的权威地位,为此终日忧心忡忡,甚至不惜设法阻止年轻人的发展。他为了自己的建筑事业,牺牲了妻子的健康和双生子的生命,给家庭生活带来了不可弥补的缺憾。他痛感事业辉煌和人间幸福两者之间很难兼顾。青年女子希尔达希望他能盖一座空中楼阁,他的艺术青春被重新唤醒。但就在新宅盖成之时,他却在人们的欢呼声中摔落下来,当场摔死。这个结局暗示了建筑师理想的破灭。

易卜生晚期作品在艺术上达到了炉火纯青的地步,他以象征主义和表现主义手法,从更深层次上发掘人的本性,探索人生真谛。后期作品的主要特点有:① 象征主义手法。如《野鸭》里用受伤的野鸭来暗喻与世隔绝的人生,《罗斯莫庄》用神秘的白马象征灾难来临等。② 尼采的超人哲学思想在剧作中得到更明显的体现,如《博克曼》等。③ 大量描写罪恶感和愧疚心理,如《海上夫人》中的艾莉达、《罗斯莫庄》中的丽贝卡和《小艾友夫》中的丽塔等。弗洛伊德精神分析法的不少例子源于易卜生剧作。弗洛伊德认为丽贝卡和莎士比亚笔下的麦克白夫人同属蛇蝎美女。④ 情节更加错综复杂,引人入胜。⑤ 死亡成为晚期不少戏剧的中心内容,《罗斯莫庄》和《当我们死而复醒时》都以主人公双双殉情收场。《野鸭》、《海达·高布乐》中的人物举枪自戕,《博克曼》中的人物冻死,等等。死亡情节使戏剧中的悲剧气氛异常浓厚。

1891 年,易卜生返回挪威,开始了他的晚年生活。易卜生晚年的作品倾向于人物的心理描绘,作品象征主义的成分较多,有时不免陷入晦涩。在晚期的剧本里,易卜生通过个人精神问题批判资产阶级压制个性发展,摧毁人的精神自由,毁灭人的青春和幸福。这些剧本由于加强了心理分析,对后来欧洲的"心理戏剧"产生了一定的影响。

1906 年 5 月 23 日易卜生去世。挪威为他举行了国葬。

《玩偶之家》

这是一部提出妇女在婚姻中的地位问题的家庭伦理剧。易卜生用这一问题来表明他的基本立场,即个人有按照自己意愿生活的权利。这部妇女独立宣言似的剧作使易卜生同时代人极为震惊,除了引起广泛辩论外,还引起了一部分人的愤怒抗议,有些剧院经理在演出时甚至对结局进行篡改。

剧中女主人公娜拉为了给丈夫海尔茂治病,曾伪造死去的父亲签名向律师柯洛克斯泰借过一笔钱。柯洛克斯泰以此来威胁娜拉,要她不让已升为银行经理的海尔茂解雇他。后来由于柯洛克斯泰前女友、娜拉的同学兼好友林丹太太从中调停,柯洛克斯泰收回了要求,但海尔茂在得知真相后怒斥娜拉,骂她是"坏东西"、"伪君子"、"下贱的女儿",责怪娜拉葬送了他的前程,还认为她无权教养他们的孩子,当危机一解除,又立即换回原来那副亲热的嘴脸,这些让娜拉认识到她原以为是温馨、幸福的家庭生活,其实不过是她给丈夫当玩偶而已,因此她毅然决定离家出走,自谋生路。

一、提出了妇女问题

《玩偶之家》

娜拉是一位美丽、率真、善良、勇敢的家庭妇女,一位尽职的妻子与母亲。她热爱丈夫爱到无限崇拜的地步。为了替丈夫治病,她不惜伪造签字举债。丈夫病愈后,她靠节省家用和替人抄写偷偷还债,并以此为乐,把能为丈夫分忧而受苦担风险看做是妇女的天职和光荣。她是一位富有牺牲精神的贤妻良母。不料,伪造签字的事一朝暴露,丈夫海尔茂竟勃然翻脸,娜拉的精神支柱顷刻倒塌。心中的神祇和偶像原来是冷酷的魔鬼!她明白了,当初他"心肝宝贝儿"地"爱"她,只不过因为她能为之带来欢快与照拂。海尔茂一旦感到他的名誉地位受到"宝贝儿"行为的威胁,就会弃妻子如敝屣。而危险一旦过去,她又变成了可以"原谅"的小鸟儿。现实露出真相,霹雷惊醒了梦寐。娜拉意识到自己多年受骗,不过是毫无独立人格的弱女子,她看清了自己在家庭中的地位,一朝梦醒,不仅对伪君子再也难萌爱心,连法律和道德的合理性也发生了怀疑:法律是什么?难道就是在父亲病危时可以"给他添麻烦"?"丈夫得病快要死了不许老婆想法子救他的命吗?"她对丈夫说,除了他所说的她对丈夫和儿女的责任外,"我还有别的同样神圣的责任",就是"我对我自己的责任。""首先我是一个人,跟你一样的一个人——至少我要学做一个人。……什么事情我都要用自己的脑子想一想,把事情的道理弄明白。"她还要"把宗教问题仔细想一想!"一切精神羁绊失去了效用。砰然一声门响,宣告了她的新生。很显然,易卜生认为,妇女问题的解决,首先是妇女必须明了自己在家庭、男女关系中的地位,然后才是必须为自己争取作为人的权利而斗争。

二、抨击了利己主义

海尔茂是一个精明、能干而又自私冷酷的资产阶级伪君子。他的人生目的就是金钱、地位和享受。为了登高位,他不惜累病;仅仅因为老同学知道他的小名,有损他的尊严,便一脚将他踢开,将他开除。妻子驯顺地满足他的一切需要时,他像爱一只"小松鼠儿"那样"爱"着她。一旦发现妻子的行为对自己有损害,不仅恶毒咒骂,连她要以死承担责任,他首先考虑的,也是她的死对自己"有什么好处"!不过,他并非一个恶棍,相反还是公认的事业有成、家庭幸福的好男人。但他是一个自私的伪君子,一切行为都是以自己为核心,是一个受到宗教和法律保护的男权主义者。

易卜生还将批判的矛头直接指向社会，指向作为国家机器的一部分法律。娜拉为了救丈夫，为了不打搅病中的父亲，伪造了签字，结果却要受到法律的制裁，娜拉讲："国家的法律跟我心里想的不一样，可是我不信那些法律是正确的。""我一定要弄清楚，究竟是社会正确，还是我正确。"这种批判可谓直指鹄的。

《玩偶之家》具有高超的艺术成就。首先，巧妙运用"追溯法"，结构极其紧凑。剧情集中于圣诞前夕三天，却充分地展示了主要人物八年多的生活与命运。戏剧时间跨度不大，涉及人物也不多，但是全剧矛盾冲突不断、高潮迭起。海尔茂与娜拉、海尔茂与柯洛克斯泰、林丹太太与柯洛克斯泰之间都构成了紧张的矛盾关系。娜拉买回圣诞礼物引出海尔茂升职是一个高潮，签字事件败露是一个高潮，柯洛克斯泰退回字据又是一个高潮，娜拉出走则是最终的高潮。人物关系错综复杂，矛盾冲突尖锐激烈，时而峰回路转，情节曲折跌宕，具有很强的戏剧效果。

三、心理刻画极其深刻

易卜生没有采用传统的独白、旁白手法，而是借助平凡生活中的对话、动作和细节，透视人物的内心世界。剧中娜拉和海尔茂之间的对话是充分展示二人性格和精神世界的表现手段。

四、将"讨论"因素带入剧中，增加了作品的思想深度

易卜生将当时重大的社会问题和舞台艺术结合起来，提出了许多问题：娜拉冒名借钱对不对？海尔茂维护传统的道德观念和法律对不对？娜拉要求人格独立对不对？妇女解放问题应如何解决？剧作并未直接回答这些问题，而是引导观众和读者一起思考，一起寻找答案，充分体现了"社会问题剧"的特点，具有震撼人的精神的力量。

易卜生的剧作对世界各国戏剧的发展，都产生了深刻的影响。英国的高尔斯华绥、肖伯纳，爱尔兰的詹姆斯·乔伊斯等都是易卜生的崇拜者。中国自从1914年春柳社上演《娜拉》以来，一再出版和上演易卜生的作品，易卜生的戏剧备受中国读者和观众的欢迎。

参考文献

[1] 石琴娥. 北欧文学史[M]. 南京：译林出版社，2005.
[2] 石琴娥. 北欧文学大花园[M]. 武汉：湖北教育出版社，2007.
[3] 易卜生. 易卜生文集(1～8卷)[M]. 黄雨石，南江，潘家洵等译. 北京：人民文学出版社，1995.
[4] 刘大杰. 易卜生[M]. 北京：商务印书馆，1927.
[5] 王忠祥. 易卜生[M]. 北京：华夏出版社，2002.
[6] 茅于美. 易卜生和他的戏剧[M]. 北京：北京出版社，1981.
[7] [苏]穆拉维约娃. 安徒生传[M]. 马昌仪译. 上海：上海文艺出版社，1981.
[8] 何茂正. 安徒生[M]. 沈阳：辽海出版社，1998.

第九章　美国文学

第一节　概　　述

美国，全称美利坚合众国，是一个联邦制国家，从1776年宣布独立算起，至今只不过两百多年的历史，但目前它已是世界上经济实力最强大的资本主义国家。

创业与扩张的历史进程

美国是一个移民社会，纵观美国社会的发展史，可以说是一部移民艰苦创业的历史，是一部从殖民地转化为超级大国的历史，同时也是美国民族精神的成长史。

一、殖民地时期的美国

一般认为，美国历史始于1607年英国人在弗吉尼亚州詹姆斯敦建立第一个永久殖民点，至1776年美国在对英国殖民统治者的战争中取得胜利、赢得国家独立前，这段时期为殖民地时期。

美洲大陆最早的移民是印第安人，他们大约在25000年前通过欧亚大陆桥（今白令海峡）从亚洲进入美洲大陆。印第安人是蒙古人的后裔，其生理特征是红肤黑发。他们居住在部落里，主要依靠打猎和农耕为生。

复制的“五月花”号

第一个发现新大陆的人是哥伦布，而认定哥伦布所到之处并非亚洲、而是新大陆的是阿美里哥·弗皮斯，于是新大陆就以他的拉丁文受洗名命名。新大陆被发现以后，西班牙、英国、法国等都纷纷开始抢占新大陆，英国人在大西洋海岸建立起最早的13个殖民地。1620年秋，一批为逃避国内宗教迫害的清教徒乘坐一艘名叫“五月花”号的船只前往美洲大陆定居。这些清教徒移民把艰苦的工作看作美德，把依靠劳动赢得个人财富看做是上帝选民的重要标志。他们胼手胝足，披荆斩棘，艰苦创业，为建设新家园而奋斗。

二、独立战争时期的美国

随着北美13个殖民地的建立和发展，英国政府也逐渐加紧了对殖民地的剥削，希图从殖民地攫取更多的财富。1765年和1767年，英国政府制定出具有侵略性的法案《印花税法》和

《汤森税法》，遭到殖民地人民的强烈反对。13 个殖民地决定联合起来，捍卫自己的利益，在 1774 年召开的第一次大陆会议上正式结为共同体。

1775 年 4 月 19 日，英军和殖民地民兵组织在波士顿近郊的列克星敦和康科德发生了一次战斗，打响了独立战争的第一枪。1775 年 5 月，第二次大陆会议在费城召开。会议决定把波士顿民兵组织起来，整编为“大陆军”，由乔治·华盛顿(1732～1799)任总司令。

乔治·华盛顿

1776 年 7 月 4 日，大陆会议通过了由杰弗逊起草的《独立宣言》，它标志着美国的诞生，这一天成为美国的国庆节。《独立宣言》中那些铿锵有力的语言在殖民地上空久久回荡，并产生了深远影响。殖民地人民开始认识到，他们是自由独立的人，不欠任何人债务，应该拿起武器为自由独立而战。从 1775 年到 1781 年，殖民地人民经过 6 年多的艰苦战斗，最终取得了独立战争的胜利。1783 年，英国被迫承认美国独立，第一个独立的资产阶级共和国在美洲建立起来。1789 年 4 月 30 日，共和国第一任总统乔治·华盛顿在纽约华尔街宣誓就职。

三、内战时期的美国

从托马斯·杰弗逊(1743～1826)当选第三任美国总统起，美国开始了大规模的土地扩张。到 19 世纪中期，美国领土面积已从 1783 年的 205 万平方千米扩张到 777 万平方千米。

从 1840～1860 年的 20 年间，美国历史上最重要的事件是西部移民运动和南北两种经济制度的严重分化。在大批欧洲移民向西部边疆进发的过程中，美国北方资本主义经济以惊人的速度推进着，到 1860 年，美国工业产值已列世界第四位。而美国南方的种植园主则坚持奴隶制立场，把黑人奴隶当做廉价劳动力，这与北方依靠自由劳动力发展资本主义工业生产发生了尖锐对立，这是南北战争的根本原因。

亚伯拉罕·林肯

1860 年，反对奴隶制的共和党人亚伯拉罕·林肯(1809～1865)当选总统。同年以南卡罗来纳州为首的南方七州宣布退出联邦，并于次年 2 月在亚拉巴马州的蒙哥马利组成新政府，制定新宪法。1861 年 4 月 15 日，林肯发布征召志愿军以保卫联邦政府的命令，南北战争终于爆发，至 1865 年 4 月 9 日南军宣布投降，持续 4 年的内战以北军的完全胜利而告终。为解放黑人、消灭美国奴隶制作出巨大贡献的林肯受到人民的热烈拥戴，但他却在内战胜利后的第五天被南方奴隶主指使的种族主义分子、演员蒲斯在戏院枪杀了。林肯领导的南北战争在美国历史上具有划时代的意义。它是资产阶级又一场成功的革命，是独立战争的继续，蓄奴制的废除和黑奴的解放推动了美国的迅猛发展。战后，美国仅用 30 年时间就成为西方工业国家的领头羊。

四、帝国主义时代和第一次世界大战时期的美国

内战结束后，共和政府的首要任务就是在政治、经济上重建南方。蓄奴制废除了，但南方黑奴并未真正获得他们应有的地位，种族歧视依然十分严重。

从1865年内战结束到19世纪末期，美国社会发生了巨变，到19世纪末，美国已成为世界上最强大的国家。西部人口日益增多，边疆已不复存在。城市规模越来越大，各类工业迅猛发展，垄断经营大量出现，有铁路大王范德比、石油大王洛克菲勒、钢铁大王摩根、汽车大王福特，全国铁路、石油、钢铁、汽车生产的55%～80%都被少数金融寡头垄断，几乎所有重要生产部门都成立了托拉斯。银行资本高度集中，1913年，摩根财团和洛克菲勒财团拥有全国财富的1/3，两极分化日趋严重。与此同时，美国加紧扩大海外殖民地。1898年，美国挑起第一次重新瓜分世界的帝国主义战争——美西战争，从西班牙手中夺取了菲律宾、波多黎各和关岛，同年吞并了夏威夷群岛。美西战争加速了美国资本主义垄断的进程，标志着美国进入了帝国主义阶段。

五、第二次世界大战前和第二次世界大战时期的美国

第一次世界大战和第二次世界大战之间，美国有两个对比强烈的10年，20世纪20年代被称为繁荣的和孤立主义的时代，而30年代则被称为大萧条和实行新政的时代。

20世纪20年代，美国出现了短期的、不正常的繁荣，到1930年，国家经济已经比1900年增长了4倍。但社会生产力和人民消费能力之间存在的巨大差距终于导致了1929～1933年期间的大萧条，这是资本主义历史上最广泛、最持久、最严重的一次经济危机，它像飓风一样强烈撼动着美国和整个资本主义社会。从纽约股票市场崩溃开始，银行倒闭，工厂停产，商店关门，1300万人失业，农产品过剩，美国经济顿时陷入瘫痪状态。

富兰克林·罗斯福

1933年3月4日，正值经济危机的高峰时期，民主党人富兰克林·罗斯福(1882～1945)宣誓就任美国总统。罗斯福是个坚强的、富有想象力的、乐观的领导人，3月12日，他以亲切真挚的语调、质朴实用的语言发表了其特有的炉边广播讲话，耐心解释了银行暂时停业问题，第二天，银行的存款超过了提款，有人说，罗斯福在8天里挽救了资本主义。

罗斯福一上台，立即组织了一个由大资本家和经济学家参加的“智囊团”，在三个月内先后提出并促成国会通过了70多个法案。他称他的措施为“新政”，新政可以归纳为“三R”计划，即救济(Relief)、复兴(Recovery)和改革(Reform)。对于失业，实行政府直接救济，解决饥饿问题，并促成国会通过《社会安全保障法》，确立养老金制、失业保障、残疾人保险制，这是美国社会福利事业的开端。为恢复农业和工业发展，国会通过了《农业调整法》和《全国工业复兴法》。通过缩减农业生产和销毁农产品，来提高农产品价格，缓和农业生产过剩危机。支持垄断资本对中小企业的吞并，并由国家提供巨额贷款，帮助大企业渡过危机。同时，新政改革了政府职能，政府不再采取放任主义态度，而由政府干预经济和社会生活。

罗斯福新政被称为美国历史上的第三次革命，它帮助美国人摆脱了巨大危机，复苏了资本主义生产。罗斯福也赢得了人们的尊敬，成为美国历史上惟一一位连任三届的总统。

1939年9月，第二次世界大战全面爆发。美国开始采取中立立场，尽量避免卷入战争漩涡，一面供应作战双方军火，获取巨额利润，一面坐待局势变化来确定自己的对外政策。1941年12月7日，日本偷袭美国海军基地珍珠港，使美国太平洋舰队几乎全军覆灭。美国被迫对德、日宣战，与日本在太平洋战场展开了激烈的交战，并取得了绝对的胜利。1944年6月，美、

英军队在法国诺曼底登陆，开辟欧洲第二次世界大战战场；1945 年 8 月 6 日和 9 日，美国在日本投降前夕在日本广岛和长崎扔下了两颗原子弹，在第二次世界大战后期为彻底挫败轴心国、取得反法西斯斗争的最终胜利作出了贡献。1945 年 4 月在美国旧金山召开了联合国成立大会，第一次建立起永久性的国际和平组织。

六、战后的美国

从第二次世界大战结束到 1970 年美国共发生了 6 次经济危机，使得美国经济的发展出现了下降趋势，但美国经济至今在世界上仍处于领先地位，美元仍然是世界最通行的流通货币。在国际上，美国继续执行扩张政策，试图建立起自己在世界的盟主地位。无论是 1947 年春以“杜鲁门主义”的发表为标志的“冷战”，还是试图控制东亚和东南亚局面的对蒋介石反共政策的支持、朝鲜战争、越南战争，或是 1991 年对伊拉克发动的名为“沙漠风暴”的海湾战争，1999 年和北大西洋公约组织联合发起的对科索沃的空袭，都是这种扩张政策的组成部分。

美国文学至今虽然只走过两百多年的历程，但这段短暂的历史却展示了这样一个生动的过程：逐渐挣脱欧洲文化母体的脐带，获得自己的民族个性，成为“美国的”文学。经过 19 世纪的发展，到了 20 世纪，美国文学后来居上，出现了不少知名作家，成为领先世界的文学大国。

殖民地时期的文学

殖民地时期的文学是美国文学的萌芽和先声。

威廉·布拉德福德写于 1630 年的《普利茅斯种植园史》虽到 1856 年才出版，但却是一部尽人皆知的经典之作。北美人出的第一部诗集是 1650 年在伦敦出版的《阿美利加姗姗来迟的第十位缪斯》，作者是安妮·布雷兹德里特。以《愤怒上帝手中的罪人》为经典布道辞的乔纳森·爱德华兹是殖民地时期最有影响力的作家之一，也是美国两百多年的历史中出现的伟大的思想家之一。但真正成为美国文学先声的是独立战争时期启蒙思想家富兰克林、潘恩、杰弗逊等人的散文。富兰克林(1706～1790)不仅是参与起草《独立宣言》的美国早期政治家，也是科学家、实业家和散文家。他的《自传》表达了早期资产阶级革命家勤俭奋斗、刻苦学习、乐观进取的人生态度；《格言历书》收录了大量格言、警句、谚语，介绍科学知识，宣扬实用道德，在殖民地人民中起了极大的启蒙教育作用；潘恩的《常识》、《人权》、《理性时代》等语言精练、逻辑严谨、极富感染力，堪与 18 世纪启蒙思想家的著作媲美；主要由杰弗逊起草的《独立宣言》用语庄重规范，结构严密，是美国文学史上政论的典范。

独立战争至南北战争的文学

独立战争激发了民族意识，与此同时受欧洲启蒙学说和浪漫主义文学思潮的影响，美国文学史上第一个文学高潮——浪漫主义文学出现了。

美国浪漫主义文学可以 1829 年杰弗逊上台推行民主主义政治为界，分为前后两个时期。前期为浪漫主义文学草创期，代表作家有欧文和库柏，他们首次采用美利坚民族独有的题材，塑造了美国文学中第一批典型形象。

华盛顿·欧文

华盛顿·欧文(1783～1859)享有“美国文学之父”的称号。代表作《见闻札记》(1819、1820) 发掘北美早期移民的传说故事,开创了美国短篇小说的先河。《见闻札记》包括散文、杂感、故事等,其中写得最好的是《瑞普·凡·温克尔》和《睡谷的传说》等流传于哈德逊河谷一带富有乡土气息和浪漫主义幻想的短篇小说,人称这是美国最早的神话传说。欧文的小说曲折地反映了上升时期的美国民族意识。

詹姆斯·库柏(1789～1851)是美国文学的另一位奠基人,是最早采用民族历史题材的长篇小说家,素有“美国的司各特”之美称。库柏创作中成就最突出的是边疆题材的系列小说《皮袜子故事集》,以一个绰号叫“皮袜子”的猎手纳蒂·班波为中心人物,他是美国民族在开辟新文明道路上的一个生动形象。作者以他的冒险经历和所见所闻对美国资本主义的发展作了浪漫主义的批评。

19 世纪 30 年代至南北战争前的浪漫主义文学,称为后期浪漫主义,文学史家称这一时期为“新英格兰文艺复兴”。此时,波士顿成了文学中心,形成了两个文化圈,一个是哈佛派文人,指哈佛大学一批有高度文化修养的知识名流,其代表有朗费罗、洛威尔、霍姆斯等。朗费罗(1807～1882)的长篇叙事诗《海华沙之歌》是美国文学史中第一部关于印第安人的史诗。另一个是康科德超验主义作家集团,以爱默生为首。爱默生表达超验主义思想的《论自然》、《论自助》等,造句精练,有如格言,一连串的比喻气势磅礴,有雄辩的说服力和强烈的感染力,称为“爱默生式”的风格。受爱默生思想影响并身体力行的人物亨利·梭罗(1817～1862)在康科德附近的瓦尔登湖畔度过一段隐居生活,并把他的生活记录在《瓦尔登湖》一书中。梭罗提倡超越物质文明,回到自然中寻找生活意义,以达到超灵的境界。他的思想对列夫·托尔斯泰、甘地、马丁·路德·金等都产生了不小的影响。

这时期受超验主义影响,同时又有自己独立思考的作家有霍桑和麦尔维尔。

纳撒尼尔·霍桑(1804～1864)是 19 世纪美国影响最大的浪漫主义作家。他深受清教思想影响,将资本主义社会引起的种种矛盾归结为人人心中皆有的“恶”。他写过数量不少的短篇小说和 6 部长篇小说,短篇小说的主题基本集中在探讨人性恶等问题上,《教长的黑面纱》、《年轻小伙子布朗》、《拉帕基尼的女儿》等都是如此。霍桑的代表作是长篇小说《红字》(1850),小说通过三个人物之间的感情纠葛,表现了新英格兰政教合一时期宗教对人的心灵的摧残,对不合理的婚姻、政教合一的法律和虚伪的宗教道德表示怀疑,肯定爱情、人权和自由。作品深刻揭示出在公开罪恶背后的隐秘罪恶,在法定罪恶背后的道义上的罪恶。同时,霍桑又吸收了超验主义自助、补偿等思想,赞美女主人公海丝特·白兰的生活态度,她依据自己的本性生活,大胆冲破传统道德的束缚,且坦然面对社会加给她的种种惩罚,最终以吃苦耐劳、乐施好善的品行赢得了周围居民的好感和尊敬。

霍　桑

清教思想和超验主义在霍桑心中冲突的结果使他陷入了怀疑主义,他作品中的人物是一群探寻者，但并没有找到真正的出路。霍桑作品特征在于伦理性和心理性，他被誉为美国心理分析小说的开拓者，其小说创作经常运用象征、暗示、讽喻等表现手法，产生含而不露、耐人寻味的艺术效果。

麦尔维尔(1819～1891)是继霍桑之后最有影响的浪漫主义小说家。他的代表作《白鲸》(1851)通过白鲸的故事对世界、人生作了哲理探索。白鲸“莫比·狄克”是“恶”的象征，在霍桑探讨人心中的恶之时，麦尔维尔则探讨宇宙、外在世界的恶。大海和白鲸都具有浓厚的象征意味和神秘色彩。

这一时期还有一位颇为另类的作家是爱伦·坡(1809～1849)，他写恐怖小说和推理小说，被认为是推理小说的鼻祖；他写诗，爱、美、死亡是他作品中经常出现的主题；他写文论，提出“一切艺术的目的是娱乐，不是真理”，为其后戈蒂耶、王尔德等人“为艺术而艺术”的主张开了先河。

美国浪漫主义文学在惠特曼诗歌中达到了高峰。惠特曼(1819～1892)一生只写了一部《草叶集》，1855 年第 1 版问世时，只收录了 12 首诗；而到 1892 年第 9 版问世时，已收录到 400 多首。它的成长正是整整一个时代美国成长的记录。《草叶集》歌颂美国社会的民主和自由，赞美普通人的劳动和生活，表现乐观主义情绪和对生活的热爱。惠特曼的诗歌创作代表上升时期的资产阶级民主精神。在艺术上，《草叶集》摒弃了传统的韵脚和格律，采用自由诗体，语言粗犷有力。这部诗集是美国和西方诗歌史上的一块里程碑。

惠特曼

19 世纪 50 年代，美国废奴文学创作空前繁荣，代表作家作品有希尔德烈斯的长篇小说《白奴》(1836)和斯托夫人的长篇小说《汤姆叔叔的小屋》(1852)。领导黑奴解放运动的林肯总统称斯托夫人为“发动了一场大战的小妇人”。

南北战争至第一次世界大战时期的文学

南北战争结束后，现实主义成为美国文学的主潮。战后的美国社会生活各个方面都发生了急剧的变化，工业化和自由竞争的资本主义时代的到来，使重物质、重实际成为时代精神。从社会思潮看，达尔文—斯宾塞主义、实用主义、超人哲学、马克思主义等纷纷涌来，此起彼伏，在社会上产生了极大影响。现实主义正是在这样的背景下崛起的。

西部乡土文学被看成是美国现实主义文学的源头之一，吸吮着西部乡土文学的乳汁长大，并开辟了美国文学史上一个新时代的杰出代表是马克·吐温(见本章第二节)。

美国现实主义文学的倡导者是威廉·豪威尔斯(1837～1920)。他认为现实主义者应当从生活中最富有特征的方面着手，这种特征“主要是健康、快乐、成就、幸福的生活”。豪威尔斯主张的现实主义是一种“微笑的现实主义”或温和的现实主义，这种平庸乏味、浅薄乐观的主张正是讲究实利、缺乏诗意的时代精神的反映。代表作是长篇小说《赛拉斯·拉帕姆的发迹》(1885)。

与马克·吐温、豪威尔斯同时代的作家还有亨利·詹姆斯(1843～1916)。他一生致力于写国际题材，即美国与欧洲的际遇，观察美国文明与欧洲文明的差异，描写二者的矛盾冲突，艺术上注重对上流社会的人物心理作工笔刻画，代表作有小说《黛西·密勒》(1879)、《一位女士的画像》(1881)、《鸽翼》(1902)、《金碗》(1904)等。他是第一个把小说当做艺术探讨的人，著有文艺评论《小说的艺术》(1884)等。

此后，一批新作家从不同侧面来揭露社会的矛盾。弗兰克·诺里斯(1870～1902)的代表作《章鱼》(1901)揭露铁路托拉斯与农场经营者之间的尖锐矛盾，铁路的延伸像章鱼伸开触角，所到之处是农民的破产和农场的倒闭，是美国文学中第一批有力揭露垄断资本罪恶的作品之一。

欧·亨利(1862～1910)原名威廉·西德尼·波特，被誉为"美国短篇小说之父"。他的300多篇短篇小说多取材于拉丁美洲生活、美国西部牧场生活和纽约都市生活，其中以描写受生活煎熬的小人物，贫困失业，然而相濡以沫的作品最为动人，如《麦琪的礼物》、《最后一片藤叶》、《警察与赞美诗》等都是传世佳作。欧·亨利的作品篇幅短小，没有重大的社会生活，也没有深刻的思想或独特的人物性格，但他擅长采用独特的艺术手法，如巧合、反巧合、突变等手法，尤其是所谓"欧·亨利式的结尾"，使他的故事令人难忘。

杰克·伦敦

杰克·伦敦(1876～1916)是以他的"北方故事"闯入文坛的人，这些作品都是以冰天雪地的北国、白色寂寥的阿拉斯加为背景的，描写普通淘金者在遥远北方的生活，突出主人公在非常艰苦的条件下同自然界进行的顽强斗争。其中有《热爱生命》(1906)，写人顽强的求生意志与恶劣的生存环境之间的殊死搏斗。最著名的是以狗为主角的小说《荒野的呼唤》(1903)和《白牙》(1906)。《荒野的呼唤》是杰克·伦敦创作中的精品，北国荒原上生命的角逐无疑是残酷竞争、无情掠夺的资本主义社会的寓言，作品散发着斯宾塞"弱肉强食，适者生存"的生物社会学思想。杰克·伦敦的代表作是带有浓厚自传色彩的长篇小说《马丁·伊登》(1909)，具体细致地描写了一个出身低微的作家从成名走向毁灭的过程。马丁的向往、奋斗、成功、幻灭的道路是对资本主义文明的有力揭露。

两次大战之间的文学

两次世界大战之间的20年是美国文学空前繁荣的时代。20世纪20年代是繁荣、喧闹的时代，是"爵士乐时代"，同时又是精神上的荒原期；30年代则是大萧条时代，也是左翼文学兴起的时期。

这个时期，现实主义文学继续发展。西奥多·德莱塞(1871～1945)以长篇小说《嘉莉妹妹》(1900)、《欲望三部曲》(《金融家》、《巨人》、《斯多噶》)(1912～1947)和《美国的悲剧》(1925)等一系列作品，率先突破了笼罩美国文坛的高雅传统，对美国社会发展过程中的种种罪恶作了准确而深刻的揭露。辛克莱·刘易斯(1885～1951)的小说《大街》(1920)揭示了乡镇生活的保守、褊狭和庸俗，粉碎了人们对于西部乡镇生活世外桃源式的幻想。长篇小说《巴比特》(1922)描写了美国中产阶级的虚荣浅薄、唯利是图、虚伪冷酷。辛克莱·刘易斯是第一位获得诺贝尔文学奖的美国小说家。第二位获此殊荣的美国小说家是赛珍珠(1892～1973)，她在中国生

赛珍珠

活了近40年，其获奖小说《大地上的房子》三部曲(1931～1935)等着重反映中国社会风情和普通民众的生活，为西方人认识中国打开一条通道，在美国文学中独树一帜。

20世纪20年代初，出现了一个新的创作流派“迷惘的一代”。这个流派的作家大多参加过一次大战，饱受战争的苦难和创伤，普遍有被欺骗、被出卖感。他们蔑视传统道德观念，但又找不到生活的准则和精神支柱。其作品主要描写战争给青年一代造成的精神和肉体上的创伤，属于这一流派的作家有海明威(见本章第三节)、帕索斯、肯明斯、菲茨杰拉德等。

大萧条后的30年代，工农运动高涨，马克思主义影响扩大，左翼文学成为30年代的主流，最重要的作家作品是约翰·斯坦贝克(1902～1968)及其长篇小说《愤怒的葡萄》(1939)。小说描写农民因受经济萧条的危害而破产、逃荒的悲惨经历，是美国现代农民的血泪史诗。1962年，斯坦贝克获得诺贝尔文学奖。

美国现代派文学首先在诗歌领域里兴起。20世纪20年代被称为“美国诗歌的文艺复兴”时代，新诗的代表人物有桑德堡、肯明斯、史蒂文斯等，而最有影响的人物是“意象派”运动的创始人爱兹拉·庞德(1885～1972)。庞德倡导的意象派诗歌理论动摇了传统诗学的基础，意象派诗人强调写诗要用鲜明的意象，用视觉意象引起联想，表达瞬间的直觉和思想，用这种感情和理智的综合体来构成诗。庞德的代表作是组诗《诗章》(1925～1959)，内容五光十色，包括文学艺术、诗歌神话、古代哲学、历史人物等庞杂的内容。庞德深受亚洲文学影响，常引用中国典故，其意象派诗歌代表作《在一个地铁车站》得益于日本俳句。美国诗人艾略特、爱尔兰小说家乔伊斯和诗人叶芝，都受到过庞德的影响和帮助。

T. S. 艾略特

托马斯·史登斯·艾略特(1888～1965)生于美国密苏里州一个清教徒家庭，在富有文化气息的家庭环境中长大，1927年加入英国籍，是西方后期象征主义诗歌最杰出的代表。他自称是“政治上的保皇党，宗教上的英国教徒，文学上的古典主义者”。重要诗作有《普鲁弗洛克的情歌》(1915)、《空心人》(1925)、《灰星期三》(1930)、《四个四重奏》(1944)等。《荒原》(1922)是艾略特的代表作，也是现代派诗歌的重要里程碑。《荒原》以象征手法影射整个现代西方文明，着重抨击现代大都市人的腐朽堕落和精神空虚，探寻走出精神荒原的出路。艾略特笔下的荒原，是西方社会的象征。这个“荒”，主要是指西方文明和精神的荒芜。不过，艾略特并不把“荒原”看成仅仅是20世纪西方的境遇。整首诗是想体现一种带普遍性、永恒性的景象，也是一种对历史的透视。《荒原》是表现现代西方人精神崩溃的史诗，它高度概括了第一次世界大战之后的西方社会生活，浸透了诗人的忧虑和绝望，蕴含着深刻的悲剧性。“荒原”的意象既是西方文明没落的象征，也是现代西方人精神衰败的象征。诗中那座“缥缈的城市”伦敦，正是西方现代社会的缩影。在这里，人们没有希望，没有信仰，醉生梦死，放纵情欲，犹如失去灵魂的行尸走肉。诗人在此触及到20世纪西方世界的一个根本问题：在一个丧失了价值标准的社会里，人的生存意义必然受到怀疑，人的出路也必然成为一个难以索解的谜。诗的主题是荒原的拯救。诗人通过神话、宗教传说和典故的旁征博引，展开他的主题。在艺术上，长诗结构复杂，手法新颖，诗中意象、哲理以及语言节奏的音乐美和谐地融为一体。长诗在现代题材的表面结构下，隐含着一个对应的神话结构，这样是为了“在现代性与古代性之间掌握一种持续的平行状态”，引导读者在现代与古代之间感受到作品深厚的历史感。其次,《荒原》中大量用典,即不同时代、民族的作家作品中的名句,在诗中起到不同效果。如但丁的《神曲》、《旧约》先知书、斯宾塞的诗句等常常被引用,并借用原诗文的意境,构成本诗的独特内涵。再次,《荒原》的创作体现了诗人寻求情感的"客观对应物"的创作主张。艾略特主张情感不能直接表达,只能客观而不加评论地把一系列意象放在一起,由读者自己去思考。1948 年,艾略特因其杰出的诗歌艺术成就荣获诺贝尔文学奖。

尤金·奥尼尔

20 年代至 30 年代,美国戏剧创作进入黄金时代,出现了一批优秀的戏剧作品。尤金·奥尼尔(1888～1953)是 20 世纪初期现代派戏剧的杰出代表,被誉为美国现代悲剧的奠基人。奥尼尔出身于演员家庭,其父以主演《基督山伯爵》而著名。奥尼尔幼年和母亲、哥哥随父亲的剧团走南闯北,过着颠沛不定的生活,从小便熟悉舞台和剧场。开始戏剧创作后,早期主要是写航海题材的独幕剧,以《东航加迪夫》为代表作。1920 年以三幕剧《天边外》奠定了他在美国剧坛上的地位,其后又创作了《毛猿》(1922)、《榆树下的欲望》(1925)、《悲悼》三部曲(1931)、《送冰的人来了》(1946)、《长夜漫漫路迢迢》(1956)等 20 多部剧作,进行了各种戏剧艺术探索,晚年回归现实主义创作风格。奥尼尔戏剧成分极其复杂,他深受古希腊命运悲剧观念的影响,又接受了弗洛伊德的精神分析学说,还很推崇德国表现主义和瑞典戏剧大师斯特林堡,其戏剧作品是现实主义、表现主义、自然主义等多种因素的融合,在戏剧艺术的众多方面都作了深入探索,内容主要展现现代人在伦理道德、价值观念、人类命运等方面的紧张探索。奥尼尔在剖析人的心理构成的复杂、幽微方面可谓酣畅淋漓,而对人类悲剧命运的探寻又显得深沉有力,为此他获得了 1936 年诺贝尔文学奖。

《毛猿》是奥尼尔的代表作之一。主人公是一个邮船的司炉工,本名罗伯特·史密斯,但大家都叫他的绰号"扬克"(美国佬),最后连他自己对本名也模糊了。他是"琼斯皇"的后代。他身强力壮,自以为是这艘船的驱动者。他赤裸着上身,弯着腰,在狭小闷热的机舱里卖命地干活,可是被有钱人视为"毛猿"。船上有个叫米尔德里德的小姐,出于好奇心到机舱"参观",看到"扬克"那副模样,以为是一只狰狞的猩猩,害怕得几乎要昏过去。"扬克"终于明白自己在有钱人眼里是一钱不值的。他发怒了,决心报复。于是,他就到街上专找那些绅士太太"斗争",结果被警察抓起来关进监狱的铁笼。在狱中,听说有个"世界产联"的工人组织专门与有钱人作对,出狱后,他跑到世界产联第五十七分会,要求加入该组织,并表示要把资本家的企业炸成灰烬。不料,分会的领导人竟吓坏了,说"扬克"简直是一只没头脑的猩猩,工厂炸了,工人怎么上班？于是,把他轰了出来。"扬克"觉得没人理解他、同情他。他茫无头绪,走投无路。第二天黄昏,他走到动物园,忽然感到那笼里的大猩猩才是自己的知音。他使劲打开铁笼放出猩猩,给它自由。可是,猩猩挥动长臂把"扬克"紧紧抱住,一下把他掐死,然后扔进铁笼。"扬克"成了名副其实的"毛猿",终于在动物园的铁笼里找到了最后的归宿。

《毛猿》是一部典型的表现主义戏剧,同时又有现实主义成分。它既发挥了表现主义高度概括的优点,又克服了表现主义抽象晦涩的缺点;它既忠实于生活的真实,又不纠缠于细节的逼真,而是力求精神上的真实,可以说兼有现实主义和表现主义两者之长。在现实生活中,作者认识一个爱尔兰的烧火工人,后来投水自杀了。为什么一个身强力壮的工人要自杀呢？这个问题成了奥尼尔创作《毛猿》的原动力。剧中的基本情节，如米尔德里德小姐去机舱的场面和“扬克”去“产联”的经历也有真实的素材。作者从现实生活中撷取创作素材，赋予一定的象征意义，以表现深刻的社会内涵。从狭义上看，《毛猿》反映了现代资本主义社会中产业工人的悲惨处境。像“扬克”这样能干的工人是社会物质财富的创造者，是世界的真正主人。然而，在资本主义社会里，他的命运比奴隶还悲惨，甚至连动物园的大猩猩都不如。从这个意义来说，《毛猿》深刻地揭露了美国畸形的社会关系，而这种社会关系的病根在于人吃人的资本主义制度。“扬克”也意识到了这一点，他进行了抗争，尽管结局是失败的，但仍具有积极意义。从广义上看，“扬克”是现代人的一个象征。《毛猿》的主题则表现了人失去与自己的生存条件的协调，以及人与自己命运的搏斗，深刻揭示现代人在资本主义社会中无所寄托、无所依赖的尴尬窘境。剧中出现的笼子可以说是这种窘境的象征，同时也表现了作者对人类前途的悲观情绪。

在艺术上，《毛猿》是一部典型的现代戏剧。首先，在情节结构上全剧只分场，不分幕，情节离奇荒诞，剧本的副标题是“古代和现代生活的八场喜剧”。除了主人公“扬克”外，全剧没有其他贯穿始终的人物，有的有声无形；有的无名无姓；有的缺乏性格特征，他们都是为了表现主人公“扬克”而存在的。剧中不少场面主要采用“扬克”的大段内心独白来构成戏剧冲突。他时而清醒，时而糊涂，时而悲哀，时而愤怒，有直觉与幻觉，有实感与幻想，有痛苦的思考，也有深邃的哲理，从而表现出“扬克”的悲愤心理，揭示出他心灵深处潜在的思想、情绪和意识。其次，全剧充满着象征，剧中的布景、环境、情节、人物以及人物的语言、行为都富有象征意义。剧中的邮船象征着整个现代资本主义社会，前舱暗示着社会的底层，工人们被禁锢在钢铁制成的大铁笼中，处处充满着受压抑的气氛。甲板是社会上层的标志，那里舒舒服服地躺着资产阶级妇女，她们沐浴在明媚旖旎的海洋风光之中。船内、船外、船上、船下形成鲜明的对照，反映了社会的不平等。同时，“扬克”是现代产业工人的象征，又象征着原始人类必须经历不断的艰苦斗争，才能取得生存的权利。他发展着一种原始力量，这种力量可以推动社会前进，也可以毁掉那个社会。《毛猿》既反映了资本主义社会人与人的畸形关系，也表现了整个人类的状况，表现人失去自我归属以后的痛苦以及对自我归宿的寻求，含义复杂而深刻。

在两次世界大战期间，“南方文学”也出现了空前繁荣，在诗歌、小说创作及文艺批评方面都涌现出一些有成就的人物。威廉·福克纳(1897～1962)是最有影响的南方作家。他的主要创作内容就是描绘两百年来美国南方社会的变迁图。他虚构了一个约克纳帕塔法县作为大多数作品的背景，构成了约克纳帕塔法世系。这些作品中最出色的当推《喧哗与骚动》(1929)、《八月之光》(1932)、《押沙龙，押沙龙！》(1936)等。《喧哗与骚动》通过康普生家族成员的命运展示了南方贵族家庭的没落衰亡。作品标题来自莎士比亚悲剧《麦克白》第五幕第五场中麦克白的一段台词：“人生……像一个白痴所讲的故事，充满着喧哗与骚动，却无丝毫意义。”作者在第一部分选择白痴班吉来叙述故事，是有其深刻用意的。因为人生，尤其是美国南方社会中的人生，浑浑噩噩，就“像一个白痴所讲的故事”，这正好点明了作品的主题。福克纳在这部作品中通过对康普生家族没落过程的描写，为南方庄园主的没落和旧贵族精神的沉沦谱写了一曲挽歌。但是，福克纳在唱这曲挽歌的时候不免也混杂着当时西方知识分子因人性异化、找不到精神出路等原因而对现代文明所抱有的一种幻灭感。福克纳希望从宗教中寻求出路。他把小昆丁的出走放在复

威廉·福克纳

活节那一天，并且以基督的博爱精神同康普生家族中人与人之间的仇视与冷酷无情形成对照，以便唤起人性中尚存的一点点善，从而实现“人性的复活”。同时在作品中，福克纳还创造性地运用了一系列艺术手法。他先用“意识流”手法，勾勒出一个如同梦幻的、模糊不清的大致情节，最后，采用传统的“第三人称”写法，填补“意识流”所造成的“空白”，使朦胧中的故事全貌逐渐地显现出来，变得明朗而又清晰。这位叙述者不仅是杂乱现象的报道者，有时也是一个生气勃勃的故事讲解人。其次，福克纳注意运用“时序颠倒”的手法，借以突出历史与现实的因果关系。在《喧哗与骚动》中，作者总是选择极为关键的时刻，由人物出场讲话；所以，这部小说并非依照正常的时间顺序写成，而是依据“时间哲学”的观点写成的。作者试图以此来摆脱时间顺序的钳制，跳出时间的羁绊，来描绘那个“年迈而垂死的世界”。再次，作品采用象征隐喻的艺术手法。故事发生在1928年4月8日——复活节当天。据《圣经·新约》记载，这一天基督耶稣的遗体突然消失，墓道里只留下他丢弃了的衣衾。在小说里，这一天正是17岁的私生女小昆丁私奔之日，在一片慌乱之中人们发现她的卧室里抛下了零乱的裙衫！这样安排，就使读者看到了一种平行对比、明暗相映的“双层轨道”——救世主馈爱人间的快乐辰光，恰好成了康普生世家因缺乏“仁爱”而遭到报应的痛苦时日，这就在无形之中，对南方贵族社会作出了辛辣的讽刺和无情的鞭挞！这些特点使《喧哗与骚动》具有深沉的哲理性，成为“约克纳帕塔法世系”中的代表作，作者因此荣获1949年诺贝尔文学奖。

第二次世界大战以后的文学

第二次世界大战后，美国进入了忧虑和怀疑时代。20世纪出现的各种哲学流派，如尼采的“超人”哲学、柏格森的神秘主义、萨特的存在主义以及弗洛伊德的精神分析学说等，很大程度上影响了20世纪美国文学的内容和形式。50年代的美苏冷战、朝鲜战争、麦卡锡主义和核战争威胁使人们生活在惊恐之中，文坛曾一度趋于沉寂。60年代至70年代，经过越南战争、民权运动、女权运动、水门事件，文坛重新活跃，出现了五花八门的现代派文学。不少作品的中心主题是孤独，作家们都在重寻价值支撑点，对世界和自我进行重新认识。

20世纪50年代兴起的“垮掉的一代”正是这种心态的体现。高压的政治空气使许多青年感到压抑，陷入精神危机，他们吸毒、群居，以颓唐、放纵的生活方式来反抗社会，形成“反主流文化”运动。“垮掉的一代”代表作家有诗人金斯堡（1926～1997）和小说家凯鲁亚克（1922～1969）。金斯堡的长诗《嚎叫》（1956），表达了一代青年的痛苦与自暴自弃的情绪；凯鲁亚克的成名作《在路上》（1957）描写一批“垮掉的”青年在各地流浪的生活。进入60年代后，“垮掉的一代”被称为“嬉皮士”，他们继续反抗美国的资产阶级文化和社会价值观念。

20世纪四五十年代犹太文学崛起。犹太文学的突出主题是探索犹太人的历史命运和寻找自我本质。犹太文学的著名作家有索尔·贝洛（1915～2005），代表作有《奥吉·玛琪历险记》、《雨王汉德森》、《洪堡的礼物》等，艾萨克·辛格（1904～1991），代表作有《傻瓜吉姆佩尔》、《赛拉姆先生的行星》等，马拉默德（1914～1986），代表作有《店员》等，塞林格（1919～　），代表作有《麦田里的守望者》等。贝洛和辛格分别为1976年和1978年诺贝尔文学奖得主。

黑人在南北战争奴隶制废除以后仍处于社会底层。20年代，由南方黑人创造的爵士乐风靡一时，成为白人文化的重要组成部分，与此同时，在纽约哈莱姆区，黑人作家掀起了一场文学运动,称为“哈莱姆文艺复兴”,代表作家有兰斯顿·休姆等。第二次世界大战以后,黑人文学更趋成熟,代表作家有理查德·赖特(1908～1960),代表作有《土生子》(1940),拉尔夫·艾里森(1914～1994),代表作有《看不见的人》(1952),主题是抗议美国社会的种族歧视。

“黑色幽默”是美国后现代文学的主要流派,兴起于20世纪60年代,70年代继续流行。当时一些严肃作家看到社会中的种种罪恶现象,又难以改变现实,于是怀着痛苦、恼怒和绝望的心情,对世情万物、痛苦和罪恶采取玩世不恭的态度,从而形成了黑色幽默风格。该派代表作家有美国作家约瑟夫·海勒(1923～1999)、库尔特·冯内古特(1922～2007)、托马斯·品钦(1937～)、巴塞尔姆(1931～1989)等;主要作品有海勒的《第二十二条军规》(1961)、品钦的《万有引力之虹》(1973)和冯尼格特的《顶呱呱的早餐》(1973)等。《第二十二条军规》既是海勒的代表作,也是“黑色幽默”这一流派的奠基作,写的是第二次世界大战期间,奉命驻扎在意大利的一个地处地中海的小岛“皮亚诺扎岛”上的一支美军空军大队的生活。小说没有完整统一的情节,全书共42章,每章以一个人物为中心讲述一个主要故事,再由贯穿全书的人物、上尉轰炸手尤索林的经历将这些故事串联起来,从而形成了一部貌似松散、实则具有内在联系的长篇小说,反映了上至将军、上校,下至普通士兵、护士甚至妓女等形形色色、方方面面的人物及其生活。这些人物的共同特征是怪诞、疯狂、不可理喻,无法用正常人的标准来衡量。“第二十二条军规”象征着世界的荒诞和反理性。“第二十二条军规”本身就是一个象征。它的表层意义十分明显,暴露美国军事官僚机器的肮脏、黑暗和虚伪的本质,揭露战争实质的荒谬性和欺诈性。而它的深层含义则是对一个毫无理性的荒谬世界的高度象征。“第二十二条军规”是一种凌驾于一切之上的神秘力量,操纵着芸芸众生。它以专制、强蛮、霸道、荒谬的姿态控制着人们的生活,使建立在理性基础之上的人类的道德和行为准则变得荒诞不经。它看似无形,实则是一张天罗地网,人类的任何挣扎都无济于事。小说是对二次大战之后西方社会人的生存状态的深刻揭示和批判。小说在反讽、悖论、象征性、意识流、荒诞情节、逻辑颠倒、时空倒错等方面充分体现了黑色幽默文学的艺术特点。

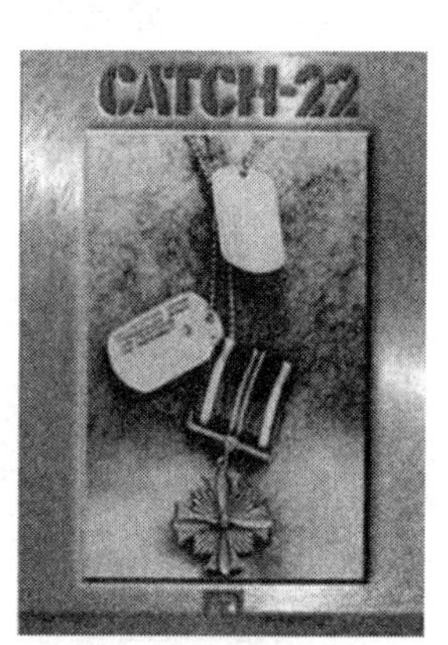

《第二十二条军规》

第二节 马克·吐温

马克·吐温(1835～1910)是19世纪后期美国现实主义文学的杰出代表。他的作品以幽默讽刺的笔调,揭露了美国民主的虚伪和拜金主义、种族歧视等的本来面目。

一、密西西比的涛声波韵

马克·吐温原名塞缪尔·朗荷恩·克列门斯,生于密苏里州的佛罗里达。其父是不得志的地方法官,家境贫寒。他4岁时结识了叔叔农场里的黑人丹尼尔大叔,听他讲了许多动人的传说,深受民间文学的熏陶,并与黑人结下了深厚友谊。12岁父亲去世,开始独立谋生。1853～1861

年间，他先后当过印刷所学徒、送报人、排字工人、密西西比河上的水手、领航员等。密西西比河成了他生命的伊甸园和文学创作的源泉。

二、"马克·吐温"的幽默小品

马克·吐温

1861 年南北战争爆发，密西西比河航运萧条，马克·吐温到西部内华达找金矿，未果，于 1862 年底到弗吉尼亚城当《事业报》和《晨报》记者。第二年，他正式以"马克·吐温"为笔名发表以密西西比河水手生活为题材的幽默小品。"马克·吐温"(Mark Twain)是领航员术语，意为水深十二英尺，可以通船，为纪念密西西比河上的一位老舵手以及自己的水手生涯，他取此笔名。1865 年，第一篇短篇小说《卡拉维拉斯县驰名的跳蛙》问世。作品诙谐生动，既有西部幽默文学特有的风格，又把幽默描写与对社会的讽刺结合起来，大受读者欢迎，他因此获得"幽默大师"的称号。

三、美国社会的讽刺漫画

19 世纪六七十年代，马克·吐温主要以通讯报道、讽刺小品和短篇小说等形式揭露和讽刺欧洲和美国社会的种种不合理现象。不过由于作者对整个资本主义制度依然心怀乐观，所以早期作品虽风格辛辣，却不失轻松欢快的格调。代表作有通讯散文集《傻子出国旅行记》(1869)、短篇小说《竞选州长》(1870)和《哥尔斯密的朋友再度出洋》(1870)。《傻子出国旅行记》是作者游历欧洲各国的通讯报道，作者用讽刺笔法，嘲笑了欧洲的封建残余和宗教愚昧，也讽刺了美国资产阶级的自大和无知。马克·吐温因为此书而成为"文坛上的林肯"。

《竞选州长》以第一人称"我"为揶揄对象，写"我"作为独立党候选人与政坛老手伍福特和霍夫曼一起竞选纽约州州长。不料，原本声望还好的"我"，一时间被栽赃了五花八门的罪名，什么伪证犯、小偷、盗尸犯、酒疯子、舞弊分子和讹诈专家，使"我百口莫辩"，臭名昭著。这幕闹剧的高潮是在一次公开集会上，九个不同肤色、刚会走路的孩子一起抱着"我"的腿叫"爸爸"！声誉扫地的"我"不得不宣布退出竞选。这就是美国公正、平等、民主的选举制度的真面目！《哥尔斯密的朋友再度出洋》则揭露人人平等的美国对华工的迫害，批判了美国民主自由的虚伪。

四、"镀金时代"的真实图景

19 世纪 70～90 年代，是马克·吐温创作的鼎盛期。南北战争后，美国资本主义经济高速发展，美国从一个充满田园风味的新大陆转变成一个工业国家，社会矛盾和阶级矛盾日益激化。随着社会阅历的加深，马克·吐温对社会也有了更清醒的认识，讽刺更加激烈，思想更加深刻，创作中的批判因素大大加强。这时期主要作品有长篇小说《镀金时代》(1873)、《汤姆·索亚历险记》(1876)、《王子与贫儿》(1881)、《哈克贝利·费恩历险记》(1884)、《傻瓜威尔逊》(1894)以及童话体小说《在亚瑟王朝里的康涅狄克州美国人》(1889)和短篇小说《百万英镑》(1893)等。

《百万英镑》剧照

与查尔斯·华纳(1829～1900)合著的《镀金时代》是马克·吐温的第一部长篇小说。小说围绕兴建城市、铺设铁路等投机发财事件，塑造了一心幻想发财致富的塞勒斯上校和企业家兼政客的参议员狄尔沃绥的形象。南北战争后，投机像瘟疫一样弥漫在美国，金钱主宰一切，整个社会贪污成风，到处是诈骗、贿赂、盗窃的恶行。自由竞争的70年代并非“黄金时代”而是表面繁荣的“镀金时代”，这个名称形象而准确地概括了这段历史时期，因而一再为历史学家引用。

《汤姆·索亚历险记》

《汤姆·索亚历险记》是70年代另一部重要作品。小说塑造了一个爱撒谎、好表现、聪明活泼、常有顽皮孩子的小心计而又富有正义感和叛逆精神的美国南方儿童汤姆·索亚的形象，这是作者对自己童年生活的再现。作者用对比手法，把生气勃勃的儿童心理同陈腐刻板的生活环境加以对照，批判了资产阶级儿童教育的清规戒律。细致的心理描写也是这部作品的重要特点。

短篇小说《百万英镑》写一个美国穷青年亨利因偶然机会得到一张面值为一百万英镑的钞票，身份立时为之一变，成了伦敦社交界名人，人们对他崇拜有加，金钱、荣誉、爱情蜂拥而至，令人难以招架。小说用夸张的方式讽刺了金钱万能的美国社会。

五、悲观厌世的晚期思想

19世纪末、20世纪初，美国由自由资本主义发展到帝国主义阶段，两极分化严重。在托拉斯金融集团形成的同时，中小资产阶级和无产阶级日益走向贫困化，马克·吐温亲身感受了这一社会转型。90年代初，为还清与人合伙的出版公司的沉重债务，他到澳洲、印度、南非等地作旅行演讲，目睹了帝国主义对殖民地人民的压迫，并创作大量政论和杂文，控诉帝国主义和殖民主义的罪恶。文学作品主要有散文随笔集《赤道旅行记》(1897)和中篇小说《败坏了赫德莱堡的人》(1899)，后者是作家晚年的艺术杰作。素有最诚实、最清高的市镇美誉的赫德莱堡，因一个陌生人送来的一袋假金币，镇上19位模范公民竟你争我夺，最终原形毕露。赫德莱堡是美国社会的缩影，小说揭露了金钱对人的灵魂的腐蚀以及资产阶级道德的虚伪。晚年的马克·吐温把贪婪看成人的共性，对人类前途悲观失望，作品由轻松的诙谐幽默转变成辛辣而悲凉的冷嘲。在他去世后发表的中篇小说《神秘的陌生人》和杂文《什么是人》中，这种情绪体现得更加明显。正如鲁迅说的，他原来是“讲笑话的好手”，现在“分明证实他是很深的厌世思想的怀抱者了”。

1910年4月，马克·吐温病逝于康涅狄克州。

《哈克贝利·费恩历险记》

《哈克贝利·费恩历险记》不仅是马克·吐温的代表作，也是美国文学史上最重要的文学作品之一。海明威说：“一切现代美国文学来自马克·吐温写的一本书，叫做《哈克贝利·费恩历险记》。……这是我们所有的书中最好的一本。”

一、基本情节

故事发生在南北战争前。白人孩子哈克贝利·费恩为了逃避酒鬼父亲的毒打和道格拉斯太太为他安排下的“体面、规矩”的生活，从家中跑了出来，遇到为逃避被主人华森小姐卖掉而偷跑出来的黑奴吉姆，两人一起乘木筏顺密西西比河而下，一路相濡以沫，结下了深厚友谊。他们想寻找通往北部自由州的卡罗镇，却遇到了自称“国王”和“公爵”的两个骗子，他们为了得到一笔赏金要出卖吉姆。哈克在汤姆的帮助下救出吉姆，最后得知华森小姐去世前曾留下遗嘱，宣布吉姆已经是自由人。

二、三个主题

《哈克贝利·费恩历险记》

故事始终围绕三条线索展开：男孩哈克的童年及其成长，密西西比河这个褐色巨神所代表的美国大自然，人对自由的向往和追求，这也是作品的三个主题。

哈克装死逃走是他脱离文明社会的标志，到小说结尾他被错认为是汤姆，使他感到“获得了新生”。他沿大河的旅程就是从文明社会中死去，回到大自然——密西西比河中获得新生，最后以新的面貌回到社会的成长过程。哈克的成长集中体现在社会道德的成长上，他叛逆社会、不顾南方法律帮助吉姆获得自由，就是他摒弃传统社会道德，代之以合乎人性的自然道德的体现。哈克与吉姆相处，内心始终充满矛盾：友情、同情和人性使哈克决定帮助“好黑人”吉姆，而南方奴隶制传统教育又驱使他维护奴隶主财产，告发逃奴吉姆。但最终，吉姆的忠厚善良以及南方贵族的各种虚伪，终于使他抛弃了传统观念。哈克的心理矛盾形象地反映了人的自然美好的天性与违背人性的种族歧视之间的冲突，最终“健全的心灵战胜了畸形的意识”。哈克的选择体现了作者对民主、平等的向往和追求。

哈克获得新生的力量源泉是密西西比河，即大自然，这是小说的第二个主题。密西西比河是哈克的精神支柱，是他的生命线，代表他所热爱的自然。他和吉姆沿大河顺流而下时，以一个孩子的眼光观察沿岸的人与事，看到的是伪装贵族的骗子、杀人越货的强盗、宗教的虚伪、奴隶制的残忍等。与他所厌恶的文明社会相比的则是美丽、雄伟、生机蓬勃的密西西比河。当夜晚降临，木筏向下漂移时，哈克躺在“一望无际的河身”上总有一种安全感，“我们向静静的大河下游漂移，是多么庄严！我们背躺木筏，眼观明星，轻轻耳语，兴奋时也不敢发出笑声，生怕破坏这庄严的宁静。”马克·吐温通过哈克的观察揭示出密西西比河的原貌，让读者体会大河的美丽和强大。T. S. 艾略特曾说：“马克·吐温是在大河上土生土长的，密西西比河河神就是马克·吐温自己的神。这是一个土生土长者对自己的神的接受，是人对大河的服从，人从这种服从中获得尊严。”

小说的第三个主题是人对自由的向往和追求，反映了马克·吐温希望的美国文化的发展方向。哈克不愿过文明生活，与吉姆一起开始了在密西西比河上的漂流，这旅程的终点是寻找自由之地。作者把吉姆的人身自由和哈克追求精神自由紧密联系在一起，奴隶制在束缚吉姆的人身自由时，也束缚了哈克的人性。哈克追求的精神自由是要从人性奴役中解放出来，而这种解放是和黑奴的解放分不开的。马克·吐温通过哈克和吉姆追求自由向世人宣布，黑奴的人身自由就是白人的精神解放，深刻地体现了作者的民主思想。

三、"美国精神的化身"

马克·吐温在美国文学史上划时代的地位在于他在反映美国现实以及应用本土语言方面是第一个全面美国化的人。这在《哈克贝利·费恩历险记》中得到了充分体现。所谓全面美国化，就是指他在语言上全面运用美式英语，如《哈克贝利·费恩历险记》中大量吸收密苏里地区的方言和黑人的俚语，极富民族色彩，其幽默也是美国式的；在内容上，他以美国的历史事件（如蓄奴制度）、社会现实（如拜金主义）为描写对象，反映美国的风土人情；在思想上，马克·吐温则充分反映出美国精神的内涵：哈克和吉姆的逃跑体现了美国人对自由的追求；对岸上文明社会的背弃和对密西西比河的向往，则体现了美国人对自然的崇尚，他们脱离欧洲文明社会到美洲大陆这片未开垦的处女地寻找新的生活；对蓄奴制的反抗，体现出美国人对民主、平等这些天赋人权的肯定；哈克和吉姆向着未知世界的进发，则是美国边疆精神的象征。所以，马克·吐温被称为"一位真正的美国人"，1907年《伦敦每日记事》称他是"美国精神的化身"。

第三节　欧内斯特·海明威

欧内斯特·海明威（1899～1961），美国现代著名作家，1952年诺贝尔文学奖获得者。他在继承马克·吐温等人的现实主义传统的同时，又在创作思想和创作方法上进行革新，形成独特的风格，对现当代美国和世界文学产生过重要的影响。

生平与创作

一、《星报》记者

海明威生于芝加哥市郊橡树园镇一个医生家庭。父亲不仅医术高明，且爱好打猎、钓鱼、射击、拳击、踢球、采集标本等多种户外活动，母亲是位虔诚的教徒，喜欢艺术，有较高的音乐修养，经常带孩子们去芝加哥看画展，还训练欧内斯特拉大提琴。海明威是父母六个孩子中的长子，父母二人都争相把自己的爱好传给儿子。但在这场家庭教育拉锯战中，父亲显然占了上风，他培养了海明威对运动的爱好，海明威过3岁生日时，父亲就送给他一支钓竿，10岁时他就有了自己的猎枪。海明威几乎继承了父亲所有的爱好，这些体育活动练就了他强健的体魄和刚强的性格。而他与性格刻板、规矩的母亲却长期不睦，温文尔雅的母亲看着宝贝儿子"像个小胡同里的野孩子"，常常因拳击被打得头破血流成为急诊医院的常客，内心十分焦虑，海明威直到晚年才对母亲采取理解和宽容的态度。当然，自幼受到的音乐和美术熏陶，也对他日后创作产生了深刻影响，如音乐中的对位法对日后的写作有所启发。海明威对文学、艺术以及体育运动的热爱是这个家庭共同给予的。

海明威

海明威的一生经历丰富多彩，甚至带有某种传奇性。他在北非的丛林里围过猎，也在古巴的海上捕过鱼;他既是斗牛迷,还是拳击迷。体育运动赋予他健壮的体魄和开朗的性格,支持了他紧张繁忙的文学活动。海明威在中学读书时成绩优异,兴趣广泛,但他没有上大学,原因是1917年中学毕业时,正赶上美国参加第一次世界大战,他积极报名参军,由于眼疾未被接纳。海明威是美国现代作家中惟一一个没有进过大学的人,海明威成名后,他的反对者们常常用这一点来攻击他,说他缺少文化修养。但海明威拒绝读大学,而于同年进入《堪萨斯城明星报》当了见习记者,这段记者生涯对他一生的创作风格的形成至关重要。《星报》是当时美国最有名的报纸之一,对记者要求极为严格。他努力遵循报社提出的摒弃繁词丽句,用明快、生动、富有活力的英语语汇去写"短句"和"简短的第一段"等原则,为最终形成独特的文体风格打下了坚实的基础,创设了良好开端。

二、"迷惘"的青年

1918年5月,他报名参加了美国红十字会战地服务队,作为中尉在意大利前线驾驶救护车,终于如愿到了战场。可到达前线才一个月就身负重伤,仅从左腿上就取出237块弹片。11月停战,海明威带着意大利政府授予的军功章和一身伤疤回国。战争的残酷印象一直萦绕在他的脑海里,他心灵遭遇的创伤一直难以愈合,参战归来,他过了一段心灰意冷的生活。1919年冬,他作为加拿大《多伦多明星报》的编外记者,被派驻欧洲巴黎。在此,他结识了旅欧美国女作家斯泰因和诗人庞德,以及爱尔兰小说家乔伊斯,在他们的鼓励下开始文学创作,1922年开始在《大西洋月刊》发表作品。1923年他的第一个集子《三个短篇和十首诗》出版。1924年,他辞去记者工作,专心创作。

1925年,第一个短篇小说集《在我们的时代里》出版,为作家赢得了声誉。小说集里的不少故事都是围绕一个名叫涅克·阿丹姆斯的中心人物展开的。海明威着意强调外在世界的暴力、伤残、死亡对这个孩子思想、个性、心理所产生的影响。《印第安帐篷》写涅克在朦胧的意识中第一次观察到生与死的搏斗。一个印第安男子因不堪妻子生孩子的痛苦的惨叫而割腕自杀,海明威以冷静而含蓄的笔法,通过一个少年的感受写出了这个事件,这篇小说后来成为世界公认的短篇名作。在《斗士》中涅克被火车司闸员打得鼻青脸肿,继而又挨了前职业拳击家艾德的拳头,领教了暴力的滋味。海明威通过这个短篇集要说明的主题是"在我们的时代里"并没有真正的和平与幸福,只有暴力和死亡,人们从幼年时代起就处在一种恐惧、迷惘、被伤害的状态中。涅克是海明威一系列重要作品中主人公的雏形,他的身上无疑闪现着作者本人的影子。

1926年,他出版了第一部长篇小说《太阳照常升起》(在欧洲被称作《节日》),美国女作家斯泰因的一句"你们都是迷惘的一代"成了作品的扉页题词。这个名称还成为与海明威有相似创作风格的一批作家的共同称谓,并由此形成了一个文学流派"迷惘的一代"。作品通过第一次世界大战后流亡巴黎的一群英美青年在毫无目标的生活中酗酒放荡、寻求刺激、消极地放纵自然本性,来透视一代人精神世界的深刻变化,揭示战争给人们生理和心理造成的巨大创伤。小说的叙述者兼男主人公杰克·巴恩斯是在巴黎工作的美国记者,在战争中受伤,失去了性爱能力。他爱上了英国女护士勃莱特,但两人却无法结合,勃莱特不得不从别的男人身上寻求满足。为了消除苦闷和无聊,他们约了几个意气相投的朋友一起去西班牙比利牛斯山区,以狩猎、钓鱼、观看巴斯克斗牛来消磨时光。但美丽的自然风光并不能使受伤的心灵得以平复,他们无休无止地酗酒作乐、打架斗殴、争风吃醋、寻求刺激。勃莱特在巴斯克爱上了一个斗牛士罗梅罗，并跟他私奔，最后被斗牛士遗弃在宾馆里。杰克前去将她领回巴黎，生活中的太阳依然没有升起来，二人为不能实现的爱情怅惘不已。小说中的人物都是客居他乡的过客，他们被一次大战摧残了心灵，成了与大地失去联系的精神流亡者，失去信仰，失去寄托，甚至失去了正常的生活能力。在战后的一片精神荒原上，他们的生活完全失去目的和意义，感觉到巨大的空虚和迷惘。他们"没有一个人是清醒的"，"人人都行为恶劣"。他们是人生角斗场上的失败者，只能在纸醉金迷中寻找刺激和麻醉。杰克借酗酒遗忘，勃莱特借纵情声色遗忘，最后两人一起从西班牙回巴黎时，勃莱特说："杰克，要是我们能在一起该多好啊。"杰克则说："这样想想不也很好吗？"现实中不能实现的，只能在幻想中得到满足。《太阳照样升起》中的悲观失望的情绪正是当时的海明威在思想上的经历。海明威自欧洲战场上负伤归来，不想找工作，不想上大学，什么事都不想做，成了一个没有目标的人。小说中人物彷徨若失、心灰意懒的情绪正是海明威这个时期精神面貌的体现。

1926年出版长篇小说《春潮》；1927年出版短篇小说集《没有女人的男人》。

1928年海明威回国，定居在佛罗里达州最南端。这一年他的父亲开枪击中头部自杀，给海明威的精神带来极大震撼，他一度十分苦闷。

1929年，他写作长篇小说《永别了，武器》。小说描写美国青年弗利德里克·亨利在第一次世界大战中志愿到意大利军队服役，在运输连任少尉。在一次去后方休假时，他结识了英国女护士凯瑟琳。亨利和她调情，感觉像玩赌博游戏一样，只是为了打发时光，只不过把纸牌换成了话语。后来在一次炮击中，亨利受了伤，被送到米兰一家医院治疗，由凯瑟琳看护。二人在相处过程中产生了真正的爱情，在米兰度过了一个幸福的夏天。秋季，亨利被召回军队，正赶上德国反攻，意军败退卡波瑞托。撤退途中，因亨利的外国口音而被意军宪兵当作德国间谍抓起来，即将执行枪决。亨利感到十分悲愤。他伺机逃脱，找到凯瑟琳，二人逃亡瑞士，在那里度过了一段愉快的时光。冬天来临，凯瑟琳即将分娩，他们移居洛桑。不幸，凯瑟琳难产，产下一个死胎后大出血而死。亨利告别凯瑟琳，在绝望中独自一人回到旅馆。

《永别了，武器》

小说写一则以第一次世界大战为背景的爱情故事，通篇贯穿着反战主题。通过美国青年亨利参加第一次世界大战前后的思想变化，揭露统治阶级用"神圣"、"光荣"、"牺牲"等宣传口号，以"拯救世界民主"等蛊惑人心的词句，把青年人骗上战场送死。战争把世界变成荒芜的废墟，战场就像"芝加哥的屠宰场"，只不过它的屠宰物不是拿去出售，而是埋在地下罢了。战争杀害人，更严重的是损伤了一代人的心灵。海明威还把战争作为整个人类悲剧的制造者来加以谴责，从而使小说获得了比一般反战小说更深的意义。小说通过亨利和凯瑟琳的爱情悲剧探究世界的意义和必然性。亨利发现，在个人关系的有限意义中寻找宇宙的意义注定要失败，因为它依赖于种种偶然事件。在这个世界上，人好比"着了火的木头上的蚂蚁"，"不知往哪里逃的好"，"末了还是烧死在火里"。"世界杀死最善良的人、最和气的人、最有勇气的人"，再好的人都不免一死，人生"是个卑鄙的骗局"。海明威在这篇小说中不仅谴责战争，而且力图探索战争中的经历和遭遇是否就是造成他们那一代人精神"迷惘"的原因。

《永别了，武器》的悲剧色彩也集中表现在主人公亨利身上。亨利是战争的反对者，也是个消极的和平主义者。他不仅从战场上逃跑，而且逃避世界，逃避社会。他认为，任何信仰和理智上的思考都是毫无用处的，在这场灾难面前，个人是无能为力的，只有个人幸福才是靠得住，是实实在在的。“乾坤颠倒了”，但亨利并不想去“把它整好”，“我已经和战争单独媾和了，我现在只想着吃饭，喝酒，和凯瑟琳睡觉。”这是资产阶级传统道德崩溃时期的“英雄”形象，也是“迷惘的一代”的又一典型代表。但比《太阳照常升起》更进一步的是，小说没有因为人生悲剧的必然性而否定人的努力以及在失败面前表现出勇气的价值。

《永别了，武器》是海明威独特的艺术风格成熟的标志。在写人状物、语言文体方面都具有独特的风格。

1. 小说以悲剧气氛的层层铺垫与渲染，季节的交换、气候的变化与战事的胜败、主人公心情变化的有机结合，显示出海明威高超的叙事技巧

文中的景物描写多有象征寓意，对雨的渲染极写出战争的压抑、沉闷的氛围。如小说开头的一段景物描写：“那一年晚夏，我们住在乡下一间房子里。从那里我们望见隔河的平原，平原同山连在一起。河底有圆石子，在太阳光下又白又滑；河水又蓝又清，水流得很快……平原上一片丰收景象，果实累累。平原的后面是紫褐色的光秃秃的山峦。山上正在打仗，夜里我们看得见战炮的闪光。在黑暗中，那些战炮的闪光。在黑暗中，那些炮火真像夏天的闪电。”此处，平原象征着和平与宁静，高山象征着战争，以平原和高山的对比，揭示出作品反战的主题。再如不断伴随着主人公的淅沥不断的雨，在海明威小说里是阴郁、不祥的预兆，构成一种阴冷、凄凉的氛围。主人公每次命运变得更坏，都与雨相连，如此等等。海明威经常能恰到好处地运用象征的手法。如《乞力马扎罗山的雪》中的雪山与山上的豹，《白象似的山峦》中的白象，《法兰西斯·玛康贝短暂的幸福》中的狮子，《老人与海》中的大海等都具有较为复杂的象征意味。

2. 突出体现了简约含蓄的散文风格

海明威十分注重描写对象的内涵，讲究文体的简练、含蓄，力避华丽辞藻和洋洋洒洒的宏论，充分体现了“冰山”创作原则。海明威无论是描写景物还是人物对话都简短含蓄，从不拖泥带水，但在简约含蓄中让人强烈感受到人物的感情。如作品结尾处的一段：

> 医生顺着过道走掉，我回到病房门口。
>
> “你现在还不能进来，”一名护士说。
>
> “不，我要进。”
>
> “你还不能进来。”
>
> “你出去，”我说，“那一位也出去。”
>
> 我把护士赶走，关上门，熄了灯，可这也没什么用，这像是同一尊石像告别。过了一会儿，我走了出来，出了医院，在雨中走回旅馆。

以简约的文字表现了主人公与死去的妻子告别时绝望得近乎麻木的心情。

3. 充分体现了海明威描写艺术的绘画感和电影艺术特点

海明威从视觉、感觉、触觉等方面刻画人物，并采用具体鲜明、不夹杂个人爱憎的感情色

彩，真切不隔的画面，让读者去体味凝聚在形象中的作家或人物的思想情感，尽量缩短作者、人物形象和读者之间的距离，使读者产生身临其境之感。如第30章卡波瑞托大撤退的描写，作者就像战地摄影师，忠实地把大溃退的场面摄制下来，读者虽感觉不到作者存在，却能通过画面真切体验到逃难者的惶恐不安。这样的画面在小说中比比皆是。

4. 描写时含讥讽

海明威的讥讽不同于美国传统的夸张手法，而是含蓄地镶嵌在简洁流畅的行文中间："冬天一开始，雨下个没完，跟着霍乱流行起来。时疫受到了控制，结果军队只死了七千人。"另一段描写："我们站在雨中，每隔一会儿拉出一个人去，先受审，然后枪毙。到目前为止，他们审问一个枪毙一个。审问的人态度超然、优雅，他们手操生杀大权，执法如山，而自身并没有死亡的危险。"这里，作者既没有把这班警察漫画化，也没有突出他们残忍、冷酷的嘴脸，却用反话正说的含蓄手法，透露出强烈的讥讽意味。

三、非洲的青山

20世纪30年代，海明威从佛罗里达迁居古巴。他把大部分时间和精力用在观看斗牛和从事渔猎上，在30年代前半期只写了反映西班牙斗牛的特写集《午后之死》(1932)和记叙非洲打猎情况的《非洲的青山》(1935)以及一些短篇小说。1936年，他创作了两个优秀的短篇小说《法兰西斯·玛康贝短暂的幸福》和《乞力马扎罗山的雪》。两篇小说都以在非洲打猎的生活为题材，前者写富有而软弱无能的玛康贝和阴险毒辣、与之貌合神离的妻子玛格丽特一起去非洲打猎的故事，反映了人与人之间可怕的冷漠关系；后者采用意识流手法，写作家哈里因打猎受伤得了坏疽，在临终最后一天的思绪和死亡过程。通过哈里对过去的回忆，对未来的展望和对现实的感受，几重时态、几重画面交替、重叠、延伸，为我们展现了哈里一生的经历与追求。小说还运用了象征手法，用攀上雪山死去的豹子象征哈里的精神追求。

《乞力马扎罗山的雪》剧照

在《午后之死》中，海明威提出了"冰山"创作原则："如果一位散文家对他想写的东西心中有数，那么他可以省略他所知道的东西。读者……会强烈感受到他所省略的部分……冰山在海里移动很是庄严宏伟，这是因为它只有八分之一露出水面。""冰山"原则是海明威重要的创作特色，它是指以简练含蓄的语言表达浓缩过的思想内涵。

四、打不败的"硬汉子"

1937年，海明威以记者身份奔赴西班牙内战前线；二次大战期间作为《柯里厄》杂志的记者随军行动，参加了解放巴黎的战斗；他还驾驶自己的渔船"皮拉尔号"侦察德国潜艇的行动。他在战场上，在去非洲的旅途中，曾十几次受伤，充分体验过出生入死的滋味。这期间他发表了以西班牙人民反法西斯战争为题材的三幕剧《第五纵队》(1938)和长篇小说《丧钟为谁而鸣》(1940)。在后者中，主人公罗伯特·乔丹是一个美国教师，他自愿来西班牙参加反法西斯政权的斗争，他的任务是率领一支游击队去炸毁一座有战略意义的桥。小说写他在游击队三天三夜的故事，他设法统一游击队员的思想，还和一个遭到法西斯军队侮辱过的共和政府市长的女儿玛丽产生了爱情。最后乔丹成功地炸毁桥梁，自己却身负重伤，他让其他游击队员撤退，自己则留在山上狙击敌人。

《丧钟为谁而鸣》是海明威篇幅最长、规模最大的一部作品，主题仍然是海明威常用的战争、爱情、死亡，但这部作品的独特之处在于它完成了海明威从青年时代因战争而导致的虚无主义到重新相信自己和人类这一个逐渐转化的过程，奏出了一支以信心和正义为主旋律的正气歌。海明威早期小说中的主人公都是以自我为中心，两耳不闻窗外事，一心只关心个人幸福。而罗伯特已从"迷惘的一代"中走出来，具备了"硬汉子"的性格。他从容、镇静、坦然地面对失败，是一个有理想、有信念的意志坚强的战士。他不再是沉浸在个人失败痛苦中的人，而是把自己的生命和人民的利益联系在一起。他自愿为西班牙人民的幸福而献身，表现出一种博爱的精神。在他生命的最后时刻，仍然对反法西斯正义事业充满必胜信心："我们已经为自己信仰的事业奋战了一年，如果我们在这里取得胜利，我们就将在每一个地方取得胜利。世界是个好地方，值得为之斗争，要我离开这个世界真难过。他对自己说，你过得这么好，运气算不错了。你过的日子跟你爷爷一样好，虽然没他那么长。你运气这么好，就别抱怨了吧。我但愿我有办法把我学到的东西传下去。"怀着这样崇高而坚定的想法，他掩护了自己的同志，献出了宝贵的生命。乔丹也像《太阳照样升起》中的杰克、《永别了，武器》中的亨利一样厌恶和诅咒战争，在暴力和死亡的笼罩下为恐惧、噩梦所困扰。尽管如此，他却在相当程度上摆脱了他们两人身上那种迷惘与悲观的情绪，认识到自己为什么而战，因而保持了较高的斗志。海明威终于分清了战争的正义与非正义性，旗帜鲜明地表示了自己支持人民的立场。

这部小说的主题可以从书名出处——英国 17 世纪玄学派诗人约翰·多恩的布道诗中得到解答："谁也不能像一座孤岛/在大海里独踞。/每个人都似一块小小的泥土，/连成整个陆地。/如果有一块泥土被海水冲掉，/欧洲就会缺其一隅。/这如同一座山岬，/也如同你的朋友和你自己。无论谁死了，/我都觉得是我的损失，/因为我是人类的一员。/因此，绝不要探问丧钟为谁而鸣，/丧钟为你敲响。"

《战地钟声》剧照

小说因这种高尚的思想和博爱精神而笼罩上一层圣洁的光环，主人公最后虽然死了，但依然让人感到希望所在。小说发表后立刻引起左翼评论家和好莱坞制片商的好评，小说很快被搬上了银幕，取名《战地钟声》，十分成功。

1950 年，海明威发表长篇小说《过河入林》，表现的仍是孤独、死亡这一主题。1952 年发表中篇小说《老人与海》，获得了 1953 年普利策文学奖，同时"因精通现代叙事艺术，突出表现在其近作《老人与海》之中，同时也因为他在当代风格中所发挥的影响"而获得 1954 年诺贝尔文学奖。

海明威一生追求做一个强者，一个"硬汉"，可晚年的身体状况却十分糟糕。他曾在战争中、狩猎中、两次飞机失事中多次身负重伤，但都奇迹般地幸免于难。30 年代末他参加西班牙内战时曾在山路上翻过车，留下脑震荡的后遗症。1953～1954 年，他和妻子玛丽一起去非洲旅行，遭逢飞机两次失事的严重事故。当无线电讯发出海明威遇难的快讯时，海明威却和妻子以及飞行员从飞机残骸中爬了出来，还坚持和当地农民一起扑灭因飞机坠毁而引起的灌木丛中的大火。但这些创伤却使他头部、肝区、腰部和下脊椎均受损伤，留下脑震荡后遗症和视觉重叠症以及其他内伤，导致他晚年病魔缠身，精神抑郁。1960年，他的健康状况明显恶化，有时神经错乱，出现幻觉。第二年春天，他完全失去了工作能力。他对一个朋友说：“我整天站在那张该死的写字台前，在这里站一整天，可是我写不出来，一点也写不出来。你晓得，我不行啦。”他不甘被命运打败，终于在1961年7月2日凌晨，用父亲送给他的猎枪自杀身亡，选择了和父亲同样的结局。

他去世后，其妻整理出版了他的遗作《流动的宴会》(1964)和《海流中的岛屿》(1970)。

《老人与海》

1952年发表的《老人与海》是海明威的代表作。海明威自己说，“这是我一生中所能写出的最好的作品”，“是我一生中打到的最大最美的狮子”。

《老人与海》的情节十分简单，它写一个古巴老渔夫桑地亚哥独自一人出海远航捕鱼的故事。老人一连出海84天捕鱼，仍一无所获。后经过两天两夜的生死搏斗，终于捕获了一条特大的马林鱼，但在归航途中一大群鲨鱼围了上来，尽管老人奋力拼搏，终于敌不过凶猛鲨鱼的进攻，等他回到海岸时，马林鱼只剩下一副巨大的骨架。

一、寓言体小说

《老人与海》的故事来源于一个古巴老渔夫讲述的一段亲身经历，但当作家根据他的叙述创作小说时，却在其中灌注了自己的精神，赋予原故事以全新内涵，从而写出了这部类似寓言的小说。海明威回忆《老人与海》创作缘起时说：“一天清晨，我在海滩的水边上，准备驾驶‘拜勒’号出海玩一天，我遇见一位老渔民。我们两人交谈起来，他向我讲了这个故事。他一想起这段经历，甚至于脸上也不禁露出痛苦和失望的神情。那是一场悲剧。于是，我回到家里。我开始写作。并非按照他讲的故事写，而是根据他的叙述创作我的小说。任何一个优秀的记者，任何一个有创见的新闻工作者善于增饰文采，创造情境，夸张戏剧情节”，又说，“一个作家不需要听到长篇大论就能命笔，也许只要先提供一个思路就够了，而后起作用的就是你自己的经历和想象力了。这以后，真正重要的工作便是以你想用的方式说出你想说的话。”

《老人与海》插图

我们可以把《老人与海》的主体分成两部分来读。第一部分是老人同大鱼的搏斗：大鱼向深海游去，老人紧跟不舍：“我要陪着你，陪到我死。”“鱼啊，我喜欢你，佩服你。可是不等天黑，我就要你的命喽。”“今儿一夜它能撑下来，我也能。”写这场搏斗时，作者运用了许多内心独白，因为老人心里充满了爱，以极其怜惜的心情看待他的猎物，乃至忘却尘世的一切，神与物游。第二部分写人同鲨鱼的搏斗，老人心里充满了恨，他用鱼叉扎，用刀绑在桨把上戳，用木棒打，用舵把子又打又劈……他明知自己孤立无援，抵挡不住这么多鲨鱼的袭击，可是他竭尽全力，坚持到最后一分钟：“跟它们拼，我要跟它们拼到我死。”这一部分的描写没有多少内心独白，作者用紧凑的叙事文字写老人的动作。不管是爱的搏斗还是恨的搏斗，老人始终想着“你是个打鱼的"，打鱼的有打鱼的优胜风度，不容许任何侵犯。

小说的寓意至少包含两层，一是人在同外界势力的斗争中总逃避不了失败的命运，不管这种外界势力是战争、自然灾害、战场上的敌人还是运动场上的对手。在作品中，大海就是人生的角斗场，马林鱼是强者，鲨鱼则是邪恶的力量，人生就是一场拼杀，结果早已注定。海明威笔下的主人公总免不了面对失败，这部小说同样展示了命运悲剧这一主题。二是人要勇敢地面对失败，在失败面前能够坚持，要有勇气，保持尊严。做到这一点，不论结果如何，都是打不败的。老人一次次出海捕鱼，一次次空手而归，但他从不气馁。

二、"硬汉子"典型

桑地亚哥是一个典型的海明威式的英雄形象。海明威在20世纪30年代以后发表的一些短篇小说中描写一些拳击师、斗牛士、猎人，他在这些来自下层的人物身上塑造了一种百折不挠、坚强不屈、敢于面对暴力和死亡的"硬汉子"性格，无论在怎样危难困苦的逆境中，他们都保持着人的尊严和勇气。桑地亚哥就是这种"硬汉"性格的发展与升华。"老人"是典型的海明威化了的英雄，其他一切略去了背景的形象描写者都可以从这个主体形象去理解。他孤傲离群（开篇第一句："他是独个儿摇只小船在湾流打鱼的老汉，""一个人在海上决没有孤单的时候。"）他老是倒霉（"已经八十四天没钓着一条鱼了，""帆是用些面口袋补过的，一卷拢，看上去就像一面老打败仗的旗子。"）但是他崇拜强力（"要相信扬基队，""我很想陪大球星狄马吉欧去打鱼。"）他不忘昔日的优胜的记录（"跟那个身体最棒的码头工、从西恩富戈斯来的黑人大汉掰腕子"，"赛了一天一夜"，最后"他一使劲，就压得黑人的手往下再往下，终于倒在木桌上"，"人人都管他叫'冠军'。"）他对自己做的事忠诚不贰，技巧精益求精（钓鱼过程）；他热爱与自己较量的游猎对象（大鱼）；痛恨破坏性的力量（鲨鱼）；他在厄运面前决不低头，这次虽然失败了，但他决不退出竞技场，他有信心取胜（压卷最后一句："老汉正梦见那些狮子。"）老人在与鲨鱼进行的惊心动魄的搏斗中，表现出无与伦比的力量和勇气，完美地体现了"一个人并不是生来要给打败的，你尽可以把他消灭掉，可就是打不败他"的思想。在打鱼上，老人失败了；但在对待失败的风度上他取得了胜利。桑地亚哥的形象集中体现了"打不败"的"硬汉子"精神。

《老人与海》插图

三、海上"冰山"

瑞典文学院在授予海明威诺贝尔文学奖时说："《老人与海》是体现海明威叙事技巧的典范。"这首先体现为一种含蓄、凝炼的意境。伟大的艺术只能写有限的生活，凡是寓言化了的故事永远是写得越单纯越好，而同时又必须让人看到这简单的故事后面还有一个时隐时现的世界，一种有着众多形象的丰富生活。他在这个寓言体故事中略去了许许多多他所知道的东西："凡是从那个渔村听来的故事我都避而不谈。然而，正是这些见闻构成了冰山隐藏在水下的部分。"故事写得十分单纯，但同时又让人看到简单故事的背后还有一个时隐时现的世界，一种丰富的生活，从而为形象的多种理解提供了空间。

其次,叙事技巧也指一种简约、清新、干净的散文文体,人称电报式语言或《圣经》文体风格。这种文体风格是海明威最受人称道之处。他那清澈流畅、朴实无华的散文体奠定了他作为那个时代最富有才华和艺术感染力的散文体作家的地位。海明威避免使用描写手法,避免使用形容词,摒弃华丽、空洞、浮泛的夸饰性文字,采用直截了当的叙述和生动鲜明的对话,把事件、景物、人物的行动、语言活生生地摆到读者眼前,把作者、对象和读者三者之间的距离缩短到最低限度。英国评论家贝茨说,海明威是"一个拿着板斧的人","他砍伐了整座森林的冗言赘词,还原了基本枝干的清爽面目",把自19世纪亨利·詹姆斯以来的一派冗繁、芜杂的"文学身上的杂毛""剪了个一干二净","通过疏疏落落、经受过锤炼的文字,眼前豁然开朗。"如《老人与海》中的一段描写:"陆地上面的云彩现在像是巍峨的山峦似的升到上空去,海岸只剩下长长的一条绿色的线,背后是一丛淡青色的小山。现在水是深蓝色的了,深得几乎变成了紫色。他低下头朝水里望去,看见深蓝色的水里纷纷筛出红色的游动的小生物,和太阳幻成奇异的光辉。"画面干净、鲜活。

海明威的"冰山风格"还体现在作品的结构上。他反对传统的史诗式的小说结构,也从不写恢宏的长篇巨著,他的小说往往只是截取故事的一个时间段或一个时间点,以集中反映重大的主题和历史事件。至于故事的经过和历史背景,则当作"冰山"的八分之七隐匿在海面之下,但又让读者强烈感受到它的存在。他说:"《老人与海》本来可以写一千多页那么长,小说里有村庄中的每个人物,以及他们怎样谋生,怎样受教育、生孩子等等的一切过程。"但结果小说却被浓缩到五万多字,仅集中描写了老人在海上捕鱼的惊心动魄的三天。《丧钟为谁而鸣》、《乞力马扎罗山的雪》等都采用了这种非常集中的时间模式。这种模式与他的电报式的文体风格交相辉映,共同构成了海明威作品的"冰山风格"。

海明威声称《老人与海》是"我一本长书的尾声",这本长书写"陆地、海洋与天空",就是我们已经看到的汉译本《海流中的岛屿》。这部小说写一个画家在二次大战期间在海上侦察德国潜艇的故事,1970年由他的妻子玛丽·海明威和出版家小查尔斯·斯克利布纳共同整理出版。但是海明威生前只发表这部"尾声",用他开玩笑的说法:"像一条狗的尾巴。我把狗扔掉,只留下尾巴。"这说明,他认为这个"尾声"达到了成熟的水平,不但"本身是完全独立的",而且"也可以作为全部创作的尾声,作为我写作、生活中已经学到或者想学的这一切的尾声","是我一生中打到的最大最美的狮子"。这个评价是恰当的。《老人与海》堪称为他全部创作的总结,海明威动用了一生的生活经验和创作经验,以典型的"冰山"风格,把他对暴力、死亡、人类的悲剧命运以及面对命运应该采取的态度都十分集中而有力地表达出来。同时,这部作品也充分体现了美国精神中的个人主义和开拓进取的价值观,从中可以看到与海明威推崇的马克·吐温的《哈克贝利·费恩历险记》一脉相承的内在联系。

参考文献

[1] 杨会军. 列国志·美国[M]. 北京:社会科学文献出版社,2004.
[2] 张奎武. 英美概况(第三版)[M]. 长春:吉林科学出版社,2000.
[3] 李其荣. 美国精神[M]. 武汉:长江文艺出版社,1998.
[4] 吴于廑、齐世荣. 世界史(上、下卷)[M]. 北京:高等教育出版社,1994.
[5] 董衡巽,朱虹,施咸荣等. 美国文学简史(上册)[M]. 北京:人民文学出版社,1978.
[6] 董衡巽,朱虹,施咸荣等. 美国文学简史(下册)[M]. 北京:人民文学出版社,1986.

[7] 蒋承勇. 世界文学史纲[M]. 上海：复旦大学出版社，2002.
[8] 刁绍华. 海明威[M]. 沈阳：辽宁人民出版社，1983.
[9] 董衡巽. 海明威谈创作[M]. 北京：三联书店，1992.
[10] [美]A. E. 霍契勒. 爸爸海明威[M]. 南京：译林出版社，1999.
[11] [美]库尔特·辛格. 海明威传[M]. 周国珍译. 杭州：浙江文艺出版社，1983.

第十章　拉丁美洲文学

第一节　概　　述

在拉丁美洲这块神奇的大陆上，印第安人曾经创造了光辉灿烂的玛雅文化、阿兹特克文化和印加文化；1492 年哥伦布对这块土地的“发现”，使之成为欧洲尤其是西班牙和葡萄牙进行资源掠夺和人力奴役的殖民地。然而，追求自由独立的印第安人绝不甘任人宰割，他们联合了同样被奴役的非裔黑人、亚洲人以及混血种人，经过艰苦卓绝的努力，使绝大多数国家获得了民族解放；并积极地发展民族经济、完善民主法制，在国际舞台上发挥着日益重要的作用。

殖民压迫与独立解放的历史

在 1492 年哥伦布到达之前，拉丁美洲辽阔的大地上早已有了 3 万多年的人类居住历史，并孕育和发展了光辉灿烂的印第安文明。一般认为，大约在第四冰川时期，一些蒙古人种的亚洲人陆续穿越亚洲东北角的白令海峡，成为美洲的主人。哥伦布发现美洲大陆后，把这些土著居民称作“印第安人”。然而，哥伦布的“发现”，却招致了欧洲人对这块富饶新大陆的“征服”和“殖民”，揭开了拉丁美洲的苦难史。

一、“发现”与“征服”（15 世纪末到 18 世纪末）

1492 年 8 月 3 日拂晓，哥伦布一行驶离西班牙南端的巴罗斯港，经过 70 来天的航行，终于在 10 月 12 日到达了现加勒比海上的华特林岛，哥伦布欣喜地称之为“圣萨尔瓦多”，即“救世主”岛，这一历史性的发现结束了西半球与世隔绝的封闭状态，10 月 12 日也被定为拉丁美洲“诞生”日。除玛雅文明在 9 世纪神秘地自动消亡外，阿兹特克文明在 1521 年被以埃尔南多·科尔特斯（1485～1547）为首的 500 多名西班牙殖民者灭亡；“新世界的罗马人”即印加人创造的辉煌瑰丽的“印加文化”，在 1533 年被以弗朗西斯科·皮萨罗（1474～1541）为首的 170 来名西班牙入侵者摧毁。至此，印第安人历经几万年艰辛创造的三大文化全部消亡，拉丁美洲走上了被征服、被奴役的苦难历程。

皮萨罗

1. 不幸而又必然的地理大“发现”

文明被损坏被毁灭、国家被征服被殖民、种族被奴役被灭绝，新航路的开辟、新大陆的发现对于拉丁美洲来说，无疑是极为不幸的大灾难；然而从客观上来讲，哥伦布登陆之前，印第安文明已经濒临崩溃的边缘，印加王国四分五裂、内战不息，阿兹特克帝国虽然繁荣，但却对外来文明无知、轻信，所以功败垂成也是必然之举。即使没有欧洲文明来此征服，也必将会有其他更为适宜、更为强盛的文明取而代之。

哥伦布

从西班牙和葡萄牙等殖民国家来看，新大陆的“发现”是必然的：他们都是当时欧洲的海上强国，精通造船和航海技术；政治上都已建立起君主专制政体，形成统一的中央集权，有可能为殖民扩张提供强大的政治后盾；由于常年对外作战，经济上较为困窘，僧俗封建主、王公贵族和商人等，都十分迫切地寻找新的土地、财富和农奴，殖民扩张迫在眉睫；1486 年好望角的发现，也为最终开辟东方航线奠定了基础。因此，新大陆的“发现”也是必然的。“发现”与“征服”促成了以地中海为中心的欧洲国际贸易转移至大西洋沿岸，奠定了海洋贸易的基础；新大陆的各种资源涌入欧洲，催化了资本主义工商业经济的飞速发展。

2. 贪得无厌的殖民“征服”

从哥伦布发现萨尔瓦多岛开始，西班牙征服的脚步未曾停息。16 世纪 20 年代，西班牙征服了古老的墨西哥帝国，30 年代征服了印加帝国。这种疯狂的征服，一直持续到 1580 年第二次建立布宜诺斯艾利斯为止。在不到 90 年的时间里，西班牙在美洲建立起一个面积高达1000 多万平方千米的庞大殖民帝国，总面积相当于欧洲的两倍、西班牙本土的 30 倍。为了进行有效管理和最大程度的掠夺，西班牙国王在 1528 年建立“印度事务委员会”专门管理殖民地事务，对立法、司法、军事、宗教和行政等各方面都拥有最高权力。接着又先后设置 4 个总督区和受总督控制的 5 个都督府。总督和都督把辖区内的各种财富源源不断地输送回西班牙。葡萄牙帝国不甘落后，在 1532 年建立起第一个葡属殖民地巴西，英、法、荷兰等国也相继在加勒比海地区建立了自己的殖民地。

外来殖民者疯狂地掠夺各种资源和矿藏，据统计，殖民时期西班牙从拉丁美洲攫取了约 250 万千克的黄金、1 亿千克的白银；而葡萄牙仅在 18 世纪就从巴西掠夺了价值约 10 亿美元的黄金。巨额财富成为欧洲资本主义的原始积累。农业上，殖民者为牟取暴利大力发展单一经济，一个地区只准生产一两种农产品，如古巴和牙买加等国就以出产蔗糖为主；不仅如此，为了保证本土商品价格，还禁止殖民地种植葡萄、橄榄、亚麻和养蚕。这种畸形的经济模式阻碍了拉美国家的正常发展，使很多地区和国家的经济长期停步不前。工业上也多加限制，如虽然殖民地盛产棉花和羊毛，但西班牙人不准其发展纺织业，而是以低价把原料运回本土，加工后再以高价出售给殖民地居民。同时，也严格禁止殖民地与欧洲其他国家通商。除了物质上的暴力掠夺外，殖民者还进行精神上的文化征服，强迫印第安人改信天主教，承认被征服和被奴役是上帝的意志。天主教会还对殖民地文化教育实行垄断。由此，殖民者在政治、经济、宗教和文化教育等各方面都对拉丁美洲实行了“征服”。

3. 残酷血腥的掠夺奴役

早在十字军东征时期，罗马天主教就已杜撰了一套“征服权”理论，大意就是除天主教外其他信仰的野蛮人是劣等人，都应遭受惩罚，罗马教皇有权把这些人和“宗教上的无主地带”分派给天主教王国所有。

在哥伦布发现新大陆之后，这种“征服权”理论也应用在了拉丁美洲各地区和各民族身上。哥伦布首先做出表率，到 1496 年为止就已经把海地全岛的 30 万泰诺人消灭了 10 万。西印度群岛的印第安人，除少数加勒比人外，在 30 年内完全灭绝；阿根廷和乌拉圭的印第安人也差不多被杀光了。总之，为了运输军需、淘洗金砂、开采矿产和种植可可，无以计数的印第安人被折磨惨死。痛苦的印第安人往往在活着的时候就举行葬礼或集体自杀。在 300 来年的殖民统治下，大约有 5000 多万印第安人被灭绝。

为了解决拉丁美洲殖民地的劳动力危机，殖民者早在 16 世纪初就已经从非洲的安哥拉、几内亚等地捕捉黑人为奴。最早由非洲引入的一批黑奴，在 1502 年由圣多明各登上美洲大陆。随着殖民地种植园经济蓬勃发展，黑奴贩卖也日益猖獗，据说 16 世纪运往美洲的黑人为 90 万，19 世纪则达 700 万。从 19 世纪下半叶起，随着全世界废除奴隶制，西方国家还以“契约劳工”的形式将数以万计的亚洲人诱骗到拉美地区做苦工。据统计，从 1840 年鸦片战争起的 30 年间，被一纸为期 8 年的“契约”骗到拉美的中国人就有 30 万之多。

二、“独立”与“解放”(18 世纪末到 19 世纪末)

18 世纪末到 19 世纪初，西班牙殖民帝国日渐衰落，拉丁美洲人民要求独立的呼声也越来越高；到 19 世纪中期，绝大多数国家都已获得了独立和解放。

玻利瓦尔

独立战争的烽火在海地率先点燃，1790 年几十万黑奴在杜桑・卢维杜尔的领导下爆发起义，打败了西班牙、英国和法国殖民军队，于 1804 年 1 月 1 日建立了拉美第一个独立共和国。墨西哥在 1810 年 9 月 16 日爆发了以神甫伊达尔戈为首的著名的“多洛雷斯呼声”，即在多洛雷斯村发出“美洲万岁！打倒坏政府！消灭西班牙殖民者！”的呼声。“不自由，毋宁死”的墨西哥人最终赢得了胜利，在 1821 年宣告独立。伊达尔戈被称为“墨西哥独立之父”，9 月 16 日被定为墨西哥独立日。之后，弗朗西斯科・米兰达倡导的委内瑞拉独立运动在 1806 年拉开了南美独立战争的序幕。1811 年 7 月 5 日，委内瑞拉第一共和国成立，成为摆脱西班牙统治、宣布独立的第一个南美国家，被誉为“美洲革命的摇篮”。西蒙・玻利瓦尔分别在 1813 年和 1818 年击败殖民军并成立委内瑞拉第二、第三共和国。与此同时，他还在 1819 年解放波哥大建立大哥伦比亚共和国；1822 年解放基多；同圣・马丁一起在 1824 年解放秘鲁；并于 1826 年 1 月 23 日接受了西班牙驻秘鲁军队的最后投降。他被拉美人民尊称为“南美洲北部解放者”。

圣・马丁

圣・马丁是阿根廷、智利和秘鲁三国的开国元勋，被誉为“南美洲南部解放者”，是阿根廷民族的骄傲。他不仅坚决拥护 1816 年 7 月 9 日正式宣告独立的阿根廷新生革命政权，而且还下决心赶走南美大陆上所有的殖民者：他组织军队在 1817 年成功翻越海拔 3000 多米的安第斯山脉，在 2 月 14 日解放圣地亚哥，并与智利首领贝尔纳多・奥希金斯一起在 1818 年 4 月 5 日解放智利；后登陆秘鲁并大败西班牙军队，在 1821 年 7 月 28 日宣告秘鲁独立。圣・马丁为争取拉丁美洲的独立和解放作出了不可磨灭的贡献，深受拉美人民的崇敬和爱戴。

西属拉美殖民地独立解放运动的成功，激发了巴西人民反抗葡萄牙殖民者的斗争精神。

经过艰苦的武装斗争和政治活动，巴西终于在1822年9月9日宣布独立，并于1899年最终推翻巴西帝国，成立巴西联邦共和国。从新大陆被发现到1826年西班牙殖民者投降，漫漫300年的殖民统治终于被勇敢的拉美人民所摧毁。独立、解放战争前后进行了20多年，建立了18个独立的民族国家，使拉美大陆获得了新生，这是人类历史上的一件大事。

三、“民族”与“民主”(20～21世纪初)

拉丁美洲的独立战争，并没有使拉美各国家和各地区获得彻底的民族独立和解放：一些国家仍然在为摆脱他国的殖民而努力战斗；更多的国家则面临着如何发展民族经济、反对独裁专制、争取更多的民主人权的问题。

拉美各国政治上的对外政策是“民族自决”、“不干涉”，如1964年巴拿马要求美国废除1903年的美巴条约和收回运河及河区的全部主权，1965年多米尼加人民反对美国武装侵略，1967年20多个拉美国家缔结并实行《拉丁美洲禁止核武器条约》，1970年5月智利、秘鲁、巴拿马、巴西和阿根廷等9国联合发表《蒙得维的亚海洋法宣言》，严正声明200海里的领海权。对内政策是“反对独裁”、“追求民主”，如厄瓜多尔、古巴、巴西、委内瑞拉等多数国家都进行了漫长的民主斗争。此外，从20世纪30年代开始，拉美各国开始重视民族经济发展，大力推行“进口替代”工业化发展战略，即自己生产各种工业、生活消费品以替代进口；同时，加强对外国资本的控制、限制和管理，把一部分操纵国计民生、损害独立主权的外国垄断企业收归国有；拉美国家之间经济贸易关系不断扩大，安第斯集团、拉美自由贸易协会和其他区域性组织的建立和发展，使拉美成为国际经济舞台上的一支重要力量。1998年12月当选委内瑞拉总统的拉斐尔·查韦斯(1954～　)、2005年12月上任的玻利维亚首位印第安总统埃沃·莫拉莱斯(1959～　)与古巴总统卡斯特罗(1926～　)，2006年4月在古巴首都哈瓦那签署三国间经济一体化协议，呼吁拉美国家抛开美国倡导的“美洲自由贸易区”，建立横跨整个拉美的自由贸易区，终结美国的经济垄断地位。玻利维亚和古巴、委内瑞拉结盟，组建了拉美地区对抗美国的“铁三角”。加上2006年11月大选获胜的尼加拉瓜总统丹尼尔·奥尔特加(1945～　)，拉美地区左翼联盟势力更加壮大。不过，拉美各国外债沉重、工业结构不合理、过分依赖外来投资等问题，仍然困扰着多数国家。拉美国家在壮大自身经济力量的同时，寻求经贸关系的对外多元化，加强与俄罗斯、欧盟和中国的经济交往，以求早日实现完全的民族自治与民主自由。

拉丁美洲文学经历了漫长而曲折的发展过程，16世纪外来殖民者的入侵使得古印第安文学开始融入欧洲文学的各种元素；不过，独立运动前后拉美人对于文学民族性的发掘却一直未曾停止；20世纪现实主义文学与先锋派文学的并行发展，则使得欧洲现代派文学的叙事技巧和拉美纷繁多变的社会现实结合得日益紧密；第二次世界大战后尤其是20世纪六七十年代，拉美小说创作进入高潮，多个国家在10年间突然涌现出多部具有世界影响的杰出作品，有评论者赞誉这种现象为“文学爆炸”。80年代后，一批又一批的当代作家登上拉美文坛，为发展拉美文学共同努力着。

古代印第安文学

古代印第安文学时期，主要包括玛雅文化、阿兹特克文化和印加文化，至1533年西班牙殖民者征服秘鲁为止，有将近1200多年的悠久历史。这一时期的文学作品以神话传说、诗歌和戏剧为主，构成了拉美文学辉煌的开端。有讴歌印第安基切人的神话传说《波波尔·

乌》(16 世纪)和以叙述宗教礼仪为主兼及文学、历史、天文和医药的巨著《契伦·巴伦之书》(16 世纪),还有阿兹特克人记录“羽蛇”故事的手抄本史诗《太阳神的传说》(1588)以及反映印加公主和武士爱情的戏剧《奥扬泰》(16 世纪)等,但最具代表性的莫过于讲述印第安人起源的《波波尔·乌》了。

《波波尔·乌》原意为“公社之书”,是危地马拉基切人所作。全书分为造人神话、民族迁徙和英雄惩恶三部分,其中最重要的是造人神话。人类必须经由三个齐心协力的神共同合作才能被创造出来,而创造的过程又充满艰辛。神首先创造了动物,但动物却不会说话;用泥巴捏人,泥人会说话却没有思想,遇水则化为烂泥;用木头造人,但木人没有血液、容易干裂,最后逃往山上变为猿猴;众神最后用黄色的和白色的玉米面团造就了人的躯干、手臂和大腿,并用芦苇塞入人体以使他们获得精力。这些玉米人成为人的祖先,用其出众的智慧探寻宇宙的奥秘,并对众神感恩戴德。众神造人的神话在某种程度上真实地反映了玛雅—基切族所处的社会生产阶段:当玛雅人不会使用语言、像动物一样在陆地上生活时,他们正处于狩猎和采摘阶段;用泥巴捏人和用木头造人则说明陶器制造和手工业有了一定发展,玉米的出现则表明基切人已经进入农耕阶段,玉米成为最主要的生活必需品。基切族三次大迁徙中的神播火种、部落冲突和人神争斗故事,以及孪生兄弟乌纳普和伊斯巴兰克的英勇事迹,显示出古印第安人对大自然的敬畏崇拜和对开拓部落的始祖及战争英雄的赞颂。

《波波尔·乌》情节构思奇特、想象力丰富,在很多方面都可与欧亚的神话传说一比高低,如就“动物助人”这个主题来看,可与印度的《罗摩衍那》相比;在描写天神卷入人间斗争方面可同《伊利昂纪》相比;在叙述英雄冒险方面,又可同《奥德修纪》相比;在神造世人、先造男后造女以及处女受孕等方面,还可同《圣经·创世记》来比较。

殖民地时期的文学

殖民地文学特指从 1492 年哥伦布发现美洲至 19 世纪初独立运动风起云涌之间所产生的拉美文学,一般又可分为征服时期的文学和殖民统治建立之后的文学。

征服时期的文学,既包括哥伦布和科尔特斯“发现”、“征服”过程的书信呈文,也包括随行者的见闻感悟。印欧混血裔作家印加·加尔西拉索·德·拉·韦加(1539～1615)的《王家述评》(1609～1617),首次融西班牙文化与印第安文化为一体,叙述了秘鲁印加人的起源、信仰、法律、政府组织、风俗习惯和工程建筑以及皮萨罗的征服等历史事件,具有很强的思想价值。

殖民统治时期的文学受宗主国文学影响甚深,西班牙、葡萄牙的巴洛克文学和以夸饰绮丽为特点的贡戈拉文学及洛可可风格的文学,在 17～18 世纪中期的诗坛上一度占据统治地位。18 世纪 60 年代以后,法国的启蒙思想传入美洲,讲究理性、严谨和质朴的新古典主义文学也随之极大推动了拉美诗歌的发展。17 世纪上半叶,西班牙洛佩·德·维伽的剧作如《羊泉村》(1619)等传入美洲,对拉美戏剧的发展起到了重要作用。18 世纪,西班牙卡尔德隆的剧作也受到拉美观众钟情。小说这种文体,则由于 1531 年西班牙王室对文学性的散文和小说发行施以禁令而难以兴盛,尤其是以戏拟骑士文学《堂·吉诃德》(1605)享誉世界的小说大师塞万提斯逝世之后,西班牙世界的小说长期处于衰弱状态,拉丁美洲的小说也只是处于起步阶段,代表作有阿莱曼的流浪汉小说《古斯曼·德·阿尔法拉切的生平》(1597),情节上与西班牙第一部流浪汉小说《小癞子》(1554)较为相似，描写了西班牙现实生活中的种种丑恶和道德沦丧，为拉美第一部流浪汉小说《癞皮鹦鹉》的产生奠定了必要基础。

独立运动时期的文学

伴随着18世纪末、19世纪初拉美各国独立运动的是法国的启蒙主义思想和古典主义思想，在文学上则直接导致了“美洲新古典主义”的兴盛。

新古典主义诗歌主要包括四个方面的内容：第一，歌颂故乡的田园生活和爱情，多见于早期的新古典主义诗歌。第二，歌颂独立战争和新生的共和国，如瓜亚基尔的何塞·华金·德·奥尔梅多(1780～1847)的代表作《胡宁大捷：献给玻利瓦尔的颂歌》，就讴歌了玻利瓦尔重创西班牙殖民军的胡宁大捷，和结束西班牙在南美大陆殖民统治的阿亚库乔大捷；委内瑞拉安德雷斯·贝略(1781～1865)创作的《致诗神》(1823)，被称为是西班牙语美洲文学的“独立宣言”，在歌颂美洲壮丽山河和秀美风光时，大力宣扬“美洲主义”的信仰。第三，歌颂美洲的自然风光，如描写美洲景色和社会风貌的第一首抒情诗《墨西哥乡村》，由危地马拉诗人拉法埃尔·兰地瓦尔(1731～1793)创作；还有《在乔卢拉的神坛上》(1820)和《尼亚加拉的颂歌》(1824)，为古巴抒情诗人何塞·马利亚·埃雷迪亚(1803～1839)创作，展现了作者对乔卢拉地区自然风貌、历史古迹以及壮丽奔腾的尼亚加拉大瀑布的无限感慨和畅想。第四，民歌和寓言诗、哲理诗的出现，如乌拉圭的巴尔托洛梅·伊达尔戈(1788～1822)就搜集并整理了高乔民歌，开始发展高乔文学。

19世纪上半叶的戏剧成就不大，小说有了一定发展。墨西哥著名作家和政治家费尔南德斯·德·利萨尔蒂(1776～1827)创作的《癞皮鹦鹉》(又名《佩里基略·萨尼恩托》，1815)，是第一部具有拉美特色的长篇小说，开创了以文学为武器的传统：小说主人公萨尼恩托由于意志薄弱，经受不住社会恶习的诱惑，为了生存从事过地痞、小偷、骗子、流浪汉等各种勾当，最后认识到流浪和冒险只会带来灾难，改邪归正后度过了安逸的晚年。小说提出了这样一种观点：良好的社会环境是人们改恶从善的重要条件，因此必须改造社会。与此同时，作者深受法国启蒙思想和美国独立思想的影响，极为同情印第安人和混血种人的悲惨处境，愤怒谴责了西班牙当局的殖民政策和种族歧视政策，坚决反对贩卖黑奴和施行奴隶制度。不过，由于拉美小说仍处于起步阶段，必然带有流浪汉小说的结构松散、议论冗长等缺憾。

发展时期的民族文学

这一时期又分为浪漫主义文学(19世纪30～90年代)和现代主义文学(1882～1916)两个阶段。拉美浪漫主义文学在19世纪30～60年代称为社会浪漫主义，在60～90年代称为感伤浪漫主义。现代主义文学以诗歌为主，1882年古巴著名诗人何塞·马蒂发表《伊斯马埃利约》，历史上称为拉美现代主义文学运动的开端。1888年尼加拉瓜著名诗人鲁文·达里奥发表诗作《蓝》，标志着现代主义文学的形成。1916年鲁文·达里奥逝世以后，现代主义诗歌走向衰落，并逐渐为先锋派诗歌所取代。

社会浪漫主义是在独立后各共和国成立初期、政治形势极不稳定、内战频仍、考迪罗主义横行的历史背景下产生的，它的主要口号是反对独裁统治，争取民族平等和社会文明。阿根廷埃切维里亚(1805～1851)的小说《屠场》(1838)、萨米恩托(1811～1888)的散文《文明与野蛮》

(1845)和何塞·马莫尔(1817～1871)的长篇小说《阿玛莉娅》(1851),被公认为拉美浪漫主义文学的三部经典之作。感伤浪漫主义出现在拉美共和国稳定发展、寡头政治确立统治地位时期,多以人生哲理、风土习俗和对社会的深入思考为创作主题,乌拉圭诗人胡安·德·圣马丁(1855～1931)的叙事诗《塔瓦雷》(1886)和阿根廷诗人何塞·埃尔南德斯(1834～1886)创作的高乔史诗《马丁·菲耶罗》(1872、1879)是较为重要的代表作。

现代主义文学是在拉美基本摆脱西班牙殖民统治、但又受到英美等国经济渗透和政治干预的艰难状态下产生的,主要表现了资产阶级知识分子对国家和民族未来的迷惘、感伤之情绪。主题上,多逃避现实、脱离群众,要么驰骋想象创作虚幻的意境表现忧伤的情感,要么写带有东方色彩的异国情调或者缅怀古代史事;艺术上,主张"为艺术而艺术"的原则,追求构思的新奇、用词的典雅和韵律的自由和谐。何塞·马蒂的《伊斯马埃利约》(1882)色彩鲜明、韵律新颖、词汇丰富、句式活泼,深刻而细腻地描写了父子深情;鲁文·达里奥(1867～1916)在诗文集《蓝》中,提出艺术应该是蓝色的,而蓝色就是"理想、苍茫、无限"的象征,诗歌就应该驰骋在想象和自由的艺术世界里;阿根廷恩里克·拉雷塔(1875～1961)的《堂拉米罗的荣耀》(1908),是现代主义小说的代表作,对色彩和光线的描写带有印象主义的印迹,象征和雕饰成为重要的艺术风格。

现实主义与先锋派文学

19世纪下半叶智利作家布莱斯特·加纳揭开了拉美现实主义文学的序幕,之后在20世纪初至30年代描写区域自然风光、探讨人与自然关系、反映社会现实的"地域主义小说"蓬勃发展,30年代开始的"先锋派小说"则更多借鉴了欧洲现代派文学的叙事技巧以致力于弘扬和发展民族文化传统,为20世纪中期拉美文学的"爆炸"奠定了坚实基础;与此同时,拉美诗歌也深受欧洲未来主义、达达主义和超现实主义等文学思想的影响,出现了力主创新的"先锋派诗歌"。

"地域主义小说"在发展过程中,逐渐从早期的对人与自然关系的探讨,转向后期对社会现实问题以及人与人关系的探讨,具体表现为墨西哥革命小说、大地小说和土著小说等的产生。"墨西哥革命小说"的开创者阿苏埃拉(1873～1952)通过《在底层的人们》(1916),指出农民队伍的革命盲目性是导致农民革命起义军失败的深层原因;洛佩斯·依弗富恩特斯(1895～1966)的《土地》(1932),叙述了印第安农民为解决土地问题、摆脱庄园主压迫而进行的艰苦斗争;阿古斯丁·亚涅斯(1904～1980)的《洪水到来之际》(1947),展现的是1910年大革命到来之前人们精神上的痛苦和压抑状态,由于这部小说大量采用欧洲现代小说的意识流手法,而成为墨西哥革命小说的终结者和现代小说的开创者。"大地小说"的成就斐然,代表作品有乌拉圭作家奥拉西奥·基罗加(1878～1937)的《森林的故事》(1918)、哥伦比亚作家何塞·埃乌斯塔西奥·里韦拉(1888～1928)的《漩涡》(1924)、委内瑞拉作家罗慕洛·加列戈斯(1884～1969)的《堂娜·巴巴拉》(1929)等。"土著小说"主要以印第安人的生活为题材,叙写过着田园牧歌式生活的印第安人在遭受白人欺压和侮辱之后,愤而反抗复仇的英勇行动。如玻利维亚作家阿尔西德斯·阿尔格达斯(1879～1946)的《青铜的种族》(1919)、厄瓜多尔霍尔赫·依卡萨(1906～1982)的《瓦西蓬戈》(1934)、秘鲁西罗·阿莱格里亚(1909～1967)的《广漠的世界》(1941)和何塞·玛丽亚·阿尔格达斯(1911～1969)的《深沉的河流》(1958)等。

鲁尔福

先锋派小说虽然大量借鉴欧洲现代派文学的叙事技巧，但表现的主题却是拉美本土的社会现实问题，如危地马拉作家米盖尔·安赫尔·阿斯图里亚斯(1899～1974)的《总统先生》(1946)把欧洲超现实主义和印第安神话的表现手法结合起来，塑造出一个“连街头的石子都会恐惧得发抖”的专制暴君形象，开辟了魔幻现实主义创作的道路；又如古巴阿莱霍·卡彭铁尔(1904～1980)运用超现实主义的视角发掘出印第安文化和非洲黑人文化的“神奇性”和“魔幻性”，提出“神奇的现实主义”的理论，创作出了《消失的脚步》(1953)、《方法的根源》(1974)等优秀作品；墨西哥胡安·鲁尔福(1918～1986)的《佩德罗·帕拉莫》(1955)把古希腊神话、圣经故事和古印第安传说杂糅起来，创造了一个人鬼共处的魔幻世界，把超现实主义的手法发挥到极致。阿根廷豪尔赫·路易斯·博尔赫斯(1899～1986)在1955年入选阿根廷文学院院士，在1956年获阿根廷国家文学奖，在1979年获西班牙的塞万提斯奖，被称为拉美文学最主要的代表作家之一。其代表性的作品是短篇小说集《交叉小径的花园》(1941)和《阿莱夫》(1949)等。《交叉小径的花园》主题是“时间”，博尔赫斯认为“它的网线互相接近、交叉、隔断，或者几个世纪各不相干，包含了一切的可能性”，对时间的主观性、相对性和可超越性进行了深入的哲学思考；《阿莱夫》探讨的是有限与无限、单一与多杂、一瞬与永恒相互统一的哲学道理。而这些哲理，却无不都是用离奇的情节、生动的形象和简练的语言阐述出来。正因为这些蕴含深刻哲理、幽默与荒谬兼具、虚幻与现实相生的短篇小说，博尔赫斯享誉世界，被称为“作家的作家”。

博尔赫斯

先锋派诗歌中较有影响的流派是创造主义和极端主义，主张超越现实，打破传统。创造主义的开创者是智利的维森特·维多夫罗(1893～1948)，他提出诗人的天职“第一是创造，第二是创造，第三还是创造”的口号，主张用清晰而准确的语言把抽象的东西具体化，把具体的东西抽象化，代表作为《阿尔塔索尔》(1931)，注重诗歌的音乐性和绘画性，并把大量不同的意象并置以获得新奇的艺术效果。极端主义是由博尔赫斯在1921年从西班牙引入拉美的，主张用比喻作为最主要的抒情手段，去掉修饰成分和说教成分，将多个形象或意象融为一体，使诗句更加耐人寻味，其代表作有《布宜诺斯艾利斯的激情》(1923)等诗集。

此外，秘鲁诗人塞萨尔·巴列霍(1892～1938)的《特里尔塞》(1922)用数学、日期、地点和科学名词作诗，完全突破了语言结构和思维逻辑；智利女诗人加夫列拉·米斯特拉尔(1889～1957)，以朴实无华、清新流畅的诗风，抒发了对爱情、母爱、童真、劳苦大众与大自然的强烈感情。墨西哥奥克塔维奥·帕斯(1914～1998)，主张将语言从“清规戒律”中解放出来使它恢复原始魅力，所以在诗歌中常常采用“蒙太奇”手法把充满比喻、象征和寓意的诗句或意象并置，获得朦胧深邃的诗境。总之，拉美作家在诗歌上的成就甚大，米斯特拉尔以作品《柔情》(1924)在1945年获得拉美第一个诺贝尔文学奖，1971年聂鲁达以《情诗·哀诗·赞诗》、1990年帕斯以《太阳石》(1957)相继获得诺贝尔文学奖。智利巴勃罗·聂鲁达(1904～1973)的代表作《大地上的居所》(1933～1935)、《第三个居所》(1935～1945)、《漫歌集》(1950)等，承继了他一贯的现实批判主题，把西班牙内战、智利人民的斗争、前苏联人民的卫国战争和拉美的独立斗争等社会政治现实，用浪漫主义、现实主义、象征主义和超现实主义等各种风格表现出来(如《第三个居所》)，开创了拉美政治诗歌的一代新风；同时，聂鲁达还由衷地赞美鞋匠、水手、矿工和农民等穷苦大众，抒写自己的理想和愿望(如《漫歌集》)。他兼收并蓄了法国先锋派、西班牙谣曲、美国惠特曼的自由诗体和前苏联马雅可夫斯基政治诗歌的优点，奠定了拉美20世纪诗歌的创作基础。

聂鲁达

第二次世界大战以后，尤其是1959年古巴革命胜利之后，拉美人民进一步觉醒，一些旅居欧洲或深受欧洲现代派文学和现代社会思想浸染的作家，以一种比较的眼光深入探讨拉美不发达的原因，创作出了一大批以揭露和抨击社会黑暗、反对帝国主义侵略、军事独裁和寡头政治为内容的作品。这些作品在先锋派小说的基础上，把欧洲现代派文学对叙事技巧的革新经验与拉美本土文学的叙事传统结合起来，以求多角度、深层次地批判与反思拉美社会现实的种种，这些小说作品被称为“新小说”。由于这些“新小说”在60年代至70年代中期突然大量地集中涌现出来，并引起世界各国的瞩目和效仿，所以有学者形象地描述这种现象为“文学爆炸”。70年代中期开始，拉美一些国家发生军事政变，许多作家被迫流亡到国外，“爆炸”文学宣告结束。

在拉美“文学爆炸”的过程中，各种文学流派争妍斗艳，如魔幻现实主义、结构现实主义、心理现实主义、社会现实主义小说等；不过，这些流派常常相互渗透和影响，共同服务于作家的创作。“爆炸”中最具代表性的作家有阿根廷的胡利奥·科塔萨尔(1914～1984)、智利的何塞·多诺索(1924～1996)、墨西哥的卡洛斯·富恩特斯(1928～)、哥伦比亚的马尔克斯(1928～)和秘鲁的巴尔加斯·略萨等几位作家。科塔萨尔的《踢石戏》(又译《跳房子》，1963)在表现阿根廷青年移居巴黎后的失望和迷惘之时，打乱叙事时空跳跃式叙述，各章之间没有顺接关系，读者可以从不同的章节开始阅读，再根据提示跳跃到其他章节，连缀成不同的故事，极大地调动了读者的参与积极性。多诺索《淫秽的夜鸟》(1970)以出身贫寒的温伯特野心勃勃妄图跻身上流社会但屡遭剥夺和凌辱的故事，揭露了资产阶级上层社会的腐败。表现手法上，则把回忆与现实交叉、内心独白与第三人称叙述交叉，用电影蒙太奇手法表现时空的颠倒和意识的流动。富恩特斯的《阿尔特米奥·克鲁斯之死》(1962)，更是采用了三种人称、三种时态交替写作的方法，把对墨西哥革命者克鲁斯从病倒到老年、壮年、青年、童年至出生的倒叙与从病倒至死去的顺叙结合起来，形成了奇特的叙事构思。拉美小说正是借助了“爆炸”的契机，把自己充满现代气息尤其是拉美特色的文学展现出来，在世界文坛上获得了广泛认可，如1967年阿斯图里亚斯以《玉米人》(1949)、1982年马尔克斯以《百年孤独》(1967)获得了世界文学的最高荣誉诺贝尔奖。

第二节　马尔克斯

加夫列尔·加西亚·马尔克斯(1928～　),哥伦比亚著名作家,是拉美“文学爆炸”中“魔幻现实主义”流派最主要的代表作家之一。代表作品有《枯枝败叶》(1955)、《没有人给他写信的上校》(1961)、《百年孤独》(1967)、《家长的没落》(1975)、《一桩事先张扬的凶杀案》(1981)和《霍乱时期的爱情》(1985)等,以及文学谈话录《番石榴飘香》(1982)。“由于其长篇小说以结构丰富的想象世界,其中糅混着魔幻与现实,反映出一整个大陆的生命矛盾”,在1982年荣获瑞典文学院颁发的诺贝尔文学奖。

马尔克斯

生平与创作

一、魔幻的童年

1928年3月6日,加夫列尔·加西亚·马尔克斯出生在哥伦比亚马格达莱纳省海滨小镇阿拉恰达卡,父亲是电报员,母亲是名门闺秀。由于父亲工作地点多有变动,他自幼随外祖父、外祖母长大。外祖父当过自由党的上校军官,为人善良、倔强、思想激进,曾参加过自由党和保守党之间著名的“千日战争”(1899～1902),自由党胜利后却再也没有理会过殷切期盼被许诺以养老金的退休老上校。浸染在外祖父有关家族历史和战争故事中长大的马尔克斯,孕育出了后来的中篇小说《没有人给他写信的上校》。外祖母和众多姨母则以非凡的记忆和想象力,把古老的印第安神话传说和鬼怪故事绘声绘色而又冷静地讲述出来,使小马尔克斯沉浸在魔幻与现实交融的世界里,并成为他后来最主要的文学创作风格。马尔克斯自幼酷爱文学,7岁即能阅读《一千零一夜》,阿拉伯神话传说中的异域色彩和神秘魔力也深深震撼了马尔克斯的想象世界。此外,马尔克斯的感情世界也充满奇遇性,在1945年冬天的一次舞会上,他认识了一个药铺老板的女儿梅塞德斯,当晚就要求她嫁给自己,因为这位有着埃及血统的女孩有着“尼罗河蛇一般的娴静之美”,但这个女孩只不过刚刚小学毕业,才13岁而已。奇特的迷恋使马尔克斯展开了长达13年的“情书攻击”,最后在1958年终于达成心愿,跟自己心爱的姑娘成婚。艰辛的恋爱果真换来了坚贞的感情,梅塞德斯默默地支持和陪伴着马尔克斯的无名和穷困、盛名和宽裕。据说马尔克斯在创作《百年孤独》时一度穷困到难以维持日常生计的地步,然而梅塞德斯却从未声张而是悄悄卖掉各种首饰、电视机、电暖器和吹风机等来购买稿纸和筹集邮资,才得以使这部旷世奇书被出版社看到并享誉世界。也许正是外祖母和妻子梅塞德斯这两个女人的包容、坚忍和善良,使马尔克斯认为“女人能支撑整个世界”,并孕育了《百年孤独》中的乌苏拉形象。

二、“介入”的成年

马尔克斯在波哥大大学就读时加入自由党,1948年哥伦比亚发生保守党与自由党争权夺利的内战使全国一时陷入混乱,他只好中途辍学进入报界工作。在担任《目击者报》记者时,先后到过意大利、法国、英国、波兰、捷克和匈牙利等欧洲国家，广闻博见使得他对拉美政治形态有着更为深刻的认识。后来也曾担任过古巴拉丁社驻波哥大分社负责人、驻纽约分社副社长、驻联合国记者，写过大量报道、专栏文章、评论、报告文学和电影剧本，在正面、深入接触哥伦比亚种种社会现实的同时，也练就了他冷静、简约、客观的叙事语言风格。再后来由于各种原因，他曾多年旅居巴黎、巴塞罗那、纽约等城市，并访问过东欧诸国和前苏联，老年还到过日本和中国。这些经历使他可以站在拉美之外的立场上去深刻发掘和反思拉美独特的历史和现实。包括马尔克斯在内的所有拉美作家，无论在生活中还是在写作时，都不可能无视本民族抵抗外来殖民侵略、反抗国内军事独裁和追求民主与自由的历史现实，所以其创作也必然要带上强烈的现实主义色彩。马尔克斯多次声称自己是一个现实主义作家，还说“不积极参与政治是一种罪过”。他自己在1975年为了抗议智利军事政变，就宣布“文学罢工”，搁笔5年。

正是这样的一种“介入”社会、“介入”生活的观念，使马尔克斯的所有小说具有强烈的现实主义色彩。长篇小说《家长的没落》是马尔克斯所有小说中最能体现反对独裁统治思想的作品：看似衰老的共和国总统尼卡诺尔，采用各种阴险卑鄙手段清除政敌、镇压反叛以维护独裁专制，如他曾假死以判断并处死那些对自己不满的人；私生活上荒淫无耻，有无数的情妇和5000多个私生子；对国家实行家庭化统治，母亲去世后令全国举哀100天，还把母亲生日定为国庆日。并通过老婆控制政府各个部门，连刚出生的儿子都被授予少将军衔。这个对内实行专制统治，任意屠杀民众的暴君，对外国人却奴颜婢膝，把各种专利权、航行权和开采权统统拱手让给外国人。但是，这些获取极大利益的外国人最后却被总统大肆屠杀造成的瘟疫吓跑了。临走时，他们把住宅拆成块块编上号码装进箱子运走，把草原整个揭起来像卷地毯似的卷走，把大海分成块块编上号拿走，只留下一片像月球表面一样的荒原。尼卡诺尔四面楚歌孤立无援，终于在死神的召唤下走向没落和死亡。这部小说运用荒诞、夸张的手法鞭挞独裁专制、批判外国人的贪婪掠夺，是典型的魔幻现实主义作品。

一、拉丁美洲的孤独

《百年孤独》描绘了加勒比海沿岸一个从荒无人烟到繁华兴盛但最后又被飓风卷走、回归乌有的马贡多小镇，讲述了小镇创建者布恩地亚家族七代人100来年的曲折经历，如“香蕉热”、自由党与保守党的长期内战、香蕉工人大罢工等重大事件，反映了哥伦比亚乃至整个拉美的社会现实和历史演变，探讨了拉丁美洲与西方现代文明的关系。

布恩地亚家族第一代是西班牙人后裔何塞和妻子乌苏拉，初婚时害怕像姨母与叔父结婚那样生出长猪尾巴的孩子就分房而睡，却遭到邻居的耻笑。为了躲避被自己杀死的邻居的鬼魂的纠缠，何塞和乌苏拉历经两年多的艰辛终于找到了一片滩地并定居下来，这个地方就是马贡多。何塞是一个勇于探索、富有开创精神的人，先是从吉普赛人那里见识到磁铁和放大镜等，就打起了开采金子和研制武器的主意。后又决定把马贡多与外面的文明世界联系起来，甚至一度沉迷于炼金术，但均以失败告终。孤身奋战在寻找文明的路途上的何塞精神失常，被家人绑在树上几十年后孤独死去。乌苏拉是整个家族的精神支柱，包容、坚强、善良、勤劳，活了一百多岁后去世。第二代有两男一女，大儿子何塞·阿卡迪奥跟人私通后随吉普赛人出走，回来后仍放荡不羁以致最后被人暗杀。二儿子奥雷良诺具有预知未来的能力，在母亲肚子里就会啼哭且睁着眼睛出世，他曾经当过上校，一生经历过 14 次暗杀、73 次埋伏和 1 次枪决，但最后均能幸免于难。年老归家后沉迷于炼制、销毁小金鱼。他还曾与 17 个女子姘居并生下 17 个男孩，但当这些男孩共同回马贡多寻根时却在一个星期内全部被打死。女儿阿马兰塔则在与侄子乱伦的痛苦中，缝制葬衣以排遣孤独寂寞。

《百年孤独》

第三代是两个堂兄弟阿卡迪奥和奥雷良诺·何塞，前者疯狂地爱上生母，差点酿成大错；后者成为贪赃枉法的军官，最后被敌对党派击毙。第四代是阿卡迪奥与人私通生下的一女两男。女儿雷梅苔丝自幼喜爱裸体，最后晾晒被单时飞上天空消失；她的孪生弟弟阿卡迪奥第二在美国香蕉公司里领导了大罢工但惨遭血腥镇压，3000 多工人的尸体被弃置海边。他幸免于难后回乡诉说这场大灾难，然而无人相信，对世界无比恐惧的他潜心于研究吉普赛人带来的羊皮手稿。奥雷良诺第二则纵情声色长年鬼混，居然引发家畜极强的繁殖能力得以发家致富。第五代是奥雷良诺第二的一男二女，女儿阿马兰塔·乌苏拉结婚后回乡决定重振家业，然而却与身为家族第六代的侄子奥雷良诺·布恩地亚乱伦，在生下一个长着猪尾巴的孩子后难产而死，孩子也被蚂蚁吃掉。与此同时，奥雷良诺破译出了神秘的羊皮手稿，即布恩地亚家族的第一个人将被绑在树上，最后一个人将被蚂蚁吃掉。手稿刚刚破译完毕，一阵突如其来的飓风把马贡多卷走了，消失得无影无踪。

布恩地亚家族七代人无不是以狂热的追求开始、以孤独和死亡结束，家族中每个人的脸上，都带着一种显而易见的特有的孤独神情。孤独仿佛一种神秘的命运难以抗拒，不论是富有开拓进取精神的第一代老布恩地亚，还是在枪林弹雨中出生入死、有过远大抱负的第二代奥雷良诺上校，以及那些因爱情失意、私欲受挫的子孙们，都逃不脱孤独的归宿。“孤独”不仅是这个家族的悲剧，更是民族的悲剧——马贡多是哥伦比亚和整个拉美地区的缩影。马贡多经历了拉美地区几乎每个国家都曾经历过的历史：和谐的“世外桃源”被外界“文明”侵入后，带来了专制独裁、血腥内战、党派争斗和外国资本的经济掠夺。拉美人民在这种与外来文明的碰撞中，很可能会成为政治、经济、文化各方面被奴役的对象。背离本土的价值观念、宗教信仰和文化习俗去追求贪欲、情欲与权欲，必然会迷失自我陷于孤独和死亡的境地。马尔克斯还指出，要想摆脱这种“拉美式”的孤独，人民必须团结起来，以一种独立、自由和自信的方式来面对现代文明。

二、现实与魔幻

魔幻性的形成，来源于《百年孤独》中大量的奇迹描绘、鬼魂形象和荒诞不经的情节，如老布恩地亚死后，与早年被自己杀死的邻居的魂灵喃喃相诉；小孩的摇篮莫名其妙地自动在屋里兜圈绕行；霍·阿卡迪奥遭暗枪后，他的鲜血拐弯抹角、穿堂入室一直流入厨房，向老祖母乌苏拉报告死讯。然而马尔克斯不太愿意让人称自己是魔幻现实主义作家，而宁愿是现实主义作家。因为据他看来，《百年孤独》中那些看似魔幻的事件和意象在拉美的确是存在着的，如他回忆起童年外祖母和姨母们给他讲述的种种异事：若孩子们躺着的时候，如果门前有出殡的行列经过，应该叫他们坐起来，以免跟着门口的死人一块儿死；应该注意别让黑蝴蝶飞入家中，因为飞进来就意味着家里要死人；若是飞来了金龟子，家里要来客人；如果嗅到硫磺味，就是附近有妖怪。这些看似迷信的禁忌传说在马尔克斯的精神世界里扎下了根。与此类似，西方探险家在相关历险记中，对拉美风土人情的夸张和神秘化、拉美特有的异乎寻常的地理自然、外来殖民和本土独裁统治时期惊人的贪婪和残暴等，都使得拉美现实充满了"神奇性"和魔幻性。而多种宗教信仰下多人种的文化"混杂"——如人鬼共处来源于印第安神话、俏姑娘雷梅苔丝拽着被单飞上天空似乎来自于阿拉伯神话传说中的"飞毯"故事、长达四年多的滂沱大雨则是《圣经》"大洪水"的借鉴等等，更增强了小说的魔幻色彩。

当然，在承继如阿斯图里亚斯、鲁尔夫等拉美本土作家寓想象于现实的创作风格基础上，马尔克斯也深受卡夫卡、乔依斯、福克纳等西方现代派作家的影响，注重对人物潜意识心理尤其是梦幻心理、病态心理的挖掘。总之，《百年孤独》在展现一百年来拉美社会种种现实时，自然而然地运用了多种叙事艺术，加深了小说的"魔幻性"。首先，小说的结构别具特色，是一种潜在的圆形结构：从大的方面讲，马贡多从无到有，再从有到无，百年之中从起点回到起点；布恩地亚家族的先人曾因近亲结合生下一个带尾巴的孩子，但家族的第六代近亲结合生出的第七代仍然是一个长尾巴的孩子；七代人的名字也经常重复使用，让人混乱莫辨。从小的方面看，布恩地亚家族中的每个人的精神历程都是一个圆形——他们都是从小就孤独冷漠，长大后都试图以各自的方式突破孤独的怪圈，但激烈的行动总是归于挫败后的沮丧，陷入更深沉的孤独之中。其次，小说中充满大量象征性、寓意性的意象和情节，如奥雷良诺上校晚年不断炼制小金鱼，制好后熔掉再做；阿玛兰塔不停地编织着自己的裹尸布，织好后拆掉重做。他们这重复不已的行为，象征了家族生活的停滞不前和毫无意义。老布恩地亚去世时天空沸沸扬扬下起了黄花雨；老祖母乌苏拉死后家中破败不堪，庭院水泥地的裂缝中钻出了小黄花——小黄花成了家族衰亡的象征。还有，马贡多人突然患了集体健忘症，连桌子、床、奶牛等最常见和最熟悉的东西都要贴上标签，以免再次不认识——这是对马贡多人忘记了自己的传统和"根"的暗示，也是对那些忘记了民族历史和先辈牺牲精神的现代人的讽刺。再次，小说的叙事角度也颇为独特。虽然总体上是倒叙的风格，然而小说情节铺展的逻辑起点却是"现在"，如非常有名的一句叙述——"许多年后，面对行刑队，奥雷良诺·布恩地亚上校将会回忆起他父亲带他去见识冰块的那个遥远的下午。"这种叙述隐含了作家的态度：从"现在"回顾布恩地亚家族的"过去"，展望它的"未来"，都无法走出孤独，拉美人民的苦难命运至今仍在继续。另外，小说中在描述悲惨世界时所采用的揶揄、幽默和讽刺的叙事风格，如奥雷良诺·布恩地亚向只有 9 岁还在尿床的小姑娘的求爱，阿玛兰塔平心静气地操办着自己的丧事等等，很具有黑色幽默的意味。

第三节 略 萨

生平与创作

马里奥·巴尔加斯·略萨(1936～)，是当代知名的西班牙籍秘鲁作家，秘鲁语言学院院士和西班牙皇家学院院士，曾任第四十一届国际笔会主席，多次获得西班牙和拉美国家的文学大奖，也是拉美文学中作品被译介到中国最多的作家之一。他吸取了拉美本土作家一些有益的创作经验，同时也借鉴了欧美现代小说中的多种叙事技巧，还把绘画和电影艺术中的一些表现技巧糅合到小说创作中，从多个层面、角度和维度，反映和表现现实生活“杂变共生”的原生态，使小说形成了别具特色的“立体”叙事结构，略萨也因此被称为拉美“结构现实主义”作家中最主要的代表，是“文学爆炸”中最主要的作家之一。

一、“勇敢的小萨特”

略　萨

略萨于1936年3月28日出生在秘鲁的阿雷基帕市，中学毕业后进入首都圣·马尔科斯大学读书，由于生活所迫，不得不半工半读，曾经在电台、图书馆、报纸和杂志从事新闻工作，为他后来小说语言的简洁凝炼风格奠定了基础。也正是在这种半工半读的大学生活中，略萨一方面大量阅读欧美现代派文学作品如多斯·帕索斯、海明威、福克纳等人的作品，学习现代派小说各种各样的叙事技巧；另一方面为法国当代文学大师和青年革命领袖萨特的“介入文学”观点所折服，在他所参与的文学聚会中，常常为捍卫萨特的“文学要介入社会、反映现实”观点与同学争执得面红耳赤，所以被同学戏称为“勇敢的小萨特”。这种“萨特精神”成为略萨的创作原则，并一直贯穿了他的整个创作生涯，使他的作品带有极为强烈的现实主义色彩。拉丁美洲动荡不安的政治气候、外国经济势力和政治势力的变相侵略、本土经济的困顿和人民思想的保守与蒙昧等，都不太可能让包括略萨在内的拉美作家脱离现实去进行唯美主义的创作，所以他说作品的任务就是要“抗议压迫、揭露矛盾、批判黑暗”，这也正是他的作品中虽然存在大量叙事结构的实验革新，但仍然被称为“现实主义”创作的原因所在。

二、胡利娅姨妈与作家

大学期间，19岁的略萨疯狂地爱上舅母的妹妹即32岁的胡利娅姨妈，并力排众议冲破来自家庭、亲友和社会习俗等各方面的压力与之结婚。因为父母情感不合、长期离异，略萨在10岁时才第一次见到父亲并与之生活在一起。但是，父亲过度粗暴专制，他和母亲曾不堪忍受其辱骂和殴打而几度逃跑，但每每在父亲的威逼和母亲的软弱妥协下回家。极度不幸的童年，使得略萨深深地“嫉恨”父亲而加倍地依恋母亲。也许童年的不幸经历，使略萨在情爱取向上喜欢年长的女人；然而由于多种原因，略萨的第一次婚姻最后还是以同胡利娅姨妈分手而告终，并同舅舅的女儿步入婚姻殿堂。这种潜意识深处的情感取向也造就了略萨在长久关注“社会公德和政治品德”创作主题的同时，在家庭内部情爱的主题之下创作出两部“另类”小说《继母颂》(1987)和《情爱笔记》(1997)。《继母颂》中儿子与继母“乱伦”，作为父亲和丈夫的利戈贝托出于社会公德把“继母”赶走以示惩罚。而十年后的《情爱笔记》中则让儿子阿尔丰索利用绘画艺术和匿名信件“牵线搭桥”，促成父亲和继母重归

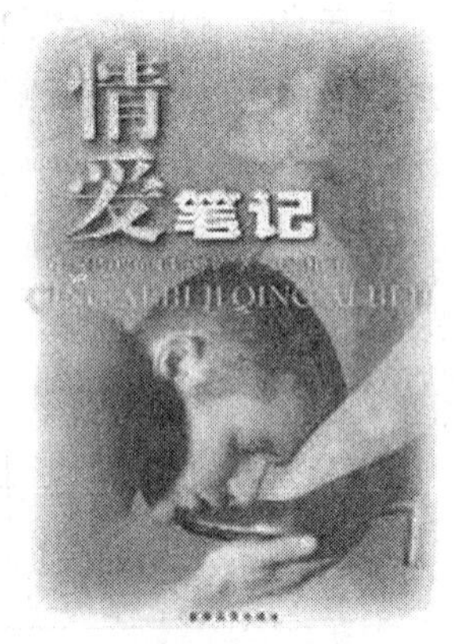

《情爱笔记》

于好。并且小说还写了融想象、情爱、艺术为一体的10个性爱故事、11封情书和9封捍卫性罪错的书信，由于小说大胆直露的“性爱”主题，《情爱笔记》一经发表，立刻在西班牙和伊比利亚美洲成为最为畅销的小说之一。

而略萨与姨妈“狂风暴雨”式的爱情也直接促成了《胡利娅姨妈与作家》(1977)的产生，小说的单数章节写这段感情产生与发展的波折，以及一个剧作家彼得罗·卡玛乔的兴衰史；双数章节则由卡玛乔创作的一个个短篇小说构成。这样，短篇小说与长篇小说交叉叙述，形成了一种罕见的叙述风格。

三、“水中鱼”

1958年略萨大学毕业，也正是在这一年，他的短篇小说《挑战》获得了一家法国杂志组织的征文比赛的奖励，而得以免费去法国旅行。这次旅行使略萨亲身感受到了欧洲文化所带来的震撼，后来他正式在巴黎求学，阅读大量的欧洲经典文学作品，为写长篇小说做好了准备。1962年，他的成名作《城市与狗》问世，并获得西班牙著名的“简明丛书”文学奖。小说讲述的是20世纪50年代初，秘鲁莱昂西奥·普拉多军校士官生们的学校和家庭生活，在叙事形式上，略萨把作者的全知视角与小说人物的限知视角、各人物的限知视角、限知视角的童年视角与成年视角等全部混杂交叉在一起叙述，顺叙过程中又杂以倒叙、插叙和预叙等，使得小说呈现出一种多视角、多时空叙事的特点，为其“立体小说”的创作开辟了探索之路。略萨是一个勇于探索的作家，几乎每一部作品中都会在叙事方式上进行创新。1965年的《绿房子》把多线索穿插叙事发挥到极致，获得了仅次于诺贝尔奖的“罗慕洛·加列戈斯国际文学奖”。1969年的《酒吧长谈》(又译《“大教堂”咖啡馆里的谈话》)在揭露和鞭笞秘鲁奥德利亚八年独裁统治种种罪恶和弊端、描绘当时社会各阶层人物的思想面貌的同时，采用了一种“对话波”的叙事结构，即由一组对话通过回忆联想的方式引发多组对话，多组对话又通过某些字眼或词语引发各个时空的不同对话，如此就像一石落水必然荡起无数涟漪，在纵度上和横度上都形成多层次的水波延伸。1973年的《潘上尉与劳军女郎》，则把对话、梦境和各种文体如公文、信件、报纸评论和电台广播等混杂在一起，形成了“万花筒”式的叙事结构。1981年的《世界末日之战》使用的是故事中套有故事、此故事又与其他故事交叉联系的“套盒子”结构，和把多个故事切成更多“小块”或“零件”、再把这些情节小块或故事零件打乱重组的“零件组合法”，使小说成为了“故事的森林”。1984年的《狂人玛依塔》采用的是“小说中又有小说”，即多视角叙事的结构。略萨正是借用了各种现代叙事技巧以求建造多维度、多线索、多时空、多视角的“立体”小说结构，以从空前的深度和广度上反映拉美纷繁多变的社会现实，因此其小说风格被综称为“结构现实主义”。

略萨和众多拉美知名作家一样，在专注于文学创作的同时，也无时无刻不在关心并参与着国家的政治决策。出于知识分子的人道关怀和“国家兴亡，匹夫有责”的公民情操，略萨决定通过政治手段去为国家和人民施行实质性的服务，因此在1987年正式开始政治历险。1987～1990年间，他经历了反对银行国有化、组织民主阵线、参加总统竞选到失败出走的曲折历程，深刻领悟了秘鲁乃至拉美政坛上党派斗争、总统竞选等政治活动背后的复杂性和艰巨性，最后决定弃政从文，再次回到自己熟悉和擅长的战斗领域即文学创作中来。在复杂多变的社会生活中，略萨就像条鱼一般，探索和寻找着最适合自己生存的方式。在他1993年创作的自传性小说《水中鱼》(1993)里，他就把自己的文学之路与政治历险交叉叙述，深刻探讨了拉美知识分子与社会政治生活的微妙关系。

《绿房子》的建构与解构

《绿房子》是一部长篇小说，展现了秘鲁北部沿海地区、安第斯山区和森林地区在20世纪20年代以来长达40年间政治、经济、军事、宗教、婚姻家庭等各个方面的社会生活，揭示出这样一个主题：欧洲、美国等外来势力入侵所带来的科学技术发展和城市现代化，并没有使拉美摆脱落后、蒙昧和痛苦的状态。

一、五个故事和一个人物

小说总共讲述了五个故事：

第一个：印第安孤女鲍妮法西娅被传教所收养，后因同情并放走被嬷嬷强行抓来的印第安小女孩而遭惩罚，潜逃成功后被领水员聂威斯夫妇收养并介绍给利杜马警长做妻子，婚后利杜马因斗殴误伤人命而被捕入狱、鲍妮法西娅被人引诱做了绿房子的妓女，最后与出狱的丈夫和好。

《绿房子》

第二个：巴西籍日本人伏屋伙同阿基里诺、领水员聂威斯和情妇拉丽达等人，与涅瓦小镇镇长列阿德基勾结走私，强行低价购买土著部落的香蕉和皮毛，再以高价转卖，但后因内讧被列阿德基出卖被迫逃亡；拉丽达也因不堪忍受伏屋的折磨而与聂威斯私奔；伏屋最后不幸染上麻风病被隔离在荒岛上，只有阿基里诺仍然惦记着不时去探望。

第三个：流浪琴师安塞尔莫到皮乌拉后，建造起了第一座绿房子（即妓院），后爱上了盲哑女安东妮娅并生下女儿琼加，但安东妮娅难产而死；神甫加西亚率民众烧毁了绿房子；穷困的安塞尔莫与他人组成乐队，在女儿重建的绿房子里演奏音乐，后因思念安东妮娅，过度忧伤，导致心脏病突发而死，加西亚神甫、二流子们、鲍妮法西娅和众民众为他举行葬仪。

第四个：胡姆是印第安人一个村庄的首领，带领土著人民反抗镇长列阿德基等人的强取豪夺和军警土匪的抢掠骚扰，却遭逮捕和侮辱，后多次找机会上诉，但都以失败而告终，最后终于精神崩溃，孤独病死。

第五个：四个“二流子”利杜马、何塞、何塞费诺和“猴子”平常是好兄弟，一起在绿房子里纵酒享乐。但在利杜马被捕入狱后，何塞费诺诱奸了鲍妮法西娅并使之成为妓女，不过，最终在挨了出狱的利杜马狠狠一顿揍后，四人和好，重新成为快乐的“二流子”。

利杜马是线索人物，他是“二流子”的老大，又是鲍妮法西娅的丈夫；是涅瓦镇的警长后又成为警察局的局长；追捕过伏屋团伙，又接待过胡姆的上访；回到皮乌拉后又支持安塞尔莫的女儿琼加重建绿房子。

二、叙事时间的“解放”和叙事结构的“立体”

略萨在《绿房子》中勾勒了五个人物故事，但在具体叙事过程中却把每个人物故事细细地切成很多个“小块”或“零件”，然后把这些情节小块或故事零件打乱、重组，有的按照时空逻辑顺序与别的故事情节小块交叉而置，有的却被散乱之后分置于小说的不同章节里。总之，小说在叙事顺序、速度、频率三个方面的独特设置，使得叙事时间得到了空前解放，由传统的“线性时间”走向多重层次的“立体性叙事时间”。此外，小说综合运用了多种叙事顺序，形成了错综复杂的时间层面。文本在纵横交错中把各个人物故事互相镶嵌在一起，此故事套在彼故事之中，只不过各个故事的发生时间时而倒错中断、时而穿插跳跃，读者很难再如读传统小说那样轻易地确定故事线索。

小说中的五条故事线索，如果单从各自的外部发展上看都是顺叙，但各故事内部又采取了种种叙事技巧使叙事顺序复杂多变，如第二个故事虽然讲的是伏屋与阿基里诺划船去往圣巴勃罗岛治病的经过，但二人回忆中叙述的事件却不是顺叙：小说第一部分和第二部分中伏屋已经叙述了自己同拉丽达欺骗列阿德基出逃及拉丽达与聂威斯背叛自己，但在小说第三部分却补叙了自己与拉丽达出逃后如何过上了土匪生活，在第四部分则叙述了拉丽达在自己生病后如何与聂威斯私奔。这样，第一、二部分的叙述对于第三、四部分相对而言即成为“预叙”，第三、四部分则成为第一、二部分的“补叙”，而“尾声”却又是各部分的“顺叙”。

不仅如此，每个故事片段内部的叙事顺序也是变化多端的，如鲍妮法西娅受审时的回忆与申诉、伏屋与阿基里诺的回忆，众人对利杜马入狱原由的谈论与回忆等，被略萨运用一般直接引语把“过去”发生的对话或场景以“现在时”再现，形成了“过去”与“现在”共时并存的假象，使发生在不同时间之内的事件、场景、对话掺杂渗透、竞相蔓延，形成了特殊的“沙漏效果”。小说的叙事时距时快时慢，形成了变化多端的时间速度。最常见的是加速和省略，如小说对鲍妮法西娅进入修道院四年的生活、四个二流子从婴儿到成年之间的生活在小说中几乎是空白。不过，小说中也会出现等速的情况，这可以从伏屋与阿基里诺、鲍妮法西娅与嬷嬷们、二流子之间的部分对话可以看出。但第四部分第三章安塞尔莫故事中安塞尔莫繁杂纷乱的意识流却是叙事减速，让人物的思想意识突破了有限的物理时间之限制而自由驰骋，人物可以在一天或几个小时之内回想几个月或几年期间发生的事情，即通过安塞尔莫的意识流补叙了他与盲女安东妮娅细腻而复杂的爱情经历，使安塞尔莫的一生和绿房子的历史得以完满。

小说的叙事频率有详有略，形成了颇富节奏性的时间密度。《绿房子》综合运用了多种叙事频率，有时发生过一次的事只讲述一次，如嬷嬷们与警察一起到土著部落去抢阿瓜鲁纳女孩；采用最多的则是发生过几次的事也只讲述一次，如聂威斯与阿基里诺偷偷会面，虽然在小说第三部分第二章鲍妮法西娅故事中只叙述过一次，但通过阿基里诺在尾声中告诉伏屋有关拉丽达的种种近况表明他们多次相见。这样，就使叙事节奏时快时慢、错落有致。有时讲述 N 次发生过 N 次的事，如绿房子建了两次，小说叙述了两次。还有时讲述 N 次发生过一次的事，如通过鲍妮法西娅、镇长、警长、阿基里诺、伏屋与拉丽达、列阿德基等人从不同的视角出发各讲一遍胡姆受军队惩罚之事，这样有利于读者“立体”地从不同视角理解人物故事。

总之，略萨力图在有序与无序之间达到一种平衡，他的小说一方面努力接近生活“混乱”的原生态，把所有故事的叙事时间打乱了相互穿插并“混合”在一起；另一方面却把某些混乱的生活现实在小说中改造成“有条有理”，使之成为符合因果逻辑的线性叙述。这样双管齐下，就产生了由不同时空的点、线、面所构而成的“立体”叙事。

参考文献

[1] 冯克诚、田晓娜. 世界通史[M]. 西宁：青海人民出版社，1998.

[2] [英]H. G. 韦尔斯. 世界史纲(上、下)[M]. 桂林：广西师范大学出版社，2001.

[3] 张文武. 简明拉丁美洲百科全书[M]. 北京：中国社会科学出版社，2001.

[4] [英]莱斯利·贝瑟尔. 剑桥拉丁美洲史[M]. 北京：当代世界出版社，1992.

[5] 索飒. 丰饶的苦难——拉丁美洲笔记[M]. 桂林：广西师范大学出版社，2003.

[6] 赵德明，赵振江，孙成敖. 拉丁美洲文学史[M]. 北京：北京大学出版社，1989.

[7] 朱景东、孙成敖. 拉丁美洲小说史[M]. 天津：百花文艺出版社，2004.

[8] [哥伦比亚]加西亚·马尔克斯. 两百年的孤独——加西亚·马尔克斯谈创作[M]. 朱景冬译. 昆明：云南人民出版社，1997.

[9] 赵德明. 巴尔加斯·略萨传[M]. 北京：新世界出版社，2005.

[10] [智利]何塞·多诺索. 文学“爆炸”亲历记——何塞·多诺索谈创作[M]. 段若川译. 昆明：云南人民出版社，1993.

第十一章　印度文学

第一节　概　　述

印度，全称“印度共和国”，中国在西汉时称它“身毒”，东汉时称它“天竺”，从唐朝起始称之为“印度”，意为“月亮之国”。印度有着悠久的历史，它与中国、埃及、巴比伦并称世界四大文明古国。印度文化有鲜明的特点，它既有源远流长、自成一体的深厚传统，又有源头众多、兼容并蓄的显著特征，是多样性与统一性的高度融合。

悠远而驳杂的历史进程

印度是历史最为悠久的文明古国之一，迄今已有4500多年的可考历史。印度历史独具特征：首先，印度缺乏用文字记载的信史，历史往往与神话杂糅在一起；其次，印度自古及今屡遭外族入侵，其历史就是一部外族征服史；第三，印度大部分时间处于四分五裂的状态，是一部分多合少、战乱频仍的历史。马克思曾说：“印度人没有历史。”这是对印度历史特征的精辟概括。

一、上古印度（约公元前3000～公元7世纪）

1. 哈拉帕文化时期（约公元前2500～前1750）

古代印度大体上包括今天的印度、巴基斯坦和孟加拉的领土，这里在石器时代已有居民。约自公元前3000年起，达罗毗荼人成为这里的主要居民，他们创造的印度河文明又被称为“哈拉帕文化”，因考古发现位于今巴基斯坦旁遮普省的摩亨佐达罗和哈拉帕两地的规模最大。哈拉帕文化是一种以农村文化为依托的城市文化，城市规模较大；此时农业、铜器加工业、制陶业以及交通都已相当发达，并出现了纺织业和造船业；文字已经出现，雕刻艺术也有了相当的发展；宗教方面则崇拜地母、树神、生殖器等。哈拉帕文化是奴隶社会时期的文化，阶级分化和贫富不均的现象已经出现。

摩亨佐达罗遗址

2. 吠陀文化时期（约公元前2000～前600）

约在公元前2000年代中叶，原居住在中亚、高加索一带的游牧民族雅利安部族由兴都库什山的开柏山口侵入印度，并逐渐东移。他们征服了达罗毗荼人，在恒河的河套等地建立起城市，印度由此进入吠陀时代。所谓吠陀，就是雅利安人最早的文献汇编，主要有宗教诗和圣歌，记载了雅利安人的社会生活。他们将达罗毗荼人逐入森林或贬为奴隶，但却吸收了其文化精华，如由游牧文化转入农耕文化，吸取其对树神、龙神（蛇）和生殖器等的崇拜，沿袭其佩戴多种装饰品的习俗等。到公元前7世纪左右，在印度河—恒河流域已建立起十几个奴隶制度的国家政体。种姓制度开始出现，主要有婆罗门、刹帝利、吠舍和首陀罗四大种姓。首陀罗是被雅利安人征服的土著居民，地位最低，几乎被剥夺了一切权利。各种姓地位、职业世袭不变，不同种姓间禁止通婚。种姓制度是维护统治阶级利益的工具，对印度社会的发展产生了巨大而深远的负面影响。在原始自然崇拜的基础上发展起来的多神教——婆罗门教也逐渐形成，该教以宇宙的创造者梵天为最高神，宣扬万物有灵、因果报应和轮回转世，对后世印度的其他宗教影响很大。

3. 列国争雄和孔雀王朝时期（公元前7世纪～前185）

公元前6世纪初，印度有16国彼此争战，其中的摩揭陀国逐渐强大起来，统一了印度北部。公元前6～前4世纪，反对婆罗门教、宣传众生平等的佛教、耆那教等沙门思潮①逐渐兴盛，并产生了广泛影响。约公元前324年，孔雀家族的旃陀罗笈多灭摩揭陀王国，建立了统治范围涉及北印度大部分地区的孔雀王朝，是印度历史上第一个统一的奴隶制国家。至旃陀罗笈多的孙子阿育王统治时期（约公元前273～前232）最为强盛，整个北印度以及德干高原的大部分地区都被置于其版图中。此时社会经济发展迅速，农业、工商业都比较发达，并开始与海外建立贸易往来。阿育王年轻时热衷以武力扩张疆土，但在公元前260年以一场杀死10万人、俘虏15万人的战争征服了羯陵伽国后，他断然放弃残酷的战争，改行和平政策。他皈依佛教，并将佛教定为国教，且派人到境内外四处宣扬佛法，奠定了佛教日后成为世界宗教的基础。阿育王统治时代印度奴隶制发展至全盛时期，被认为是“人类乱世史中最明朗的间隙之一”。但在阿育王死后，帝国迅速衰落下去。公元前185年前后，孔雀王朝灭亡。此后，印度大陆又陷入长期战乱。

阿育王柱

4. 贵霜王朝、笈多王朝和戒日王帝国（公元1～7世纪）

孔雀帝国衰亡后，外族相继入侵印度。约公元1世纪，大月氏人的一支贵霜人建立起贵霜王朝，至3世纪衰落下去。在迦腻色伽统治时期（约公元78～101），贵霜王朝势力扩张到恒河中游地区。贵霜时期，佛教继续发展并不断分化，继分化为上座、大众两个部派后，又由大众部演变出大乘佛教，并流传到东亚和中亚一带。

公元320年至6世纪中叶，笈多王朝兴起并发展，带来了印度北部统一安定的政治局面和经济、文化的繁荣。杰出的梵文诗人迦梨陀娑就生活在这一时期，史诗《摩诃婆罗多》和《罗摩衍那》、法论书《摩奴法论》也在此时定型，建筑、雕塑和其他艺术成就斐然。古婆罗门教在吸收佛教、耆那教的某些教义，并糅合各地民间信仰后，逐渐向印度教转化。种姓制度进一步发展，

① 所谓“沙门”(Sramana)，意为“勤息”，是指一批反对吠陀权威、反对祭祀和婆罗门至上的出家修行人。婆罗门系统是印度传统中的正统派，沙门系统则是非正统派。

各种姓之间的隔阂与对立日益加深。

笈多王朝崩溃后，印度再一次陷入多国纷争的黑暗时期。而在布舍菩地王国的戒日王在位时期（606～647），印度北部地区保持了一代人的相对稳定与和平。中国唐朝的玄奘法师在此时赴印度取经学义。他遍访印度各省，观察和记载这里的人民生活、名胜古迹和宗教寺庙，在戒日王的领土上度过了8年，在所著的《大唐西域记》中记述了戒日王的身世和业绩。此时印度佛教开始衰落，印度教兴起并最终占据了统治地位。

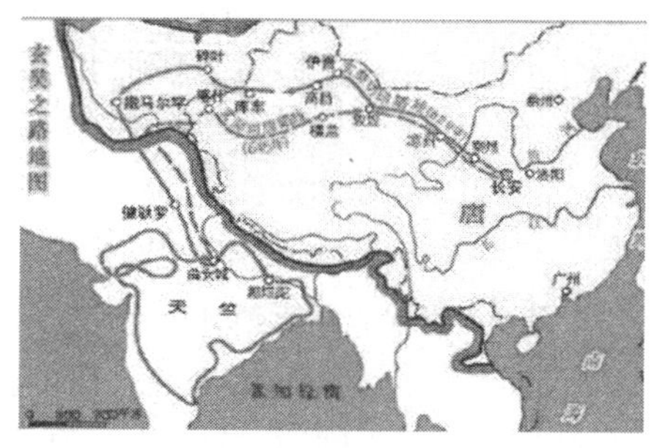

玄奘之路地图

二、中古印度（8～16世纪）

1. 德里苏丹王朝（1206～1526）

印度长期的列国纷争，使其成为外来侵略者觊觎的目标。公元8世纪初，印度进入封建社会，南亚次大陆开始成为信奉伊斯兰教的阿拉伯入侵者的“狩猎场”，印度再次陷入长达500年的异族统治和内部战乱之中。阿拉伯人不断向印度扩张，终于在1206年建立起穆斯林神权与政体结合的军事封建国家——德里苏丹王朝（1206～1526），印度再度获得相对统一。在此期间，多数苏丹依靠剑与火进行统治，占人口绝大多数的印度教徒和普通穆斯林生活悲惨。苏丹王朝在统治范围内强制推行伊斯兰文化和本民族语言，崇奉伊斯兰教，压制印度教，铲除佛教，在全国各地兴建清真寺、塔楼等。但印度文化传统深厚，难以铲除，结果必然是两种文化的并存和交流，如产生了把印度方言波斯化的乌尔都语和深受印度教与伊斯兰教影响的锡克教。这种状态成为1947年印巴分治的社会基础和历史原因。

德里苏丹王朝（1206～1526）

2. 莫卧儿王朝（1526～1857）

1525年，莫卧儿人帖木尔的后裔巴布尔率领军队由阿富汗攻入印度，并于次年占领德里，稍后又征服了北印度大部分地区，印度开始了长达300多年的最后一个封建王朝——莫卧儿帝国统治时期。

莫卧儿王朝沿袭并调整了苏丹王朝的一些制度和文化传统。在第三代国王阿克巴统治时期（1556～1605），莫卧儿帝国内修朝政，外事征服，疆域广大。阿克巴推行民族融合和宗教宽容政策，抑制穆斯林势力，通过与印度教徒联姻、任用他们做大臣等手段，提高了印度民族文化的地位，建立各教平等的税收制度，社会安定繁荣。阿克巴被认为是印度自阿育王以来最杰出的开明君主。经过阿克巴及其子贾汗吉尔、其孙沙杰汗的经营，莫卧儿帝国达至极盛，在农业、手工业、商业及对外贸易方面均得到很大发展。规模宏大的著名建筑泰姬陵即为沙杰汗时期所建造。

阿克巴大帝

至18世纪，莫卧儿帝国在封建主剥削加重、水旱灾害不断、人民反抗频繁的多重打击下开始走向衰败。1739年和1761年，波斯和阿富汗军队先后入侵次大陆，德里遭受浩劫。此后，侵入印度的西方殖民势力不断扩张，莫卧儿帝国沦为英国的附庸。1857年，帝国正式消亡。

三、近代印度（17～19世纪初）

1. 西方国家的入侵和统治

从16世纪起，葡萄牙、荷兰、英国、法国等欧洲殖民者先后入侵印度。1600年英国东印度公司成立。在互相攻战中，葡、荷相继退出印度舞台。1746～1761年间英法三次战争，使法国的力量遭到严重削弱，从此英国取得了在印度次大陆的垄断权，开始了在印度近200年的殖民统治。英国殖民者把印度变成其原料产地，印度自然资源被大肆开采；印度传统手工业受到英国工业品的冲击而急剧滑坡，农业结构巨变，传统经济基础遭到破坏；印度还为英国的海外战争提供了大量财源和兵源，成为英国向世界扩张的基地和跳板。英国的殖民统治给印度人民带来了深重灾难。但毋庸讳言，殖民者也给印度文化带来了一些积极影响。如强行禁止印度教中寡妇殉葬、人身祭祀、杀婴等野蛮习俗，允许寡妇再嫁；在法律上取消了奴隶制；兴办教育，传播西方先进的科学技术和文化思想，使英语成为通行印度全国的官方用语；扶植印度民族文学，使这一时期出现了包括泰戈尔在内的一大批用英语和方言创作的优秀作家；在社会公共事业方面，出版报纸，建立电报网、修建铁路、开掘运河等，为印度的发展创造了有利条件；尤其是19世纪后半叶，英国殖民者调整殖民政策，以资本输出的新形式剥削印度，客观上促成了印度资本主义的萌芽和发展，为印度独立后建立议会民主制的资产阶级共和国创造了条件。

2. 民族独立运动的兴起与发展

在英国统治印度的最后100多年里，印度人民进行了坚持不懈的英勇抗争。1857年，由印度土著雇佣兵发起的米鲁特起义是印度爆发的第一次全民性抗英斗争，标志着印度民族意识的觉醒。1885年12月，印度的第一个资产阶级政党——国民大会党（简称"国大党"）建立，标志着印度资产阶级开始作为一支重要的力量登上政治舞台，并逐渐成为印度要求民族独立的代言人。

1905年，加尔各答爆发了印度民族解放运动史上第一次有组织的、反对英国殖民统治的大规模游行示威，并很快波及全国，至此，印度民族解放运动呈现出统一趋势。1919年4月，英军在旁遮普省阿姆利则城朝集会群众开枪，当场打死打伤了3000多人。这场骇人听闻的"阿姆利则惨案"使反英反帝运动再次高涨，并蔓延至印度全国各地。人们以国大党领袖甘地倡导的"非暴力不合作"理论为基础，开展了包括总罢工、和平示威、抵制英货、拒绝为殖民当局当差服役和拒绝纳税等在内的各种形式的斗争，极大地削弱了"日不落帝国"的殖民基础。

3. 印度独立与印巴分治

1939年9月，印度国大党在英国答应战后给予印度独立的条件下，同意参加第二次世界大战。战后，精疲力竭的英国已无力全面控制印度局面，只得于1946年3月承认印度享受英帝国自治领的地位。但按新任驻印总督蒙巴顿的方案，要求印度按宗教信仰"分而治之"，把印度分为印度教徒的印度联邦和伊斯兰教徒的巴基斯坦两个自治领。《蒙巴顿方案》埋下了民族仇恨的祸根，是印巴交战、两国在克什米尔归属问题上争斗的缘由。1947年8月14、15两日，巴、印分别成立自治领，实现分治。1950年1月26日，印度宣布成立独立的共和国，但仍是英联邦成员国。

四、现代印度(20世纪)

1950年1月26日,独立后的印度颁布宪法,宣布成立独立自主的共和国,尼赫鲁出任印度独立后的第一届政府总理(1950～1964)。他主张印度走介于资本主义和共产主义之间的中间道路,建立"社会主义类型的社会";经济上通过从1956年开始实行的两个五年计划,建立了一套比较完整的工业体系;社会上主张印度社会的世俗化,反对狭隘的教派斗争,反对传统的种姓制度,关心妇女和下层贫民的权益;在外交政策上,宣布奉行不结盟政策,1954年6月与周恩来总理共同提出了著名的"和平共处五项原则"。

英迪拉・甘地

1966年,尼赫鲁的女儿英迪拉・甘地接任总理。她继续尼赫鲁的政策与方针,并提出"清除贫困,实现社会公正"等口号。她实行以"绿色革命"为主的农业新战略,依赖市场经济,降低人口增长率等措施,使印度经济进入了着重发展农业和较多依赖市场经济的时期;1980年,重新执政的英迪拉・甘地制定了第六个五年计划,重点发展农业和石油工业,使印度经济有了新进展。由于对锡克族分裂分子采取镇压行动,1984年10月31日,甘地夫人被三名锡克族卫兵刺杀。其子拉吉夫・甘地在母亲被刺数小时后宣誓就任总理。他审慎地进行政治和经济改革,降低选民年龄,使更多人获得选举权,经济上进一步实行开放政策,但民族矛盾激化并未得到遏止。1991年拉吉夫・甘地在谋杀中丧身。但尼赫鲁建立的世俗的民主国家的理想已在国大党领导人头脑中扎下了根,1991年6月,国大党领导人拉奥就任总理,为重建印度经济作出了巨大努力并卓有成效。经济的发展推动了科教文卫事业的发展,农业总产值也跃居世界第四位。1996年国大党在大选中失败。1998年,拉吉夫・甘地的遗孀索尼娅・甘地为扭转国大党江河日下的窘境,决定参政。2004年,她领导国大党在大选中挫败全国民主联盟,国大党高级领导人曼莫汉・辛格于2004年5月22日宣誓就任印度新一任总理。

甘地与尼赫鲁

索尼娅・甘地和拉吉夫・甘地

印度文学有着悠久而灿烂的历史,在史诗、神话、戏剧及文艺理论等方面起步很早,成就也很突出。研究者习惯上将印度文学划分为古代文学、中古文学、近现代文学这几个发展阶段。

从地域范围看,印度上古文学包括今天印度、巴基斯坦和孟加拉等国的文学;从时间上看,约从公元前2500年到公元400年,大约是指印度从原始社会末期到奴隶社会并向封建社会过渡时期的文学。这一时期,印度社会从达罗毗荼人创造的印度河文明过渡到雅利安人创造的吠陀文化,印度特有的等级制度——种姓制度逐渐形成,并

在此基础上产生了婆罗门教，此后又出现佛教和耆那教等沙门思潮。印度上古文学就是这种社会形态的反映，主要文学形式为吠陀文学和史诗文学。

一、吠陀文学时期（约前20世纪～前5世纪）

吠陀文学是雅利安人创造的圣歌和宗教诗的汇编，是上古印度文献的总称。通常所说的吠陀是指4部吠陀本集：《梨俱吠陀》、《娑摩吠陀》、《夜柔吠陀》和《阿闼婆吠陀》。《梨俱吠陀》是其中产生最早且最有文学价值的一部诗集，采用颂诗形式，表现人们对自然现象、社会现象以及由此转化而成的诸神的赞颂和祈请。战神和雷神因陀罗最受尚武的雅利安人的尊崇，还有火神阿耆尼和酒神苏摩。《娑摩吠陀》是可配曲演唱、用作祭祀的歌词集；《夜柔吠陀》多为祭祀时的祷词；《阿闼婆吠陀》成书最晚，是一部用诗的形式写的祭祀咒语集。除4部本集外，《梵书》、《森林书》和《奥义书》等也属广义吠陀。吠陀文学运用朴素的比喻和超自然的夸张直率地表达思想情感，虽显稚嫩但仍有一定的文学价值。

二、史诗文学（约前4世纪～4世纪）

印度上古文学的光辉典范是两部著名的史诗《摩诃婆罗多》和《罗摩衍那》。

《摩诃婆罗多》

史诗《摩诃婆罗多》的标题意为“伟大的婆罗多族的故事”，相传为广博仙人所作，印度人称之为“历史”或“历史传说”。全书共18篇，中心故事是印度北方婆罗多王国内部的政治矛盾以及由此引发的一场牵连整个印度的战争。主要情节如下：奇武王有两个儿子，长子持国，次子般度。持国天生盲目，般度做王，后般度早逝，持国继位。持国有百子，称俱卢族，长子难敌；般度有五子，称般度族，长子坚战。两族孩子跟同一位老师习武，般度族学得好，引起俱卢族的嫉妒。难敌一再设法谋害般度族，般度族逃到般遮罗国，五兄弟合娶国王之女黑公主。持国王召回般度族，并分一半国土与之，引起难敌不满。难敌密谋用赌博掷骰子使般度族遭受流放12年的苦役和1年隐名埋姓的生活。13年的流浪生活终于结束，般度族要求按约定归还那一半国土，却遭难敌拒绝，于是两个家族之间进行了18天鏖战，许多王国和部族都按各自的立场加入双方的战斗。大战结束时，双方几乎完全覆灭。俱卢族只剩三人，般度族也仅余七人。坚战继位后，把王位传给后人，自己与妻子、兄弟入山修道。黑公主与四个兄弟相继死于路途，坚战被天神因陀罗接走，先入地狱，同亲人相会，后来五兄弟和黑公主都升入天堂。在上述主干故事中还穿插了大量神话传说和寓言故事，著名的有《那罗传》、《莎维德丽传》、《罗摩传》等，还有历史、政治、哲学、宗教等许多非文学的成分，使史诗枝杈蔓延，内容驳杂，卷帙浩繁，成

黑公主受辱

为目前世界上最长的史诗。

俱卢之路

《摩诃婆罗多》反映了古代印度列国纷争和帝国统一时代的概貌，颂扬以坚战为代表的正义力量，表明作者对公正、友爱、和平等幸福生活的向往，对奸诈、强暴等邪恶势力和争权夺利的不义战争的厌恶。史诗塑造了众多个性鲜明的人物形象：坚战宽容大度、公正无私；怖军力大无穷，嫉恶如仇；阿周那武艺高强，理智冷静；难敌虚荣好妒，刚愎自用；半神半人的黑天(实为毗湿奴的化身)富有智慧又善施计谋，这些人物都被刻画得栩栩如生。整部史诗采用对话形式的框架结构，使其能在最大限度上涵容众多内容。大史诗《摩诃婆罗多》被后人誉为印度诗歌的顶峰、“第五吠陀”，有很高的文化地位。

哈奴曼拜见罗摩

《罗摩衍那》在印度被称为“最初的诗”，题意为“罗摩的生平”，相传为蚁垤所作。大致内容是：阿踰陀城的十车王通过祭祀求子，大神毗湿奴化身为四，托生为十车王的四个儿子。十车王欲立长子罗摩为太子，小王后吉伽伊却想让自己生的儿子婆罗多继承王位，并要求流放罗摩14年。十车王因有诺在先，只得违心应允。罗摩与妻悉多、弟罗什曼那一同流放森林，婆罗多忠于悌道，不肯继位，只愿代兄摄政。悉多在森林中遭十首罗刹王罗波那劫持，但坚贞不屈。罗摩得神猴哈奴曼相助战胜魔王，救回悉多，却对其贞操产生疑虑。悉多投火自焚，火神将她托起，证明她的纯洁，夫妻终于团圆。流放期满，罗摩回国复位，立婆罗多为王位继承人。此时悉多怀孕，罗摩听信谣言，遗弃了她，悉多悲痛欲绝。幸得蚁垤仙人收留，并教其双生子吟诵《罗摩衍那》，还让他们在罗摩举行马祭时吟唱。罗摩认子，但依然拒绝悉多，悉多投入地母怀抱。最后全家在天上团圆。

《罗摩衍那》通过对从原始社会向奴隶社会转变时期的三个国家政权矛盾和更迭的描写，反映了当时社会权力的纷争和继承方式，赞扬了罗摩兄弟对王位的互让，抨击了猴国兄弟对王权的纷争，对罗刹之弟坚持正义，不肯效忠于暴君的行为也予以肯定，并表明作者支持正义战争、反对侵略暴行、宣扬家族和好、政治安定的进步思想。

神猴化做寺庙

《罗摩衍那》的艺术特色也十分鲜明。首先，它体现出作者塑造艺术形象的深厚笔力。主人公罗摩孝父爱妻，忍辱负重，治邦安民，是英明君主和伦理道德的典范；而无端怀疑、遗弃妻子，又显示出他狭隘、冷酷的一面。悉多貌美心善，才德双全，与丈夫同甘共苦。面对邪恶势力威武不屈，忠于爱情；而面对冷酷无情的丈夫，毫不示弱，厉声怒斥，表现出外柔内刚的反抗精神。此外，罗什曼那的忠勇、神猴哈奴曼的足智多谋、魔王罗波那的蛮横霸道都写得栩栩如生。哈奴曼这一形象也被认为与中国古典名著《西游记》中的孙悟空有着血缘关系。其次，《罗摩衍那》注重用优美的语言描绘自然景色，并达到很高的艺术水平，开创了印度上古文学的新局面。

印度传统将《摩诃婆罗多》称为“史”，而称《罗摩衍那》为“诗”，因为后者才有严格意义上的格律、韵脚和藻饰等诗的特点。《罗摩衍那》确立了印度诗歌创作的艺术形式，同时它也是考察印度古代文化和思想特征的重要依据。

此外，约成书于公元2世纪左右的文艺理论著作《舞论》，用诗体形式全面论述了戏剧的起源、内容、表演、服装、化妆、诗律、音乐等，是上古印度的艺术总论；《摩奴法典》阐述梵行、家居、林居、遁世等人生四个阶段的责任、国王的职责、民法、刑法和四种姓的职业等；略晚于史诗出现的《往世书》用对话形式记叙宇宙形成经过、神系家史及英雄传，提出循环论的历史观和对梵天、毗湿奴、湿婆三大神的崇拜，这些都对后世印度产生了巨大影响。佛教《本生经》讲述释迦牟尼成佛前不同世的生活和寓言、笑话、童话、箴言、伦理故事等，是文学价值很高的民间故事集。

中古印度文学就是指印度封建社会的文学。这一时期，印度仍然保持大小王国并立和纷争的局面，并不断受到外族入侵，只在贵霜王朝、笈多王朝和戒日王统治时期，国家比较统一安定。至10世纪，信仰伊斯兰教的西北部民族逐渐侵入印度，使印度民族矛盾、宗教矛盾激化，又引起几百年的动荡。直到16世纪莫卧儿王朝建立，印度重新形成强大的统一王国。顺应这种时代变迁，中古文学大致也可分为两个阶段，即古典梵语文学时期和各地方言文学时期。

一、古典梵语文学时期（约1～9世纪）

古典梵语文学时期是印度文学走向自觉和成熟的时期，也是印度文学史上的辉煌时期。这一时期文学逐渐与宗教分离而走向独立，各种文学形式逐渐完备定型，在故事、诗歌、戏剧、小说等领域涌现出许多著名作家和杰作，使文学走向繁荣局面。

故事文学的重要成就《五卷书》，约产生于公元1世纪至4、5世纪之间，是一部用古典梵语写成的动物寓言故事集。全书由序言和5卷78个故事组成，写古代一位国王聘请一个德高望重的婆罗门教授自己三个蠢笨的王子，婆罗门编写了《五卷书》作为教材，半年内就让王子变得聪明过人。《五卷书》的序言既阐述了全书宗旨——统治术，又是串联全书的总纲，下分5卷，每卷有一个中心故事和主题，中间穿插许多小故事。这种“连串插入式”的结构方式为日后印度长篇小说的创作开创了一种重要形式。故事后面的道德和伦理教训则表达了作者对现实的批判和对人生及社会的理想。

古典梵语诗歌创作成就很大，涌现出大量诗作。伐致呵利抒情诗集《三百咏》抒发一个落拓文人对社会现实的不满情绪。佛教诗人马鸣的叙事诗《佛所行赞》、《美难陀传》，前者写释迦佛一生的事迹，后者写佛度化堂弟难陀的故事。诗歌注重形式，讲究藻饰。诗歌方面成就最大的则是诗人、戏剧家迦梨陀娑（见本章第二节）。

古典梵语戏剧是中古文学的主要形式，题材多取自两大史诗。马鸣（约生活在公元初期）的《舍利弗传》是现存最早的梵语剧本；跋娑（约生活在公元2、3世纪）的《惊梦记》表现爱国主义的政治主题，在结构、情节展开、人物心理刻画方面都堪称梵语古典戏剧中的优秀之作；首陀罗迦(约生活在3世纪)的《小泥车》通过首陀罗妓女春军与穷婆罗门商人善施之间爱情婚姻的波折和团圆结局,表达人们对种姓制度的不满和对理想生活的向往与追求。迦梨陀娑则是古典梵语戏剧最杰出的代表。

古典梵语小说是这时期新出现的文学形式,是由口头说唱文学发展而来的文言长篇小说,主要成就有檀丁的《十王子传》、波那的《戒日王传》和苏般度的《仙赐传》等。

二、各地方言文学时期(约10~19世纪)

从11世纪起,梵语古典文学因异族入侵而开始衰落,各地方言文学蓬勃兴起,印地语、乌尔都语、孟加拉语、泰米尔语文学竞相出现,至16世纪进入繁荣时期。印地语文学的代表作有12世纪宫廷诗人金德·伯勒达伊的《地王颂》,以地王和夏布哈丁王之间的战事,寓意印度遭受外族蹂躏的苦难现实,体现了不可屈辱的民族精神。14世纪随着宗教改革运动——虔诚运动的发展,印地语宗教文学兴起。宗教改革家格比尔(约1440~1581)的门徒在他去世后整理汇集其《见证者》、《短曲》和《短诗》等格言诗,这些诗以哲理见长,语言通俗易懂;加耶西(1493~1542)是伊斯兰教苏菲派信徒,长篇叙事诗《伯德马沃蒂》表现反抗异族暴君淫威的民族精神;苏尔达斯(1532~1623)是15世纪后期印地语诗人,长诗《苏尔诗海》取材于《薄伽梵往世书》,歌颂黑天大神及其与牧女罗陀的爱情,虽为宗教诗,却洋溢着浓郁的生活气息;虔诚派诗人中最杰出的代表杜尔西达斯(约1532~1623)的长篇英雄史诗《罗摩功行录》,沿用《罗摩衍那》的故事框架,但删繁就简,突出重点,并对罗摩的性格和爱情结局作了合乎理想的改动,增强了人物神性的光环。孟加拉语文学的代表是描写牧童黑天和牧女罗陀之间爱情的诗人钱迪达斯和颂歌诗人恰格尔瓦尔。乌尔都语文学的代表人物是同时用波斯语、阿拉伯语、乌尔都语等多种语言写作的诗人阿密·霍斯陆(1253~1325),作品有抒情诗集《青春的赠礼》、《生命的中期》和叙事诗《赫哲尔故事》等。

黑天与罗陀

近现代文学

近现代印度文学(19世纪下半叶至今)是与印度被奴役、被剥削的历史以及印度人民反封建、反殖民主义、争取民族独立的斗争联系在一起的。近现代文学继承中古方言文学的传统,用各地民族语言进行创作,其中以孟加拉语、印地语和乌尔都语文学成就较大。从时间上可将这一时期文学划分为近代文学和现代文学。

一、近代文学(19世纪后期~20世纪20年代)

近代早期孟加拉语文学的代表有启蒙思想家古普特(1812~1859)和拉易(1772~1833),前者是诗人,代表作有诗集《知识海》等,后者是散文家,其散文充满爱国主义情感。小说创作方面有般吉姆·钱德拉·查特吉(1838~1894),代表作有历史小说《阿难陀寺院》(1882)、现实小说《毒树》(1872)等。《毒树》写寡妇改嫁问题,表现了作者对妇女命运的关心。萨拉特·钱德拉·查特吉(1876~1938)是孟加拉文坛上仅次于泰戈尔的大作家,一生著有30多部长、中篇和8部短篇小说集。短篇小说大多以家庭生活和母爱为中心，构思巧妙，发人深省。长篇小说成就更大，著名的有自传体小说《斯里甘特》(1917～1933)及小说《秘密组织——道路社》(1929)等。后者是一部直接以反殖民主义为题材的作品，通过三个青年知识分子对反殖民主义“道路”的探索，反映了近代印度民族解放运动中中小资产阶级的精神面貌。孟加拉语戏剧家有德尔格尔登(1822～1886)和米特拉(1829～1874)等，代表作分别为《贵族的荣誉高于一切》和《靛蓝园之镜》等具有现实批判性的作品。近代印度文学的主要代表泰戈尔(见本章第三节)也用孟加拉语写作。

北印度的印地语文学也取得了相当的成就。近代杰出的代表有诗人、剧作家赫里谢金德尔(1850～1885)，他被誉为“印度的月亮”。他一生创作了9个剧本和许多散文诗歌，其中独幕笑剧《按吠陀杀生不算杀生》(1873)开创了近代印地语戏剧的道路。在剧作《印度惨状》(1880)和《蓝色的女神》(1881)中，力求恢复民族传统以表现社会内容。诗歌则主要表现对英国殖民主义的痛恨和印度人民的关注和同情。古伯德(1886～1964)也是印地语著名诗人，一生创作了40部诗集和长诗，代表作《印度之声》充满浓郁的爱国主义情感。

近代乌尔都语文学也颇有影响，代表人物有诗人迦利布(1797～1869)、艾赫默德(1817～1898)、纳兹尔(1836～1912)、哈利(1837～1869)等。迦利布的主要作品有用乌尔都语写的《迦利布诗选》和用波斯语写的《诗全集》，其抒情诗成就最高，对乌尔都语诗歌产生了较大影响。纳尔兹的《新娘的明镜》(1869)是乌尔都语文学史上第一部小说。诗人哈利著有《哈利六行诗集》。近代乌尔都语最杰出的代表是印度和巴基斯坦的爱国诗人、哲理诗人、哲学家穆罕默德·伊克巴尔(1877～1938)，他著有10部诗集，其中乌尔都语诗集有《驼队的铃声》、《印度人之歌》等。伊克巴尔是民族诗人，也是宗教诗人，澎湃的爱国激情和深邃的宗教哲理是他不同于传统诗歌模式的突出特点，也使他成为乌尔都语现代诗歌的奠基者。

二、现当代文学(20世纪20年代至今)

在现当代印度文学中，反殖民主义主题日益深化，对社会现实的关注更加深入，描写下层人民悲惨生活的作品数量激增，艺术上也达到了较高水平。

普列姆昌德

现代印地语最优秀的小说家普列姆昌德(1880～1936)是现代印度文学的杰出代表，一生共创作了15部中、长篇小说和300篇左右的短篇小说，还有电影剧本、儿童文学作品等，有“小说之王”之称。其长篇小说着力描写农村的生活场景，被称为“印度农村的现代史”，代表作品有《仁爱道院》(1921)、《舞台》(1928)等。另有短篇小说集《热爱祖国》(1909)、《圣湖》等。长篇小说《戈丹》(1936)是他的代表作，小说通过对贫苦农民何利善良、勤劳而极端贫困的一生的描写，揭露地主和高利贷者对农民的残酷剥削。何利勤劳仁厚、忍辱负重，一生惟一的梦想就是拥有一头奶牛，为此他苦苦奋斗了30年，最终还是未能如愿以偿，死后连仅剩的、用搓草绳换来的20个安那也成了举行“戈丹”(净化灵魂的仪式)的谢礼。小说通过对典型细节的精确描绘、悲剧气氛的着力渲染和对人物内心的深入刻画，把印度农民凄凉的生活和悲惨的命运表现得淋漓尽致。穆吉克·拉吉·安纳德(1905～2004)是印度现当代文学史上的重要作家，被称为印度“英语小说之父”。代表作有小说《不可接触的贱民》(1935)、《苦力》(1936)和《两叶一芽》(1936)、《伟大的心》(1945)、《道路》(1960)等。他的作品多描写贱民、苦力和农民等下层人民的悲惨生活,谴责种姓制度等封建恶习的荒谬和殖民统治的罪恶,在题材和主题方面都作了广阔而深入的开掘。

独立后的印度文学进入了当代创作时期。印地语作家耶谢巴尔(1903～1976)继承了普列姆昌德的现实主义传统,对社会现实作了深刻批判。长篇小说《不真实的真实》(1960)反映了印度独立前后20年间的生活,是当代印度史诗性的作品。乌尔都语小说家克里山·钱达尔(1914～1977)一生创作许多长、中、短篇小说和电影剧本,被誉为印度“短篇小说之王”。他的400多篇短篇小说主要描写克什米尔地区的风土人情,揭示印度下层人民的悲苦生活以及反映国际反帝斗争运动,艺术上具有构思新颖、对比鲜明和抒情味浓郁等特点。代表作有《鱼网》、《月圆之夜》、《花是红的》、《无花果树》等。

印度新小说派是在西方现代派影响下产生的,主要作家作品有尼勒默尔·沃尔马(1929～)的短篇小说集《候鸟》(1960)和长篇小说《那些日子》(1964),莫哈姆·拉盖什(1925～1972)的长篇小说《密封的暗室》(1961)和戏剧《阿夏塔的一天》(1958)等。这些作品表现了印度独立后人们孤独、感伤和痛苦的情绪,反映当代印度人的精神危机,具有存在主义思想倾向。

第二节 迦梨陀娑

迦梨陀娑是中古印度最杰出的诗人和剧作家。他的创作代表了古典梵语文学的最高成就,在世界古代文学史上也有着崇高的地位,被誉为“印度的莎士比亚”。

生平与创作

一、“迦梨女神的奴隶”

关于迦梨陀娑的生平,至今没有发现确凿史料,只能依据传说与推测。相传他是幼失父母的婆罗门后裔,由牧人养大,因相貌出众而与一公主结婚。公主耻其出身低微,言行愚鲁,他便祷祝文艺女神迦梨,求赐智慧,终于成为才华出众的诗人和戏剧家,从此夫妇情洽。其名“迦梨陀娑”,意为“迦梨女神的奴隶”,以示他对迦梨女神的崇敬。学者们一般认为他是笈多王朝统治时期的宫廷诗人,约生活在330年至432年之间,属婆罗门种姓。他名下作品很多,一般公认确系其作的有叙事诗《鸠摩罗出世》和《罗怙世系》,剧作《沙恭达罗》、《优哩婆湿》和《摩罗维迦和火友王》,抒情长诗《云使》及抒情诗集《时令之环》。

二、梵语文学的翘楚

迦梨陀娑的第一部叙事诗《鸠摩罗出世》取材于印度古代神话,叙述湿婆的恋爱、婚姻生活及其子鸠摩罗出生、降魔的经过,表现诗人的入世思想。《罗怙世系》写罗摩家谱世系,利用其故事,表达作者的民主性思想。长诗文采斐然,音韵和谐。抒情长诗《云使》是其诗歌代表作。长诗写财神俱毗罗的侍从药叉,因玩忽职守而遭流放南方一年的处罚。他思念爱妻,在7月初

印度风光

雨季即将来临的一天，看到一片向北飘动的雨云，不由心驰神往，遂托雨云传信，诉说自己对妻子的相思深情。诗分《前云》和《后云》两部分，《前云》介绍北行路线，借此叙述途中的山川美景、古迹名胜，写出了生机盎然的现实世界；《后云》想象雨云见到妻子时的情景，对故乡阿罗迦城的繁盛和妻子的貌美德善作了细腻描述。长诗想象丰富，抒情浓郁，描绘逼真，心理刻画细致，文笔清新俊逸，是印度古典抒情诗的范本。

五幕剧《优哩婆湿》(全译为《通过勇力获得优哩婆湿记》)取材于《梨俱吠陀》等著作，主要写天宫歌妓优哩婆湿与人间国王补卢罗婆娑曲折动人的爱情故事。他们最终取得王后理解，获得天神因陀罗允许，得以在人间白头偕老，于是皆大欢喜。该剧成功地塑造了机警聪慧、温柔多情的天女优哩婆湿和充满热情、富有权谋、处事果断的国王补卢罗婆娑的形象。

迦梨陀娑的创作，尤其是抒情诗和戏剧创作，达到了时代的最高峰，印度乃至世界人民都十分推崇他的作品。1956 年全球举行了有关这位文化名人的纪念和研究活动。

《沙恭达罗》

七幕诗剧《沙恭达罗》是迦梨陀娑的代表作，作品的题材取自《摩诃婆罗多》和《莲花往世书》。与莎士比亚一样，迦梨陀娑善于沿用古老题材，推陈出新，反映时代风貌，表达作者的生活理想。他把上古时代的题材加工成为中古时代极富感染力的艺术精品。

一、净修林中的爱情之花

《沙恭达罗》的基本情节是：国王豆扇陀行猎时见到净修林仙人干婆的养女沙恭达罗。两人一见倾心，以干闼婆方式[①]结为夫妻。国王回宫后，沙恭达罗因思念丈夫失魂落魄，怠慢了大仙人达罗婆娑。仙人大怒，诅咒她一定要被爱人遗忘，国王只有在见到信物后方能恢复记忆。沙恭达罗怀孕后，决定进宫寻夫。途中祭水时，误将豆扇陀送的定情戒指掉落河中。豆扇陀果然拒不相认，沙恭达罗痛不欲生，被生母天女搭救上天。后一渔夫从鲤鱼腹中发现刻有豆扇陀名字的戒指，送还国王。豆扇陀见到信物，如梦初醒，悔恨不已。恰值天帝因陀罗召他上天与百头百臂的阿修罗作战，得胜回国时，见到沙恭达罗及其子婆罗多，阖家在天国团圆。

二、理想国度的人物形象

《沙恭达罗》歌颂自由、平等、真诚的爱情和幸福美满的婚姻，批判造成婚姻悲剧的政治权贵，呼唤体察民间疾苦、保护人间正义的英明君王，反映人民追求美好生活的愿望。作家运用浪漫主义手法塑造了两个理想的人物形象。

① 即无需父母之命、媒妁之言，只要男女双方自愿就可自行结合的婚姻形式。

《沙恭达罗》

沙恭达罗是作者心目中理想的女性，“沙恭达罗”意即为孔雀女。她原是王族仙人和天女所生的女儿，但自幼遭遗弃，被干婆收为义女，在与尘世隔绝的优美纯净的净修林中长大成人，养成单纯质朴、毫不做作的天性。她以树皮为衣，野花为饰，却自有掩藏不住的天生丽质。她心地善良，爱护林中的鸟兽草木，与女友情同手足，对爱情真挚专一。她对爱的表白十分率真：“你的心我猜不透，但是狠心的人呀！日里夜里爱情在剧烈燃烧着我的四肢，我心里只有你。”她勇敢而果断，一旦相爱就全身心投入，毫无骄矜忸怩；而当她遭到国王遗弃时，又敢于挺身反抗，严辞谴责负心汉：“你引诱我这天真无邪的人，你是个卑鄙无耻的人！你以小人之心度君子之腹，谁还能像你这样披上一件道德的外衣，实在是一口盖着草的井。”当真相明了后，她又表现出博大、宽容的胸襟。随着剧情的发展，沙恭达罗不断显现出性格的各个侧面，而真挚、坦率、忠于爱情的主导性格却始终一贯。

国王豆扇陀是矛盾的结合体，有明显的两重性。他关心臣民，善纳人言，深受爱戴，是开明君主；他擅长骑射，是杰出的武士和猎手；对待爱情，他强调双方平等和谐，而不是以权势强占：“这爱情是双方的，我非常幸福”；因信物唤起记忆后，又对自己的遗弃行为悔恨不已。此外，他集军政大权于一身，是统治阶级的代表；后宫幽怨的歌声，渔夫无故遭毒打的细节，则表现出其荒淫、残暴的一面；沙恭达罗遭遗弃，名为仙人诅咒，实为现实的必然。总之，豆扇陀性格中既有开明、英勇、忠于爱情的一面，又有专断、残暴、荒淫的一面，这种性格的两重性在剧中既对立又统一。从总体看，作者对他的颂扬与美化占主导地位，而对他的批判则含蓄、温和，表露出作者的政治立场。

三、梵语戏剧的顶峰之作

《沙恭达罗》的艺术成就很突出。首先，戏剧情节具有古今结合、浪漫与现实结合、悲剧性与喜剧性结合的特点。剧情取材于古老神话，却体现出时代风貌；主人公的爱情产生于净修密林，受挫于人间宫廷，圆满于天上乐园，富有浪漫色彩又饱含现实因素；戏剧以喜庆相爱开始，因仙人诅咒几成悲剧，待国王恢复记忆，又向喜剧结局发展。这种悲喜因素的结合反映了作家追求和谐统一的美学理想。其次，在特定环境中刻画人物性格。沙恭达罗的纯真与净修林息息相关，豆扇陀的“遗忘”则与宫廷生活不可分离。同样，在世外桃源般的净修林，男女主人公初萌真挚的爱情；在等级森严的王宫，地位悬殊的恋人相逢不相认；在超凡脱俗的天庭，两人终于摆脱束缚，达到灵肉的融合。人物性格、情感与环境的联系水乳交融。第三，结构严

印度风光

谨缜密，引人入胜。七幕正戏前加上“序幕”介绍剧情，这种形式直接启发了歌德的诗剧《浮士德》的创作。七幕剧情展开，既环环相扣，又波澜起伏。第四，《沙恭达罗》以古典梵语写成，语言“淳朴而不枯槁，流利而不油滑，雍容而不靡丽，谨严而不死板”，做到了文质并举，恰到好处。剧中人物语言也各具个性：沙恭达罗语言真挚热情，豆扇陀语言精致典雅，小丑的语言则辛辣尖锐。

《沙恭达罗》因其杰出的艺术成就，自诞生以来就在世界各国得到广泛传播。

第三节　泰戈尔

罗宾德拉纳特·泰戈尔(1861～1941)是印度近代伟大的爱国者、诗人和作家，他因杰出的艺术创造和社会活动，而被印度人民尊称为“诗哲”、“师尊”。1913 年他获得诺贝尔文学奖。

生平与创作

一、沐浴东西文化

泰戈尔诞生于西孟加拉邦加尔各答市一个商人兼地主家庭，属婆罗门种姓。祖父被称为“印度 19 世纪第一个有国际头脑的人”，是印度启蒙思想家罗姆·莫汗·罗易的忠实朋友。父亲是虔诚的印度教徒，深通吠陀文学，被称为“大仙”，泰戈尔是其幼子。泰戈尔家族人才辈出，作为加尔各答知识界中心的家庭，对泰戈尔进步思想的形成和文艺创作的发展产生了深刻的影响。

泰戈尔

泰戈尔没有完成学校的正规学习，靠父兄和家庭教师的教诲及自学完成基础教育，深受印度传统文化的熏陶，8 岁就尝试诗歌和戏剧创作。1878 年赴英留学，学习英国文学和西方音乐。1880 年回国，开始从事文学创作。出版诗集《晚歌》(1882)、《晨歌》(1883)、《画与歌》(1884)和《心声》(1890)等多部诗集以及长篇历史小说《少夫人市场》(1883)和《贤哲王》(1885)。这些作品，歌颂爱情、生命和大自然，反对暴君，歌颂贤王，充满浪漫诗情和反抗精神。

二、关注印度大地

1890～1900 年十年间，泰戈尔从父命在谢里达农庄管理祖传产业。乡居生活使他有机会广泛接触农民，加深了对现实的认识，促使他创作出许多诗歌和直接取材于现实生活的短篇小说。这些小说或反对殖民统治，宣扬爱国主义精神，如《加冕》(1898)、《泡影》(1898)、《太阳和乌云》(1894)等；或批判封建主义的婚姻制度和种姓制度，如《姊姊》(1895)、《河边的台阶》(1884)、《弃绝》(1892)、《练习本》(1893)等。泰戈尔的短篇小说在艺术上独具特色。作品一般都篇幅短小，结构单纯，情节展开迅速，舒卷自如，丝毫没有斧凿的痕迹。总体风格充满诗情画意，意境优美清新，宛如一篇篇散文诗。在塑造人物形象时注重心理描写、细节描写和对比手法的运用，例如《素芭》中对哑女素芭渴望生活、爱情和幸福的成熟少女的心理的描写；《法官》中的戒指、《喀布尔人》中拉曼的大口袋等都是典型的细节描写；《献祭》中对大腹便便的苦行僧与骨瘦如柴的母子、《弃绝》中月圆之夜的欢快气氛同月黑之夜的悲凉景象等，都是对比描写。

《喀布尔人》

1901年，泰戈尔为进行民族传统教育离开谢里达庄园，到圣地尼克坦创办一所不分种姓、不分宗教信仰、不分男女的自然学园，并亲自用民族语言授课。该校后来发展成为印度著名的国际大学。在圣地尼克坦，他参加了第一次印度民族解放运动。丰富的生活和如火如荼的政治斗争使泰戈尔诗歌的浪漫主义成分急剧减少，现实主义因素大大增强，从关注主观情感转入关心客观世界，描写普通人民的日常生活。这个阶段，诗人家庭生活屡遭变故，亲人相继离去，使他的诗歌减弱了轻快明朗的调子，增加了深沉宁静甚至带有宗教的神秘色彩。诗歌大量采用民间口语，朴素生动而又富有音乐性。这阶段的主要诗集有取材于印度民间故事和历史传说的《故事诗》(1900)、抒发诗人对祖国的热爱和对殖民者愤恨的《爱国歌集》(1901)、宗教诗《祭品集》(1901)、悼亡诗《怀念集》(1903)等。收入《故事诗》中的《两亩地》(1894)以王爷夺走贫苦农民巫宾赖以生存的两亩地的现实故事，深刻揭露封建主对农民的残酷压榨，对农民的不幸遭遇表示深切同情。

三、走向世界文坛

1905年印度掀起第一次民族解放运动高潮。泰戈尔开始积极投身其中，谱写歌曲，发表演讲，参加示威游行。但不久，因与运动的其他领袖发生意见分歧而退出运动，回到圣地尼克坦，埋头于文学创作、民族教育工作和农业改造活动。20世纪的前20年是泰戈尔一生创作最丰富也是最重要的时期。1912年英文诗集《吉檀迦利》在伦敦出版，并于次年获得诺贝尔文学奖，泰戈尔成为第一个获此殊荣的亚洲作家。这一时期问世的还有英文诗集《园丁集》(1913)、《新月集》(1913)、《飞鸟集》(1916)及孟加拉文诗集《鸿雁集》(1916)、《遁逃集》(1916)等。《园丁集》收录的主要是爱情诗，从不同角度和侧面表现青年男女的爱恋，基调欢快明朗；《飞鸟集》是一部哲理诗集，最显著的特点是短小精悍，一般每首仅一二行或三四行，深邃隽永，耐人寻味，主要表现作者泛神论等观点。此外还出版了长篇小说《小沙子》(1903)、《沉船》(1906)，中篇小说《四个人》(1916)等。《沉船》情节曲折生动，富有悬念。通过青年大学生罗梅西曲折复杂的恋爱和婚姻故事，揭示封建婚姻制度与争取婚姻自由的青年男女之间的矛盾，批判包办婚姻的危害，赞同青年们的自由恋爱。通过罗梅西这一形象，对印度资产阶级反封建的软弱性和妥协性提出了批评。

四、怀抱政治风云

1919年印度掀起第二次民族独立运动高潮。泰戈尔写信给英国总督，声明放弃1925年英王授予他的男爵称号，用以声援印度人民争取独立的解放斗争。他终身都在不倦地追求祖国

泰戈尔与林徽因、徐志摩、梁思成等

的自由和独立，寻求印度民族的出路，并访问过日本、美国、中国和苏联。他同情苦难深重的中国人民，对苏联的成就赞叹不已，对人类美好的前途充满新的希望。这种思想充分体现在20世纪20～40年代的创作中，如政治抒情诗《非洲集》(1937)、《边沿集》(1938)、《新生集》(1940)和《生辰集》(1941)等。这些诗歌辞句明朗，内容充满政治激情，不仅关心本民族的解放事业，而且关心世界人民争取自由的斗争。其他作品还有长篇小说《两姊妹》(1933)和一些剧本。

五、诗哲一生的积淀

1941年泰戈尔在加尔各答病逝。他给印度人民留下了十分丰富而宝贵的精神遗产。他在长达60多年的创作活动中，共写下50多部诗集，12部中长篇小说，100多篇短篇小说，20多个剧本，大量关于文学、哲学、政治等方面的论文，还创作了2000多首歌曲和2000多幅美术作品。泰戈尔以其丰富的创作，为印度近代文学反映现实生活、为反帝反封建的斗争开辟了广阔的道路，在继承和发扬优秀的民族文学传统，借鉴外国的优秀文艺方面也树立了光辉的榜样。由于泰戈尔的不懈努力和开拓，印度民族文学不仅进入了一个新阶段，而且在世界近代文学史上也占有一席之地。

《吉檀迦利》(1912)是诗人从自己的孟加拉文诗集《吉檀迦利》、《渡口集》、《献祭集》等诗集中选译成英文的一部抒情哲理诗集，共收诗103首。1913年，瑞典文学院授予泰戈尔诺贝尔文学奖，以表彰他这部诗集技巧完美、"含义深远、清新而美丽"。

"吉檀迦利"是孟加拉文的译音，意为"奉献"，即奉献给诗人崇敬的神。诗歌主要表现三方面的思想：一是表现诗人日夜盼望与神相会、结合，以达到合二为一的理想境界的迫切心情，如第103首诗描述的是这种心情；二是表现诗人难以达到理想境界的无限痛苦，如第50首、51首是这种情感的体现；三是表现诗人经过顽强追求，终于达到与神合二而一的理想境界后的无限欢乐，如第65首、第69首所表现的那样。

《吉檀迦利》

诗人笔下的神神秘而又不远离尘世、高高在上，而是存在于现实世界中，甚至生活在最贫贱的人群之中。他究竟是谁？泰戈尔认为，宇宙是一个有生命的整体，宇宙万物由一个共同的生命维系着，主宰这个生命的则是一个无形无影而又无所不在的精神本体——梵。梵就是神，是最高的神，是生命之本，是世界的本质。《吉檀迦利》所追求的与神结合的理想境界，就是与梵结合，即"梵我合一"的境界。而这种对无限境界的执着追求又从未脱离有形界限，而是始终坚持在现实社会的范围之内。他对与神结合的理想境界的追求，其实就是他对人间理想社会的追求。在第35首诗里，他描绘了一幅理想社会的图画：在那里，“心是无畏的”，“知识是自由的”，“世界还没有被狭小的家园的墙隔成片断”，“话是从真理的深处说出”。诗人向着心中的神祈祷：“进入那自由的天国，我的父啊，让我的国家觉醒起来吧。”在现实中追求理想，在有限中追求无限，是《吉檀迦利》中积极的思想。

《吉檀迦利》在艺术上也独具特色。首先，这部诗集融哲理性与抒情性、抽象性与形象性于一体。诗人对理想的执着追求，对人生道路的不懈探索都是通过具体化的内心感受表达出来的。所以，诗歌虽表现了一种宗教热情，却没有神秘、玄想的虚幻色彩，而呈现着清晰可辨、具体可感的魅力，如生命被想象为沿河而下的漫长旅程，它将人从一个充满欢乐和痛苦的国度带入一座远离欲念和动机的宫殿；死亡则被比作一群思乡的鹤鸟，飞回它们的山巢。其次，风格朴实无华。诗歌充分展现了印度人民的日常生活画面：妇女提灯顶罐，农民辛勤耕作，孩子们的游戏，母亲们的爱抚等等，处处散发出淳朴的生活气息。第三，优美的散文诗韵律。孟加拉文原作是有韵的格律诗，译成英文则采用了散文诗的形式。在表现情绪较为平静的篇章中，诗人采用了稍带韵律意味的普通散文，随着感情的涌动，韵律逐渐接近格律诗。诗集既运用了格律诗所特有的反复和字数相等的特点，又表现了只有韵律散文中才能看到的多变、广阔和互异的特点。正是凭借这种东方式的深邃的思想性和独具的艺术魅力，《吉檀迦利》才得以征服全世界的读者。

《摩诃摩耶》

《摩诃摩耶》(1892)是泰戈尔短篇小说的代表作。摩诃摩耶出生于高等婆罗门种姓，因父母双亡，兄长拿不出丰厚的嫁妆，24岁还待字闺中。正当她和一个婆罗门商人的养子、青年罗耆波私定终身时，其兄发觉，强迫她与一个垂死的老婆罗门在火葬场举行婚礼。第二天她就成了寡妇，又被迫和丈夫一起火葬，只因突然出现狂风暴雨才没被烧死，可美丽的面容已被烧毁。她逃到情人家里，要他发誓不拉开她的面纱。许久以后的一个月夜，罗耆波终于看清了她脸上的伤疤。摩诃摩耶因他违背誓言，一语不发地掉头而去。小说控诉了种姓制度、嫁妆习俗、包办婚姻和寡妇殉葬制度对青春和爱情的扼杀。篇幅不长，却比较全面地反映了社会的阴暗面，思想深刻。艺术上也体现了泰戈尔短篇小说的主要特色，以诗的语言渲染出诗一般的意境。例如，摩诃摩耶与罗耆波相会于破庙时，传来正午时分许多不可名状的哀音，正是这对情人不幸命运的预兆；结尾处对月夜美景的描写，又反衬出这对情人内心的孤独和凄凉。小说还以简洁的笔墨塑造出三个活生生的人物形象，罗耆波老实憨厚，爱慕摩诃摩耶却讷于言词；摩诃摩耶之兄在小说中只讲了一句话(“穿上这个，跟我走。”)但他作为封建专制化身的冷酷嘴脸却暴露无遗。摩诃摩耶是充满矛盾的悲剧形象，她爱恋罗耆波，又挣不脱封建门阀制度的羁绊；她寡言少语，但眼神却泄露了内心的爱恋；她渴望生活，却又以高傲的沉默顺从地走上毁灭之路；她心底涌动着热烈的情感，却把它们深藏在面幕

印度妇女

后面。她是个热爱生活、向往爱情幸福又挣不脱传统观念束缚的悲剧形象。

《戈拉》

泰戈尔一生共创作了4部中篇小说,8部长篇小说。《戈拉》(1910)是泰戈尔长篇小说的代表作。小说描写了19世纪70至80年代的孟加拉社会生活。当时印度的民族意识开始觉醒,反英情绪高涨,而宗教派别之间斗争激烈,妨碍民族解放运动的开展。主要宗教派别是“梵社”和“新印度教”。梵社中一些人崇拜西方文明,轻视民族文化,走上了投降主义道路;新印度教则反对崇洋媚外,强调民族传统,但主张维护种姓制度,走上了复古主义道路。泰戈尔批判了这两种政治偏见,号召印度人民不分教派,不分种姓,团结起来,为民族独立而斗争。作品洋溢着强烈时代意识和爱国主义激情。

泰戈尔

中心人物戈拉是留居印度的爱尔兰人后裔,因父母双亡,从小被收养于一个印度家庭,成为印度民族主义和爱国主义的典型。他“爱印度胜过自己的生命”,敢于斗争,但被狭隘的民族观念和宗教观念束缚,缺乏明确的斗争目标和途径。他以虔信印度教,恪守印度教的清规戒律,维护婆罗门种姓的纯洁性,为种姓制度、偶像崇拜、歧视妇女等印度教的传统陋习辩护来表明反对殖民主义的立场。然而他的偏见却导致他在生活中处处碰壁,促使他进行反思。去乡村旅行,使他看到宗教和种姓差异使农村陷于穷困、愚昧、闭锁和麻木的境地,也看到种姓贵贱并不等同于品行高低;对梵社姑娘苏查丽妲的爱情也与他的思想偏见发生冲突;他的信念受到动摇。最后,正当他准备举行忏悔礼仪式,决心完全献身于印度教时,养父讲明他的生世,他终于领悟到恪守宗教偏见和民族观念的狭隘性,决心摆脱束缚,献身印度的解放事业。通过戈拉这一形象,泰戈尔表明了反对投降卖国主义、复古主义和种姓制度的主张,对于认清民族解放运动中一些极端或错误的思想倾向,具有现实指导意义。

与戈拉相对的人物哈兰是英帝国主义在印度的奴才,他除了皮肤颜色外,全都英国化了。他是梵教领袖,认为崇奉梵教者就应该摒弃印度民族的文化遗产,认为印度民族只有恶习,没有出息。他在殖民者面前奴颜婢膝,是英国殖民政策和奴化教育的产物。帕瑞什和戈拉的养母安楠达摩依是两个相互辉映的理想人物,前者是梵社成员,后者属新印度教派,但他们都反对教派偏见和种姓制度。安楠达摩依的形象更为完美,她是泰戈尔心目中理想的印度妇女,是印度民族的象征。

小说在艺术上富有特色。首先是显著的论辩性,论辩占了小说一半以上的篇幅,成为塑造人物的重要手段,主题思想也通过论辩得到充分表达。但部分篇章议论过多,说教味太浓,一定程度上损害了作品的艺术感染力;其次,小说十分注意运用对比手法塑造人物,使人物的个性表现得更加鲜明生动。如戈拉和哈兰,一个热爱祖国,刚直不阿,一个崇洋媚外,奴性十足,两者形成善与恶、美与丑、正与反的强烈对比。正面人物中,戈拉的意志坚强、勇敢刚毅、敢作敢为,而他的同窗好友毕诺业则软弱退让、优柔寡断;梵社姑娘罗丽妲的大胆泼辣、果断刚强,与苏查丽妲温柔娴静、沉稳持重也形成对照。这种对照，使人物个性鲜明，血肉丰满，更具立体感。第三，小说具有浓郁的抒情色彩，作家的诗情在这部小说中得到充分展现。作家把抒情、叙事、论辩融为一体，把满腔的爱国热情灌注在人物和事件的描写中。

《戈拉》在思想上和艺术上都取得了较大成就。孟加拉著名的文学评论家苏库马尔·森曾说："在情节展开的广度和艺术表现的深度方面，完全有理由称《戈拉》为现代印度的《摩诃婆罗多》。"

参考文献

[1] 徐天新、梁志明、谭圣安，等. 当代世界史(1945～1987)[M]. 北京：人民出版社，1989.
[2] 唐承运. 简明世界史[M]. 吉林：东北师范大学出版社，1987.
[3] [印]恩·克·辛哈，阿·克·班纳吉. 印度通史[M]. 张著达译. 北京：商务印书馆，1973.
[4] 孙世海、葛维钧. 列国志·印度[M]. 北京：社会科学文献出版社，2003.
[5] 林太. 印度的智慧：出世入世浑然一体[M]. 杭州：浙江人民出版社，1993.
[6] 王树英. 宗教与印度社会[M]. 北京：中国华侨出版社，1995.
[7] 黄心川. 世界十大宗教[M]. 北京：东方出版社，1988.
[8] 季羡林. 印度古代文学史[M]. 北京：北京大学出版社，1991.
[9] [印]S. C. 圣笈多. 泰戈尔评传[M]. 董红钧译. 长沙：湖南人民出版社，1988.
[10] 陆人豪，李辰民，李明敏. 外国文化与文学[M]. 苏州：苏州大学出版社，1996.

第十二章 日本文学

第一节 概 述

日本全称日本国，意思是日出之国，太阳升起的地方。又称为“樱花之国”，是位于东太平洋上的一个群岛国家。日本人口共1.27亿(2003年统计)，除北海道和北方领土有少数阿伊努人外，几乎全是大和民族。这些人口多数密集于各岛沿海平原和沿河地带，其中76%居住在城市，以东京、大阪、名古屋三大城市为中心的地区集中了全国人口的一半，人口分布极不平衡。

借鉴、超越别国的历史

日本文明起步较晚，但其文明发展的轨迹却因不断学习、借鉴先进国家的文化、科学、生产技术而走了许多捷径，从而能在近现代从一个封闭的岛国一跃而为世界经济强国。

关于日本历史分期观点很多，此处采用的是日本教科书中通用的分期。

一、原始社会(1万年至公元前4～前3世纪)

据考古发现，日本在旧石器时代就有人类活动，猿人的出现可追溯到数万年或数十万年前。但日本文化的起源还得从距今约1万年的新石器时代的绳纹文化算起，这一文化一直持续到公元前4～前3世纪。因出土的该时期的陶器外部都有草绳样花纹，绳纹文化由此而得名。绳纹人穴居野处，以狩猎、渔捞和采集为生，抱有万物有灵的信仰，盛行生殖崇拜和太阳崇拜，处于母系社会阶段。

二、古代社会(公元前3世纪～1191年)

日本古代社会是指从原始社会末期向阶级社会过渡直至建立起强大的封建制度这段历史时期。

1. 弥生时代

约在公元前3世纪，日本列岛进入弥生时代，因这个时期的考古遗址首先发现于东京的弥生町，故名。弥生文化较之绳纹文化有三个重要变化，一是由渔猎、采集经济迅速转向以稻作农耕为主的经济，这种经济一直持续到日本现代化以前；二是由石器跨入铁器的使用，三是进入以男性劳力为主体的父系社会阶段。弥生人的语言，与现代日本语一脉相承。弥生末期，日本社会过渡到阶级社会，公元1～2世纪，日本形成了100多个小国。3世纪，九州北部邪马台国在部落战争中获胜，建立了较大地域的政治统一体。5世纪，本州中部的奴隶制国家大和国强盛起来，首次统一了日本。

2. 封建国家的建立

593 年，推古天皇的外甥圣德太子摄政，推行政治改革，并开始了日本数百年积极吸收中国文化的历程。他多次派遣使者到中国隋唐学习，仿照中国政治制度，大力倡导佛教。645 年，日本制定历史上第一个年号“大化”。翌年，孝德天皇发布革新诏书，实行一系列改革，史称“大化革新”。大化革新改革土地占有制，废除贵族私有土地，将土地收归国有，再用班田收授法租给国民耕种；确立了以天皇为最高权威的、中央集权的封建国家体制。大化革新是日本学习中国先进文化的结果，这前后 260 多年间，日本继续向中国派遣唐使 19 次，唐代高僧鉴真也于 754 年第六次东渡日本成功，到达奈良。两国之间的频繁交往，不仅把中国的政治制度、生产技术带到日本，也把中国的建筑、雕刻等艺术文化传播到日本。日本留学生吉备真备①(693～755)利用汉字偏旁创造了日本楷书文字片假名，阿倍仲马吕则与中国诗人李白等人诗歌唱答，情谊笃厚。

710 年，元明天皇迁都位于奈良平原北部的平城京，史称奈良时代。由于繁重的徭役使农民逃亡以及自然灾害的影响，大量土地荒芜，政府为鼓励垦殖，规定将部分开垦土地私有化。贵族豪强乘机大规模开垦土地，建立庄园，逐渐形成脱离中央的地方势力。

奈良后期，社会动荡，圣武天皇试图借助佛教来缓和社会矛盾，一时佛寺林立，僧人掌权。为摆脱强大的寺院势力，桓武天皇于 794 年迁都平安京(今京都)，史称平安时代。平安时代，贵族专权，藤原氏以外戚身份摄政、关白②，霸占朝纲达 170 年。贵族豪强大量占有土地的庄园制进一步确立，为保护自己的势力范围，庄园主大量招募武士，形成了各自的武士集团。其中实力最强的源氏和平氏两大家族展开对朝政大权的争夺，1185 年，源氏全歼平氏。

三、中世社会(1192～1603)

平氏灭亡后，源氏的源赖朝率关东大武士团进驻镰仓。他在镰仓设置幕府，并于 1192 年被任命为征夷大将军，开始了统治日本 600 多年的、由军事首领统治的幕府政治。1333 年，由于在抵御元军中建功的武士没有得到封赏，愤而倒幕，镰仓幕府灭亡。1338 年，足利尊氏被任命为征夷大将军，在京都开室町幕府。室町幕府统治的 200 多年，被称为日本的“战国时代”。当时守护各地方的将领将所辖土地据为个人领地，成为守护大名。他们的势力不断扩大，与幕府间的矛盾也日益加剧，彼此长期混战不已，国家陷入战乱局面。直到 1568 年，尾张国大名织田信长攻进京都，开始了统一全国的征战。1573 年废黜将军，结束了室町幕府的统治。1590 年，织田信长的家臣丰臣秀吉统一了全国。

四、近世社会(1603～1867)

丰臣秀吉死后，政权落到织田信长的另一部将德川家康手中。1603 年，他被任命为征夷大将军，在江户设幕府，史称德川(或“江户”)幕府。德川幕府以中央集权的专制政治统治人民，

① 奈良时代大儒者、大政治家，著有《私教类聚》50 卷，惜已失传。

② “关白”一词出自《汉书》，是“禀报”的意思，到日本不久就变成官职的名称。外戚在天皇年幼时辅佐叫摄政，天皇成年后辅佐叫关白。

丰臣秀吉

限制天皇权力，削弱大名[①]势力，把全国居民分为士、农、工、商四个等级，四个等级之下，又规定“秽多”、“非人”等贱民身份。武士拥有特权，而农、工、商则实行5人组联保制度，一人犯罪，全组受罚。德川幕府初期，为增加财政收入，曾积极发展与亚、欧各国的贸易。但随着贸易活动传播来的西方天主教与幕府森严的等级制度及固有的宗教信仰间产生了深刻的矛盾，德川幕府遂于1612年先下令禁教，再从1633～1653年，连续颁布了一系列“锁国令”，禁止通商，将欧洲商人驱逐出本国，只许与中国、荷兰在长崎通商。日本海外贸易从此衰落了200年。1853年，德川幕府在以美国为首的西方国家的胁迫下，签订了通商条约，被迫解除锁国令。其屈辱行为引起国人不满，倒幕派大久宝利通和西乡隆盛以武力发动宫廷政变成功，迫使幕府于1867年10月将大政归还明治天皇，德川幕府统治宣告结束。

五、近现代社会（1867年至今）

1. 明治维新

德川幕府时代，由于生产力的提高，日本资本主义生产关系逐渐得到发展；1853年“黑船来航”事件[②]使日本被迫“开国”，欧美列强的相继入侵使日本面临沦为殖民地的危机，而邻国中国在鸦片战争后遭西方列强瓜分的现状又给日本敲响了警钟。这一系列因素促使新成立的明治天皇政府决定在政治、军事、经济、文化各方面实施一系列自上而下的政治改革，史称“明治维新”。1868年3月和4月，天皇发布了明治维新的两个纲领性文件——《五条誓文》[③]和《政体书》。1869年3月迁都东京（即“昔日江户”）。

明治维新的基本内容是，在政治上加强中央集权，废藩置县，剥夺藩主权力，结束封建割据局面；废除封建等级制，实行士、农、工、商四民平等；倡导政教合一，宣布神道为国教，1871年建立以伊势神宫为最高神社的神社制度；军事上强兵富国，建立直属中央的常备军，创建军校，建立国家警察制度；经济上实行土地改革，鼓励自由贸易，实行殖产兴业政策和劝业政策，扶植官办和私营企业，保护和促进资本主义工商业的发展；在文化方面，大力推行西方的教育制度、文化科学、生活方式等，设立文部省（教育部），普及义务教育和科学精神，选派优秀人才出国留学，创设东京大学，对促进日本文明开化起了很大作用。明治维新的基本精神就是脱亚入欧，全力学习西方列强。明治维新使日本在19世纪70年代末，就迅速成为东方惟一的资本主义强国。但这次改革是在中下级武士（倒幕派）领导下进行的，很不彻底，为日本

明治天皇睦仁

① 大名是指拥有名田兼有武士身份的地主。

② 1853年7月，美国东印度舰队司令官柏利率4艘全副武装的黑色舰船驶进江户湾，强令德川幕府政权签订了《日美亲善条约》，强迫日本与美国通商，强行打破了日本的锁国政策。

③ 《五条誓文》表明了新政府的基本方针，即广兴会议，万事决于公论；上下一心；官武庶民，各遂其志；破除旧习；求知识于世界。

日后走上发展军国主义、屈从西方列强、欺凌东方邻国的道路留下隐患。

1885年,日本政府确立内阁制度,伊藤博文为第一任内阁总理大臣。1889年发布《大日本帝国宪法》,使日本成为亚洲第一个立宪国家。宪法规定日本国家体制为天皇制,标志着日本开始向帝国主义国家转变。

2. 军事封建帝国的形成

近代日本走的是一条侵略邻国的扩张道路:1894年出兵朝鲜,同年与清朝北洋舰队展开甲午战争;1900年参与八国联军在北京的烧杀抢掠;1904年的日俄战争则标志日本已成为一个军事封建帝国主义国家。日俄战争使日本大国意识增强,敢与欧美列强抗衡,并以亚洲文明国家自居。

3. 两次世界大战前后

1914年7月,第一次世界大战爆发。日本加入协约国阵营,对德宣战。1918年第一次世界大战以协约国获胜结束,翌年,在巴黎召开和会,签订《凡尔赛和约》,日本获得赤道以北德属南洋群岛的委任统治权,并承继德国在山东的权益。

广岛原子弹爆炸

1931年,日本关东军制造"九·一八"事变,侵占中国东北。1937年,日本制造"七·七卢沟桥事变",开始了全面侵华战争。随着侵华战争的长期化,日本近卫内阁一步步强化了战时体制。1940年,日本又与德国、意大利结成军事同盟。但日本全面侵华,使美国利益受到侵犯,两国矛盾日益尖锐,终至不可调和。1941年12月8日,日本联合舰队在山本五十六指挥下偷袭珍珠港成功,太平洋战争爆发。到1942年5月,日军占领了马来西亚、新加坡、菲律宾、印度尼西亚、缅甸等广大地区,他们的侵略受到当地人民的顽强抵抗。1944年6月,美军在塞班岛登陆,对日本本土进行空袭。1945年8月6日和8日,美国分别向广岛和长崎投下原子弹。9日,苏联出兵中国东北和朝鲜。8月15日,日本无条件投降。

4. 战后的日本

战后,盟军最高司令官麦克阿瑟在日本设置了联合国军最高司令官总司令部,对日本实施间接统治,全面改革日本。战后的日本出现了食品危机、通货膨胀等混乱局面,1947年开始出现复苏迹象,而1950年朝鲜战争爆发,日本成了美国军需品供应国,为一直萎靡不振的日本经济注入了强心剂,使日本经济迅速复兴。美国转变立场,把日本当作其在亚洲的重点扶持对象,于1951年签订了与日本单独媾和的《旧金山和约》,积极扶植日本。到50年代中期,日本主要经济指标已达到战前水平。1956年,日本政府在《经济白皮书》中宣称:"今后的增长将由现代化来支撑",从此日本经济进入持续增长的高速发展时期,到70年代初,在资本主义世界中一跃而成为仅次于美国的第二经济大国。政治上,日本一直保持同美国的军事同盟关系,军费开支迅速增长,国民自卫队的武器装备和作战能力也有了很大提高。现在,日本正全力向政治大国迈进。

日本文学与日本文化一样,带有鲜明的大和民族特色。从内容上看,日本文学多以含蓄、细腻的笔触叙写个人情感生活、歌颂大自然,即使反映社会现实的不合理也多取其一枝半叶,从某个侧面比较温婉柔和地加以揭示,而缺少文笔粗犷、大开大阖地抒发忧国忧民意识的深沉诗篇或波澜壮阔的史诗般的宏大作品。除了近现代无产阶级文学作品之外，日本文学脱离政治的倾向世所罕见。

日本文学界对日本文学发展时期的划分意见不一，但多数人认同“五个时期”分类法，即上代（大和—奈良时代）、中古（平安时代）、中世（镰仓—安土桃山时代）、近世（江户时代）和近代（明治—昭和时代）。如果稍作调整，把近代文学的下限划到大正时代，把 1926 年昭和以后的文学称为现当代，就形成了日本文学的六个发展时期。

上古文学主要包括从公元 1 世纪左右到公元 794 年迁都平安京以前的文学，又称大和—奈良时期文学。日本原本没有文字，上古以前的文学称为“口承文学”。7 世纪左右，圣德太子开始向中国大陆派遣使者，645 年日本又进行“大化革新”，汉字传入日本。太安万侣根据稗田阿礼口述撰录的《古事记》(712)，是日本第一部文学作品。此书用汉字表意和注音的方法写成，分帝纪和本辞两部分。帝纪记载历代天皇概况，本辞则是神话、传说、故事和歌谣的汇编。《日本书纪》(720)由舍人亲王等编撰而成，是日本皇室史和国家正史，体例上摹仿我国《史记》而较少文学色彩。两书并称“记纪”，是为建立以天皇为中心的律令制国家编写的。

《万叶集》

奈良时期成就最大的是诗歌。《怀风藻》(751)和《万叶集》(约完成于 760 年左右)是这一时期最重要的两部诗集。前者是汉诗汇编，后者则是日本最古老的和歌总集（和歌是古代日本人民对本民族诗歌的称呼），被称为日本的《诗经》。《万叶集》开始编纂时间以及编纂者均不详，作者则比较广泛，上自天皇、贵族，下至平民、百姓，几乎囊括各个社会阶层，收集和歌 4500 余首。从歌体上看，以短歌为主；从内容上看，则主要分为挽歌、相闻歌、杂歌三种。挽歌为悼亡之作，相闻歌为酬唱之作，杂歌内容较多。《万叶集》整体风格粗犷率真，格调清新，真实再现了上古时代日本人民豪迈、朴实的精神，对后世诗歌创作产生了深远影响。

上古文学多以反映皇室生活为主，特点是朴素单纯，感情真挚，健康有力，具有原始意味。

中古文学是指公元 794 年迁都平安京（今京都）至 1192 年日本第一个幕府——镰仓幕府诞生为止的 400 多年间的文学。中古文学又称平安时期文学，因其多以宫廷生活为主要内容，所以人们习惯上将上古文学称为皇室文学，而将中古文学称为贵族文学。平安时期文学的主要成就在散文方面，物语、日记、随笔等新文体得到迅速发展。

物语是在神话、故事、童话等民间文学的基础上产生的一种以叙述故事情节为主的文学体裁，类似中国的传奇。中古物语文学分两种类型：一是传奇物语，以《竹取物语》为早期代表，叙述一个从竹心里发现的美貌女子，拒绝了五个贵族公子的求婚和天皇的强娶升天而去的故事，原来她是月亮仙子下凡；二是和歌物语，即以和歌为中心的物语，以《伊势物语》为早期代表，描写原业平一生的悲欢离合。后两种物语逐渐合流，11 世纪出现的《源氏物语》是一部思想内容和艺术形式完美统一的杰作，代表了这一时期物语文学的最高成就。

除物语文学以外，散文方面取得较高成就的还有日记文学，主要作品有《土佐日记》、《紫式部日记》、《和泉式部日记》、《蜻蛉日记》等。随笔文学以清少纳言的《枕草子》为开山之作。清少纳言是平安时期著名女作家，《枕草子》主要记述她当宫廷女官时的见闻，“草子”即“册子”之意，用“杂纂集”的形式，正面表露了作者对自然美的细腻感受和对贵族生活趣味的评价。《枕草子》共300余段，文笔优雅、艳美、光灿、明快而生动，给人以新鲜而敏锐的美感，奠定了后世日本散文的基本格调。清少纳言和紫式部（见本章第二节）并称为平安时期文学的双璧，《源氏物语》注重以主观情绪进行感受，《枕草子》则以理智的态度来欣赏、评论所观察的对象。

《枕草子》

中古文学追求“哀怜”（日语称为“物哀”）风格，主要体现为一种忧伤、纤细、沉静之美，将人生与自然、爱情、命运等联系在一起思考，由客观感触上升为主观感受。

从1192年镰仓幕府成立到1603年江户幕府诞生为止的400多年间称为中世时代。从政权交接来看，这一时期包括了镰仓时期、南北朝时期、室町时期和安土桃山时期。中世是战乱不安的时代，以往以贵族为中心的社会衰亡了，取而代之的是武士阶层的兴起，与之相应的是满足武士需求、表现武士生活和战乱内容的武士文学，其中，战记物语是最重要的文学形式。从文学风格上看，由于战乱和天灾，人们对人生与命运的无常、不可把握体会加深，文学理念更接近佛教和老庄思想，提倡所谓“幽玄”之美。中世文学意境远奥，平淡朴素，体现出一种竭力想摆脱现实的唯美情趣。

一、战记物语

《平家物语》

最初的战记物语是《保元物语》和《平治物语》，前者写1156年的保元之乱，后者写1159年的平治之乱。战记物语的代表作是《平家物语》（1201～1221）。它记叙了1156年至1185年间源氏和平氏两大武士集团在中央和地方争夺权力的兴衰始末，以平氏一族命运为主线。一方面揭示已经贵族化的平氏子孙灭亡的历史必然，另一方面刻画源氏一族野蛮粗犷的武士形象，表现他们刚毅、勇敢的性格特征。《平家物语》不只描写雄浑壮阔的战争场面，而且多方面反映了从平安时期向镰仓时期过渡中，从贵族掌权转化为武士掌权这一历史过程中整个社会的政治风貌，是日本文学史上少有的叙事诗式的文学作品。《平家物语》之后战记物语的代表作主要有《太平记》、《义经记》等。

二、随笔文学

随笔和日记文学也涌现出一批优秀作品，多是为了躲避乱世而隐居山林的隐者所作。以鸭长明（1155～1216）的《方丈记》（1212）和吉田兼好（1283～1352）的《徒然草》（1330～1331）最为有名，前者描述乱世之苦和隐居之乐，后者摹仿《枕草子》，记述关于自然、人生、趣味之类的随想。这时期著名的和歌集是《新古今集》(1205)。

三、“能”与“狂言”

能 剧

这个时期文学还产生了一种新的文学形式——戏剧文学。最初的戏剧是“能”与“狂言”。“能”文体华丽，格调伤感，注重技巧，以舞蹈为中心，戴面具，着华服，歌颂上层阶级，从内容上可分为表现神怪事件的梦幻能和表现人世生活的现在能两大类。观阿弥(1333～1384)和世阿弥(1363～1443)父子被认为是能乐的集大成者。“狂言”是一种短小的喜剧，以讽刺、诙谐为特色，采用口语，不戴面具，多取材于现实生活，讽刺上层人物，反映了普通民众的生活理想和反抗斗争。代表作有讽刺武士、大名的《两位侯爷》，讽刺僧侣的《柿头陀》，讽刺鬼神的《雷公》等。“狂言”作为民间喜剧在日本戏剧史上占有重要地位，给后世文学以积极影响。

1603年至1867年江户幕府统治时期的近270年间，被称为江户时期，在日本文学史上则为近世时代。日本在经历数百年战争之苦后，至江户幕府时期终于归于统一。江户幕府确立了等级森严的士、农、工、商“四民制”，有效地控制了全国秩序；同时提倡以儒教治国，在全国形成一种太平而充满文化氛围的局面。随着城市的扩大和商业的繁荣，商人文学在诗歌、小说和戏剧方面逐步成为主流。

一、俳句和松尾芭蕉

江户文艺的盛世在元禄期间(1680～1709)，此时肯定现实的精神强烈，人道主义思潮大盛。思想界的代表伊藤仁斋父子强调人的本质在于感情，对这一时期的文学观产生了很大影响。占据此时诗坛中心的是俳句。俳句是由和歌中的连歌(二人或多人合咏的和歌)变化而来的，最初名为“俳谐”，即摆脱和歌的严谨格律，用平易的口语来描写诙谐洒脱的题材。约在15世纪末、16世纪初，俳句作为独立的新诗体最终形成。俳句有两个显著特点，一是每首俳句由17个音组成，二是必须有一个季题(即与四季有关的题材)。一首俳句不足或超过17个音，或用了两个不同季的季题，都是大忌。江户时期首倡俳句并使之盛行于世的是松永贞德(1571～1653)，世称贞门；继之而起的是西山宗因(1605～1682)，称谈林派。松尾芭蕉(1644～1694)在继承贞门和谈林两派的基础上形成独特的艺术风格——蕉风。他以严肃的创作态度，使俳句从过去的滑稽诙谐的旧格调中摆脱出来，写出了严肃而清新的作品，其俳句具有娴静、幽雅、纤细的特点，在寂静的情调中流露出对现实的不满和消极避世的情绪。如写暮秋的凄凉景象：“秋日今向暮，枯枝有

松尾芭蕉

鸟栖。”写阳春时节主客对坐听闻远钟的舒畅心情:“微风吹得轻柳散,主客皆闻远钟声。”松尾芭蕉真正把俳句带进艺术的境界,因而被后世誉为“俳圣”。芭蕉以后著名的俳句诗人有与谢芜村(1716~1783)和小林一茶(1763~1827),前者的俳句具有唯美色彩,后者则以浓郁的生活气息为创作特色。俳句体现出的意境是对中古文学中“幽玄”、“寂静”的理念的继承。

二、“浮世草子”和井原西鹤

小说方面的主要形式为“浮世草子”,是以表现现实生活为内容、反映平民生活情趣的小说,带有浓厚的诙谐性和官能刺激性。此处的“浮世”与“浮世绘”中的“浮世”同意,是指漂浮无常的人世。井原西鹤(1642~1693)是江户时代杰出的小说家,其代表作有描写男女之间情欲生活的“好色物”,如《好色一代男》、《好色二代男》、《好色一代女》、《好色五人女》等;有描写商人惨淡经营、发家致富的“町人物”,如《日本永代藏》、《世间胸算用》等;有记述武士生活的“武家物”,如《西鹤诸国故事》、《武家义理物语》等。井原西鹤的“浮世草子”真实生动地反映了江户时代的社会历史,肯定商人艰苦奋斗的精神和旺盛的生活欲望,语言诙谐幽默,具有较强的感染力。西鹤前后,小说方面还有假名草子、草双纸、读本、洒落本、滑稽本等,充满诙谐、讽刺成分,如十返舍一九(1765~1831)的《东海道徒步旅行记》和式亭三马(1776~1822)的《浮世澡堂》、《浮世理发店》等。

《好色一代男》

三、戏剧文学和近松门左卫门

戏剧文学在江户时代也取得了较高成就,出现了净琉璃、歌舞伎等戏剧形式。净琉璃本是由说唱艺术发展起来的木偶戏,最初的脚本是根据“净琉璃姬物语”中牛若丸和少女净琉璃的爱情故事改编的,剧种因此而得名。歌舞伎则是由舞蹈演变而来的歌舞剧。净琉璃、歌舞伎与能并称为日本三大国剧。近松门左卫门(1653~1724)的创作代表了当时戏剧文学的最高成就。他在净琉璃这方小舞台上展示了丰富的社会画卷,并将净琉璃原先平板的物语风格改变为融戏剧结构、矛盾冲突、抒情叙事于一体的真正的戏剧艺术。他一生创作了110多部净琉璃和28部歌舞伎脚本。净琉璃又可分为时代物(历史剧)、世话物(社会剧)、心中物(情死剧)等,代表作有《国姓爷会战》、《曾根崎会战》、《天网岛情死》等。近松门左卫门的戏剧作品多反映商人的现实生活,表现社会上的金钱统治和人们渴望幸福生活之间的矛盾,结局往往是悲剧性的,具有一定的思想深度。近松门左卫门被誉为“日本的莎士比亚”。

歌舞伎

统观近代以前的日本文学,正如铃木修次指出的那样:“日本文学纯粹的传统主要是在宫廷女性、法师、隐遁世者、市民中流行的。这些人多多少少都是政治的局外人。由于这类‘局外者’的文学家的创作,游戏娱乐精神成了支撑文学的核心,这是日本文学值得注意的一个现象。”“许多日本人认为,不要接触现实,只有在离开现实之处,才有作为艺术的文学之趣。日本一般的艺术倾向是，努力在离开现实之处，去寻求‘风流’，寻求‘幽玄’，寻求象征美。”正是这种脱离政治的倾向，“使得日本文学到了现代，认为‘文学带上了政治性就显得土气’的思潮仍十分强烈”。

近代文学

1868 年的明治维新揭开了日本近代历史的新篇章，也开启了日本近代文学。从此时至大正时期，是日本近代文学时期。

明治维新前后，一批早期留学欧美的有识之士掀起资产阶级思想启蒙思潮，他们组织“明六社”，出版《明六杂志》，著书立说，向人们介绍外国先进的思想文化，为促进日本的文明开化起了积极作用。在此背景下，明治初期兴起译介欧洲文学的热潮，翻译作品大量涌进日本，刺激和影响了日本文学的发展。

一、现实主义文学

近代文学的第一个文学流派是现实主义，其理论奠基人是坪内逍遥(1859～1935)。1885年他发表文学理论著作《小说神髓》，在书中他开宗明义：“小说的主旨是写人情，世态风俗次之。”为现实主义文学提供了理论基础。而首先将坪内的现实主义理论运用到创作中的是二叶亭四迷(1864～1909)，他被誉为日本现实主义文学的奠基人。1887 年发表的长篇小说《浮云》通过在官场供职的小知识分子内海文三在工作和爱情两方面的失意，揭露明治时期的官场黑暗和世态炎凉，表现具有自我觉醒意识的知识分子在自由民权运动失败后内心的苦闷和迷惘。小说首开采用口语体进行创作之风，以流畅自然的文字真实细腻地刻画人物心理，被誉为日本近代文学开始的先声。

二叶亭四迷

现实主义文学的另一流派是以作家尾崎红叶(1867～1903)为中心的砚友社，这是日本近代文学史上第一个文学团体，由尾崎红叶、山田美妙(1868～1910)等人组成。他们以赢得读者眼泪为宗旨，写一些内容肤浅、迎合部分读者口味的作品，但尾崎红叶后期创作的长篇小说《金色夜叉》则是揭露拜金主义罪恶的杰作。与他们风格相近的作家还有幸田露伴(1867～1947)(代表作有《五重塔》等)、樋口一叶(1872～1896)(代表作有《青梅竹马》等)。而对社会现实批判色彩最强烈的是德富芦花(1868～1927)。他的散文集《自然与人生》(1900)笔调清新自然，被称作日本近代散文的典范。代表作品则是长篇小说《不如归》(1899)和《黑潮》(1902)。前者描写封建家庭中妇女的不幸，后者揭露了明治天皇政府重臣仗势擅权、生活糜烂的颓败世风。

二、浪漫主义文学

19 世纪 90 年代初，《文学界》杂志创刊，标志着浪漫主义文学的出现。“文学界”是以北村透谷(1868～1894)为首的青年诗人、评论家的文学团体，他们采取与现实对立的立场，追求个性解放，讴歌青春活力，耽于幸福幻想，为日本近代浪漫主义诗歌奠定了基础。北村透谷的诗作深受拜伦影响，反映了向往自由、追求幸福生活的炽热感情，主要作品有诗剧《楚囚之歌》和

《蓬莱曲》。1894年，北村透谷因幻想破灭而自杀。

森鸥外

《文学界》活跃的时代，一般又称为“红露逍鸥”时代，即尾崎红叶、幸田露伴、坪内逍遥、森鸥外掌握文坛主导权的时代。其中留德归国的森鸥外(1862～1922)成就最高，日本文学史将他与夏目漱石一起视为近代文坛的两员巨将。他最初是作为浪漫主义文学者登上文坛的，1890年创作的短篇小说《舞姬》充满青春浪漫情绪和悲剧色彩，被认为是日本最早的浪漫主义文学作品。小说通过留德学生与德国贫苦的孤女艾丽丝的爱情悲剧，表现明治时代知识分子对个性解放的要求及软弱的内心，显示出明显的自我批判精神。

三、自然主义文学

岛崎藤村

日本自然主义文学产生并流行于19世纪末至20世纪初，主要受法国作家左拉、福楼拜、莫泊桑等人的影响。第一部成熟的、具有日本特色的自然主义文学作品是岛崎藤村的长篇小说《破戒》(1906)。岛崎藤村(1872～1943)是从浪漫主义转向自然主义的作家，早期创作的浪漫主义诗集《嫩菜集》(1897)标志着日本近代诗歌已摆脱了对西方诗歌的模仿而臻于成熟。《破戒》通过“秽多”(贱民)出身的主人公濑川丑松从严守父亲定下的戒律，隐瞒自己卑微的出身，到终于大胆破戒，公开自己的身份，向社会表示抗议和挑战的觉醒过程，有力批判了封建等级制度，暴露资本主义社会罪恶，提出民权解放的进步要求，其思想倾向已经属于批判现实主义的范畴。藤村还创作了《春》、《家》等表现遗传、情欲对人的毁灭作用的自然主义小说。

田山花袋(1871～1930)也是从浪漫主义转向自然主义的作家。中篇小说《棉被》(1907)被认为是日本自然主义文学的代表作。小说描写一个已婚的中年作家对女弟子芳子的爱慕、情欲，以及最终爱欲难以实现的苦闷、嫉妒的心理历程，“是一篇肉欲的、赤裸裸的人的大胆的忏悔录”。小说发表后，文坛上立刻掀起一股专门描写人的情欲历史和身边琐事的社会风潮，此后日本大量“私小说”的出现多源于此。《棉被》缺少《破戒》的社会意义和思想深度，但作为自然主义小说却更具典型意义。田山花袋还创作了《生》、《妻》、《缘》三部曲等作品。自然主义文学作家还有正宗白鸟、德田秋声等人。自然主义文学直视现实，用写实的手法、细致的描写丰富了近代文学；但另一方面，它又过分沉浸于日常庸俗的琐事，描写露骨，所暴露的大多是卑琐人物的丑恶灵魂，有一定的消极作用。

四、夏目漱石的文学创作

夏目漱石(1867～1916)是在自然主义成为主流时期出现的一位反自然主义作家，是近代日本文学中最杰出的代表。早年曾留学英国，回国后在大学担任教职，在英国文学方面造诣颇深。1906年发表长篇小说《我是猫》，以穷教师苦沙弥家的“猫”为叙述者，通过它的所见所闻，揭露日本明治以后的社会矛盾，抨击以金田老爷为代表的资产阶级食利者，嘲讽了苦沙弥和他的一群知识分子朋友的自命清高、浑浑噩噩、无所作为的庸人作风，全书洋溢着强烈的批判精

夏目漱石

神。小说没有完整的情节，也没有严谨的结构，“像海参一样，不易分辨哪是它的头，哪是它的尾，因此随时随地都可以把它截断”。全书以“猫”作为叙述者和评论者，手法新颖，贯穿全书的还有强烈的幽默和讽刺，成为日本近代文学史上的典范之作。

继《我是猫》之后，漱石又相继发表了《哥儿》、《旅宿》(1906)等小说。1907年，他辞去教职，专事创作，发表长篇小说《虞美人草》(1907)以及描写近代知识分子生活的三部曲《三四郎》、《后来的事》和《门》(1908～1910)。晚期创作有长篇小说《春分之后》、《行人》和《心》(1912～1914)，还有带自传色彩的小说《路边草》(1915)及未完成的小说《明暗》(1916)。夏目漱石是日本近代文学史上少有的严肃作家，目光敏锐，笔触细腻，对社会现实的勾画入木三分，但思想较为消沉，因而其作品具有孤独、愤世、悲观的情调。

五、反自然主义文学潮流

1912年大正天皇初年，日本文学进一步分化，出现了反自然主义文学思潮，主要有新浪漫派、白桦派和新思潮派。

新浪漫派又称颓废派，代表作家有永井荷风(1879～1959)、谷崎润一郎(1886～1965)等，主要描写资产阶级没落、颓废以及空虚无聊的变态心理。

白桦派因一些作家创办的同名刊物《白桦》而得名，是一个理想主义文学派别，往往表现追求个性解放、自我扩张和深厚的人道主义精神。主要成员有有岛武郎(1878～1923)、志贺直哉(1883～1971)和武者小路实笃(1885～1976)等。以志贺直哉成就最高，其作品心理描写细致，语言纯熟简练，小说《到网走去》、《灰色的月亮》是其代表作。

新思潮派因菊池宽(1888～1948)、芥川龙之介(1892～1927)等人创办《新思潮》杂志而得名，该派提倡冷静、理智地解剖、描写现实生活。菊池宽是大正时期著名的戏剧家、小说家。芥川龙之介一生虽然短暂，却创作了短篇小说140多篇，另有小品、随笔、游记、评论、诗歌多种，成就很高。其代表作品《罗生门》(1915)、《鼻子》(1916)、《地狱图》(1918)等，是日本近代文学中优秀的短篇名作。《罗生门》揭示只为自己打算的自私心理，《鼻子》披露人们专以别人的不幸为快慰的阴暗心理，深得其师夏目漱石的赞赏。1927年芥川龙之介自杀，标志着一个时代的结束。1935年，菊池宽以他的名义创立了旨在培养新人的芥川文学奖。

芥川龙之介

现当代文学

1926年昭和时期开始，日本文学进入现当代文学时期。就昭和前期的文学状况而言，一是无产阶级文学运动的兴起，从而形成了无产阶级文学；二是西方现代主义文学思潮的引进，从而形成了日本的现代派——新感觉派等。

一、无产阶级文学和小林多喜二

第一次世界大战后，日本社会结构发生了较大变化，随着民主运动的推进，工人阶级队伍的壮大，社会主义思想的宣传普及，以及俄苏文学的影响，无产阶级文学开始产生。1921 年创刊的《播种者》被看作是日本无产阶级文学建立的标志。1923 年关东大地震后，《播种者》被迫停刊。1924 年出版的《文艺战线》，是《播种者》的再起，同时又是有组织的文学运动的开端。从 1925 年起成立了多种革命文艺组织，至 1928 年建立了全国统一组织——全日本无产阶级艺术联盟(简称纳普)，并发行刊物《战旗》。这时涌现出叶山嘉树(1894～1945)(代表作有《水泥筒里的一封信》、《生活在海上的人们》等)、德永直(1899～1958)(代表作有在《战旗》上发表的《没有太阳的街》等)、宫本百合子(1899～1951)(代表作有《乳房》等)等优秀的无产阶级文学作家。

小林多喜二

小林多喜二(1903～1933)是日本无产阶级文学最杰出的代表。1929 年发表的《蟹工船》写北海道蟹工船上的工人们非人的劳动环境和有组织的罢工斗争，作品描写了工人阶级的群体形象，而没有塑造主人公。这部小说和德永直的《没有太阳的街》(1929)被称为无产阶级文学的“双璧”。《为党生活的人》(1933)是小林多喜二的代表作，小说采用第一人称叙述手法，叙写了基层共产党领导人佐佐木安治为革命事业鞠躬尽瘁、无私奉献的斗争生活，描绘出日本人民反对压迫和剥削的艰苦斗争。

二、新感觉派

1923 年关东大地震在知识分子中造成了一种世界末日的虚无情绪，在此机遇下，新感觉派应运而生。1924 年《文艺时代》的创刊是新感觉派诞生的标志，代表作家有横光利一、川端康成、片冈铁兵等。新感觉派受到西方表现主义、达达主义等先锋艺术的影响，在思想上没有提出新的建树和应遵循的原则，而试图以新感觉、新认识、新形式、新技巧来革新文学。该派作家重视对微妙感觉的捕捉和表现，着重描写主观世界，热心追求新颖形式。横光利一(1890～1947)是新感觉派中最有代表性的作家，代表作有 1923 年发表的中篇小说《太阳》和短篇小说《苍蝇》。《太阳》运用新鲜的语言勾画出动态形象、造成新奇的视觉效果，以表达对命运、人生和事件之间关系的特殊理解。《苍蝇》则从一只大眼睛的苍蝇的视角描写人惨死的悲剧，以表现偶然事件对人生的制约力。川端康成(见本章第三节)体现出新感觉派的艺术特征的小说是短篇小说《感情装饰》(1926)。

横光利一

30 年代以后，日本文坛上又陆续出现了“新兴艺术派”、“新心理主义”等具有现代风格的文学流派，前者的代表人物有中村武罗夫(1886～1949)，后者的代表人物有伊藤整(1905～1965)和堀辰雄(1904～1953)等。

第二次世界大战期间是日本 20 世纪文学中最黑暗的时期。30 年代初期被称为日本文坛“文艺复兴”的一段美好时光很快被“日本浪漫派”和“国策文学”等宣扬“日本精神”、“民族主义”、为侵略战争服务的文学所取代。1945 年 8 月 15 日，日本战败投降。

战后日本文学进入当代发展时期。

三、第二次世界大战后的多元文学

三岛由纪夫

战后不久，文艺界就逐渐恢复生气。最先发表作品的是那些在文坛上久负盛名的老作家，如志贺直哉的《灰色的月亮》(1946)、永井荷风的《舞女》(1946)、谷崎润一郎的《细雪》(1943～1948)等。而真正代表战后文学新走向的是被为“战后派”的一批饱受战争创伤的青年作家，如野间宏(1915～1991)、椎名麟三(1911～1973)、梅崎春生(1915～1965)等。他们的作品在内容上表现战争给人的心灵造成的创伤，在艺术上努力突破传统，吸收西方现代派文学的新方法。野间宏及其《阴暗的图画》(1946)、《真空地带》(1952)为杰出代表。50年代，第二次战后派作家登上文坛，主要代表有三岛由纪夫(1925～1970)、大冈升平(1909～1988)、安部公房(1924～1993)等。安部公房以《终点的道标》、《异端者的告发》(1948)、《墙壁》(1951)等作品中显示出的独特风格令文坛瞩目。50年代中期，“第三新人”作家登场，主要作家有安冈章太郎(1920～　)、吉行淳之介(1924～　)等，安冈章太郎因《阴郁的乐趣》、《坏伙伴》(1953)获得芥川文学奖，成为此派作家的代表。“第三新人”与私小说有密切联系，他们以纤细的感觉和小市民意识取代了战后派对社会问题的关注。

20世纪六七十年代，日本文学开始走向多元。日本社会安定，经济繁荣，人们的心态已逐渐从战争的伤痛转向和平时期的日常生活。60年代新登上文坛的作家有石原慎太郎(1932～　)、开高健(1930～1989)、大江健三郎(1935～　)等。井上靖(1907～1991)、水上勉(1919～2004)、松本清张(1909～1992)等作家以大众文学赢得了众多的读者。70年代初登上文坛的古井由吉(1937～　)等被称为“内向的一代”。70年代末，村上春树(1949～　)以《听风之歌》开始了他的“青春小说”的创作。

大江健三郎是当代日本文学中代表性作家。早期作品《饲育》(1958)带有明显的存在主义的印迹。从《我们的时代》(1959)、《性的人》(1963)等开始，有意识地采用“性的题材”。60年代中期开始转向“政治意识”，对核武器、核战争的关心促成他写作《广岛笔记》(1964)。由于长子出生时即患先天性智能障碍，使他开始关注疾病对人的影响，这种思想体现在1964年写作的短篇小说《空中怪物阿归》和长篇小说《个人的体验》中。1967年发表的《万延元年的足球队》是大江的代表作，小说通过蜜三郎和鹰四兄弟二人的经历，表现出对人的命运的思考，把现实、想象、过去有机结合在一起，体现了他的乌托邦意识和森林意识，具有鲜明的哲理性。1994年，大江健三郎因独特的文学创作风格而获得诺贝尔文学奖，成为继川端康成之后第二位获此殊荣的日本作家。

大江健三郎

第二节 紫式部

紫式部是日本平安时期的著名女作家，也是日本古典文学的杰出代表。她的长篇小说《源氏物语》无论是题材内容还是格调韵味都对后世日本文学产生了深远影响。

生平与创作

一、生世凄凉的一代才女

《源氏物语》是平安文学最高成就的标志，然而这却是女作家凄凉人生的产物。紫式部自幼丧母，从父学习汉诗汉文，博闻强记，并善乐器。后由于家道中落，嫁给长她20多岁的、且有妻室的藤原宣孝做后妻。仅两年时间丈夫就病死，从此便与女儿贤子相依为命，为慰藉寡居的寂寞而开始创作《源氏物语》。作为一个才华出众而情感得不到满足的女子，她深感孤独，于是便虚构一个世界和一个理想人物光源氏，以便不受限制地、自由地追求人生，审视社会与历史，小说创作成了她的精神寄托。1006年，她因才华出众被召进后宫，担任一条天皇的中宫藤原彰子的侍从女官，这段后宫生活为她提供了丰富的创作素材。

紫式部

二、姓名模糊的著名作家

紫式部虽为一代才女，但在当时并不被社会重视，故生平记载很少，生卒年不详，通行的说法是生于天元元年(978)，殁于长和三年(1014)。她出身中层贵族，本姓藤原，据说是由于其父曾做过式部丞，又由于她在《源氏物语》中着重描写了紫姬的事迹，故被唤作紫式部，其真名不详。这种对女子姓名随意称呼的习惯也可见于小说人物身上，可见当时妇女地位的卑下。今天，紫式部不仅在日本家喻户晓，而且驰名世界各国，其影响巨大而深远。

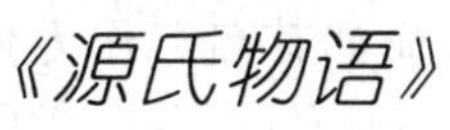

一、平安贵族的渔色史

《源氏物语》又名《光源氏物语》、《紫物语》、《源语》、《紫文》、《紫史》，成书时间约在宽弘时期(1004～1011)，是世界上最早的长篇写实小说。《源氏物语》共有54回，分为前后两部分：前41回为前半部，写源氏的故事；后13回为后半部，写薰君的故事。小说通过对男主人公光源氏一生在政治上的浮沉及渔色生活的描绘，展示了宫廷贵族复杂的权势斗争和紊乱的男女关系，细致反映了平安时期上层贵族腐朽的精神面貌。

源氏是桐壶天皇的出身相对低微的妃子桐壶更衣所生的皇子，他三岁时，桐壶更衣在宫廷争斗中抑郁而死。桐壶帝考虑到小皇子出生低微，缺少政治靠山，为了保护他，把他降为臣籍，赐姓源。因其长得光彩照人，被人称作“光君”，所以小说中称他光源氏。他是个矛盾而复杂的人物形象：一方面他是作者理想化的贵族形象。他不仅生得美貌绝伦，而且才华过人，诗歌、音

《源氏物语》剧照

乐无不精通；在政治上，他有治邦济世的才华，且关心下层人民疾苦；在生活上，他对有过情爱关系的妇女都系情不忘，在荣华绝顶时，筑六条院安置她们，共享荣华富贵；然而另一方面，他又是贵族社会的官僚和浪荡子弟。他虽有政治才华，却毫无建树；在宫廷斗争中容忍、退让，却时时陷入争夺权势的斗争漩涡中；对待妇女表面上多情温柔，体贴入微，但又喜新厌旧，用情不专，浪荡成性；对待自己的放荡行为，始则纵容，终而悔恨，最后在悲观中皈依佛门，在不断忏悔中度过余生。源氏的形象体现了作者的人生理想和爱情观，展示了当时少数贵族身上存在的积极因素，同时又揭示了平安贵族生活糜烂、无所作为的历史命运。

二、贵族女子的辛酸史

虽然源氏是《源氏物语》的男主人公，但小说的每一卷都可看成是以某个女性为中心的短篇小说。作品的大量篇幅是用来描写源氏和各式各样女性交往过程的，通过对源氏和许多女性恋爱过程的描写，生动刻画了一系列贵族妇女的形象。备受桐壶帝宠幸的藤壶女御，在宫廷倾轧下忧郁而死；温柔坚强的地方官继室空蝉，躲开了源氏的追逐，却在年老的丈夫死后，因忍受不了继子的纠缠，被迫削发为尼，苦对青灯黄卷；没落贵族出身的末摘花因容貌丑陋，被源氏占有后，虽得到源氏的惠顾，被接进六条院居住，却遭到源氏的奚落和冷遇；地方贵族的女儿明石姬聪颖自尊，本不愿攀附贵族，迫于父命嫁给源氏后受源氏冷落，后因生女而被接进京城，却因出身卑微被剥夺抚养女儿的权力，在忍从和苦恼中度过一生；因容貌酷似藤壶女御、因而自幼备受源氏垂青的紫上，端丽大度，但最终也没有爬上正夫人的尊位，却因丈夫不断偷香窃玉、人到中年还迎娶朱雀帝的女儿女三宫为正妻而伤怀不已，最后积忧成疾，名花早凋，正当盛年就染病身亡。命运最悲惨的是后半部的女主人公浮舟，命如其名。作为贵族私生女，她曾因花容月貌一度得到薰君的青睐，却因贵族青年匂宫的骗奸和纠缠，在两个男子之间进退维谷，求死不得，最后遁入空门，打发孤寂的余年。这些女子，只要稍有姿色，不是成为权力斗争的砝码，就是贵族男子渔猎的对象，结局不是早亡，就是出家，身世无不凄凉悲惨。作者以饱含同情之笔，描绘了她们不幸的人生。

光源氏

紫姬

三、贵族社会的形象史

《源氏物语》在描写上层男女爱情的同时，还广泛描写了贵族社会其他各个领域的状况。诸如宫廷内外争权夺利的斗争，说明皇室贵族在政治上业已腐化，摄关政体已经无济于事；宫廷贵族骄奢淫逸的生活，则说明他们在政治上无所作为的同时，精神空虚，终日耽于享乐；对宫廷中的行幸、游猎、饮宴、画展、赛诗会、舞乐会、讲经会以及各种庆典的细致描述，真实生动地再现了贵族社会的生活风貌；地方贵族追名逐利，搜刮民脂民膏，逢迎钻营，则在更广阔的范围内暴露了贵族阶级的丑恶本质。整部小说好像一幅色彩斑斓的长幅画卷。

四、日本文学精神的体现者

《源氏物语》是平安时期物语文学的集大成者，它不但继承了日本物语文学的传统，还将《竹取物语》的传奇性、《伊势物语》的抒情性与《蜻蛉物语》的严肃的人生观融为一体。从《万叶集》、《古今集》、《和汉朗咏集》等日本古典名著中吸取营养，而且还明显地受到中国古典名著《白氏文集》、《史记》、《文选》的影响，达到了超越时代的艺术顶峰。

《源氏物语》规模庞大，前后历经四代天皇，情节复杂，场面众多。结构虽基本统一完整，但不如中国小说那样紧凑曲折，它有如散点透视的长画卷，以缓慢的进展方式体现当时贵族生活的节奏。后世的谣曲、宴曲、净琉璃等常以它的内容为题材。

《源氏物语》语言绵密而优雅，人物性格鲜明生动，心理描写细腻含蓄。在以散文为主的条件下大量穿插和歌，使之在推动情节发展、抒发人物感情和加强气氛感染力等方面起了良好作用。对人物心理情感的描写，往往同自然景物的描写紧密联系在一起。其语言据说比较接近当时宫廷贵族的口语，为日本文学语言的发展奠立了基石。在诗歌方面，它被视为歌学研究必读书，对于和歌、连歌、俳谐的演变影响甚大。

《源氏物语》体现了一种日本式的多愁善感的文学精神，小说着重描写作者和人物的主观情绪，写人物曲折复杂、纤细幽微的内心世界，写他们敏感多思、伤感多情的精神状态，直到今天，我们仍能在日本文学中强烈感受到这种传统的巨大生命力。

第三节　川端康成

川端康成(1899～1972)是日本第一个获得诺贝尔文学奖的当代作家。他对日本文学传统有着深刻的理解和把握，并汲取了西方现代主义创作技法，从而创作出一系列充分体现日本文学传统特质的小说作品。

生平与创作

一、“参加葬礼的名人”

川端康成

川端康成生于日本大阪，祖上曾是大阪府三岛郡丰川村的豪门，但至祖父辈家道中落。他2岁丧父，3岁丧母，7岁失去悉心呵护他成长的祖母，10岁又失去了惟一的同胞手足姐姐，从此只和眼瞎耳背的祖父两个人住在家族古老的大房子里，过着阴郁的日子。15岁时，惟一的亲人——祖父也弃他而去，他对孤儿的体验达到了顶点，仿佛天地之间只剩下自己一个人。他接连为亲人奔丧，频频参加葬礼，被戏称为“参加葬礼的名人”。亲人的接连辞世，使他对死亡的感受异乎寻常的敏锐，日后他写道：“深深刻入我幼小心灵里的，便是对疾病和夭折的恐惧。”

二、孤单寂寞的世家子遗

川端康成从小体弱多病，整天被祖父母闭居在阴湿的农舍里，与世隔绝，“变成一个固执扭曲的人”。直到上小学之前，他“除了祖父母之外，简直就不知道还存在一个人世间”。童年时畸形的家境、孤独的生活和不幸的遭遇，对于他孤僻性格的形成和文学格调的悲凉产生了深远影响。读书成了他惟一的慰藉，中学和大学时即开始写作投稿。1921 年，在《新思潮》杂志上发表的短篇小说《招魂节一景》，打开了他通向文坛的大门。这一时期的作品主要描写孤儿生活和孤独感情，《精通葬礼的人》(1923)、《十六岁日记》(1925)和《致父母的信》(1923)等是这类作品的代表，风格接近以表现个人经历和体验为主的私小说。

三、寻找传统与现代的结合点

《伊豆的舞女》剧照

1924 年 10 月，从东京大学国文系毕业的川端康成和横光利一、片冈铁兵等一起创办有革新意向的杂志《文艺时代》，刊物同人受欧洲的达达主义、未来主义、表现主义等文艺思潮的影响，推出一批重感觉、追求新奇的表现手法的作品，被人称为“新感觉派”。川端康成的短篇小说《感情装饰》是新感觉派的代表作品之一。但他很快转向传统风格，1926 年发表运用传统手法写作的中篇小说《伊豆的舞女》。小说描写东京一高的学生“我”在伊豆汤岛与一家流浪艺人邂逅，与其中一个 14 岁的舞女薰子产生淡淡的感情的故事。语言朴素，笔法自然，风格清新，通篇像一首清纯、优美的抒情诗，奠定了他在文坛上的地位。

从 20 世纪 30 年代开始，川端康成致力于探寻将日本文学传统与新心理主义以及意识流等西方现代派手法结合起来的新途径。从《禽兽》(1933)开始，中经《花的圆舞曲》(1936)，最后到《雪国》(1948)，他一直沿着这个方向前进，并形成了自己独特的风格。这些作品中人物描写细腻入微，结构安排自由灵活，文章格调既美且悲，在艺术上颇有建树。

四、诺贝尔文学奖得主

《古都》剧照

在日本军国主义势力在亚洲疯狂推行战争政策期间，川端康成大部分时间过着半隐居的生活，写作与战争无关的作品，对战争及其胜负采取超然的态度。1945 年日本战败投降，战后的日本现实令他不满和失望，更加沉浸在对美与官能感受的追求中。战后的文学创作，一方面沿着《雪国》的路子，表现人的正常生活和感情，如《舞姬》(1951)、《名人》(1954)、《古都》(1962)等；另一方面却写出一些表现官能刺激、色情享受和变态性爱的作品，充满颓废情调，如描写一个女子与父子两代人之间感情纠葛的《千鹤》(1952)，写公公与儿媳产生情爱的《山音》(1954)，还有《睡美人》(1962)、《一只胳膊》(1964)等。然而这些小说在技巧上却更加臻于圆熟，在表现爱、悲与美的创作风格上也更趋于完善。

战后，川端康成以其丰硕的创作获得了多种荣誉和奖励。1968 年 10 月，川端康成因小说《雪国》、《千鹤》和《古都》"以丰富的感情，高超的技巧，表现了日本人的内心精华"而获得诺贝尔文学奖，成为日本第一个获此殊荣的作家。但他却在名誉的顶端，于 1972 年 4 月 16 日在他的工作室口含煤气管自杀，终年 73 岁。

一、下层妇女的写生画

川端康成的代表作品、中篇小说《雪国》(1948)写的是岛村三次从东京到北方雪国去，并和后来成为艺妓的女子驹子交往的故事。岛村第一次到雪国是在满山一片新绿的初春季节，驹子给他的突出印象是不可思议的洁净。第二次到雪国是在下过初雪的初冬，与驹子的关系更加密切。第三次到雪国是在下一年的秋天，岛村又注意到与驹子有关的另一位姑娘叶子。在岛村离开雪国的前夕，叶子在一场火灾中被烧死，驹子也下决心似的要斩断对岛村的依恋。作品虽以岛村的行程构成小说脉络，但真正的主人公却是通过岛村的眼睛观察到的驹子，这部小说就是驹子连带叶子的写生肖像。

二、可爱可敬可怜的驹子

驹子生在雪国农村，因生活所迫，曾在东京当过陪酒侍女。被赎出后先打算做舞蹈师傅，后又随三弦师傅学艺，有时到宴会上表演助兴。最后依然无路可走，终于当了艺妓。

岛村第一次见到驹子，觉得她"是过于洁净了"，甚至不想和她发生肉体关系玷污那份清白。这时的驹子纯美可爱。

《雪国》剧照

随着和驹子交往的加深，岛村逐渐发现驹子身上有一些不同于一般艺妓的良好习惯。她每天坚持在两三分钱买来的杂记本上记日记，虽然记的不过是一些日常琐事；她喜爱读书，虽然读的不过是一些妇女杂志或通俗小说之类，但写的读书杂记"已经积累到十本了"；她弹奏三弦技高一筹，因为她肯钻研比较高深的曲谱。她的认真、刻苦、严肃的生活态度，显示她不愿随波逐流、自暴自弃，表现出令人钦敬的一面。

但这个生活在社会下层的女子更值得怜惜。她为了给自己并不爱的三弦老师的儿子行男治病而当了艺妓，她与岛村第一次交往时就爱上了他，并主动委身于他，只因为有知识、有教养的岛村以真诚心和平等心尊重她，礼待她，不同于仅把她当作玩物的一般客人。在难以找到真正爱情的驹子，尽管明知岛村已有家室，他们的感情不可能有结果，但还是献出自己的一片真情。驹子对岛村感情的珍惜正说明她对爱的渴望，但在她的生活圈中真正的爱又是那么稀有。驹子是个不甘庸俗堕落生活、有一定进取心的艺妓形象。

三、唯美主义的顶峰之作

《雪国》的问世标志着川端康成唯美主义艺术的成熟和创作个性的形成。

首先,《雪国》在创作方法上的重要特点是传统与现代方法的结合,同时自成一格。小说结构比较松散,像若干短篇的连缀,这既与日本古典文艺惯于采用并列式结构的传统相关,又借鉴了西方意识流小说的方法,通过回忆、联想、插叙等手段展开情节,在基本依循事物发展的自然顺序的同时,又打破时空限制,避免平铺直叙的呆板和僵死。在创作方法上,传统描写占据主导的同时,又运用了新感觉派的手法,如开头一段描写岛村坐在开往雪国的火车上,看到车窗外的苍茫暮色和车窗内叶子的美丽面影奇妙地重合在一起产生的联想;还有结尾以洁白的雪景为背景的火灾,在火花飞舞中叶子身体的坠落,在岛村的感觉中充满诗意,产生了一种非现实的虚幻之美。

《雪国》剧照

其次,《雪国》注重表现人物的主观感觉、纤细感情和瞬间感受,对人物的刻画细致入微。小说不仅把岛村时常充满虚无色彩和感伤情调的内心表现得很细腻,且通过他的敏锐感觉,把驹子的心理矛盾和感情变化表现得无微不至。如驹子怀疑岛村在耻笑自己时的羞耻感、委屈感、愤怒感,都通过她脸色骤变、全身颤抖、哭泣、用银簪子戳席子的身体语言表现出来,充分展现了驹子平时深藏不露的内心痛苦和好强性情。

再次,《雪国》的总体格调是既美且悲,抒情味浓。以绚丽多彩的大自然作为背景,以自然界的季节变化作为衬托,以秀美的青年女性为中心,以她们对爱情和艺术的不懈追求为主题,这些都体现出他对美的不懈探求。而与美相伴随的,则是充满失意、孤独、感伤的悲凉情绪,岛村的感伤情绪和驹子的内心痛苦充溢全篇,而结尾叶子的死更增添了小说悲凉的气氛。

最后,应该看到川端康成小说中美与悲紧密相连的独特格调的形成,既与作家的不幸身世和易于感伤的性格有关,也受到以《源氏物语》为代表的日本传统文学的基本情调——"幽情"的影响。从此意义上讲,以《雪国》为代表作的川端康成,的确不愧为日本传统文学主体风格的继承者和集大成者。

参考文献

[1] 张立新、孔繁志. 日本概况[M]. 北京:北京大学出版社,2002.
[2] [日]加藤周一,木下顺二. 日本文化特征[M]. 唐月梅,等译. 长春:吉林人民出版社,1992.
[3] 胡平. 一百个理由[M]. 武汉:长江文艺出版社,2005.
[4] [日]新渡户稻造. 武士道[M]. 陈高华译. 北京:群言出版社,2006.
[5] [美]鲁思·本尼迪克特. 菊与刀[M]. 吕万和,等译. 北京:商务印书馆,1990.
[6] 朱维之. 外国文学史(亚非卷)[M]. 天津:南开大学出版社,1998.
[7] 陶德臻. 东方文学简史[M]. 北京:北京出版社,1992.
[8] 刘德润、张文宏、王磊. 日本古典文学赏析[M]. 北京:外语教学与研究出版社,2003.
[9] 彭恩华. 日本俳句史[M]. 上海:学林出版社,2004.
[10] 彭恩华. 日本和歌史[M]. 上海:学林出版社,2004.

后　记

本教材为南京晓庄学院成人高等教育用书。在遵循思想性、科学性、先进性、应用性、适应性等统一编写原则的同时，又力求体现出外国文学自身的特色。

本教材按国别之纬横向组织教材，而没有以时间之经纵向结构内容，是基于这样的考虑：如果采用断代体例，则文艺思潮的更迭必然要成为贯穿教材始终的红线，如此一来，则不可避免地要以西方文学为中心，在这个主流圈以外的其他民族、国家或地区，诸如拉丁美洲、印度、日本等地的文学就很难融入编写范围。拉丁美洲厚重的文学积淀是值得我们加以关注的，但至今它仍没有被充分认识；印度和日本这两个亚洲国家，一个是文明古国，一个是后起之秀，一个是背倚同一座雪山的乡里，一个是一衣带水的邻邦，与中国文学都有密切的同源和传承关系，我们没有理由舍近求远，而把邻里置于群峰迷离的山后或烟波浩渺的海外。并且，以国别为体裁，在内容的增减上相对自由，将来如有机缘扩充教材，我们可能再增加非洲、澳洲和阿拉伯等国家和地区的文学。

对各个国家和地区代表作家的选取原则是尽量兼顾古今，一般是选取 19 世纪及以前的传统作家和 20 世纪现代主义作家各一位，在吸纳一般公论的基础上，偏向对该作家进行个性化解读。不过，有些章节如“第一章　希伯来文学”、“第二章　古希腊文学”、“第十一章　拉丁美洲文学”等，由于情况特殊，则另作处理。

本教材参编人员分工情况如下：张春蕾负责绪论、第一章、第二章、第八章、第九章、第十一章、第十二章的编写并担任全书统稿任务；张正欣负责第四章、第六章的编写并协助统稿；梁丽英负责第五章、第十章的编写；王敏霞负责第七章的编写；刘蓓负责第三章的编写。

由于编写时间较紧，加之编写者水平有限，教材中难免许多不足乃至错误之处，诚请各位专家和读者批评指正。

编　者

图书在版编目(CIP)数据

外国文学教程 / 张春蕾主编. —南京:江苏科学技术出版社,2010.7

(成人高等教育新编系列教材)

ISBN 978-7-5345-7377-4

Ⅰ.①外… Ⅱ.①张… Ⅲ.①文学史—外国—成人教育:高等教育—教材 Ⅳ.①I109

中国版本图书馆 CIP 数据核字(2010)第 104497 号

成人高等教育新编系列教材

外国文学教程

主　　编	张春蕾
责任编辑	仲　敏
责任校对	郝慧华
责任监制	曹叶平
出版发行	江苏科学技术出版社(南京市湖南路 1 号 A 楼,邮编:210009)
网　　址	http://www.pspress.cn
集团地址	凤凰出版传媒集团(南京市湖南路 1 号 A 楼,邮编:210009)
集团网址	凤凰出版传媒网 http://www.ppm.cn
经　　销	江苏省新华发行集团有限公司
照　　排	南京紫藤制版印务中心
印　　刷	江苏苏中印刷有限公司
开　　本	787 mm×1 092 mm　1/16
印　　张	15.75
字　　数	350 000
版　　次	2010 年 7 月第 1 版
印　　次	2010 年 7 月第 1 次印刷
标准书号	ISBN 978-7-5345-7377-4
定　　价	35.00 元

图书如有印装质量问题,可随时向我社出版科调换。